从历史的烽烟走来
它是中国共产党接管的第一座红色煤矿
在火热的建设年代
它孕育出艰苦奋斗　　勤俭办矿的精神
向未来的征程走去
它必将焕发出历久弥新的耀眼光芒

石圪节
——全国工交战线一面旗

王小军 著

山西出版传媒集团　　三晋出版社

图书在版编目（CIP）数据

石圪节：全国工交战线一面旗 / 王小军著 .
太原：三晋出版社，2025.5 -- ISBN 978-7-5457
-3240-5

Ⅰ . I25

中国国家版本馆 CIP 数据核字第 2025QY0019 号

石圪节——全国工交战线一面旗

著　　者：王小军

责任编辑：朱　屹

出 版 者：山西出版传媒集团·三晋出版社

地　　址：太原市建设南路 21 号

电　　话：0351-4956036（总编室）

　　　　　0351-4922203（印制部）

经 销 者：新华书店

承 印 者：山西新华印业有限公司

开　　本：720mmx1020mm　1/16

印　　张：18.25

字　　数：300 千字

版　　次：2025 年 5 月　第 1 版

印　　次：2025 年 6 月　第 1 次印刷

书　　号：ISBN 978-7-5457-3240-5

定　　价：86.00 元

如有印装质量问题，请与本社发行部联系　电话：0351-4922268

前　言

　　80 年，在历史的长河中不过是短暂的一瞬，但对于矿山来说，这 80 年的过往却是一部波澜壮阔的史诗。

　　80 年前，矿山迎来了解放的曙光，那是一段刻在岁月丰碑上永不磨灭的传奇。时光的长河奔腾不息，却给 80 年前的矿山留下了一个熠熠生辉的转折点。

　　矿山的解放，是光明与黑暗的交接仪式。从此，光明在这里常驻，希望在这里生根。矿山的石头记得，那第一声自由的呼喊是如何在山谷间回荡；矿山的溪流记得，那第一批建设者的笑容是如何映照着澄澈的波光。

　　在岁月的琴弦上，矿山解放的音符奏响了 80 年的华章。这片土地，曾经像一位沉睡的巨人，被苦难的梦魇紧紧纠缠。然而，80 年前的那场解放，如同一阵温柔且坚定的春风，轻轻拂过巨人的脸庞，唤醒了他沉沉的梦。

　　曾经，黑暗笼罩着这片土地，矿工们在苦难中挣扎。然而，解放的号角如同惊雷，打破了沉重的枷锁。矿山重获新生，希望在这里播种、发芽。

　　当解放的第一缕阳光倾洒在矿山的土地上，那是希望敲开了苦难的大门。回首往昔，矿山的过去是一部沉重的悲歌。昏暗的矿洞、疲惫的矿工，那是被压迫的岁月留下的伤痛烙印。但 80 年前的解放，宛如一场酣畅淋漓的春雨，润泽了这片干涸已久的土地。

　　矿山解放的那一天，是正义之剑斩断黑暗的日子。从此，矿山不再是被剥削的炼狱，而是自由的摇篮。80 年来，矿山如同一头觉醒的雄狮，展现出磅礴的力量。

　　从解放的那天起，矿山开启了新的篇章。一代又一代的矿山人，以勤劳的双手和坚韧的意志，在这片土地上耕耘。他们的足迹，印刻在每一条巷道；他们的号子声，回荡在每一个矿坑。这 80 年，是矿山从废墟中崛起的 80 年，是梦想与汗水交织的

80 年。

　　我们纪念这个伟大的解放时刻，就如同在翻阅一本珍贵的家族相册，每一帧画面都满含深情，每一个回忆都值得珍视。让我们在这值得纪念的时刻，深情缅怀过去，感恩先辈们的付出，因为他们的奋斗是我们前行路上最明亮的灯塔。

　　80 年的奋斗，矿石与汗水共熔铸，梦想与机器同欢歌。矿山的每一处褶皱里，都藏着岁月的诗行；每一个矿堆旁，都盛开着奋斗的花朵。我们在这值得纪念的时刻，如同虔诚的信徒，抚摸着矿山历史的纹理，感受着那从过去流淌而来的力量。这股力量，如涓涓细流，润泽我们的心灵；如猎猎旌旗，引领我们的方向。纪念矿山解放 80 周年，是对这片土地深沉的爱，是对先辈们崇高的敬意，也是对未来美好的憧憬。让我们在这历史的旋律中，翩翩起舞，续写矿山更加绚烂的篇章。

　　80 年的风雨兼程，矿山从满目疮痍走向繁荣昌盛。每一寸土地都承载着先辈们的热血与汗水，每一座矿井都诉说着不屈的奋斗故事。今天，我们纪念这一伟大时刻，是为了铭记历史、传承先辈们的精神、向着更辉煌的未来继续前行。

　　矿山人在解放的旗帜引领下，无畏地面对各种困难。开采的机器轰鸣声如同激昂的战歌，开拓的步伐如同稳健的行军。在困难面前，他们没有退缩；在挑战面前，他们勇往直前。

　　80 年的历程，见证了矿山从一个落后的资源开采地，变成了一个充满活力的现代化产业基地。我们站在 80 年后的今天，纪念矿山解放，就是要以豪迈的姿态回顾这段历史，让矿山解放的精神激励我们去征服更高的山峰、去创造更辉煌的成就。因为这座矿山的历史是用热血写成的，它的未来也必将由我们以豪情铸就。

八十载岁月悠长，

矿山，你在时光深处挺起脊梁。

岩层之下，希望的火种静静埋藏，

等待开拓者的脚步，叩响沉睡的心房。

听，风镐的号子在巷道回荡，

那是第一代矿工的热血交响。

简陋的工具，坚毅的脸庞，

在黑暗中挖掘，向着光明启航。

看，井架的巨影在蓝天守望，

输送着矿石，也承载着梦想。

岁月的车轮，滚滚而过，

矿山的故事，在历史长河中闪亮。

八十年风雨兼程，

矿山，你把荒芜变成宝藏。

煤与金属的光芒，

照亮了城市，温暖了远方。

如今，我们站在新的起点，

先辈的精神，在血脉中流淌。

继续书写矿山的传奇，

未来的画卷，正徐徐展开，满是希望。

目　录

旗　帜

我的祖辈，曾迷失在这座地下的"黑森林"；我的父辈，从这里走出了漫长的噩梦；我们，在这里开掘着矿藏和自身的价值。这里，就是我的家乡——石圪节。

当太阳攀着我们的矿山升起，我们的肩头便感觉到了责任，于是，我们又走向夜的深处，去开掘又一个黎明。

还记得当年的挣扎与呼喊、血与泪吗？还记得我们所走过的路、我们的拼杀与荣光吗？还记得我们的责任与担当吗？还记得他们留下的期望与嘱托吗？

莫道已经遥远，一切都在眼前。

又见风雨又见硝烟，又见亲切的容颜。

岁月可以改变世界，改变不了永远的思念。

莫道遥远。

莫道已经遥远，一切都在心间。

变成回声变成思念，变成不熄的火焰。

再过百年再过千年，心中仍有个永远的当年。

莫道遥远。

那曲古老的悲歌，已经在太阳风中沉落。这里，不再是被战争遗忘的角落。

告别时，你在心头燃烧。去远方，你在梦中萦绕。归来时，你在眼里闪耀。

走过年年岁岁，走过风风雨雨，我们把热血和光荣写进了这块土地。以肩头的历史和太阳作证，以脚下的大地和道路作证，石圪节就是神奇和精神财富的宝藏。

石圪节煤矿是一个有着光荣革命传统的老矿，是一块用革命英烈鲜血染红的神圣土地。在这块英雄的土地上，无数心怀坚定理想信念的共产党员，不忘初心，经受血与火的考验，矢志不渝地朝着目标前进。

从昨天到今天，在石圪节，红色的旗帜始终飘扬。从今天到明天，在石圪节，红色的脚步仍在继续。红色，已经映红了这片土地，也映红了这片土地的未来……

记忆就像一张撒开的大网，承载的内容太多，总会有一些被遗忘，但也有一些，因为足够重要，始终不能忘怀，反而在历史岁月的洪流中，历久弥新。

石圪节，正向我们走来……

一

石圪节，一个平凡却充满传奇色彩的名字，一个必定要在中国煤炭工业发展历史中刻下深刻印记的煤矿。它所代表的是一个在地层深处延伸生命的企业精神，所彰显的是一个在黑暗中传递光明的行业的品格。在浓黑与赤红中镌刻着它的历史，也记录着中国煤炭工业的发展。一部石圪节煤矿史浓缩了中国煤炭工业的艰难与光荣。

石圪节建矿于 1926 年，而其开窑挖煤的时间更加久远。《劝潞泽主公司原启》记载：潞、泽 200 余万人民所藉以生息之太行山、黄河之西，延管千百年而繁育者唯煤与铁耳。据欧洲矿学家最近之调查谓五大洲矿产以中国为最，中国以山西为最，山西潞、泽两处煤质之良、煤苗之旺带环地球矿山所不及。这里提到的山西"潞"就是现在的石圪节一带。这充分说明了石圪节地区煤炭资源的丰富。在全国工人运动的影响下，石圪节的矿工不甘被剥削压迫，开始了罢工。从 1934 年起，矿工们举起煤镐，开始了斗争。1934 年 6 月 23 日下午，经过半个多月的准备，石圪节煤矿历史上第一次有组织的大罢工成功了。

1937 年 11 月，八路军 129 师进入晋东南，以太行山为中心，开辟了晋冀豫抗日民主根据地。我党在潞城县的秘密组织先后派出多位共产党员秘密深入石圪节裕丰煤矿工人中，广泛宣传党的抗日救亡政策，积极组织工人进行抗日救亡斗争。1937 年至 1938 年，石圪节煤矿在我党的秘密领导下相继成立了"工救会"与"石圪节煤矿工人抗日救国会"。矿工从无组织、无领导的自发斗争阶段，进入了有组织、有领导、有目的的工人运动新阶段。

1943年1月15日，日军占据了石圪节煤矿，并挂出"山西煤矿黄沙岭采炭所"的牌子。日军侵占石圪节煤矿后，除将优质的煤炭源源不断运往日本外，还增置兵工修造设施，建起军械修造厂，把整个矿山变成了一座兵营。同时，日军用野蛮残酷的手段，建立了"三角院""万人坑"和"杀人场"。

1945年8月17日夜里12时，石圪节煤矿工人武装起义开始了。煤矿内，矿工们每人脖上围块白手巾，迅速占领矿井、电气、锅炉等要害部门，切断电源。煤矿外，八路军黎城独立营配合八路军向日军驻地三角院发动猛烈进攻。经过两个小时的激烈战斗，击毙日军中队长池田和矿长芹田，伪矿警全部缴械投降。只有宫松带领残留日军小队龟缩到三角院一个炮楼内不敢动弹，直到8月18日下午，才被增援的日军接回屯留常村据点。

在这次战斗中，我方共俘虏伪矿警40余名，击毙日军3名、缴获轻机枪3挺、步枪70余支、炸药8000余斤、电台一部、战马7匹以及全部采矿机器等物资。

至此，石圪节煤矿完全解放。武装起义胜利后，中共晋冀鲁豫边区政府中央财办工矿处（对外称"工业厅"）接管了石圪节矿，这是中国共产党在晋冀鲁豫边区接管的第一座红色煤矿。在这次战斗中，石圪节矿工们受到了太行行署和潞城抗日政府的表彰和奖励。

红日一出在矿山，其大道洒满霞光。

矿山解放后，石圪节矿工怀着对共产党的无比感激之情，迅速恢复生产，积极支援解放战争，提出"一吨煤炭一发炮弹""多产煤炭支援前线"的响亮口号，努力保证军工生产，支援全国解放。在著名的上党战役中，石圪节在后方保障和军工支援上作出了巨大贡献。

这一革命光荣传统是后来石圪节精神的最初源泉。

二

中华人民共和国成立后，石圪节开始进入社会主义建设时期，在挖掘煤层为社会带来光明的同时，石圪节人和全国的煤矿工人也创造着自己光明的生活。

面对矿山的困境，进行技术改造提高劳动生产力是唯一的出路。矿山之夜，简

井架

陋的办公室内，与灯光交相辉映的是石圪节煤矿解放后第一任领导们的目光，随着凝聚着智慧的目光相互交汇，彼此之间已经胸有成竹。

第一次的技术改造，要依靠石圪节人自己的力量去争取、去创造，因陋就简，土法上马。在短短的时间内，首先要改造通风、运输、提升、排水、供电等环节，改革采煤方法。

诚然，和现在的机械化生产相比，没有经历过创业艰辛的年轻矿工是无法想象当年的艰苦与简陋。同时，今天的年轻人也一定难以置信，当年"翻身农奴把歌唱"的老矿工们是怎样的豪情万丈、怎样的踌躇满志。

没有钢轨，石圪节人就使用铸铁轨；没有铁矿车，自己制造木矿车、翻车机。全矿职工群策群力，团结奋战。

石圪节的矿工们依靠自己的力量，安装了北井罐道、南井钢丝道，把45马力的汽绞车改成了100马力的汽绞车；把大筐提升改为了单笼提升，减轻了笨重的体力劳动，提高了提升能力；把手镐刨煤改为爆破落煤；安装了50马力的离心式散风机，把自然通风改为机械通风；安装了两台80马力离心式水泵，提高了排水能力；供电系统采用了新技术；残柱式采煤方法改为荆笆假顶分层开采方式，保证了安全生产，提高了生产效率，资源回收率更是达到了创纪录的78%……

中华人民共和国成立以来的第一次全面性技术改造，经过了两年的艰苦奋斗，仅用了177万元的投资，就使年生产能力由5万吨提高到了15万吨，足足扩大了3倍。全员工效率由0.743吨／工提高到了1.273吨／工，经济效益显著提高。经过第一次的矿井技术改造，石圪节煤矿的井下运输，由人推筐、手拉车改为无极绳绞车式运输；采煤方法由旧式回采改为长壁式分层炮采，生产技术发生了根本性变革。

一切都在改变，一切都在发生历史性的变革。

空地上，工人们载歌载舞，《北京的金山上》《咱们工人有力量》《我为国家献石油》的歌声响彻云霄；舞狮子、大秧歌，传统的、民族的，一个赛一个；震天的鼓声、喧闹的笑声、孩子的嬉戏声，声声入耳。绚丽的礼花在夜空中绽放，胜利的欢呼声回荡在小寒山头，那一夜，石圪节人兴奋得彻夜未眠。

经过第一次的技术改造，石圪节煤矿极大地增强了生产能力，煤矿的发展有了新的活力。

随着煤矿日新月异的发展，提升能力不足又成为煤矿生产的突出问题。于是，以提升能力为主攻目标的石圪节第二次改造在 1958 年又开始了。

但是石圪节煤矿仅有两口竖井，相距不过 10 米，由一台 100 马力的气绞车担负着两个井筒的提升工作，承担着提煤、上下人、下料、下设备、出渣等，基本是满负荷工作，一个气绞车如何保证生产改造两不误是一件大事。

经过 8 天的商讨，石圪节人提出了"主井石渣填老空，人员上井要集中，组织生产要均衡，材料上下抽闲空"的方法，矛盾迎刃而解。由此，石圪节人创造了生产改造两不误的良好局面。

为了加快施工速度、节约使用材料，石圪节人充分发挥聪明才智，发明了许多高难度的方法。比如，创造性地采用了三层吊盘平行作业法、青砖地面大块预制法、井圈加固法和红胶泥墙水法等先进技术。

祖祖辈辈只知道靠力气和运气吃饭的矿工们迸发出前所未有的闪光点，他们在实践中检验着自己的意志，也检验着自己的智慧。

在技术改造中，石圪节人创造的方法难度之高，在石圪节历史上就是个奇迹。

采用光面爆破的技术当时在国内还没有得到肯定和普遍推广，但是，勇敢的石圪节人大胆创新实践，勇于攻关。他们对矿井的地质结构进行周密的分析研究，对岩石的成分进行多次实验，对光面爆破技术进行反复探索，积累了一整套打眼和装药的技术，实现了光面爆破一次成井，大大加快了施工进度，同时，为我国在光面爆破技术上取得了突破性的经验。

1958 年的石圪节煤矿，全体人员加在一起不足 400 人，人力严重不足。石圪节人发扬不怕苦、连续作战的精神，白天上了一天班，晚上还要在改造现场接着干。

到了第三次技术改造，石圪节人仅仅用了一个月的时间，就完成了改造任务。

第三次技术改造时，矿上成立了技术攻关小组，领导干部参加"三结合"的技术攻关活动，通过学习外地的先进经验，矿上决定将 1 吨的矿车改为 1.5 吨的矿车，但当务之急是要买一台新的绞车。要换一台新的，需花很多钱，一贯节省的石圪节人舍不得，那就自己干。

为了解决这个技术难题，石圪节的许多工程技术人员都搬到了井口住。

一天，两天，一个星期，两个星期，经过了 15 个昼夜的奋战，聪明能干的石圪节人最后计算出 2000 多个数据，设计出了"三天轮"辅绳提升方案，使矿井的提升能力又增长了 50%。这项设计不仅为第三次矿井技术改造奠定了基础，也为改造挖潜闯出了一条新的路子。

为了彻底解决煤矿提升能力不足的问题，20 世纪 60 年代末、70 年代初，石圪节煤矿党委提出进行第四次矿井技术改造，主攻方向就是打斜井。

石圪节人不怕吃苦，但打斜井可是个难度大的技术活。

当时的石圪节，既没有专用设备，又没有专业队伍，也没有建井技术，打斜井无异于"天方夜谭"。

在深入采掘队调查了解后，矿领导班子决定三个人的工作两个人来干，另一个人搞扩建，从各队中共抽出 40 名工人，组成建井队。

1970 年大年初一，石圪节组建的建井队举红旗、冒风雪，开始了打斜井"战役"，以一如他们曾经无数次挑战困难的姿态。

去"战斗"，这是石圪节光荣传统，是石圪节人的一贯作风。他们以劳动者最动人的方式向节日致敬。

闯过了塌方、透水、过老空等一道道难关，经过两年的艰苦奋斗，石圪节终于建成了长 480 米、断面为 143 平方米、斜坡为 20 度的斜井。

这次改造建成了储量为 60 吨斜井底煤仓，新建了斜井口皮带走廊，大大解决了当时提升能力不足的问题。

4 年后，也就是 1974 年，这时正处在共和国历史上一个特殊的时期，石圪节矿也面临着特殊的考验。当时的石圪节因为抓生产，被戴上了"只知道低头挖煤，不知道抬头看路"的帽子。在这种情况下，矿党委顶住压力，开始了第五次技术改造。

第五次技术改造是针对运输能力不足的薄弱环节，完成井上井下运输皮带化建造，从而实现"一矿变三矿"的目标。

这同样是对石圪节人技术、勇气和智慧的考验。其中需要新掘一条长 600 米的主皮带巷，将无极绳运输全部改为皮带运输，上下井、顺槽、采区运输巷都实现运输皮带化。在改造过程中，需要 7 部皮带机，但上级只给了 4 部，剩下的 3 部必须靠自己解决。

石圪节人发挥吃苦、巧干精神，机电队组织力量攻关，终于自行设计了 3 部皮带机。

同时，围绕着运输皮带化，全矿大兴技术革新，先后试制成功了快速钉皮带卡机、橡皮联轴节、防止皮带跑偏自动装置、主皮带运输机头自动洒水装置等等。

原计划第五次改造需要国家投资 780 万元，而石圪节人硬是靠节约挖潜，只用了 270 万元就完成了一个大工程。

这是石圪节人在煤炭行业的卓越创举。

勤俭节约的石圪节人对科技在煤炭生产中发挥的作用深有体会。

石圪节煤矿先后进行的 5 次技术改造，无一不是通过科学技术使煤矿的采煤能力有了大幅度的提高。

第一次改造，改造了各个环节，手镐刨煤变成了打眼放炮，年产量由 5 万吨提高到 15 万吨；

第二次改造，扩大了井筒，解决了"卡脖子"问题，年产量提高到 30 万吨；

第三次改造，创造了特有的"三天轮"辅绳提升系统，增加了提升能力，年产量提高到 45 万吨；

第四次改造，新建了 480 米长的斜井，采用了箕斗、3 米绞车提升，在上分层使用普机采煤，年产量提高到 62 万吨；

第五次改造，彻底改造了井下运输系统和通风系统，实现了运输皮带化。

5 次技术改造，国家总共投资 1190.69 万元，不到石圪节煤矿 1978 年上缴利润的三分之一，不到一般老矿挖潜投资的一半。

这 5 次技术改造既展示了石圪节人不畏艰辛、勤俭节约的工人阶级本色，也充分彰显了石圪节人求真务实、追求科学的精神。

三

1963 年 6 月 17 日，这一天，历史给了石圪节如此深刻的感动。

1963 年 6 月 17 日，国家经济委员会在北京召开了全国工业交通企业经济工作座谈会。这次座谈会由时任国务院副总理的薄一波同志主持，着重研究讨论了勤俭办企业和执行企业经济核算的问题。参加这次会议的有全国工业、交通各条战线的 100 多位先进企业的代表。与会代表在会上交流了他们长期坚持勤俭办企业、严格实行经济核算的先进经验。会议认为，在长期勤俭办企业中，成绩最为显著的是湖北襄樊棉织厂、山西潞安矿务局石圪节煤矿、甘肃兰州炼油厂、湖南橡胶厂、上海嘉丰棉纺织厂等5家单位。时任石圪节煤矿矿长的许传珩参加了这次座谈会。

就在这次会议上，石圪节煤矿和上述4家单位共同成为全国工业交通企业勤俭办企业的"五面红旗"。1963年7月7日，《人民日报》头版头条，以"全国工业交通企业经济工作座谈会上交流先进经验"为题目报道了全国勤俭办企业"五面红旗"的消息。

在这则重要的新闻中，《人民日报》对"五面红旗"的先进事迹作了介绍。其中对石圪节煤矿是这样描写的：

——石圪节煤矿在"要使勤俭办企业的方针长期坚持下去，必须不断地对职工进行阶级教育，建立了一支以老工人为核心的坚强的工人队伍"方面做出了榜样。

——石圪节煤矿有着光荣的革命斗争历史，工人们于1945年在地方武装的配合下，举行了武装起义，从日本侵略者手中解放了煤矿。

——煤矿的党组织经常组织老工人、老干部"讲师团"，向青年工人讲他们过去受压迫剥削的悲惨生活和坚持地下斗争的艰苦经历，提高青年工人的阶级觉悟。老工人在生产上起模范带头作用，如，老工人李小奋十四年来坚持安全工作无事故，更是青年工人的好榜样。

——石圪节煤矿的干部总是到井下现场、工人宿舍、食堂与工人们一起参加劳动，了解生产和工人生活情况，及时解决问题。1960年，矿上新添了100多名工人，没有宿舍，领导干部就把自己的宿舍让给工人，自己住在用荆条搭起来的临时宿舍里，新工人很受感动，工作更加安心。

——这个煤矿出勤率一直保持在90%左右。18年来，年年全面完成国家计划，年年有盈利。今年前5个月，全员工效达到1.675吨／工，每产一万吨煤的坑木消耗降低到69.7立方米。

在之后的岁月里，许传珩矿长以身作则，以自己的一言一行为全矿的党员干部做出表率，带出一支作风朴实、崇尚劳动、关心职工、技术过硬的干部队伍。煤矿做出了从矿长、书记到各科室领导干部每月下坑次数的规定，要求每个人脱产不脱离劳动。干部们主动向矿长看齐，参加劳动就下坑到第一线，与工人同劳动、同休息、同端一样的碗、同吃一样的饭。干部们说，"三天不下坑，说话腰不硬"，"经常去劳动，工人才服从"。工人们说："我们的矿领导，个个能顶个采煤工，我们的领导不像领导，就是个老伙计。"

曾有一位老矿工在回忆起矿长许传珩的时候，说到这样几件小事，他说："记得那年，局里为了方便许矿长工作，批款让他买辆自行车，他却让人把款汇到了食堂，叫改善职工的生活。新工人进矿，房子不够住，他就腾出自己的矿长办公室。困难时期，他还背着家人拿了自己卖老家住宅的钱，卖了自己的大衣、毛衣，买成食品亲自送到工人的家属、孩子手里，还说是上面照顾的，而他自己经常是粗茶淡饭，野菜充饥。"说到这些陈年旧事，老矿工满眼热泪。

石圪节人没有辜负周总理的殷切希望，在艰苦创业中形成的"石圪节矿风"没有因为矿山的生产生活条件的改善而淡化和削弱，而是在干部职工的悉心呵护下，像一棵参天大树，更加枝繁叶茂；像一股股来自大自然的和煦清风，历久弥新地吹遍小寒山的每一片土地，吹进每一个石圪节人的心灵深处。

滴水成海，每一块铁片、每一根枕木都是矿里的东西，都不能浪费，这样的理念逐渐养成了矿工们勤俭的习惯，也形成了矿山勤俭的作风。

犹如地层深处的煤朴实而坚实，却能给人光明和热力。

矿工们以最淳朴的感情撑起了、树立了石圪节人的品格。

石圪节人火热的情怀在三晋大地上激荡。

四

一声春雷震天响，九亿神州换新装。

1979 年元月一日，石圪节煤矿张灯结彩，锣鼓喧天。在这寒冷的冬天，每个人脸上都挂着春天般的微笑，那是会心的笑，那是醉人的笑，粉碎"四人帮"的喜讯拨开了石圪节人心中的阴霾。党的十一届三中全会送来了春天的希望。会议上，邓小平同志果断提出了将全党全国的工作重点转移到社会主义现代化建设上来。从此，揭开了社会主义现代化建设的新篇章，也揭开了石圪节人建设社会主义现代化新矿山的序幕。

有着光荣传统的石圪节煤矿如何加快社会主义新矿井建设的步伐，这是摆在石圪节煤矿每一个干部群众面前的重大问题。石圪节煤矿需要一个契机，历史就给了石圪节煤矿一个机会。

20 世纪 80 年代初，煤炭部为探索一条彻底摆脱煤炭工业落后面貌的新路子，决定在全国进行首批现代化样板矿建设试点。

消息传到石圪节，石圪节人把 14 个试点单位的名字横着竖着看了一遍又一遍，也没有找到石圪节的影子，这一下像炸开了锅，一时间，工人们议论纷纷。

"为什么我们石圪节不能进入现代化样板矿行列？"矿工们这样问。

"咱矿什么时候落后过，为啥到建设现代化矿的时候咱就当不了排头兵？"干部们这样问。

大家的疑问不无道理，经过自力更生的 5 次技术改造，石圪节煤矿这时的年产量已由解放初期的三四万吨发展到百万吨，生产手段也由原来的镐刨、炮崩、人拉、牛拖，变化为综采和普采结合、皮带运输，每年上缴国家的利税等于国家给石圪节 5 次技术改造投资的总和。议论来议论去，归总一条，对照现代化矿井的条件，找出差距，提出过硬的措施，派人到北京，找煤炭部领导和主管业务部门面陈理由，积极争取。

负责接待的部领导和主管部门的同志很为石圪节人自加压力、争作贡献的精神所感动，但考虑大局，石圪节毕竟矿老基础差有不少的实际困难，为此，不无担心地问："建设现代化样板矿国家拿不出多少钱，你们的资金如何解决？"想不到石圪节人竟自信地回答："资金主要靠内部挖潜自筹解决。"又问："通往新工作面的老巷又窄又弯，综采支架怎么下井？"石圪节人胸有成竹地说："拆整为零，先解体，下井后组装。"提问的人从答复中看到了石圪节人建设现代化矿井的决心和扎实认真的态度，破例答应了他们的请求，石圪节矿被列进了首批试点单位名单。

石圪节人铆足了一股劲，要在小寒山上建成我国首座现代化样板矿。他们深知舒舒服服搞不来现代化，要建成现代化煤矿，就得准备每前进一步都付出艰辛的劳动。这个矿虽然经过多次的技术改造，但由于原来的基础太差，井筒断面偏小，巷道狭窄，底板高低不平，综采支架是个庞然大物，主井下不去，为此，他们就把五六里外的旧风井做些改造，把液压支架解体后运到风井口，分装在自制的 7 部平板车上，经过十几部绞车的接力运输送到井下，然后在专修的硐室里组装起来，再运到工作面。就这样，别的煤矿用较短时间可以完成的工作，石圪节人却扎扎实实地苦干了两个月，用了一万多个工时，才装备出一个综采工作面。

建设现代化矿井，石圪节人有几倍几十倍于其他矿的困难，但这是石圪节人祖祖辈辈所追求的梦想，石圪节人不畏艰难，高度发扬主人翁精神，在社会主义现代化建设中，体现出工人阶级无私无畏的奉献精神。

历史将石圪节的脚步记录。

——1981 年 3 月，下分层金属假顶综采机采煤一次成功。

——1982 年 10 月，总投资 650 万元的洗煤厂扩建工程开始施工。

——1983 年，第二套综采设备投入生产。

——1987 年，石圪节煤矿建成现代化矿井，被煤炭工业部命名为"首批现代化矿井"之一。

……

经过了 75 个昼夜的艰苦奋战，1990 年的 5 月 7 日，卡轨车再一次进行了试运行。在钢丝绳的牵引下，卡轨车缓缓启动，随后，越转越快，直到正常。它的步履是那么稳健、沉着，以 2 米 / 秒的速度，在我国煤炭企业井下"第一轨道"上前进着。

这是石圪节人迈向成功的姿态。

五

1990 年，春天提前来到小寒山。

多年来，无论世事如何变化，石圪节始终坚持勤俭创业并将此矿风不断发扬光大，在矿山建设和矿区生活改造方面作出了巨大成绩，让光荣的旗帜始终高高飘扬。

消失的是纷飞的煤屑，鲜艳的是旗帜的色彩。

1990 年，初春刚刚降临到华夏大地，能源部、中国统配煤矿总公司党组发出了在全国煤炭系统学习石圪节煤矿"艰苦奋斗，勤俭办矿"矿风精神的号召。接着，中国统配煤矿总公司、山西省委宣传部、山西省总工会联合派人员到石圪节煤矿进行了为期 40 天的实地调查，调查报告充分肯定了石圪节煤矿在改革开放的大气候下，注重"继承和发展"相结合，以艰苦奋斗的矿风精神建成了首批现代化矿井，改善了矿山的面貌，提高了职工的生活，推进了矿山的物质文明和精神文明建设。

1990 年 3 月 18 日，《人民日报》刊登了《石圪节人的精神财富》。从此，石圪节矿风在新时代里已升华为具有显著时代特征的石圪节精神。

为此，以江泽民、李鹏为代表的 13 位中央领导同志为石圪节题了词、写了贺信，并给予了高度评价；山西省政府在潞安矿务局召开了"山西省学习石圪节精神动员

现代化矿井

大会"；能源部、统配煤矿总公司又在潞安矿务局召开了"全煤系统学习石圪节精神现场会"。

随后，新闻媒体在宣传报道，矿风报告团在演讲传播。这一切，都使石圪节煤矿再次声名鹊起，矿风报告团以动人的事迹在全国引起强烈的反响。石圪节沸腾了，从7月中旬以来，工农商学兵，东西南北中，从祖国的四面八方拥向了石圪节；7月23日，华能精煤公司补连塔矿一行来自内蒙古草原；8月13日，淮北煤矿建设公司一行来自淮河岸边；8月28日，延安车村煤矿一行来自革命圣地；8月30日，云南煤炭厅一行来自祖国西南边陲；9月1日，新疆乌鲁木齐一行来自祖国的大西北；9月2日，黑龙江立新矿一行来自祖国北疆；东北工学院、山西大学、山西医学院、共青团山西省委、纺织行业、作家联谊会……北国的豪迈、南疆的温馨、大西北的粗犷、东海的风情与石圪节矿风融合在黄沙岭上、小寒山上。石圪节接待了3000多人次，平均每天有50余人来矿参观访问，那感人的场景，给人以启迪和鼓舞。

国人再一次将目光聚集到上党之地。

石圪节矿风报告团所到之处无不掀起热潮，人们对久违了的精神食粮充满了渴望。

这无疑是对石圪节精神在新的历史时期的定位。

石圪节精神之旗在一个新时代的上空飘扬。

六

科技在人类发展史上是时代的标签、前行的标记、先进的标志。石圪节人为之奋斗、为之努力。石圪节矿是中国现代化矿井建设的典范，是中国民族工业的先驱之一，在仅要国家半套设备的情况下，发扬艰苦奋斗的石圪节精神，建成了全国首批现代化矿井之一，成为全国唯一一个由老矿建成的现代化矿井，被誉为中国煤炭工业甚至是中国工业的一块试验田。石圪节是我国资源枯竭矿井转型发展的探路先锋。由于井下煤炭资源枯竭，石圪节人率先在全国范围内采用轻型支架开采边角煤，并于 2003 年开始筹建司马新井。司马新井从奠基到竣工投产，仅用了 21 个月的时间，创造了令人惊叹的"司马速度"，并开了由一个生产矿井独立建设新井之先河。面对 3# 煤资源枯竭的现实，在集团公司的支持下，进行了下组煤开采探索，并于 2012 年通过了省验收，最高年产量达到 130 万吨，实现了规模化、效益化，为下组煤的开采积累了经验、开拓了道路。石圪节是全国煤矿去产能的典范。2016 年，石圪节深入贯彻落实国务院和省委、省政府煤炭供给侧改革精神，按照省委、省政府和集团公司的统一安排部署和相关要求，积极稳妥地推进化解过剩产能的工作。石圪节退出产能 90 万吨 / 年，成为全国首批试点退出矿井，并在 CCTV-1《新闻联播》《焦点访谈》，新华社、中国经济报等媒体及网站进行了报道。石圪节矿为全国的去产能工作起了引领示范作用。

有一种色彩，永远新鲜，在时间中浓缩精华；有一种容颜，永远不老，在岁月里凝结灵魂。

石圪节，一个光荣的名字。从 80 年前的那个遥远中走来，袭一脉红色，在新世纪的绿色梦幻中，于蔚蓝的天宇画出最美的色彩。

巍巍太行，见证小寒山巨变；

旗帜飘扬，传扬石圪节精神。

石圪节名字的由来

石圪节，一个土得掉渣的名字，却以"艰苦奋斗、勤俭办矿"的优良矿风闻名于世，永远铭刻在历史的记忆中，引得无数的人为之赞叹、为此歌唱。

那么，石圪节这个名字又是如何得来的？有着什么样的表意、意义和寓意？这需要我们严谨地、科学地小心求证。

有一个传说叫"美丽"

据说，石圪节的名字是为了纪念后羿射日的功绩。

后羿射日所经过的十个台阶就在现在的石圪节所在的地方，所以就有了"石圪节"这个名称，以此来纪念后羿射日的伟大壮举。有人说，后羿

独立自主的精神

射日本身就是传说，没有科学依据。但据《山海经·海内经》记载："帝俊赐羿彤弓素矰，以扶下国，羿是始去恤下地之百艰。"唐人成玄英给《庄子·秋水》作疏时引《山海经》云："羿射九日，落为沃焦。"该九日当为九黎或多个部落方国的

代名词。《楚辞章句》："尧时十日并出，草木焦枯，尧命羿射十日，中其九日，日中九乌皆死，堕其羽翼，故留其一日也。"宋代《锦绣万花谷》前集卷一引《山海经》云："尧时十日并出，尧使羿射十日，落沃焦。"《淮南子》："逮至尧之时，十日并出，焦禾稼，杀草木，而民无所食。猰貐、凿齿、九婴、大风、封豨、修蛇，皆为民害。尧乃使羿诛凿齿于畴华之野，杀九婴于凶水之上，缴大风于青丘之泽，上射十日而下杀猰貐，断修蛇于洞庭，擒封豨于桑林。万民皆喜，置尧以为天子。"

从以上各种书籍的记载中，足以说明，这个传说已经被历代人们所认同。没有必要再去争论。所以说，"石圪节"这个名字就是为了纪念后羿射日的伟大壮举。

李明新在《石圪节的故事》中对此传说进行了详细的解读：石圪节是"十圪节"演变而来，也就是说，其地形酷似十个台阶，并且演绎出一段美丽的神话传说。相传，后羿射日，曾得仙人指点，说要射去十个太阳，必须饮十坛仙酒，登十阶天梯，方能具备十分神力，达到射日的目的。羿神在屯留羿神岭的住处痛饮了仙人相赠的十坛仙酒，带着浓浓酒意向东北方向走了四五十里路，猛抬头，见一山挡住了去路，向上望去，犹似一条天梯，一数，正好十个台阶。羿神大喜，立即登上山顶，感觉力量猛增，于是拉弓搭箭，向天上的太阳射去，有一颗太阳落在山的东边，火红的太阳把岩石烫成一片黄沙，后人称这里为"黄沙岭"。射去九日，后羿脚下的山顿时变得十分凉爽。后人便把这座山称为"小寒山"，射日的地方称为"十个阶"，后来演变为"石圪节"。

有一段演绎叫"传奇"

有上年纪的人说，石圪节名字跟赵匡胤改地名有联系。公元 960 年，宋村大隐士苗广义同曹民密谋后，找来了赵匡胤，把他俩的想法一说，赵匡胤免不了一番推辞。经过曹民和苗广义的一番劝说，他才点头答应，紧接着升帐，赵匡胤开始接帅印、点雄兵，这也就是历史有记载的陈桥兵变。宋村的苗广义因辅助宋太祖赵匡胤一统天下，功勋卓著。赵匡胤建立宋朝后，为酬谢苗广义拥戴之功，以国号为名，便赐苗广义家乡苗家庄为宋村。石圪节由于位于宋村的上方，赵匡胤看到当时在宋村的小寒山上还有个地方（据说还是个城市），也就起了个名字叫"石圪节"。

据中国作家协会会员郭安廷先生考证，推测石圪节曾是一座古城。据《读史方舆纪要》卷之四十二"山西四"记载：黄阜山，《冀州图》云在县西之十里，一名黄沙岭。山上有城，即晋将崔恕与刘聪将綦毋剉战于黄阜，败死处也。《晋书·地理志》记载，黄阜城，《冀州图经》：潞县西三十里（据今县志）黄阜山，有城，亦名"黄沙岭"。那个时候，黄沙岭上人声鼎沸、车水马龙、香火旺盛，一派繁荣景象……如果从山下眺望，应该类似中世纪的欧洲山顶城堡。当地人感叹黄阜城之高，就用一个土语"十圪节"来形容。因为"圪节"一词是当地土语中表示高度和长度的量词，用"十圪节"这个词语就是说地处山上的黄阜城很高。赵匡胤听说以后，在为苗家庄赐名以后，也赐了"石圪节"这个名字。

不过，这段演绎纯粹属野史，权当茶余饭后的谈资。

有一个记载叫"历史"

对于石圪节名字的来历，有正式的官方记载。

据《石圪节煤矿史》记载：石圪节，这个地名很有些来历，经考证，石圪节这个名字起得很科学。石，即岩石；圪，高起的土丘；节，交接的部分。石、圪、节三个字合在一起，就是石头和高土丘交接处。这个名字之所以科学，就在于它准确形象地反映了石圪节的地貌构造。石圪节南山坡上覆盖着厚厚的黄土层，北坡裸露着巨大的砂岩，黄土和岩石在山头岭脊相交。土、石交接处，结构松散，久经风化，形成了一片一片的黄沙，所以石圪节东边的山岭叫"黄沙岭"。

对于史料的记载，我们可以作为石圪节地名来历的一种版本，去引用、去传播。

有一种方言叫"演变"

据地名研究爱好者、长治市委机关干部张高明推测，"石圪节"的意思可能指"十个圪节"，"圪节"是方言"台阶"演变来的。当地的方言常把长度的"段"，叫作"圪节"，"十圪节"即"十段"，也就是说从山下到山顶可分为十段路，故称"十圪节"。这样的推测有一定的道理。因为全国用方言"石圪节"作为地名的还真不少。

据《山西省屯留县地名录》记载：屯留县有个村庄叫"石圪节庄"。

河南省新乡市辉县市常村镇有个村庄叫"石圪节村"。

晋城市阳城县也有个地名叫"石圪节"。

陕西陕煤铜川矿业公司有个煤矿叫"下石节"煤矿。

著名作家、茅盾文学奖获得者路遥在《平凡的世界》里，也用了"石圪节"这个名字。石圪节公社就是作者的家乡现榆林市清涧县的石嘴驿镇。

上面的地名来历，或许都跟当地的方言有关。

有一种猜想叫"寓意"

也有一种可能就是随便起了个名字，没有太多的由来，只是赋予了它深刻的内涵。

石圪节是以艰苦奋斗的优良传统蜚声大江南北的老先进。永争第一、不甘落后、奋勇前进，历来是石圪节为之追求、为之探索、为之奋斗的目标。提起石圪节，人们心中升腾起来的是一面旗帜、一个先进的代表。"石圪节"这个名字也就成为了一种信念、一种追求、一种价值取向，与地名已没有关系，是先进文化、先进生产力的代表者，是桂冠的代名词，是不甘落后、勇攀高峰的符号。纵观石圪节历史，确也如此。早在1938年，朱德总司令就派康克清到矿山传播革命火种，成立了潞安第一个党支部，成就了矿山的星星之火；1945年，英勇的矿工配合八路军武装一举解放了矿山，是晋冀鲁豫边区解放的第一座矿山，也是共产党接手的第一座煤矿；矿山解放后，石圪节提出了"一吨煤炭、一发炮弹""多出煤炭、支援前线"的口号，为祖国的解放事业立下了汗马功劳；1963年，石圪节以连续多年的"效率最高、成本最低、质量最好、机构最精干"的优异成绩，被周恩来总理亲自树为全国工交战线勤俭办企业的"五面红旗"之一，形成了优良的石圪节矿风；20世纪80年代，石圪节在仅要国家半套综采设备的情况下，建成了全国首批现代化矿井之一；1990年，13位党和国家领导人为石圪节题词赠言，号召全国学习石圪节精神；在资源枯竭的情况下，石圪节又第一个上了具有国际领先技术的轻型综采支架设备，不仅延长了矿井服务年限，而且创造了较高的社会和经济效益；第一次明确提出了建设新型绿色石圪节战略，第一次由一个生产矿井独立完成了基建矿井建设，并且创造了21个月的建井速度；第一次实行政策性关井破产，为资源枯竭型老矿探索了道路；第一次探索开采下组煤，并且实现了规模化、效益化；第一次提出了"构建一驾多驱新格局，实现石圪节新的崛起"；第一次响应省委"三个红色"文化建设号召，建设红色教育基地；第一次明确提出建设洁净能源基地，解决接替问题；第一次建设实习培训基地，为全国与煤炭相关联专业的学子提供实习培训场地；第一次建设多经发展基地，壮大石圪节的发展内涵……

可以说"石圪节"的名字被赋予了太多的内涵、承载了太多的内容。"石圪节"已超越了地名的范畴，升华为一种符号、一个图腾、一个永远的矿山梦。

有猜测，有查证，或许正确，也许不对。错对无凭，我仅希望通过微妙的文字、肤浅的观点、潦草的论证，权当抛砖引玉，最终期望石圪节旗帜永远飘扬在神州大地、永远屹立在太行之脊、永远铸就煤炭工业的辉煌。

石圪节还是石圪节，石圪节成为了永远的石圪节。

前进的潞安号

于谦与石圪节

在历史的风云中，你如青松挺立，

于谦，那不朽的名字，闪耀如星。

像石灰从烈火中走来，

清白是你的色彩，忠诚是你的魂灵。

朝堂之上，你力挽狂澜，

面对强敌，毫无惧色，心怀百姓。

在那动荡岁月，坚守正义，

如同暗夜中的烛火，给人光明。

北京保卫战，是你的辉煌战歌，

热血在城墙下流淌，勇气在空气中传播。

你以无畏，铸就民族的气魄，

让山河见证，你伟大的抉择。

于谦，你是岁月长河里的丰碑，

后人仰望，传颂你的功德。

你的事迹如诗，永在世间铭刻，

激励我们捍卫正义，永不退缩。

—— 《于谦：石灰般的脊梁》

与岳飞、张煌言并称"西湖三杰"的明朝名臣、民族英雄于谦,一生忠孝义烈,与日月同辉。近日整理资料无意中发现,于谦与石圪节之间可能有着深深的渊源,需要我们去研究、挖掘、发现。

于谦在任河南、山西巡抚,巡视山西长治时,写下了永载诗词史册的《咏煤炭》,成为诗词界的一座高山。据资料推测:《咏煤炭》这首诗是于谦在巡视长治时,看到石圪节的煤炭,触景生情、有感而发,完成了这首诗。

于谦的《咏煤炭》是在长治写的

凿开混沌得乌金,蓄藏阳和意最深。
爝火燃回春浩浩,洪炉照破夜沉沉。
鼎彝元赖生成力,铁石犹存死后心。
但愿苍生俱饱暖,不辞辛苦出山林。

——《咏煤炭》

全诗生动形象地反映了煤炭开采的情景。

刘宽心编著的《古今名人咏长治诗词赏析》(山西高校联合出版社)在赏析于谦的作品《咏煤炭》中,明确记载道:煤炭是上党地区的重要矿产,很早的时候,这里的人们就知道开采它、利用它。作者(于谦)巡视上党时看到它给老百姓带来的益处,不禁顿生敬意,于是就写下了这首咏物诗歌颂它。诗的开头两句赞美它对人类有很深的情意,接着四句从四个方面分别赞颂它对人类所作的贡献:给人类带来春天般的温暖,为人类驱走深深的黑夜,帮人类烧火煮饭烹菜温酒,燃烧后还要变成铁石为人类服务。最后两句盛赞它心甘情愿为造福人类无私奉献的高尚情操。

这首诗既是咏物,又是抒情。作者运用比兴手法,借煤炭以自喻,表达了他要为百姓的饱暖幸福作出毕生贡献的愿望和决心。这首诗与他少年时所作的《石灰吟》"千锤万凿出深山,烈火焚烧若等闲。粉身碎骨浑不怕,要留清白在人间"堪称姊妹篇。

史耀清主编的《魅力长治文化丛书·上党寻笔》(北京燕山出版社)在对《咏煤炭》注释时,也提出:煤炭是上党地区的重要物产之一。此诗借煤炭以自喻,与其作《石灰吟》意蕴颇同。

《长治市志》(海潮出版社)记载:长治是历史上开采和利用煤炭最早的地区之一。

长治开采煤炭始于战国时期。据《山海经》记载，"贲闻之山，其上多苍玉，其下多黄垩，多涅石"，涅石就是煤炭的古称。"贲闻之山"即太行山上党一带。当时赵国已用潞州煤炭烧制兵器；唐宋时期，煤炭开采已较普遍，用途也较广泛，除能取暖炊饮外，还用于烧制陶瓷器皿、冶炼等，当时煤炭作为商品已进入流通领域，官府因此而设关课税；元代，煤炭课税已成为官府的一项重要收入；明代，煤炭业更为兴盛。明宣德五、六年（1430、1431），于谦任山西巡抚巡视上党，即兴作《咏煤炭》诗。

山西高校联合出版社出版的《古今名人咏长治诗词赏析》选编了历代名人，以不同的身份、不同的原因、不同的目的、不同的心情对长治进行纵情吟咏的一首首脍炙人口的诗篇。这些诗篇题材广泛、内容丰富、文采斐然、引人入胜，不但为长治山川增添了秀色，使长治美名播扬天下，而且为上党留下了珍贵的文化遗产。读之既能在文化艺术上使人受益，又能给人以思想上的启迪，其权威性不用多言。《上党寻笔》作为纪念抗战胜利60周年的重要礼物，其可信度和权威性不言而喻，正如其在序言中所言：《上党寻笔》等10本书，就像10张精美的地方文化名片，内容琳琅满目、图片新鲜精美、材料真实可靠，把魅力长治所有的精神与物质方面的内涵与文化成果都梳理得熨熨帖帖、勾勒得清清楚楚。《长治市志》就是研究长治的工具书，其权威性显而易见。

从以上3本书中，我们可以清楚地得出：于谦的《咏煤炭》是在长治写的，这是不争的事实。

于谦（影视资料）

石圪节是长治煤矿的代名词

石圪节所在地区地下煤炭资源丰富，且处于煤层露头线，埋藏浅。据载，隋代时，我们的祖先就在这里开窑挖煤。明朝唐甄在其所著的《潜书》中记载："潞安之西山中，有苗氏者，富于冶铁，业之数世矣，多致四方之贾。"《明史·食货志》记载："铁冶所，洪武六年置……山西吉州二，太原、泽、潞各一。"上述记载，虽未说明当时煤炭开采的具体情况，但从当时潞安地区冶铜炼铁的发达情况，可以推断，冶炼业必不可少的煤炭业也一定很发达。

山西巡抚关于《潞安矿业破产公司章程》的批准书中说："晋省矿产甲于全球，

而上党尤著……"而石圪节、黄沙岭一带，是上党地区小煤窑最集中的地区之一。

从上述记载中可以看出，石圪节地区煤炭开采业有着悠久的历史。

石圪节煤矿不但历史悠久，还承担着附近老百姓几乎全部用煤需求。据《屯留县志》（陕西人民出版社）记载：屯留地下煤藏资源丰富，现有煤田总面积330平方千米，煤炭总量4154141千吨，是本县发展煤炭工业的先决条件。在封建社会，由于煤层深、排水难，煤炭开采无从谈起，直到20世纪50年代到70年代，群众生活用煤仍然是用畜力从石圪节、长子等地购运。这也印证了长治屯留人民使用石圪节煤炭的事实，也推测性证明了石圪节的煤炭就是长治煤炭的代名词。

从上述资料中也进一步证实了，于谦就是看到石圪节的煤后，写下了《咏煤炭》。

于谦的抱负情怀与石圪节精神

或许是偶然的巧合，也许是历史的精心安排，无论于谦的为人处世，还是做官时的抱负情怀与石圪节的精神惊人地相似，都是中华民族的正能量，都是凝聚人心、激励前行的不竭动力。

于谦无论是做御史，还是做巡抚，都十分关心百姓的生产生活。由于久久没有下雨了，于谦就夜不能寐，其诗《望雨无寐晓起偶题》有云："闻鸡推枕起，曙色渐分明。树映旌旗影，风传鼓角声。云霓常在望，天地岂无情？坐待甘霖降，群黎各遂生。"天空满布了云，于谦高兴了，可是，过了一会，风吹云散，于谦又开始焦虑，其诗《次日阴云密布不雨复散》中云："泼墨浓云布，漫空雨意悬。斯须露红日，依旧睹青天。祈祷知何益，焦枯亦可怜。菲才膺重寄，值此更凄然。"他希望"挽将天上银河水，散作甘霖润九州。"有时田间喜降雨，或者下了瑞雪，或久雨新晴他都十分喜悦。"一声雷送雨，万国土成金……天公应有在，知我爱民心。""谷日晴明好，丰年信可期。……忧民无限意，对此暂舒眉。"于谦的《暑月将自太原巡汴》《太行途中杂咏》《太行山中晓行》《自叹》《田舍翁》《采桑妇》《荒村》《收麦》《入京》等诗，都生动地记述了他悲天悯人的为官情怀。我们谨录《晋祠志》（刘大鹏著，山西人民出版社，1986年）记载的于谦"遇旱亲诣晋祠祷雨，已而果得甘雨"一事和《晋祠祷雨晓行》诗，诗曰：晓行数里未天明，路绕汾河听水声。斜月带星横远汉，清风传漏报残更。中心但愿灵祇格，远道何须父老迎。好挽银潢作甘雨，溥沾万物润苍生。

　　于谦在山西、河南巡抚任上的十几年中，年年是冬春两季在太原，夏秋两季在开封。我们从他的诗集里，处处可以看到他的行踪。如："三晋冲寒到，中州冒暑回。山川元不改，节候自相催。"是写他巡视不计寒暑，年年都要往返于太行山间。又："秋雨黄河水，春风碗子城。巡行知几度，候吏厌逢迎。"是写他忠于职守，不辞劳累，而且访求民隐，却怕官吏迎送。又："行过虒亭望潞州，四围山色远凝眸。风尘滚滚迷官路，烟雾茫茫罩客裘。龙跃天池云气合，鸡鸣野店曙光浮。停车暂宿余吾驿，一夜无眠不到头。"是写他风尘仆仆，夜晚到达余吾驿（今屯留县余吾镇）的情景。

　　百姓丰年好过，灾荒之年艰难，于谦就创造性地设立了尚义仓（捐资输谷的贮藏处所）、平准仓（丰年贱价买进，遇到凶年照昔日贱价平粜的仓库）多处。仓前均立碑写名，说明某人捐资若干、某人输粟若干。其中，捐二百金以上的给予冠带，贱价平粜过千百石的建坊给匾，并免捐资输粟者各色差徭冗役，教人民口碑传诵，以此旌表地方贤良和社会贤达。

　　"艰苦奋斗、勤俭办矿"的石圪节精神，是石圪节的立企之魂，是中国煤炭战线、全国工人阶级宝贵的精神财富。其产生于我国的困难时期，随着时代的发展，石圪节精神越来越焕发出更加强大的生命力和感召力。石圪节，这个把战争和艺术结合起来的企业，仿佛是从历史的深处走来的智者，连接着我们精神上的路径，告诉我们，要薪火相传，勇往直前，引向持久的精彩，书写华丽的篇章。

　　于谦的胸怀和石圪节的精神都有着深厚的底蕴，闪耀着博大精深的智慧光芒。习近平总书记在检查节日市场供应和物价情况时的讲话中谈到敬民时引用了于谦的"但愿苍生俱饱暖，不辞辛苦出山林"，强调亲民有真感情、爱民有真措施、利民有真成效，要求各级干部以"天下大事，必作于细"的态度抓实做细民生工作，努力办实每件民生小事。《学习时报》引用习近平总书记的讲话："一丝一粒，我之名节；一厘一毫，民之脂膏。宽一分，民受赐不止一分；取一文，我为人不值一文。"谆谆教导，细致入微，要求基层党员干部体察民艰、爱惜民力、廉洁奉公，这也是石圪节艰苦奋斗精神的意蕴。

　　考证于谦与石圪节的渊源，没有其他目的，也没有其他的功利之心，仅仅是为了赞美于谦以煤自喻心甘情愿为造福人类无私奉献的高尚情操，为了让石圪节精神得以继承、得到弘扬。

　　仅此而已。

石圪节的前世今生

夕阳下的石圪节

企业名称是一个企业的脸面。好的名称不仅听起来响亮、叫起来顺口、回忆起来深厚，而且便于记忆、便于回味、便于刻在心中，相当于企业的无形资产，是企业永恒的文化符号。

史久名湮。石圪节煤矿，是沁水煤田潞安矿区开发最早的煤矿，始建于 20 世纪 20 年代，已有 100 年的开发历史。现在的人们，对于这个被周总理亲自树为全国工交战线勤俭办企业的"五面红旗"之一的石圪节煤矿，它名字的由来，说不透、道不明、理不清，听者更是一头雾水、云里雾里，所以有必要对石圪节煤矿名字的由来和演变史，即石圪节的"前世今生"据史载、依资料作个诠释。

东沟煤窑

石圪节煤矿，始建于 20 世纪 20 年代。当时石圪节的名字叫"东沟煤窑"。1921 年，潞城县故障村（现长治潞州区）的地主张镇营集股 2000 元（每股 50 元，共 40 股）在石圪节东沟开凿了一对小井，由张镇营自主管理。同时，张镇营又向屯留县的李金榜贷款 1500 元，购买了三节锅炉与设备。东沟煤窑于 1922 年见煤见效，并得以逐步发展。

后来，张镇营因吸毒、挥霍，引起股东不满，股东们怕张镇营把煤窑搞得破了产，就告到县政府，官府以抓毒的名义，赶跑了张镇营。因无力偿还李金榜的贷款，跑到太原的张镇营就将石圪节东沟煤窑送给了李金榜抵债。

但是，石圪节东沟煤窑，由于管理混乱，又没有长远的采掘计划和精确的地质资料而被迫废弃。

东沟煤窑犹如一片飘荡的树叶，在石圪节的历史上飘飘荡荡，只留下短暂的痛苦记忆。

兴华公司

兴华公司，也称"石圪节西大井"，又称"石圪节西井"，就是后来废弃、被称为"万人坑"的那个井口，那里也是石圪节煤矿对入矿的新工人、提拔的新干部、入党的新党员进行爱国主义教育的基地之一。

1923 年，潞安地区的地主、士绅推荐潞城县大地主陈桂民领头，筹备开凿较大的石圪节煤窑。陈桂民平时与官府有交往，所以，当他呈文潞城县政府要在石圪节开办煤窑时，很快便得到批准。8 月，煤窑正式开办，定名"兴华公司"。公司成立了董事会，陈桂民任经理，井址选在石圪节与西边的良才寺中间，即西大井（万人坑遗址）。

为了扩大再生产，陈桂民提出了增加机械提升方案，并征得董事会同意。他自己带头增加股金 200 元，其他股东也都增入股金 200 元。陈桂民从李金榜的协同铁厂购买到三节卧式锅炉一部、四节卧式锅炉一部、50 马力汽绞车一部以及水泵、生铁道轨等机械设备。由此，陈桂民结识了协同铁厂经理李金榜。李金榜在太原办有公司、门店等工商企业，经常活动于军、政界，结识了阎锡山手下的军长秦绍观、师长芦丰年、处长王家驹等中上层军官。这些人成了李金榜的靠山，为他做生意提供了不少方便。

1924 年阴历十月十五，石圪节发生了透水事故，全矿陷入灾难之中。当时经李金榜担保贷款的山西省银行生怕贷款难收，派人前去催款。在无可奈何的情况下，陈桂民两次赴太原，请求李金榜放宽还款期限，先付利息。李金榜毫不相让，找阎锡山告了陈桂民一状。在秦绍观、芦丰年、王家驹等人的支持下，李金榜胜诉。陈桂民把矿上的机器、房舍等作为抵押，交省银行接收。省银行以不足抵债加以拒绝。1925年年初，李金榜接收了煤矿的全部资产和负债。

李金榜在承接石圪节煤矿的全部资产和负债后，成了名副其实的矿主。他首先设法筹还山西省银行的贷款，然后积极筹划修复矿井。

在改建修复中，李金榜又动员煤矿前经理陈桂民集资合办，并让陈桂民继续担任经理。历经八九个月的修复营建，改造错眼窑的土石方工程告成，开始出煤营业，生产颇为顺利。出煤由日产十来吨，逐渐增长为20吨、30吨、50吨。李金榜和陈桂民见到旧业复兴，非常高兴。而当日掘进到百步以外时，他们发现由于原来的上半截旧井筒口大，下半截新井筒小，一昼夜只能提煤20吨左右。坑下存煤提不上来，势必影响产量，使财务收支陷入入不敷出的状态。李、陈二人于是提起诉讼，要求县府督促各股东负债还贷。各股东躲避不应。陈桂民又一次向李金榜提出了愿将矿上全部资产和负债交给他接管的请求。而李金榜当时由于对冶矿井暂无好的办法，也不敢承揽。一场纠缠不清的诉讼时息时起，拖了很长时间，石圪节煤矿形同瘫痪。短命的兴华公司也就此彻底歇业。

兴华公司，在石圪节历史上虽是一段痛苦的存在，但它却是石圪节矿井的基石、基础和基要。

裕丰公司

面对石圪节煤矿资金不足的现状，李金榜吸取陈桂民的教训，利用自己在太原军、政界的关系，大力征集股金。

1926年夏季，晋军第十师到潞安驻防，李金榜找到第十师军需官王家驹，面述了改造石圪节错眼窑的机宜以及石圪节的煤质如何优良、矿床如何广厚等建议，并说只要投放足够资金，就可以进行改建，前途大有可为。时任第十师的师长秦绍观也从旁鼓动。王家驹终被诱动，表示愿意入伙接办煤矿。此后，李金榜与旧矿东代表签了矿产作价和承接债务等交接合同，制定了新的经营章程，股金为1万元，李金榜以旧设备共作股5500元，另4500元由秦绍观出3000元，秦的团长龙进生出500元，杨澄源出500元，王家驹出500元。

1926 年 10 月，裕丰公司正式成立，李金榜自任董事长，曾在同蒲铁路当过把头的姜玉亭为经理。

1926 年 11 月，他们正式动工兴建石圪节煤矿东井，即现存石圪节煤业公司以"三天轮"为标志的那对竖井。1930 年 11 月，裕丰公司透煤开始生产，当时工人已增加到 400 余人。该矿井在建井的全部过程中除使用汽绞车提升外，其余全部为手工操作。矿井投入生产后，李金榜又从太原调来三节卧式锅炉 1 台和水泵数台，坑下运输使用生铁道轨人力推大筐，工作面采用残柱式采煤法生产。工人分两班作业，每班规定 12 小时，采顶层及部分中层煤，回采率约为 30%。1932 年至 1936 年期间，裕丰公司年生产比较稳定，年均日产煤炭 120 吨，采煤工效率高达 1.32 吨 / 工，是潞安矿区解放前最大和最重要的煤矿。

裕丰公司，在石圪节的历史上，发挥了极为重要的作用，引领了当地的开采时尚，也是石圪节登上历史舞台重要的跳板。

东大井

由于种种原因，更为重要的原因是为了追求利润，裕丰公司决定废弃西大井，正式动工开凿石圪节东井。

建井伊始，李金榜即将西大井的 40 名工人调过来，同时又从附近农村新招了 100 多名工人。以后随着工程的进度，陆续增加工人，到 1930 年 11 月，全公司工人发展到 400 多人。

石圪节东井除提升使用绞车外，基本是原始落后的手工操作方式。建井时，还同时开凿了主、副两井口，井筒直径 2.6 米，南北向排列，井壁用青砖砌成。在我国矿井开凿技术还非常落后的那个年代，李金榜开凿规模这样大的矿井，在潞安地区煤窑开采史上是没有先例的，在当时的小煤窑中也是首屈一指的。石圪节东井的建井工程历时 4 年，于 1930 年 11 月透煤生产。

石圪节东井正式投产后，李金榜又从太原调来三节卧式锅炉一部、小水泵数台、生铁道轨几百米等设备。煤窑采用了汽绞车提升、自然通风、水泵排水、蒸汽锅炉为动力，井下运输采用生铁轨道，人力推大筐。工人分两班作业，每班生产 12 个小时。刚开始投产时，产量时高时低，不太稳定，后来逐渐走上正轨，日产量达 100 吨左右，是改造前的 5 倍还多。继后又升至日产 150 吨、200 吨、240 吨，且产煤成本大大降低。到 1931 年 6 月，在 9 个月的时间里，累计产煤 22000 吨。

东大井，在石圪节的历史中犹如一个过客，轻轻地来，也轻轻地去，只在记忆中留下淡淡的一抹。

振华煤矿公司

兴华煤矿盈利颇丰，使内外人士羡慕不已。李金榜、王家驹考虑到接办煤窑时合同上写的只是暂时代管，担心前经理陈桂民夺矿，于是建议董事会把石圪节矿井以西粮台寺一带的地区绘出图来，另用振华煤矿公司的名义呈请山西省实业厅注册立案，作为公司下一步发展的基地。董事会同意这种措施，并决定再集资 25000 元，作为创办粮台寺煤矿的投资。

粮台寺煤矿的基建工程经过几个月的施工后完成，两眼纵深 52 丈的新井筒相继建成，成为当时上党地区最大、最深的巨型矿井，投入生产后，日产煤 120 至 200 吨。1931 年盈利 12000 多元。

1932 年初，石圪节煤矿并入振华煤矿公司的粮台寺煤矿，兴华煤矿公司撤销。

振华煤矿公司在充实内部的同时，也积极展开向外投资。数年之间，公司先后向高平县的马村煤矿、长治县的贾掌煤矿、阳曲县东山小返村的葫芦套煤矿、太原县的风峪德记煤矿、后沟的晋通煤矿、虎峪的新窑背高线煤矿、太原的东山煤矿投放了股金。1937 年七七事变后，华北形势紧张，振华煤矿公司的董事和经理们恐日军入侵上党时，把煤矿当财产没收，于是决定将振华煤矿公司更名为裕丰煤矿公司。秦绍观、龙进生等一干人的股票，也分别换上假名。

不久，日军入侵山西，太原东、西山的各个煤矿遭到洗劫，振华煤矿公司在这些煤矿上的投资化为乌有。在太原的李金榜也被日军以经营"敌产"罪扣押。

振华煤矿，一言难尽，两眼流泪。

黄沙岭采炭所

晋东南地区经过 1939 年的水灾，1942 年和 1943 年的旱灾、蝗灾及华北日军的频繁"扫荡",农村经济元气大伤。

1940年2月,日军第二次入侵潞安地区,先后两次派人到石圪节煤矿附近各矿采煤样,经化验后认为潞安煤田煤质很好。因此,一方面,日军以武力对石圪节煤矿及其他各矿施加压力;另一方面,日军为了维护矿井生产能力便于掠夺,又对资本家进行威胁利诱,声称要购买矿权。石圪节煤矿股东李金榜等在日军的威胁、利诱、胁迫下,最后妥协,将一座完整的石圪节煤矿拱手送给了日军。这一笔可耻的交易始终是在秘密中进行的。

1943年1月15日,日军为了配合蒋介石、阎锡山的第二次反共高潮,利用煤炭支援其"扫荡",派兵侵占了石圪节裕丰公司和小河堡永兴煤矿,挂上了"山西煤矿黄沙岭采炭所"的牌子。日本人增添了锅炉5台、气泵6台及元车等设备。日军侵占矿山后,就把矿山变成了一座阴森的兵营。他们害怕八路军、游击队和敌后武工队的袭击和矿工的斗争,在石圪节煤矿方圆5平方华里的范围内架设了三层电网,只留山南、山北两个门出入。日军在侵占矿山以后,立即对矿井进行了排水及其他恢复工作,企图在短时间内恢复生产,把石圪节煤矿作为其维持上党地区统治的燃料供应基地。

落入日本侵略者手中的石圪节矿,工人们也受到了更加残酷的压榨,石圪节矿的"万人坑"就是血的事实。哪里有压迫,哪里就有反抗。石圪节工人在共产党的影响与领导下,与日本侵略者展开了不屈不挠的斗争,写下了一部可歌可泣的悲壮历史……

石圪节矿工在地下党组织领导下,提出"不给鬼子出煤"的口号,千方百计阻挠破坏鬼子煤炭生产,并暗地将矿山铜、铁、钢等材料运出矿山,支援我八路军军工企业制造军火。由于潞安党组织和矿工的顽强有力的斗争,日军在占领石圪节煤矿的几年时间,生产一直不正常,有时连自用煤都无法保证。

铁蹄下的黄沙岭采炭所书写的石圪节历史,句句滴血、行行流泪,是石圪节痛苦的回忆。

红色煤矿

1945年8月15日,日本宣布投降。1945年8月18日,石圪节矿工起义,胜利解放矿山，石圪节煤矿回到人民政府手中。我边区政府将石圪节矿改称为"解放煤矿"，由晋冀鲁豫边区政府太行四分区工商局接收。石圪节煤矿是我边区政府接收的第一座红色煤矿。《潞安煤矿史》载："这是八路军从日本侵略者手中夺回的唯一一座煤矿。"

1946 年 1 月，解放煤矿划归我八路军华北军工部领导。

1947 年 1 月，石圪节煤矿由华北军工部移交到晋冀鲁豫边区政府工矿区管理。

1948 年 1 月，小河堡煤矿也由边区政府工业厅接管，并与石圪节矿合并为晋冀鲁豫边区政府工业厅军工第四总厂。

1948 年 2 月，解放煤矿，又划归晋冀鲁豫边区政府工业厅领导，改名为"煤铁公司"。以后，又与小河堡煤矿、五阳煤矿、东王桥煤矿、王庄煤矿等 4 个矿合并管理，名称改为"晋冀鲁豫边区政府工业厅第四总厂。"当时，工业厅厅长是徐达本同志。徐达本曾任中共晋冀鲁豫中央局财经办事处工矿处处长、党委书记，晋冀鲁豫边区政府工业厅厅长，华北人民政府企业部副部长；解放后任燃料工业部、煤炭工业部副部长。徐达本说，石圪节煤矿是我边区政府接收的第一座红色煤矿。工业厅对外称"中央财办"，当时共接收了 4 个煤矿，石圪节煤矿最早，其他 3 个煤矿是焦作煤矿、峰峰煤矿和六合沟煤矿。

1948 年 6 月，华北人民政府公营企业部白晋煤业公司成立，石圪节又改称"华北人民政府白晋煤业公司第二厂"。

1949 年 2 月 10 日，华北人民政府公营企业部晋冀鲁豫煤业公司以秘字第 20 号发出训令：奉企业部命令，原石圪节煤矿与五阳煤矿合并为潞安煤矿，下辖石圪节井口、五阳井口等。

1949 年 3 月，石圪节煤矿，即白晋煤业公司第二厂，后又改称"晋豫煤业公司"。

石圪节回到人民手中后，一直到中华人民共和国成立，一直是八路军军工部和晋冀鲁豫边区政府军工企业管理，直接为军工生产服务，为建立新中国作出重要贡献。

中华人民共和国成立后，石圪节名称虽有变动，但涌动的爱国情、听党话跟党走的情愫始终没有变，名称就被大家在心中刻为"红色煤矿"。在中国社会主义建设和现代化矿井建设的征程中书写了神奇的一页，被称为"煤矿红色之旅"。

1949 年 8 月 19 日，中央财经工字第 1 号命令：潞安煤矿（公司）划归中央燃料工业处管理。

1949 年 8 月 31 日，中央燃料工业处以燃办字第 4 号发出通令：为加强和统一华北地区煤业生产管理，决定成立华北煤矿管理总局，潞安煤矿直属总局领导。

1955 年 12 月 23 日，潞安煤矿筹备处与潞安煤矿正式合并，简称"潞安煤矿筹备处"。石圪节井口、五阳井口为潞安筹备处下属单位。原潞安煤矿改称"石圪节井口"，西湾煤矿改称"五阳井口"，两井口均设井长。

1959 年 1 月 1 日，经山西煤炭管理局批准，潞安煤矿筹备处正式改名为"潞安矿务局"，石圪节井口改为煤矿，为潞安矿务局直属煤矿。

2000 年 8 月 8 日，潞安矿业（集团）有限公司成立。潞安矿业集团下辖石圪节煤矿等。此后，石圪节煤矿改制为石圪节煤业公司。

2003 年 12 月，成立山西潞安石圪节煤业有限责任公司。

2005 年，成立石圪节矿业总公司，下设石圪节煤业公司和司马煤业公司。2003 年开始筹建司马新井，司马新井从奠基到竣工投产，仅用了 21 个月，创造了令人惊叹的"司马速度"，并开了由一个生产矿井独立建设新井之先河。

2005 年 8 月 16 日，石圪节矿打响下组煤开发第一炮，2012 年 12 月 31 日通过省级相关单位组织的竣工验收，达到生产标准。其间，成立"石圪节矿业公司下组煤开拓延伸筹备处"。

2016 年 7 月 5 日，石圪节深入贯彻落实国务院《关于煤炭行业化解过剩产能实现脱困发展的意见》（国发〔2016〕7 号）和省委、省政府《山西煤炭供给侧结构性改革实施意见》（晋发〔2016〕16 号）文件和煤炭供给侧改革精神，按照省委、省政府和潞安集团的统一安排部署和相关要求，积极稳妥地推进化解过剩产能的相关工作。10 月 13 日完成矿井关闭各项工作，10 月 26 日通过集团公司和省、市各级相关部门验收，成为山西省第一座完成去产能矿井关闭的煤矿。

百年历史悠久，世事沧桑变迁。石圪节煤矿的名称虽然多变，但人们习惯了"石圪节煤矿"的俗称。石圪节煤矿已是载入史册的响亮名字和品牌。

石圪节，刻在心中的"永远的石圪节"。

石圪节煤矿工人抗日救国会

1945 年 8 月 17 日深夜,山西省长治市石圪节煤矿(今潞安化工)里,每名矿工都在脖子上围了一块白手巾,那是起义成员的标记。他们正紧张地等待着午夜零点的到来——到那一刻,革命的烈火将会映红矿区的天空。

播下革命火种

石圪节煤矿是一座有着悠久开采历史的老矿。矿主曾为了牟取高额利润,让把头严密监督矿工的劳动,矿工稍有懈怠,就会遭受皮鞭、棍棒的毒打。此外,矿主还不断延长矿工的劳动时间,矿工每个班要干十六七个小时,吃住都在井口山坡上挖的土窑洞里,苦不堪言。

在中国共产党来到石圪节煤矿前,这里的矿工斗争曾走过漫长而艰辛的道路,虽然斗争也给敌人在生产上造成过一些损失,但由于缺乏明确的统一斗争目标,没有坚强的组织来带领群众,因此斗争长期处于零星的、分散的状态,在狡猾的敌人面前总是遭受失败。

"工人抗日救国会"会旗

1937 年 11 月，八路军第 129 师来到晋东南，以太行山为中心，开辟了晋冀豫抗日根据地。八路军的到来让从未得到过关心的矿工们感觉遇到了亲人，也为石圪节煤矿播下了革命的火种。随后，这里成立了潞安历史上第一个党支部——石圪节煤矿党支部。

然而，随着日本侵略者正式派兵侵占石圪节煤矿，矿工们再次陷入了无尽的黑暗。日本侵略者除了将优质的煤炭源源不断地运往日本外，还增置兵工设备建起军械修造厂，把整个矿山变成了一座军营。同时，日本侵略者还用野蛮、残酷的手段，建立了"三角院""万人坑""杀人场"。为了反抗日本侵略者，共产党在石圪节煤矿成立了工人抗日救国会和抗日游击队。

沁潞高原上，掀起了抗日救国的新高潮。

翻身做主人

1945 年 8 月 15 日，日本宣布无条件投降。

然而，太原的日军司令部与国民党山西军阀阎锡山勾结，密令驻石圪节煤矿的日军不许向当地的八路军缴枪，还命令他们在 8 月 18 日夜彻底炸毁矿井。在这万分危急的情况下，八路军前线指挥部分析了敌我力量，决定发动矿工举行武装起义，里应外合收复石圪节煤矿，解放矿山。

8 月 17 日午夜零点，威震长治市的"八一八"石圪节煤矿工人武装起义开始了！煤矿内，矿工们迅速占领了矿井、电气、锅炉等要害部门，切断电网；煤矿外，八路军黎城独立营配合八路军主力部队向日军驻地"三角院"发动猛烈进攻。经过两个小时的激烈战斗，日军中队长池田和矿长芹田被击毙，矿警全部缴械投降。至此，石圪节煤矿完全解放，这是中国共产党接管的第一座红色煤矿。

当太阳从东方升起的那一刻，曾经被日军侵占的"黑色矿山"成了一片孕育希望的红色大地。

中华人民共和国成立后，当家做主的石圪节煤矿工人以主人翁的姿态，积极投身社会主义建设，先后对矿井进行了 5 次大的技术改造，将一个年产万吨的资本家小煤窑建设成了年产 100 万吨的社会主义新矿山。矿山解放 70 多年来，石圪节煤矿累计生产煤炭 5100 万吨。

20 世纪 60 年代初，在国家三年困难时期，石圪节煤矿从实际出发，重视生产，瞄准生产中的主要矛盾改革创新，不断提高生产力，连续多年都是全国产量最高、效率最高、成本最低、质量最好、机构最精干的"五好"企业。1963 年，石圪节煤矿被周恩来总理亲自树立为"全国工交战线勤俭办企业的五面红旗"之一。"艰苦奋斗、勤俭办矿"的石圪节矿风随之享誉神州。

石圪节精神永存

石圪节精神，是石圪节矿风的升华，是在石圪节煤矿这片土地上历经了几十年的风雨洗礼，由石圪节人在长期生产实践斗争中形成的一种艰苦奋斗的拼搏精神和克勤克俭、公而忘私的奉献精神。

2020 年 11 月，潞安化工集团有限公司正式揭牌。未来，潞安化工将继续秉持石圪节精神，立足山西，放眼全国，面向世界，致力于打造国内领先、世界一流的新型化工与生物基新材料融合发展的产业生态圈，在习近平总书记"希望山西在转型发展上率先蹚出一条新路来"的殷殷嘱托中，为建设创新驱动的世界一流化工集团不懈努力！

彪炳史册的工救会

在岁月的幽暗中，
工救会，如星芒乍放。
当压迫的阴影，
沉甸甸地笼罩四方。

工人们在苦厄里，
盼望着解脱的良方。
工救会，凝聚起众志，
像破晓的晨曦，划开迷茫。

它是温暖的炉火，
在寒冬，给心灵以热望。
每一次秘密的集会，
都是希望在悄悄生长。

成员们目光如炬，
脚步坚定，走向前方。
为了权益，为了尊严，

不惧那风雨的猖狂。

罢工的队伍，如洪流，
呐喊声，震碎暗夜的网。
工救会在历史的舞台，
演绎着无畏与刚强。

虽经磨难，信念如磐，
那精神的火焰，永不退场。
在时代的长卷里，
留下浓墨重彩的华章。

——诗歌《工救会之光》

　　工救会，工人抗日救国会的简称，是抗日战争时期，在党的领导下，各抗日根据地成立的工人抗日救国组织。石圪节工救会从无到有、从小到大的历程，也是党领导、组织工人进行不屈斗争的历史。

　　石圪节的早期工人斗争，走过漫长而艰辛的道路，给敌人在生产上造成过一些损失，但由于缺乏明确的统一斗争目标来联合广大工人，没有一个坚强的组织来带领群众，因此长期处于零星的、分散的状态，最后在狡猾的敌人面前总免不了要遭到失败。

工救会会员袖标

1921 年，中国共产党成立后，在党的领导下，工农运动风起云涌，席卷全国。正是在这样的历史形势下，石圪节的工人运动也有了新发展，工人们由分散的、零星的怠工、逃跑逐渐发展成为集体的怠工和有组织的破坏生产。从 1921 年到 1936 年的15 年，由于党的组织没有发展到石圪节，对矿工的斗争没有组织上的直接领导，加之交通不便、消息闭塞等原因，石圪节的工人运动没有蓬勃发展起来。

1937 年 11 月太原失守，国民党军纷纷溃退，我八路军 129 师进入太行山区，配合当时地方党组织和以薄一波、戎伍胜两位同志为首的决死队和牺盟会，提出"坚持华北抗战，与华北人民共存亡"的口号，大力发动群众建立了晋东南抗日民主根据地。石圪节煤矿的工人也传开一个消息，说共产党来到了矿区，工人成为传播消息的义务宣传员。李金榜和丁毓芝一听到共产党来了，可慌了手脚，便想法限制工人出矿，可是资本家挡了人却挡不了心。在我八路军的影响下，矿上开始酝酿建立赤色工会。潞城县委也指示董德同志首先在石圪节矿广泛开展宣传工作的同时，积极筹备成立工人抗日救国会作为团结和教育广大矿工的群众性组织。

1938 年 5 月 6 日夜，在工人积极分子张聚兴家（西旺）召开了一次座谈会，会议除董德同志和张聚兴同志外，还有高尽仁、李辛酉、王连喜、栗东山、史老尧、高景云、牛章锁等同志参加，实质上这是一次成立"工人抗日救国会"的准备会议。

之后，党的潞城县委派了武工队队长王长贵、区长张至之两位同志来到矿上协助进行成立工救会的工作，经过广泛地宣传后，在石圪节矿就有 300 余名即 90% 左右的工人参加了工救会。5 月 15 日在石圪节矿的煤场上召开了"石圪节工人抗日救国会"成立大会。永兴矿也派代表参加了大会。会上，潞城县抗日政府县长宋乃德、牺盟会特派员侯国英也都讲了话。最后选举了张聚兴、高尽仁为工救会正副会长，李辛酉、栗东山、王连喜为委员，成立了坑上、坑下、青年三个小队，组织严密。

在石圪节矿的影响下，小河堡一带于同年 5 月 25 日也成立了工救分会，属石圪节抗日救国会领导。

石圪节工救会的成立，结束了石圪节煤矿工人无组织的自发斗争阶段，第一次向资本家、封建把头提出了正面的、公开的挑战，它鼓舞了工人、打击了敌人。

工救会建立后，首先以俱乐部的形式开展了广泛的宣传教育活动，组织工人学习毛主席的《论持久战》开展阶级教育、学唱歌、印传单、贴标语，这些成为工人俱乐部的经常活动。工救会在县委的支持和领导下，经过张聚兴、高尽仁等积极分子在工人中的宣传鼓动和组织工作，工人觉悟迅速提高，倾向革命的人增多了，为以后正面地公开地和资本家斗争，为党的地下组织的建立打下了思想和组织上的初步基础。

　　值得一提的是：1938年2月间临汾失守，我八路军129师于3月间在神头村和涉县响堂铺两战大捷，敌人损伤极大。同年4月4日，为粉碎日军对太行山根据地的"九路围攻"，石圪节矿的工人开展了积极支援八路军、支援决死队的活动，而工救会的活动在县委的直接领导下仍十分活跃。

红色引领

威震四方的大罢工

"石圪节煤矿工人抗日救国会"成立之后,在潞城县委领导和支持下,在广大矿工中开展了广泛深入的宣传教育活动,促进了石圪节矿工阶级觉悟的迅速提高,为后来的罢工斗争打下了坚实的思想基础。

1938 年 6 月 23 日下午,经过半个多月的石圪节矿历史上第一次有组织、有领导、有纲领的大罢工揭开了序幕。这一天,工救会在石圪节的煤场上召开了有 300 多人参加的工人大会。会上,工人向资本家提出了 5 个条件:

1. 把十二小时一班制改为十小时一班制;

2. 工人工资照数发给,不打任何折扣;

3. 保证米票换米足斗;

4. 把头不准打骂工人;

5. 工救会有代表工人之权,开除工人必须经过工救会同意。

现在看来容易满足、且也应该做到的条件,但是对于资本家来说,那就比在他腿上剜肉还要痛苦,他们是百般刁难,想尽一切招数来反对,总是一句话:条件太高,答应不了。已经有了初步觉悟的石圪节煤矿工人,看到没有完美的结果,就召开大会。大会选举张聚兴、高尽仁为代表,同资本家进行谈判,并决定,若矿上不答应,就立即罢工。

第二天上午,张聚兴、高尽仁来到矿经理办公室,向李金榜的全权代表姜玉亭提出了上述 5 个条件。姜玉亭不但不接受工人们的条件,反而狂妄地宣布:"制度是开矿以来就有的，谁也不能改变！"谈判破裂了。根据潞城县委指示，工救会决定 6 月 26 日举行全矿总罢工。

到中午，连买煤的老乡也聚集到煤场上来，参加了这场罢工斗争。矿工们推选出栗东山、张聚兴、高尽仁为代表，再次同姜玉亭谈判，但仍无结果。后来，在潞城县民主政府的支持下，罢工继续进行。最后迫使姜玉亭答应了工人们的 5 个条件，照发了罢工期间的工人工资。罢工斗争取得了彻底的胜利。

1988 年 4 月，对曾参加过石圪节大罢工的李辛酉进行了采访，他回忆道：1938 年 6 月 26 日，在高尽仁、张聚兴等人的带动下，经过 20 多天的准备，石圪节矿史上第一次由党领导的、有组织有纲领的大罢工揭开了序幕。大家推选高尽仁、张聚兴为工人代表，向资本家提出条件。谈判中，资本家以"制度是开矿以来就有的，谁也不能随意改变"为由，拒绝答复。于是，6 月 26 日，我们便举行了全矿总罢工。这天，坑上坑下全都停了产，连煤场也不卖煤了。这是自 1931 年煤矿投产以来，石圪节煤矿第一次全矿大瘫痪。资本家的代理人姜玉亭要求通过政府来解决问题。然而，全矿的工人在这次罢工中是那样团结、那样坚定，最后，逼得资本家不得不接受工人们提出的 5 个条件。

石圪节的大罢工取得了胜利，工人们无不欢欣鼓舞、奔走相告。一定意义上说，石圪节的这次大罢工为日后的工人运动奠定了深厚的基础。

石圪节大罢工的胜利，使石圪节煤矿的工人运动和救亡工作不断深入，同时也推动了周围小河堡、五阳岭、东旺煤矿工人运动的蓬勃发展。1940 年年初，农村一部分劳动力流向矿山，石圪节煤矿资本家乘此机会，又重新宣布了"工资新办法"，便于更多地榨取工人血汗。2 月 28 日，石圪节工救会根据地下党组织的指示，召开了一次工人积极分子大会，提出了组织罢工方案，拟定了 3 个条件，由工人代表与资本家李金榜的全权代表姜玉亭谈判。姜玉亭一面口头答应可以考虑，一面暗中派人和日本驻长治的宪兵队联系，宪兵队来矿抓走了王庚子同志。王庚子同志被捕后，石圪节煤矿又全部停了产，再一次举行了全矿大罢工。罢工坚持了半个多月，姜玉亭沉不住气了，他传话过来说："只要先复工，其他事情好商量。"矿工们知道这是在耍花招，毫不退让地指出："不释放工人代表，不答应工人提出的条件，决不复工！"结果姜玉亭无可奈何，终于被迫答应了 3 个条件，并拿出 3000 元从日本宪兵队保释出了王庚子同志。这次大罢工一直坚持了 20 多天，也是石圪节煤矿工人运动史上坚持时间最长的一次大罢工。

石圪节的这次罢工斗争能取得胜利，首先，工人不仅要求改善经济生产，而且提出了工救会有保护工人的权力，这些明确的斗争目标代表全矿工人的要求，因此，吸引了更多的工人群众加入斗争的行列中来；其次，斗争有了党组织的领导就避免了走这样或那样的弯路。这些都是斗争胜利的基本要素。

石圪节大罢工的消息震动了潞安矿区，也传遍了晋东南地区，这对其他厂矿的工人运动起到了极大的推动作用。大罢工胜利的消息也传到了八路军总部，总部派工作组来矿之后，首先通过工救会在俱乐部召开了座谈会，并问还有什么困难需要帮助解决的，当时张聚兴同志提出主要是缺乏组织群众的经验，如果能派一个有经验的人来才好。第二天，总部就派来了杜长俊同志搞工救会工作，并指示杜长俊同志要通过工救会的活动，发现积极分子，培养斗争的骨干，发展党的组织，为以后的斗争做好组织准备。杜长俊在矿上进行了广泛的活动，向矿工们宣传了党的政策。1938 年夏天经过细致的工作后在矿工中发展了第一批党员，他们是由杜长俊、李梦华同志介绍入党的，分别是：张聚兴、高尽仁和栗东山等同志。从此，潞安矿区的矿工中有了第一个党的小组。党小组的建立为进一步开展工人运动树立了领导的旗帜和核心，为后期更加残酷的对敌斗争奠定了良好的思想基础。

时光虽然过去多年，但英勇的石圪节矿工大罢工的事迹，至今还在十里矿区久久相传。不忘初心、继续前进的新时代石圪节矿工一定会铭记他们的丰功伟绩，撸起袖子、甩开膀子，在未来的道路上谱写新的篇章。

垂馨千祀的游击队

在石圪节矿区有一支英勇善战的游击队，在全国的抗日斗争中谱写了一首壮丽的战歌。在矿区至今还流传着关于 80 多年前矿工游击队的故事。

《潞安集团史鉴》记载的陈重、王志高采访了当年的矿工游击队副队长、石圪节工救会副会长高尽仁同志，他回忆道：1937 年 7 月间，党发出了号召各县组织武工队、工厂矿山组织工人游击队，让工人、农民都拿起枪杆子来，从四面八方打击鬼子，坚持敌后抗战。石圪节工友们一听说要组织工人游击队打鬼子，都很高兴，当晚就有几十个人争着报名，第二天报名的人多得差点挤破工救会的门，全矿 300 多工人，报名参加游击队的就达 200 多人。

据《潞安历史大事记》记载：1940 年 4 月 13 日，太南总工会派续邦彦、徐振亚等同志来石圪节煤矿组织成立"石圪节矿工抗日游击队"，张聚兴、高尽仁为游击队正、副队长，史春田为秘书，番号为"工人游击队矿工第一中队"。当时游击队的武器有红缨枪 100 余杆、手榴弹 300 余颗、大刀 100 余把。

矿工游击队成立后，利用工余时间练习武功。练了一段时间，有的队员就想找个机会打一仗，锻炼锻炼 。于是，游击队队长就找到了武工队提出了想"露一手"的请求。武工队的李指导员说："仗有的打，瞅个空把你们附近的鬼子据点搞一下，弄些枪武装自己，重要的是掌握好情况，打有准备的仗，打有把握的仗。" 队员们一听县委同意矿工游击队打一仗都高兴得直跳。可是游击队的领导在"打一仗"的前一天夜里，却睡不着觉了，心里老是想着，咱们赤手空拳，该怎么个打法呢？咱们矿工游击队自从成立以来这是第一仗，这一仗只能胜不能败……

第二天上午9点，十几个游击队队员拿着清一色的大砍刀，腰里还别着手榴弹，在凉才寺下边的一个小山洞里埋伏着。"小老虎"跟老魏一前一后牵着羊、拎着鸡直奔鬼子据点。鬼子队部的院前有个岗楼，这是进村必经之地，鬼子自从在这里安上据点以后就把四周都挖了很深的水沟。当"小老虎"和老魏离村还有半里路的时候，"小老虎"就空着手跑到了前面去。老魏牵着羊、提着鸡不紧不慢地在后面跟着。不一会就看到"小老虎"上了岗楼。鬼子一看有人来了，端着枪喝问："什么的干活？""小老虎"边比划边装着笑脸说："太君，后边鸡的大大的米西！"鬼子看老魏左手牵着羊，右手提着鸡。不由得咽了一口唾沫，对"小老虎"说："你的良民的大大的好，让他的也过来！"说着用手往老魏来的方向一指。"小老虎"招着手喊："老乡、老乡快过来，太君的要鸡的米西。"这时，老魏装听不懂，慢悠悠地一步一步地走着。老魏来到跟前，鬼子一看见肥羊和鸡，哈喇子流了一脸，蹲下来就去摸羊腿的肉。"小老虎"见时机已到，从鬼子后背猛扑过去，把鬼子按倒在地。老魏连忙抽出口袋里的破毛巾塞进了鬼子的嘴巴，两个人把缠在腰里的绳子一抖，顺利地解决了鬼子的岗哨。藏在山沟里的十来个队员，看到前边一打手势，便一个跟着一个地跑到了岗楼门口。"小老虎"推门进了东房一看，炕上还躺着三个鬼子哩，两个在被窝里睡着，两杆三八大盖靠在枪架上；另外一个鬼子没脱衣服躺在一头，一杆枪竖在脚头炕边上。"小老虎"进了屋就直奔枪架，没睡的鬼子还没有反应过来，只见大砍刀寒光一闪，"咔嚓"一声，鬼子手里拿着枪就倒在了炕上，脏而臭的黑血溅了一炕。另外两个还在做梦的鬼子，被游击队黑乌乌的枪口指着鼻子，乖乖地一动不动地当了俘虏！

据战前侦察，西房是鬼子的仓库，也是此次战斗主要的进攻目标。在东边激烈战斗进行的同时，老魏已把鬼子仓库的门打开，里面除了有八杆三八大盖枪以外，还有五箱手榴弹、一箱步枪子弹和香烟罐头、面粉等等，几个队员高兴得合不拢嘴，边笑边往院里搬战利品。整个战斗一枪没放、队员一人未伤，就缴获了十二杆三八大盖枪、五箱手榴弹，可以说打得漂亮、打得利索、打得痛快。从此，矿工游击队威名大震。

1941年5月，经过多次战斗之后，矿工游击队就离开了石圪节，到黄碾以北一带活动，归潞城、黎城、襄垣、屯留四县工作委员会直接领导，后来转入正规部队，编入洛阳特务团，其中一部分队员转入兵工厂。

矿工游击队从成立到改编，前后不到两年的时间，但是它在党的领导下配合武工队转战到矿区一带，给鬼子以很大的威胁。矿工游击队在战斗中表现了煤矿工人英勇、顽强和忠于党的高贵品质，在矿区人民尤其在工人中留下了极其深远的影响。

石圪节矿工游击队

潞安矿区第一个党组织

2021年7月，这是一个极不平凡的7月，中国共产党迎来了她百岁的生日。

岁月如歌，往事如烟。

100年前的那个7月，中国共产党诞生了！无数劳苦大众从此有了翻身解放的希望，一场改变中国的大幕徐徐拉开。

100年来，无数的共产党人在崇高信念的指引下，披荆斩棘，用血与泪铺就了通往新中国的光辉大道，用智慧、热情、执著建设着伟大的社会主义国家。

在中国煤矿的红旗矿山——石圪节，有一间具特殊意义的窑洞，据史料记载，这里是潞安矿区最早成立党组织的地方之一。从这里开始，中国共产党人点燃了潞安革命斗争的星星之火。以石圪节煤矿党组织的建立为标志，石圪节煤矿及潞安矿区的煤矿工人运动进入了新的发展阶段。

解放前矿工居住的窑洞

解放初期石圪节煤矿外景

宣传红色革命思想

将历史的指针回拨到那个令国人难以忘记的屈辱的时间。日寇的铁蹄在中国肆意横行，辽阔的中国很难找到一块安静的田园矿山。

1937年抗日战争全面爆发，我八路军129师在朱德总司令、彭德怀副总司令和刘伯承师长、邓小平政委的率领下，挺进华北前线，打击日本侵略者，并提出了"坚持华北抗战，八路军与华北人民共存亡"的口号，在晋东南地区举起了抗日的红旗，并结合实际，宣传党的抗日主张、方针和政策，使之深入民心，极大地调动了当地人民包括石圪节矿工在内的抗日救国积极性。

1938年的石圪节

那时的矿工像牛马一样干活

● "共产党来啦，八路军来啦！"在石圪节矿区，矿工到处传播着129师的消息。饱受苦难在旧社会长期没有民主权利的煤矿工人兴奋地奔走相告。这是多么新鲜和激动人心的消息啊，矿山似乎看到了光明的前景，煤矿井口旁的那棵歪脖子树也笑出了声。

"孩苦抱给他娘"。石圪节原来的黑心矿主听说八路军来了，就让国民党部队的利益代表秦绍观赶快派部队来保护既得利益。可是，他们万万没想到的是，派来的这支穿着匪军军装、拥有阎锡山队伍编制的部队，早就有了共产党的地下组织，这个连的连长名叫董德，他就是个铮铮铁骨的共产党员。

为传播革命的思想、播撒革命的星星之火，董德利用一切可以利用的机会宣传

"裕丰公司"的招牌换成了"黄沙岭采炭所"

把头毒打矿工

革命思想，没事就跑到工友们住的破窑洞里，跟矿工拉家常、讲道理。

一天晚上，董德问工人："当个工人一月挣上八九块钱能养活几个人生活啊？"

大家说："紧紧巴巴仅够吃！"

"穿衣戴帽怎么办？有了老婆孩子又怎么办呢？"

"……有什么办法呢！想多要，哪里来呢？"董德接着说："我给资本家李金榜算了一笔账，一天算上绞车、水泵、材料等等在内，满打满算顶多花上 200 块钱……"

"多不到哪里去。"

"加上 300 来人的工资 100 来块钱，总共不到 400 块钱一天，就算 400 块钱吧！可是咱们工人一天最多要出 100 吨煤炭，按市价 10 块钱一吨来计算，资本家每天就可收入 2000 来块钱。这就是说工友们干上十成的活，资本家却要挣八成，咱工人累死受死连两成也拿不上，这是什么道理？真正累死累活出力干活的工人连个完整的衣服也穿不上，连个老婆孩子也养不起，连顿饱饭也吃不上，这是为的什么？"

话不说不透，账不算不清，理不说不明。董德在给工人的算账中传播了革命思想。

道理慢慢地懂了，眼睛也渐渐地亮了，煤矿工人的腰板也一天一天硬些了。懂得道理的工友们开始觉悟起来、要进行反抗了。矿主无缘无故地打人，不行；到时候不发工资，不行；提高定额，不行；连面对面跟资本家、把头顶嘴的事也越来越多了……

花钱请来的队伍不给矿上撑腰，反而和"窑黑子"一个心，那怎么能行？李金榜不得已连夜派人给秦绍观送了一封信，并且随信带去 500 块钱"红利"，没过半个月，董德这一连人马"因公"调了防。

董德临走时，在西旺张聚兴家开了个送别座谈会。参加告别会的有张聚兴、高尽仁、李辛酉、栗东山、史老尧、牛章锁等八九个人。

一向不喝酒的董德，那天破天荒喝了两杯酒，他端起杯对大家说："大伙千万要抱成一团，常言说孤树不成林，咱们工人不团结一心，干啥事都要吃亏。别的地方都成立了工人抗日救国会，大伙看咱们石圪节矿是不是也应该组织一下，到县上和牺盟会挂上钩，找上面，让组织给出个主意。咱们工人有话一起说，有事一起干，同甘苦、共患难……"

"工人抗日救国会"筹备会

"对，得成立个工救会，村上都成立了农会，镇压了地主。咱们也不能落后……"大家都吵吵嚷嚷地表示拥护，接着老董又把工救会的性质、任务等交代得清清楚楚，把大伙儿心里都说亮堂啦，恨不得马上把工救会成立起来。

老董走后，工救会成立了，游击队开展工作了……

传播革命红色火种

这块土地是丰硕的、肥沃的，是我们的……为了这块土地，1938年春，我八路军粉碎了日军的"九路围攻"。朱德总司令对石圪节煤矿的工人运动十分关心，石圪节矿工同资本家斗争胜利的消息不断传到八路军总部。

据中国妇女出版社出版的《康克清回忆录》记载：1938年春天，为了迅速打开太行山区的工作局面，我们每到一处，发现思想进步、政治上可靠的人，就尽快吸收他们入党，建立秘密的党组织。

在矿工交通员的带领下，八路军工作组和两名工作人员一行四人行进在前往石圪节煤矿的盘山道上，他们刚望见黄沙岭上西大井那高高的井架，伴随着机器的轰鸣，传来了震天撼地的抗日歌声：

工农兵学商，

一起来救亡，

拿起我们的铁锤刀枪，

走出厂矿、田庄、课堂

到前线去吧，

走上民族解放的战场！

工作组一行一到矿上，就受到手举红绿小旗的工救会会员的夹道欢迎，工救会负责人称呼他们首长，他们说："别客气，喊我们同志就行了。"他们没休息，就径直到矿井边和煤场上向正在干活的工友们问寒问暖。

当发现一些工人看到穿军装的人，都有些躲躲闪闪的怕"兵"思想，工作组的同志便和颜悦色地解释道："我们八路军就是土地革命时期打土豪分田地的红军，这个部队是咱穷人的队伍。我们今天是来帮助矿工兄弟们抗日求解放的。"经过他们深入浅出的讲解，当大部分工人和家属都知晓了，八路军就是东渡黄河、出师华北打日本的子弟兵时，大伙都扬眉吐气、奔走相告。资本家和封建把头们却躲在账房里窥探工人们的动静。

《康克清回忆录》

1960年2月26日，康克清同志在给潞安矿务局党委的来信中也明确地写道："经我个人回忆，过去煤窑工人们的生活非常痛苦，敌人的监视非常严密，根据这样一个情况，我们就派了工作组住在煤窑那里，主要是对工人们进行教育和发展党的组织。"

午后，石圪节工会负责人李辛酉、栗东山等人通知工人代表们到煤矿救亡室召开座谈会，会上，工作组的一位女同志作为代表站在讲台上，首先代表朱德总司令等总部首长祝贺矿工们罢工斗争的大胜利，工人们听了乐得直拍手。她给大家讲抗日救国的革命道理，启发工人阶级的政治觉悟，强调工人阶级是无产阶级革命的火车头。但她也按照八路军总部和中共北方局的指示，有意强调了上级首长希望广大工救会会员，在当前抗日民族统一战线中学会既联合又斗争的本领，尽量团结有爱心的资本家参加到抗日阵营中来，鼓励煤矿主有钱出钱、有力出力，为保家救国作出贡献，这就必须把握有理、有利、有节的斗争策略，这是罢工斗争中至关重要的一着棋。在座的工人代表张聚兴、高尽仁等同志听了这段话，觉得既新鲜又重要，要求她再重复讲一下，都想牢牢地记在脑子里、用在行动上。讲过后，矿工们纷纷发言："这一下可明白了一个新道理，打鬼子的事儿也要争取资本家来参加，"工救会负责人李辛酉站起来说："眼下最大的困难是工人不识字，而煤矿又在偏僻的黑山里，工救会缺乏有革命斗争经验的同志，因此不知道如何对资本家进行又团结又斗争的工作，这个政策分寸实在不好把握，请求八路军总部一定派人来矿上做指导。"工作组那位女同志又

李庚鑫（左）与申玉恒同志在一起

补充说："主要还得靠你们领导骨干，依靠全矿工人兄弟，还可以去跟上党牺盟中心区取得联系，只要工友们同心协力团结战斗，就什么事儿也能办成办好！"这时，发现门外有窑主派人监视，他们最后放低声音安慰工友们道："至于总部派人来矿上帮助工作的事儿，我们回去向组织上请示，尽力满足大家的要求。"这次座谈会开得十分热烈，一连开了5个多小时，工会领导人和会员代表们依然意犹未尽。

　　眼看夜幕降临了，工作组又赶到沟沟岔岔里的矿工窑洞里，去慰问老弱病残工人，见他们居住的窑洞十分简陋，还是十几个工人挤在一盘长条土炕上，摆在上面的是一些令人心寒的破被、破枕、烂席片，看来，那些伤残工人翻个身都很困难。每个矿工除了随身衣物和干粮外，就是放在地上的马牙镢和头顶灯了。一打听，每日他们只能喝几顿白薯干糊糊，偶尔吃上一顿高粱米，就算改善生活了，白面是很难吃到的。

　　下班回到窑洞里的工友们，发现来了八路军慰问团，又见为首的是一位英姿焕发的女兵，便纷纷围拢过来，当工作组成员微笑着向工友们说明来意后，矿工们才无拘无束地谈了起来，打听抗战形势，日本人占了什么地方，八路军是谁领导的队伍，日本人会不会侵占到石圪节来，资本家会不会投降日本人，等等，对这一连串的发问，工作组一一作了通俗易懂的解答，同时也征求工友们对形势的看法和态度。直率坦

诚的工友们一听来了亲人八路军，便一个个兴奋不已，勇敢地表达自己的想法。这次紧密联系抗战局势的自然讨论会开得十分活跃，从工棚、窝铺、土窑洞到黄沙岭上、矿井边，不知不觉谈到了深夜，经催着吃饭的李辛酉提醒，工作组才不得不结束了与工友们谈心式的慰问会。

工作组一行，为石圪节矿山的革命事业播撒下了革命的火种。石圪节这块美丽而神奇的土地，不仅孕育了万物，更滋养了每名矿工刻进骨子里的勇敢坚强、流在血液里的敦实憨厚；无论铁蹄蹂躏还是剥削，这块兼容并蓄的土地，都是最坚实的脊梁，承载着工人托起梦想，向着光明、向着远方。

成立红色党组织

"我志愿加入中国共产党"，这庄严的承诺，是信仰上的主动选择，是组织上的高度认同，也是石圪节矿工的毕生追求。

工作组一行回到总部，立即把慰问实情和矿上工运工作向朱德总司令和野战政治部首长作了详尽的汇报。首长们听了，都感到急需派民运工作队同志去加强对石圪节煤矿工人运动的帮助和领导，经过一番物色，在总部供给部找到一位原籍四川南部县的红军老八路，既是共产党员，又当过煤矿工人，名叫杜长俊，这是最合适不过的人选了，经过中共北方局介绍，他和民运处干事章南、张金昌等深入石圪节煤矿筹备党组织工作。因熟悉工作，他去了不久，就打开了工运工作的新局面，发展了在工人抗日救亡运动中涌现出来的积极分子，从而在这几代矿工受尽折磨的漫漫长夜里，燃起了指引工人抗日运动的星星之火。

1937 年 9 月，中共潞城县工委派牺盟会工作人员李梦华同志到石圪节煤矿发展共产党员。经李梦华介绍，高尽仁第一个加入中国共产党。

1938 年夏天，中共潞城县委党组织在石圪节煤矿又发展了一批共产党员。经八路军总部第五行政区工作人员章南、张金昌、曹天越、杜长俊同志和潞城县委特派员李梦华同志介绍，张聚兴、史春田、栗东山三人一批加入中国共产党。从此，潞安矿区和石圪节煤矿有了第一个党小组，杜长俊同志任党小组组长，党员有高尽仁、张聚兴、史春田、栗东山 4 人。八路军在潞安矿区石圪节煤矿播下了第一批红色种子，点燃了煤矿工人抗日救国的红色火炬。

1938年9月，中共潞城县委又在石圪节矿工中发展了第三批共产党员。据李辛酉等人回忆，第三批共产党员有李辛酉、王庚子、宋小旺、郭杞桐、柴子英、张秃孩和李发枝等人，并正式建立了石圪节煤矿党支部。

从此，石圪节煤矿建立了第一个中国共产党党支部——石圪节煤矿党支部，这也是潞安矿区第一个红色党支部。以石圪节煤矿党支部的建立为标志，石圪节煤矿及潞安矿区的煤矿工人抗日救亡运动进入了新的发展阶段。党组织的建立也为进一步开展工人运动树立了领导的旗帜和核心，为后期更加残酷的对敌斗争奠定了良好的思想基础。

一个新的革命火种在沉沉黑夜的矿山点燃。

一粒种子，发芽，破土，迅速成长着。

指导矿工大罢工

石圪节党组织的成立，像一盏明灯，为石圪节工人阶级指明了奋斗方向；像一束火苗，燃起了煤矿创建党组织的燎原之势；像一粒种子，在煤矿生根发芽，历经磨难茁壮成长，对石圪节革命事业的发展产生了深远影响。

石圪节党组织成立后，在潞城县委领导和支持下，在广大矿工中开展广泛深入的宣传教育活动，促进了石圪节矿工阶级觉悟的迅速提高，为后来的罢工斗争打下了坚实的思想基础。

1938年6月23日下午，经过半个多月的石圪节矿历史上第一次有组织、有领导、有纲领的大罢工揭开了序幕。这一天，工救会在石圪节的煤场上，召开了有300多人参加的工人大会。会上，工人向资本家提出了5个条件：

1. 把12小时工作一班改为10小时工作一班；

2. 工人工资照数发给，不打任何折扣；

3. 保证米票换米足斗；

4. 把头不准打骂工人；

5. 工救会有代表工人之权，开除工人必须经过工救会同意。

第二天上午，党组织派张聚兴、高尽仁来到矿经理办公室，向李金榜

入党宣誓

传播革命火种

的全权代表姜玉亭提出了上述 5 个条件。姜玉亭不但不接受工人们的条件，反而狂妄地宣布："制度是开矿以来就有的，谁也不能改变！"谈判破裂了。根据潞城县委指示，工救会决定 6 月 26 日举行全矿总罢工。

26 日中午，连来买煤的老乡也和工人们一起聚集到煤场上来，参加了这场罢工斗争。矿工们推选出栗东山、张建兴、高尽仁为代表，再次同姜玉亭谈判，但仍无结果。后来，在潞城县民主政府的支持下，罢工继续进行。最后迫使姜玉亭答应了工人们的 5 个条件，照发了罢工期间的工人工资。罢工斗争取得了彻底的胜利。

石圪节大罢工的胜利，使石圪节煤矿的工人运动和救亡工作不断深入，同时也推动了周围小河堡、五阳岭、东旺煤矿工人运动的蓬勃发展。1940 年年初，农村一部分劳动力流向矿山，石圪节煤矿资本家借此机会，又重新宣布了"工资新办法"，便于更多地榨取工人血汗。2 月 29 日，石圪节工救会根据地下党组织的指示，召开了一次工人积极分子大会，提出了组织罢工方案，拟定了 3 个条件，由工人代表与资本家李金榜的全权代表姜玉亭谈判。姜玉亭一面口头答应可以考虑，一面暗中派人和日本驻长治的宪兵队联系来矿抓走了王庚子同志。王庚子同志被捕后，石圪节煤矿又全部停了产，再一次举行了全矿大罢工。罢工坚持了半个多月后，姜玉亭沉不住气了，他传话过来说："只要先复工，其他事情好商量。"矿工们知道这是在

石圪节煤矿大罢工

要花招，毫不退让地回答："不释放工人代表，不答应工人提出的条件，决不复工！"结果，姜玉亭无可奈何，终于被迫答应了 3 个条件，并拿出 3000 元从日寇宪兵队保释出了王庚子同志。这次大罢工一直坚持了 20 多天，也是石圪节煤矿

工人运动史上坚持时间最长的一次大罢工。

石圪节的这次罢工斗争，工人不仅要求改善生活生产条件，而且提出了工救会有保护工人的权力，这些明确的斗争目标代表全矿工人的要求，因此，最大限度地吸引了工人群众到斗争的行列中来。重要的是，斗争有了党组织的领导就避免了走这样或那样的弯路。这些都是斗争胜利的基本要素。

有党组织发挥作用，有英勇的矿工们。首战已经告捷，后面的斗争一定还会取得更大的胜利！

领导矿山解放

目光再次聚焦到那个波澜壮阔的年月。1945 年 8 月 18 日，在中国共产党的领导下，英勇无畏的石圪节矿工高举红旗，在矿井口上打响了武装起义的枪声。

当太阳从东方升起的那一刻，曾经被日军侵占的黑色矿山成为一片孕育希望的红色大地。

1945 年 8 月 14 日，日本政府宣布无条件投降。八路军越过长治城外堡垒线，进抵城郊，准备收复长治。同时，命令太行第四区地委副书记兼军分区副政委王谦同志负责解放石圪节的战斗。

根据各方情报，初步定于 8 月 17 日晚起义。但日军准备撤退的同时，对矿区加强了警戒，不准陌生人出入，并对各个据点与石圪节煤矿之间的区域进行 24 小时武装巡逻，这些反常的举措让大家心中不安。通过大量的情报工作，我军才得知日军在撤退前企图炸毁石圪节煤矿。

8 月 17 日夜，矿区内外一片寂静，人们都怀着急切的心情等待着起义时刻的到来。次日凌晨一时许，我军主力部队一个前哨排到达西旺村，矿上特工带了一个班剪断电雷线后，王谦带领的主攻部队赶到。根据既定的暗号，特工带领的一个班和策反的矿警班急速向三角院冲去。刚到三角院门口，就与日军留守部队相遇，短暂的战斗后，日军溃逃。煤矿工人按照特工的安排，

在三角院中设置有残害矿工的刑具

日军把石圪节煤矿变成一座人间地狱

将电机、电线拆卸下来，连同弹药和其他物资一起装在车上。到天色微明时，石圪节煤矿终于回到了人民的手中。

1945年8月20日，《新华日报》头版以"挺进长治我军收复石圪节重要煤矿"为题作了报道："本报前方18日电：长治北之敌重要据点石圪节煤矿，昨晚已为我军收复。该矿为上党有名之煤矿，产量甚大，为供给上党地区燃料之重要来源，敌人占领长治后，对该矿极为重视，警戒极严。此次我军围困长治后，即以主力一部于昨晚一举将该矿攻克，俘伪军40余人，击毙日军3名，缴获轻机枪3挺、步枪70余支、电台1部、战马7匹，其他资材极多。此役，我军仅负伤6名。"

时隔多年后，侥幸逃脱的驻石圪节煤矿日军军官宫松在其回忆录中还对当时的战斗胆战心惊，说那是一场没有任何心理准备的惊魂战。石圪节煤矿"8·18"起义，为中国共产党抗日史书写了不朽的一笔，也正是从那一天起，石圪节告别了苦难的历史，在血与火中获得新生。

"大海航行靠舵手，万物生长靠太阳"，因为有了太阳的普照，世界才显得风光明媚、生机盎然！因为有了共产党的领导，石圪节才取得了矿山的解放！因为共产党的领导，矿工们才迸发出前所未有的力量！

只因有了党组织。

（本文入编国家应急管理部应急管理出版社出版的《百年煤矿话百年》一书）

矿山初心

——石圪节早期的共产党员

石圪节煤矿是一个有着光荣革命传统的老矿，是一块用革命英烈的鲜血染红的神圣土地。在这块英雄的土地上，无数心怀坚定理想信念的共产党员不忘初心，经受血与火的考验，矢志不渝地朝着远大的目标前进。

面向党旗喜宣誓：石圪节第一批共产党员之一高尽仁

翻开石圪节的组织史，跃上纸面的是第一批共产党员之一高尽仁。他为了理想和信仰舍生忘死、英勇斗争，谱写了"砍头不要紧，只要主义真"的热血诗篇。

高尽仁，1912 年出生，男，山西省襄垣县东王桥村人，1930 年 10 月来石圪节当工人，1937 年 9 月，由潞城县牺盟会黄碾区特派员李梦华同志介绍加入中国共产党。

1937 年 12 月，高尽仁同志受潞城县工委的委托，光荣地出席了山西抗日五专署首届党代表大会。1938 年 4 月 30 日，高尽仁同志在石圪节任工救会副会长时，同张聚兴会长积极组织工人举行十五华里的游行示威，声援开滦五矿同盟大罢工。1939 年 7 月间，太南总工会续敏（续帮彦）同志到石圪节传达山西抗日五专署的抗日指示精神。高尽仁同志和续敏同志紧密配合，在工人自卫队的基础上组建了"工人游击队"，高尽仁任队长，并自费刻"潞城县裕丰煤矿工人抗日游击队"章，走上规范化的抗日道路，随后带领 30 余名游击队队员配合正规部队，与敌人周旋于故漳、常村、黄碾等地。同年 8 月，石圪节矿游击队改编为"洛阳团矿工游击队"，

1940 年又改编为"八路军总部警卫团六连"，高尽仁任连长，参加了保卫黄崖洞战役及百团大战。

1941 年，高尽仁同志抗大毕业后，担任太南四分区侦察科科长，参加了著名的上党战役。1945 年任潞城县五十八团二连指导员，参加了平汉战役。1947 年随军南下到大别山历任鄂豫地区政治科、组织科科长。1949 年转业后，曾任湖北省军区荣军学校一大队政委，湖北省中医学院院长，湖北省中医学院附属医院党委书记、院长等职。1981 年离休于湖北省中医学院附属医院。

英勇当先挑重担：石圪节第一任党支部书记张聚兴

石圪节的历史，红色的基调、红色的基因、红色的基础。红色已成为矿山永恒的记忆，成为石圪节精神的生动内涵。这红色中，有着第一任党支部书记张聚兴的记忆。

张聚兴，又名张小三，1912 年出生，河南省林县（今林州市）河涧镇河口村人，1938 年加入中国共产党，任石圪节煤矿第一任党支部书记。

幼年时期的张聚兴因家境贫寒到石圪节附近的西旺煤矿当童工，1929 年到石圪节矿当工人。1937 年受党的地下工作员董德同志的启蒙教育，懂得了煤矿工人为什么吃苦受压迫的道理，在思想觉悟提高的基础上，紧密配合董德同志组织工人成立了"潞城县裕丰煤矿工人救国会"，并任会长，积极组织工人同资本家作斗争，并提出 5 条维护工人利益的条件。

1938 年，潞城县工委、牺盟会派县委组织部副部长陈玉龙到矿组建石圪节（裕丰）煤矿第一个党支部，张聚兴同志任支部书记，任职期间，他配合八路军总部工作员杜长俊同志，深入工人中间，宣传党的抗日主张，贯彻党的统一战线方针和政策，努力发展生产，保证了军需民用煤炭的供应；同时还组织成立了工人俱乐部——抗日救亡室，为工人开展活动提供了活动场所；同年 9 月，张聚兴同志带领石圪节矿工队伍，身背长矛大刀参加了八路军总部由彭德怀司令员在故漳主持召开的声讨日本帝国主义、声势浩大的纪念"九一八"7 周年大会，会上，张聚兴代表石圪节煤矿工人发了言，受到与会领导的高度肯定。

1945 年 8 月，日本帝国主义宣布无条件投降。张聚兴同志随即同八路军转入了解放战争，打进长治城接管了自来水公司。在平汉战役中，参加了收复安阳、汤阴等城镇的战斗，后转入河南省总工会工作。

1952 年至 1982 年，张聚兴同志历任郑州市重型机械厂精工车间主任，郑州市商业储运公司第三仓库主任、书记，1982 年离休。

矿工起义举红旗：石圪节武装起义负责人王根喜

尘封的石圪节历史没有被眼前的花好月圆碾成碎片，因为石圪节人不会忘记，历史不会忘记。肃立在小寒山头，我看见黎明前的天空是如此漆黑；肃立在小寒山头，我看见满天星光是如此璀璨。恍惚间，我仿佛又看到了石圪节武装起义的惊心动魄，仿佛又看到王根喜带领武装起义的期待与期盼。

王根喜，1912 年出生，1942 年加入中国共产党。抗战时期，组织矿工对日军开展地下斗争，是里应外合解放石圪节的主要领导人之一。

1924 年，12 岁的王根喜被送到本村地主家当长工；1933 年随父到石圪节矿做工。多年的苦难生活，在他心灵深处埋下了阶级仇、民族恨，同时也熬炼出了刚烈的性格。

青年时代的王根喜身材魁梧，质朴谦逊，慷慨豪爽，气力超人。他不吝财，同情穷人，经常倾其所有，慷慨解囊帮助别人，因此工人们都很喜欢他，遇事都爱找他商量，年轻人都亲切地叫他"大哥"。

1937 年，他结识太南总工会工作人员、地下党组织的刘奎尧（工人中的党员干部），并和李辛酉、陈玉龙等人来往密切，受到党的影响，加上受当时抗日思想教育，使他迸发了挽救民族危亡的革命思想。1938 年在张聚兴、高尽仁带动和影响下加入了工救会。他积极从事活动、发展会员、散发传单，主张向资本家提出"减轻工人劳动强度，缩短劳动时间"等条件，深受工人们的称赞。

日军侵占石圪节后，改石圪节煤矿为"山西煤矿黄沙岭采炭所"，疯狂掠夺煤炭资源，并对工人进行"杀鸡取卵"的剥削和压迫。王根喜与以记账先生为掩护的地下党员刘奎尧经常联系，及时传达上级党的指示，向工人宣传"我国地大物博，人口众多，日本是个小国，人少地小，日本人必败，我国必胜，工人阶级不做亡国奴，人人争做抗日战士"的革命道理。广泛开展串联、谈心、交朋友，极大地增强了广大工人的抗日信心；在宣传革命道理的同时，采取区别对待的策略，教育大多数，争取中间派，孤立少数顽固分子，对伪军和"把头"及其家属进行细致的争取教育工作。

王根喜气力超人，在日本人举行的摔跤比赛中大显身手。日本人举行摔跤的目的，一是逞其威风；二是通过摔跤娱乐中国人。既有胆略，又有气魄的王根喜，敢和日本人进行较量。一次，日本人由长治、常村、小河堡、庙凹等地，选派了精干的大力士，其中的十几名都败于王根喜手下，只剩下一位号称摔跤大师的，王根喜以稳战、巧用气力的战术，有意摔为平局，两人并列冠军，在场的日本裁判员及军官士兵无不喝彩称赞："王的，大大的好，大力士的。"足智多谋的王根喜就这样赢得了日本人的敬佩和信任，为更好地开展地下工作创造了条件。王根喜摔跤之事当时在矿山传为佳话。

1945年6月，全矿戒严，电网通电，各出入口增岗。同时，鬼子到处张贴告示："没有日本长官高桥的亲笔信，任何人不准下山，违者杀头。"在这森严壁垒的情况下，王根喜果断召集刘炳忠、宋茂生、孙俊山等地下党员商量，决定从九丈深的井筒半中间的抽水筒爬出来，传递消息，使党组织随时掌握鬼子的情况。次日，鬼子又严密封锁矿山，强迫工人把炸药运到坑下，鬼子的动作，更使王根喜心急如焚，他察觉到鬼子可能要炸井，怎么办？恰逢一名工人触电身亡，王根喜以埋人为名领着二三十人抬着棺材下山，王根喜来到南门口，上前给矿警两支香烟说："唉，老总，这个人是王大把头（指王有德）大前天领着你们的兄弟给整死的，搁了两三天了，尸骨都臭了，刚才得到你们队长的同意，把他埋了去，就在山下不远处，去去就来。"那鬼子一听这番话，捂着嘴看了一眼，便说："去、快去！"王根喜下山见到八路军首长迅速报告了矿上鬼子的情况，并根据情况的紧迫与党组织做出当天夜里12点里应外合解放石圪节的作战计划，随后快速返矿，及时向大家传达了作战计划。晚上9时在工房做了具体分工，设定联络暗号和口号，党的武装部队到矿时，以左臂系白毛巾（用白面袋代替的）为标志，口令是"馒头"，回答是"老三"（即自己人），由王思荣、王炳生（电工）拆运机械主要部件和切断电网线；王忠宝、王玉成夺去坑下伪矿警的枪支弹药；王秘昌、刘全奎转告工人做好自身准备和监视，观察敌人的动态变化；路黑则到南门外把武装部队引进矿内的"三角院"（日本鬼子驻矿指挥大本营）。任务下达后，夜里11点钟，王根喜多次到各个地方周旋，注意着敌人的一切行动，并给没有毛巾的人发了毛巾。起义时刻到了，汽笛长鸣，电网线被切断，全矿一片漆黑，在王根喜的指挥下，配合八路军经过短时的激战，击毙了矿警备队队长，其余的当了俘虏，矿山回到人民的怀抱。

8月24日，太行行署委托潞城县抗日政府在潞城召开"里应外合，解放石圪节"胜利大会，会上给王根喜颁发了奖章、荣誉证书，并授予二等功。

1949年后，王根喜历任煤炭工业部华北煤管局某处处长、太原煤管局技术安全处处长等职。1985年3月，因病去世，享年74岁。

从昨天到今天，在石圪节，红色的旗帜始终飘扬。从今天到明天，在石圪节，红色的脚步仍在继续。红色，已经映红了这片土地，也映红了这片土地的未来……

普通的共产党员们，在这片红色的土地上，动人的篇章一直续写着……

矿山烽火

　　1945 年 8 月 18 日，八路军太行第四军分区一举歼灭了盘踞在石圪节煤矿的侵华日军，解放了矿山。石圪节煤矿从此成为八路军接管的第一个煤矿。在解放石圪节的前前后后，八路军太行第四军分区情报处（对外称"太南办事处"）曾派遣许多特工潜伏矿山内外，一场看不见的秘密战悄然展开。长治市红色文化研究会会长戴玉刚先生在《解放石圪节秘密战》中进行了详细介绍——

"太南八办"发展内线

　　日军在石圪节除掠夺煤炭资源外，还增置兵工修造设施，建起军械修造厂。整个矿区周围筑有碉堡 12 座，高墙电网相连。墙外挖有壕沟，沟内遍布地雷。进出矿区要经过三道大门，均设有岗哨，戒备森严。矿区内自备有发电设备，灯火彻夜通明。日军指挥所设在三角院，居高临下，可俯视全矿。担任守备的是日军一个小队，30 多人；一个矿警队，50 多人。矿上的军、政、财大权独揽于日本军官宫松一人手里。在八路军太行第四军分区情报处接管石圪节煤矿前，潜伏在石圪节煤矿的地下党刘奎尧、王根喜、续帮彦、高尽仁、李岗等，已经采取"矿内和矿外、公开和秘密、分化和瓦解"三结合的措施，最大限度地孤立和打击日伪军，保护矿山资源。同时，积极发展内线，搜集情报，长期隐蔽，伺机起义。

　　1943 年，八路军前总情报处将石圪节地下党的关系移交潜伏在平顺的八路军太南办事处（简称"太南八办"），再经地下党负责人刘奎尧、王根喜发展的石圪节煤矿内线杨春荣（煤矿工程师）转交太南办事处一股外勤秘书王岩后，决定交通员为王狗孩。后来，又经杨春荣介绍，发展丁戍丙为内线。丁戍丙是个孤儿，曾在阳泉给日军当过勤务员，与杨要好。丁当时负责管理石圪节煤矿的电力要害——变电器。

通过杨春荣，太南办事处得到驻矿矿警队的情报。矿警队50多人中，有20人从阳泉调来，约有一半人表现恶劣，最坏的一个班长叫郭朝晖，明里敲诈勒索，暗地给日军充当密探；有30人从长治铁板厂调来，长治人居多，多数人表现较好。阳泉派、长治派表面一团和气，实际上勾心斗角。长治来的三个班长，祖籍都是河南，分别是任安卿、李生祥、付文才，其中，文书上士付文才是林县（今林州市）人，为人和善，寄居于长治东门外壶口村，可以争取。

了解到这一情报后，八路军太南办事处主任江涛命令王岩负责策反付文才。为保密和安全起见，王岩请长治情报站特工崔玉山先从付文才的父亲身上打开缺口。利用年前慰问的机会，崔玉山和其辖区壶口村付文才的父亲"套上"关系，经反复宣传抗日救国、将功赎罪的道理，付文才的父亲答应做策反儿子的工作。

正月初六，崔玉山安排付文才的父亲来平顺县寺头村八路军太南办事处秘见王岩。进一步交谈后，王岩嘱咐他："如果付文才愿意和我交朋友，愿意给八路军做事，那就亲笔给我写一封信，并写清他在石圪节附近村庄认识哪些人，由谁担任交通员具体和我联系。"

正月初八，付文才的父亲再次来到寺头村，当面交给王岩一封付文才亲笔写的信，信中说，他是个文书，外出机会不多，只认识附近西黄岭一个老头，叫王存羊。经常到他家洗补衣服，私交很好，可以依托。

在王岩看信的当儿，付文才的父亲说："有些话文才不便写在信上，他让我口头告诉你三件事，一是我进矿后，老乡任安卿来看我，文才把交朋友的事告诉了他，并征求他的意见。任安卿立即表示，他也愿意和你交朋友，托我求你批准他。二是，李生祥班长怎么办？三个班长一起从铁板厂调来，又都是河南老乡，背着他不好，可是，李班长脾气不好，爱训人打人。不过，他军事方面有特长，能打仗，与汉奸郭朝晖有矛盾，可以利用。文才问八路军长官能不能和他也交个朋友，如果可以，文才负责做他的工作，把他争取过来。第三件事也是最重要的一件事。文才说，矿警队有3挺机枪，但没有人会使用，日军正急于寻找机枪手。和文才一起在铁板厂共过事的老乡刘春言是个好枪手，他住在长治县山门村。刘春言曾透露过与八路军有过关系。若刘春言同意来矿上，任安卿表示愿意当推荐人。"

根据付文才父亲提供的这些情报，八路军太南办事处经过反复研究，决定由王岩出面与外线交通员取得联系，在得知外线交通员郭保宝与西黄岭的王存羊关系较好后，王岩托郭保宝做王存羊的工作，结果王存羊很痛快地答应担当王岩与付文才之间的交通员。同时，王岩通过交通员王狗孩正式答复付文才，任安卿可以交朋友，李生祥的工作由任安卿以个人名义争取，暂不暴露付、任与八路军的关系。关于机枪手刘春言，王岩表示待与刘春言接触后再行动。

争取刘春言

正月十一，八路军太南办事处主任江涛通知各县情报站特工到平顺县东坡村开会。东坡是长治各地情报与寺头情报总站传递的交通站。会上，大家交流了情报工作的经验和教训。休息时，江涛单独听取王岩、崔玉山汇报石圪节的情况。提到刘春言时，崔玉山介绍说："刘春言在铁板厂曾与我们有过关系，他现在是否愿意离开山门村去石圪节潜伏，还需要做一定的工作。"江涛决定由王岩、崔玉山、弟敏学、李庚鑫共同去做刘春言的工作。

会议开到正月十五，上午休会一天。傍午时分，正在东坡等待开会的特工们突然看见老顶山浓烟滚滚，枪声四起，顿时议论纷纷。此时，江涛正在指挥部队攻打老顶山。

情报工作就是这样，尽管大家都是一个战线的同志，但各人只管各人的线，别人在干什么，不准说也不准问。昨天休息时，江涛还在东坡听取王岩、崔玉山汇报石圪节的情况，晚上便秘密离开东坡，前去智取老顶山。

东坡情报会议结束后，王岩、崔玉山、弟敏学、李庚鑫、邵丰秋赶往长治情报站东禅村据点。当天派交通员叫来刘春言。寒暄数语后，崔玉山开门见山地说："我们在铁板厂有过交道，算是老朋友了。今天老王请你来，商议让你打入石圪节的事。你是否愿意，有何困难？"

刘春言是旧军队出身，特讲义气。他爽朗地说："兄弟我是无家可归之人，在哪里也为混碗饭吃。只要哥们儿看得起我，兄弟万死不辞。"

刘春言的态度明朗后，王岩即安排交通员郭保宝通过王存羊往石圪节煤矿里面送信，告诉付文才马上通知任安卿向日军推荐刘春言。很快，王存羊带出付文才的口信。日军宫松队长提出录用刘春言必备三个条件：第一，找三个铺保；第二，试用期一个月，经考核合格方可入册；第三，押眷属为人质。

铺保三个好找，三个班长就是现成的；刘春言行伍出身，试用期一个月也不会有什么问题；唯有眷属不好解决，刘春言系光棍一人。

事已至此，王岩决定先走一步再说。不久，刘春言由任安卿领进石圪节煤矿面见宫松。宫松亲自对他进行考试。限时拆装机关枪、排除枪械故障、点射各种目标、连发打靶实战等科目，刘春言样样在行。宫松十分满意，很快将机枪班成立起来，任命刘春言为班长，并命令他立即将媳妇带来。

假扮夫妻潜伏敌营

到哪里给他找个媳妇呢？王岩犯了愁。崔玉山根据他掌握的情况说："据我了解，刘春言住在山门村，就是冲着他的女友秋菊去的。秋菊是个童养媳，与她丈夫年龄相差20多岁，老夫少妻感情一直不好。"经八路军太南办事处进一步了解，商定由刘春言做秋菊的工作。

事隔两天，刘春言来找王岩，说："秋菊矛盾得很。她早想离开那个老头子，可是又舍不得离开心爱的幼子，但带走孩子，老头子肯定不放。我提个要求，就是等完成任务后，你们要保证我俩以假成真结为合法夫妻。"

王岩说："回去劝秋菊坚强起来，如果同意和你一起打入石圪节，她就是八路军的交通员，就是我们的同志。儿子离开母亲，还有父亲照顾。至于你们的婚事，那是以后的事了。咱们解放区实行婚姻自由，胜利后，这些事好办。"

刘春言于是回去再做秋菊的工作，秋菊终于同意和他私奔。刘春言"夫妇"是八路军太南办事处派遣的，须建立专线联系。外线还需要一个交通员。经潞城县地下党组织推荐，故县村地下党员张保只同意由其10岁的儿子张殿喜担任交通员。于是，由王岩、崔玉山出面，张殿喜认秋菊为干妈，这样出入方便，传递情报不致引起怀疑。

付文才、任安卿、刘春言等配合默契，不长时间就联系到20多人。1945年5月，这些人受微子镇伪军头目王清林率部起义的影响，强烈要求到解放区去。王岩把此要求报告江涛主任后，江主任指示他转告矿警队的自家人，时机尚未成熟，暂时还需潜伏。

7月底，有关日本即将投降的小道消息不断传来，石圪节煤矿情况恶化，交通线受阻。弟敏学受江涛主任派遣前去整顿。第三天早晨，弟敏学正在吃饭，被汉奸唐忠厚带领的伪军发现，由于寡不敌众，弟敏学不幸牺牲。

王岩忙于料理弟敏学后事，暂时与石圪节内线失去联系。任安卿急于反正，竟然穿着伪军服就跑到故县村，见人就打听王国良（王岩化名）的住处。村里人说没有王国良，只有一个崔国亮，任安卿便直入崔国亮家，差点造成故县地下情报站失密。王岩得知这件事后，严厉地批评了任安卿的盲动行为。

里应外合互递情报

8月12日，太行军区司令员石志本命令：由太行四地委副书记王谦、黎城独立营营长钱光达、太南办事处主任江涛组成解放石圪节潞城前线指挥部，里应外合收复石圪节煤矿，黎城独立营为攻打石圪节的主力，长治敌工站、情报站和工会联合行动，配合主力行动。

命令下达后，江涛主任派遣王岩、李庚鑫和交通员郭保宝化装成矿工，在王存羊家里与付文才接头。付文才虽然多次接受王岩指示，但并没有见过王岩。郭保宝互相介绍后，付文才很高兴，当得知他们专为收复石圪节而来时，他激动得热泪盈眶。在这里，王岩传达了太行军区指示精神，结合石圪节煤矿的实际情况，初步决定8月17日夜10时至12时起义。具体部署为：南门为主力的突破口，到时由刘春言负责带班开门，以击掌三声为信号。南二门由李生祥带班，协助主力进攻三角院，以探照灯闪三下为停电信号。任安卿负责警戒其他矿警，谁敢反抗打死谁。杨春荣负责守住电机房，看见探照灯闪三下即刻停电。丁戍丙负责剪断地雷线。另外，由工会派两个人配合矿工管理好井下炸药、雷管和其他物资。停电后通过人工绞架把矿工提上坑来。同时还规定每天互通情报，急事急报，严守机密。随后，王岩等人及时向王谦作了详细汇报。

此时，日军已经开始秘密安排撤退前的准备，并计划炸毁矿井。15日，矿区加强了警戒，不准陌生人出入，庙凹据点和石圪节矿之间的范围内进行24小时武装巡逻。我们的情报联系突然中断。

16日，矿内特工为了送出杨春荣绘制的日伪军军事设防图和矿区内交通路线图，只好从煤窑中间的抽水筒里游出来。接到此情报，王岩委派李庚鑫急忙送到黎城县，交给钱光达。

17日上午，矿区内外的交通仍然没有打通。矿工王德三的母亲只好冒险前去送信。南门口电网门紧闭，王德三的母亲不停在喊："德三，你个'不孝儿'，我已经饿了三天三夜，你也不回家给我送点吃的。"矿警不敢开门，但主动帮她去叫人。

潜伏在矿内的王根喜听到门外德三的母亲来找德三，便对矿警说："德三正在窑下，我去给她送点钱。"王根喜边走边想，昨天晚上听杨春荣传达口信说作战即将开始，今天又有人来，准有大事。隔着电网，王德三的母亲只说了一句："老赵叫你赶紧去一趟。"老赵是工会负责人。

得此消息后，王根喜急于出矿。恰在昨天窑下砸死一个矿工，正停尸待埋。于是，王根喜叫来袁炳生、刘岐山等，抬着棺材出了矿。其他人去埋葬工友，王根喜、袁炳生、刘岐山匆匆去见老赵。老赵吩咐王根喜说："今晚我军要收复石圪节，刘岐山跟我走，给部队带路，袁炳生配合任班长行动，王根喜负责保护好雷管炸药，拆卸机器。今晚口令为'老三'，凡右臂戴白毛巾的都是自己人。"

胜利后登上石圪节炮楼

这边石圪节地下党安排矿务工作，那边八路军太南办事处正在急取军事情报。王岩、王狗孩按照事先约定好的地点，藏在东门外玉米地里等待接头。矿内有一群日军抢来的羊群，每天由矿警负责放养。付文才、任安卿需要往外送情报时，就安排自己人当羊倌，出东门接头。

10时许，刘春言出来放羊，告诉王岩："所有据点都部署完毕，专等部队前来。刚才3个日军带着8名矿警去常村接大太君。听说日军要把我们和矿工带到太原东山，可能要来20多辆车，现在已经不让矿工回村。另外，日军已经安排人准备炸毁矿井。"

王岩说："这些情况很重要，我们已经有所安排，今晚上一定要勇敢。"

焦急地等待

17 日夜 12 点已到，主攻前哨部队却没有来。煤矿外，包括民兵、担架队在内的支前人员都在急切等待中。王岩不停地派刘岐山与敌工站的老贺联系，只打听到部队已经出发的消息。

煤矿内，准备起义的人员更是心急如焚。刘春言猜测，12 点已过，部队没来，是不是漳河发了洪水，部队无法过河？刘春言在南门楼上不停地用探照灯晃着预定的进军路线。李生祥是个急性子，在二门岗外不停地徘徊，烟头扔了一地。付文才、任安卿的值勤点最近，两人更是担心不已。任安卿心想，今晚的行动是我一手安排的，如果弄不成，明天怎么办？反正不能再在这里干了。

王根喜和袁炳生忙得团团转，又要派工，又要通知人们戴白毛巾，又要叮嘱大家记住口令……为难的是，有的人并没有白毛巾。没办法，为刚死的那个矿工准备的白布还剩些，王根喜顾不了忌讳，拉成条子发给矿工。更有着急的矿工建议王根喜再从窑筒水道游出去，问个明白。

快到凌晨 1 点了，部队仍然没有来。王岩同老赵商议："如果发生意外，我们在里面多年经营的特工人员都有生命危险。当务之急是稳定他们，不得松懈。"

正准备往里送信的时候，刘岐山带路的一个前哨排终于赶到，人们欣喜若狂。

王狗孩急忙带一个班前去南门联系。其他战士隐藏在大路两侧。王岩确认壕沟的电线已经剪断后，便向岗楼方面击掌三声。刘春言回了暗号，情不自禁地在岗楼上说了声："你们可算来了。"刘春言带 3 个人将门打开，命令岗楼上发信号。探照灯朝着电机房方向闪了三

石圪节矿山解放纪念碑

下，霎时，整个矿区漆黑一片。

刚进头道门，李生祥带的一个矿警班前来接应。对上暗号后，李生祥带领两个班的兵力向三角院冲去。刚到三角院门口，就和发现停电出来查哨的汉奸郭朝晖相遇。郭朝晖喝问口令未得到回答，便随手扫了一梭子弹，李生祥被打倒在地，两个战士也负了伤。前哨部队马上还击，郭朝晖见势不妙，向炮楼窜去，边跑边喊："八路来了！"

这时，任安卿带着后援部队也冲了进来。宫松闻讯急令撤退到炮楼里，紧闭楼门，任下面再三喊话，死不缴械。主力部队只好决定对炮楼实施爆破，但由于爆破组炸药有限，炮楼未被炸倒，宫松免于一死。

全矿停电后，王根喜把事先准备好的电石灯分配给杨春荣、袁炳生等，分头指挥矿工们抢运物资。杨春荣负责指挥拆卸电机、电线，袁炳生负责指挥拆卸机床和零件，丁戊丙负责拆卸变电器，连同炸药和其他物资一起装在民兵支前的50辆车上。天色微明时，全体人员安全撤离石圪节煤矿，于18日上午10时许到达潞城县五区邱壁村。

战斗结束后，炮楼内还有一个日军小队未被歼灭。下午1时，被屯留县常村据点赶来救援的日军接走。

秋菊的婚事成遗憾

石圪节煤矿的胜利极大地震慑了日军，迫使石圪节、庙凹、小河堡一带的日伪军当天全部逃窜。8月20日，《新华日报》头版以"挺进长治我军收复石圪节重要煤矿"为题作了详细报道："本报前方18日电：长治北之敌重要据点石圪节煤矿，昨晚已为我军收复。该矿为上党有名之煤矿，产量甚大，为供给上党地区燃料之重要来源，敌人占领长治后，对该矿极为重视，警戒极严。此次我军围困长治后，即以主力一部于昨晚一举将该矿攻克，俘伪军40余人，击毙日军3名，俘虏2名，缴获轻机枪3挺、步枪70余支、电台1部、战马7匹，其他资材极多。此役，我军仅负伤6名。"

8月24日，太行行署委托潞城县抗日政府召开"里应外合解放石圪节胜利庆功大会"。时隔40年后，宫松在回忆录中还对当时的战斗记忆犹新，说那是一场没有任何心理准备的惊魂战。解放石圪节，在中共抗日史上写下不朽的一笔，在延安的党中央和八路军总部都予以高度评价。从那一天起，石圪节告别了苦难的历史，在血与火中获得新生。

解放石圪节前线指挥部领导之一王谦，1949 年后历任长治地委书记兼军分区政委，华北局政策研究室主任、农村工作部副部长，中央农村工作部华北、西北处处长，中央农村工作部副秘书长，山西省委书记、省长。"文化大革命"中受迫害，被关押。1975 年起，先后任山西省委第一书记、四川省委书记兼重庆市委第一书记等职。2007 年在北京逝世。

起义的石圪节煤矿矿警队的班长付文才、任安卿、李生祥之后都当了解放军的排长。俘虏的 2 个日军交由太行军分区政治部改造。所有的关系、交通员均做了经济补助或安排。矿警们不论以前表现如何，凡自愿参军的参军，不愿参军的发足路费回家。任安卿后来到四川省成都市计委工作，丁戍丙后来去南京工作，刘春言回了河南老家。唯一遗憾的是，与刘春言假扮夫妻潜伏敌营的女交通员秋菊（秋菊系化名）在任务结束后，因孩子问题及其他原因，和刘春言各奔东西，两人未能"终成眷属"。

西沟王大妈

打开矿山武装起义的尘封记忆，英雄人物向我们一个个走来，激战的画面一面面向我们展现。这用鲜血染就的画面激励我们奋进，这用生命谱写的乐章让我们奋起。这英雄的人物中，也有王大妈，一个普通的农村老大娘的身影。

1945年8月9日，毛主席发表了《对日寇的最后一战》声明，号召全国一切抗日力量向日寇进行全面反攻。8月14日，日本宣布无条件投降。日本宣布投降的第二天，潞城县委成立了"收复矿山指挥部"，积极准备接收石圪节矿山的工作。当时，驻在矿上的日寇芹田和池田，不仅不接受缴械投降的命令，反而准备18日炸毁矿井，把技术人员和重要设备机器运到太原。

同时，在矿上，正在秘密酝酿准备武装起义的事情，矿上地下党组织根据上级组织的指示，对武装起义作了详细的安排部署，一切都在按计划进行中。"万事俱备、只欠东风"，派一个人向指挥部作一次汇报、确定一下时间就行了。可是，鬼子好像也听到了风声，对进出矿山控制更严了。两个大门关得紧紧的，四围设置纵横密布的电网，大路边、斜坡下、沟坡上、沟道中，密密麻麻地布满了地雷和电雷。16个岗哨日夜守望着。池田与芹田已经下了命令，这里，除了长着翅膀的鸟可以自

为石圪节起义送情报的王大妈

由飞来飞去，其他能走的一个也不准进出。换句话说，这里已经完全与外界断绝了联系。

怎么办？怎么办？

矿山消息送不出去，指挥部得不到任何消息。这直接影响到起义的成败。

"我去，我去给你们送信。我已经七十多岁的人了，死了也不算什么，说什么也不能让敌人炸毁我们的矿山、带走我们的人。"西沟村的王老大娘发了话。有一篇报道这样描写王大妈：

王大娘，一个最普通的典型的中国农村妇女，1875年生于山东的一个穷苦人家。在动荡不安的年代，王大娘饱受了中国旧社会的蹂躏与摧残，但中国劳动妇女坚贞不屈的精神在她身上得以体现。王大娘具有强烈的爱国心，对日本侵略者有着刻骨的仇恨，自从日寇占领了潞安矿区后，老太太一天也没闲着，积极地参加对敌斗争。经常掩护八路军工作人员在敌占区活动，演绎了许多动人的故事。

"你们放心，我会认真按时完成组织交给的任务！"

时间不等人，老太太和小媳妇两人上了路。跟在王大妈身边的是矿工常明的媳妇，早就想到窑上去看看自己的丈夫，给他送点吃的，听说王大妈要去矿上，急忙在菜地里摘了两个北瓜和半篮豆荚，就同老太太一起上路了，可她哪里知道老太太此行的任务有多艰巨啊。

8月的天是孩子的脸，说变就变，刚才还一片晴空，瞬间就变成乌云密布。天黑得像要塌下来一样，大有"山雨欲来"的态势。刚一出村，雨点就像黄豆一样直接从天上砸下来。水顺着老太太的黑头巾直往下流，全身湿得像只落汤鸡。小媳妇看了看天，心里害怕，一再提议要回去。可老太太心里明白，此行的任务至关重要，别说是下雨，就是下刀子也一定要去完成任务。

一场雨，泥泞的山路异常难行。两个人一步一滑地走到了煤窑的南门口，眼看着铁丝网一层又一层，没有一个口可以进去。旁边两丈高的土坡上，还有个伪警死盯在那里放哨。

一场斗智斗勇的拉锯战上演了……

"你们两个干什么的？快滚开！"没等二位开口，伪警就已经恶狠狠地吆喝起来。

"先生，可怜可怜咱吧！我的儿子和小孙子三天没有回家啦，不知在不在窑上？"老太太装出可怜的样子，向伪警乞求起来。

"都回去吧，在窑上都好好的，有什么看头！"那伪警横眉瞪眼。

"唉！他们三天没回家啦，您行行好，总得让我进去看看，我已经好几天没吃的了，想进去要把米，滚口米汤喝，总不能叫人饿死啊！"老太太说。"谁管你那么多，反正不许进去，这是太君的命令"，伪警有些不耐烦了，"滚开！别啰嗦"。

雨越下越大，老太太明白，同这些汉奸走狗说什么都没有用，眼看着时间一点点地过去，向着起义的时间逼近，怎么办？只能悄悄地坐在路旁寻找机会。

四周的严密把守、深沟齐岸的铁丝网让所有的人停止了脚步。唯有远处的一些铁丝网下面还有一些空隙。"钻进去！"老太太边想边走过去把身体伏下去。伪警看出了老太太的用意，急忙吓唬着说："不能钻，那是电网，一碰就死。"

"我不进去就得有更多人生不如死。干脆使硬的吧！"她忽地站了起来，怒冲冲地冲向电网，嘴里叫嚷着："我就是不想活啦！反正今天进不去也活不成，我就拼了这条老命吧！"

老太太的话急坏了伪警，他连连拉响枪栓，大声吆喝着禁止老太太去钻电网。虚晃一招的老太太也明白电网的厉害，没有完成任务说什么也不能白白送死。顺着伪警的话又重新回到自己坐的地方。

雨紧一阵慢一阵地下，停了雨的天立刻就是骄阳似火，刚刚湿了的衣服转眼就晒干了，随后，又是淋头的大雨将智斗的老太太淋了个底朝天。

旁边的常明媳妇怎么也不明白老太太为何会有那么大的反应，几个回合下来，常明媳妇已经吓得面孔发紫、瑟瑟发抖了。她不断地劝说老太太回去，但老太太态度坚决，仍坚持着："就是死，我也要进去。"

十二点过去了！

一点过去了！

两点过去了！

三点过去了！

时间啊，你能不能停下来啊！

太阳啊，你能不能晚点下山啊！

眼看没有希望了，老太太心急如焚。

自古以来，天无绝人之路。

自古以来，就是邪不压正。

就在这个时候，矿上的伙夫出来挑水。

此时不进，更待何时？老太太想，如果错过这个机会，就再没有机会进去了，等伙夫挑开铁丝网的那一瞬间，老太太立即给常明的媳妇使了个眼色，拉住了伙夫的衣服直往里钻，常明的媳妇也是一个健步拉住老太太的衣服钻了进去。伪警在小山坡上大声咆哮着想阻止她们。但是老太太拼命地朝里面跑，4 只小脚踏在稀巴烂的红泥坡上，留下了一串串的脚印，跑上去又滑下来，滑下来又爬上去，连爬带滚弄得满身是泥，常明媳妇篮子里的北瓜、豆荚撒得满地都是，但她们毕竟冲了进去，冲进了工人的宿舍。

一直下雨的天空此时重新放晴了，一轮红日在漫天的彩霞中放出耀眼的光芒。天边，久违的彩虹划过长空……

同样也是在一个雨后飘过彩虹的下午，英雄的王老太太走完了她生命的最后一刻，她是幸运的也是幸福的，和所有前赴后继闹革命的英雄们相比，王老太太毕竟过上了新中国成立后的幸福生活。1961 年的 5 月，王老太太去世，终年 86 岁。五月的鲜花撒满了这位英雄母亲的坟前。在追悼会上，潞安矿务局党委、石圪节煤矿、西沟村共 500 多人参加了她的葬礼。王大妈的英雄事迹将永载石圪节的史册，激励着更多石圪节煤矿的好儿女在今天社会主义建设道路上奋勇前进。

参加解放石圪节的地下军

提起石圪节的解放，不得不提到上党敌后地下军，他们为石圪节的解放作出了功不可没的贡献。

《新华日报》（太行版）民国三十四年八月二十三日（1945年8月23日）第二版消息《上党敌后地下军活跃 协助我军攻克潞城、石圪节》（本报上党方面随军记者团二十一日来电）：自我军挺进长治、潞城后，该县一带之地下军即与我军取得密切联系，日以继夜地骑着自行车，驰骋于格子网中，给我军传送情报、侦察地形。使我军一举攻克了潞城县城。现在地下军正到处活动，配合我军攻取长治城。长治外×××、×××等敌据点内之地下军，已把敌人的三个便衣捉住交给了我军。

抗日战争是一部全国各族人民共同抵御外来侵略的民族史，是全国各族人民团结一心、共铸钢铁长城的辉煌史。抗战期间，我八路军和太行山区人民情同手足、亲如兄弟，在艰苦卓绝的生存环境中共赴国难、共克时艰，熔铸了党、军、民的鱼水深情，培育和铸就了不怕牺牲、不畏艰险，百折不挠、艰苦奋斗，万众一心、敢于胜利，英勇奋斗、无私奉献的伟大的太行精神。当年，母亲送儿上战场，妻子送郎打东洋，全民的抗战热情染红了整个太行山。从几

石圪节煤矿地下军起义胜利人员全体合影

万红军东渡到"百万大军出太行",无一不显现着上党儿女的奉献精神。当时仅有14万人口的武乡县,就有4.1万人参军参战,其中2.1万人为国捐躯。据不完全统计,仅长治(含13个县市区)就有9万多人参军参战,其中2万多人为国捐躯,45万民工支前,2.5万多名干部告别家乡南下北上。在抗击日本侵略者和建立敌后根据地中表现出大无畏的英雄主义气概,涌现出了一大批杀敌英雄、劳动模范。

1945年8月15日,日本天皇裕仁宣布无条件投降后,八路军潞城前线指挥部命令驻石圪节煤矿的日军立即放下武器,负责保护矿上财产,等待我方的武装部队前去接收。但是,太原的日军司令部与国民党阎锡山相勾结,密令驻石圪节煤矿的日军中队长池田和矿长芹田,不许向当地的八路军缴枪,还命令他们在8月18日夜彻底炸毁矿井,并把矿上的矿警、职员、工人和武器,全部撤回太原。

在这种万分紧急情况下,8月15日,八路军前线指挥部总指挥王谦和钱光达、江涛等进行了研究,分析了敌我力量,决定矿内由矿工举行武装起义,矿外由黎城独立营进攻和打援,实行里应外合收复石圪节煤矿,解放矿山。

8月15日,根据前线指挥部决定,八路军潞城情报站站长王岩和交通员郭保室化装成煤矿工人,到石圪节矿向王根喜传达指示和任务。王根喜立即召开会议,详细研究、周密部署起义准备工作。

8月16日,日军开始严密封锁石圪节矿,每天加强日军武装巡逻,积极准备撤退,计划炸毁矿井。8月17日上午,党组织派西沟村石圪节矿工王德三的70多岁的老母亲王老太太,和在石圪节矿做地下工作的王常明的媳妇王秋英进入矿山,通知王根喜等"出去接受指示"。王根喜和袁炳生、刘岐三等经过商量,利用埋葬遇难矿工的名义,混出矿山,与起义指挥部接头联系,接受了起义任务、指示、具体部署和接头口令,约定以三击掌为暗号,以"老三"为口令。

1945年8月17日夜里12时,石圪节煤矿工人武装起义开始了。在工救会和王根喜等指挥下,矿工们每人脖上围块白手巾,迅速占领矿井、电气、锅炉等要害部门,切断电网。与此同时,八路军黎城独立营在地下军秦门廷带领下赶到电网前,击掌三声,对上口令,反正的矿警队迅速打开大门,配合八路军一同前往日军驻地三角院。杨春荣拉下电闸,全矿顿时一片黑暗。八路军和一个班的矿警队在任安卿带领下,向日军驻地三角院发动猛烈进攻。经过两个小时的激烈战斗,击毙日军中队长池田和矿长芹田,矿警全部缴械投降。只有宫松带领残留日军小队龟缩到三角院一个炮楼内不敢动弹，直到 8 月 18 日下午时，才被增援的日军接回常村据点。在这次战斗中，我方共俘虏伪矿警 40 余名，击毙日军 3 名，缴获轻机枪 3 挺、步枪 70 余支、炸药 8000 余斤、电台一部、战马 7 匹以及全部采矿机器等物资。石圪节煤矿完全解放，重新回人民手中。

"石圪节煤矿工人起义的胜利大大地震慑了敌人，迫使石圪节、庙凹、黄碾、小河堡的日伪敌军当即逃窜，并为后来收复潞城和长治铺平了道路。"（王岩语）这一次起义是中国工人阶级全面大反攻后旗开得胜的第一仗，极大地鼓舞了全国军民和煤矿工人夺取抗日战争最后胜利的信心。

在石圪节煤矿工人武装起义胜利的鼓舞下，华丰煤矿工人配合八路军、新四军迫使日本侵略军缴械投降。随后相继举行起义的还有大同煤矿工人进行的口泉起义、冀热辽军区宣布接收开滦煤矿、淄博矿工配合八路军光复矿区、峰峰矿工地下军完整收复矿区、焦作矿工配合八路军解放焦作煤矿、六河沟矿工保卫矿山的英勇战斗等等。石圪节矿工起义的胜利影响遍及全国煤矿工人对日最后一仗的一系列战斗，其影响极为深远。

石圪节的护矿斗争

从历史的硝烟中走来，它是中国共产党接管的第一座红色煤矿。1945 年 8 月 18 日，集结在工人抗日救国会旗帜下，党领导石圪节矿工举行了武装起义，把煤矿从日军手中夺了回来。此后，党组织派了一批又一批老八路来矿工作，让党的光荣传统和老八路作风在矿工们心中扎了根。朱德评价其为"一面硝烟中的战斗之旗"。

在解放石圪节的记忆中，护矿斗争是重要组成部分，书写了彪炳史册的壮丽篇章。

据当时参加石圪节解放战斗的路黑则回忆：小时候，他在太行山抗日根据地当抗日儿童团团长，13 岁到石圪节当了童工。那时，根据地革命气氛很浓，共产党领导建立了工人抗日救国会，负责人有张巨兴（张小三）、李辛有、牛长锁等。他们组织了革命夜校，宣传革命道理，发动矿工开展反剥削斗争，减轻工人的痛苦；还自己制造武器、弹药、大刀、长矛，成立了工人武装自卫队，进行抗日救国活动。自卫队在矿工中很有威信，对周围的小河堡、新顺等小煤窑影响很大，对路黑则的影响启发也很大。

路黑则刚到石圪节裕丰煤矿当工人时，矿区已被日军占领，他先是当运炭夫，后来就当了锅炉工。当时裕丰矿的工会组织、工人武装力量根据共产党的"隐蔽精干，长期埋伏，积蓄力量，以待时机"的指示转入了地下，秘密地开展革命活动。

日军为了控制和掠夺石圪节的煤炭，打着"阳泉矿务局潞安采炭所"的旗号，由日本人高桥带领整套人马接管了矿区。他们设立运动系（管供应）、采煤系（管采煤）、机电系（管机电）、庶务系（管总务），还组织了 200 多人的警备队，队长也是日本人，叫金田。日军驻矿指挥人员都住在矿山上的一个三角院。在白晋线上的常村还设有转运站。为了严密监视工人，层层设有把头，有孙树林也叫大孙柜，孙英才也叫二孙柜，机电上有个张巨才叫机电柜。每个柜的大把头手下都有十多名小把头，也就是监工。这些人除个别的，都心狠手辣。

日本帝国主义在石圪节矿所犯下的种种罪行，罄竹难书。那时候，工人生活非常苦，每月劳动所得只有30多斤口粮（红面、黑豆、麸子面等）、半斤或一斤食盐、两三元日伪联合币，连自己一个人也吃不饱，哪里还能养家，真是苦不堪言。生活得不到温饱的工人，在井下做着艰难的挖煤重活，就是铁打的汉子，长年累月地干也挺不住。工人有时怠工，有时为了泄愤"磨洋工"，但是一旦被监工把头看见了就是一顿鞭子，轻者疼痛几天，重者造成残废。有的生了病，不能再为他们卖命，就被扔进废井活活冻饿而死；如果被他们怀疑"通八路"，立即抓送警备队，酷刑审讯。很多人惨死在日军的刺刀下。地下游击队员郭玉明因有人告发，被打手们抓去，夜里受了酷刑后被捆在水牢，后来郭玉明趁敌人不备挣脱了锁链逃出了虎口。锅炉工焦鸿喜（和路黑则是一个村的），有一天，他到矿上上班，莫名遭受嫌疑，被日本鬼子抓走，被捅了三刺刀扔进了后沟。他苏醒过来后爬到一个旧砖窑，被过路的工人救起来，送到高家庄天主教堂的医院抢救，侥幸地活了下来。

在日军的淫威下，工人度日如年，但抗日活动从未停止过。煤矿地下工会组织在抗日根据地太行总工会和潞城县委的领导下，一直在进行着各种形式的斗争。在矿上工作多年，和路黑则同村的王根喜同志是地下党组织领导人，他经常接受潞城县委陈玉龙、太行区工会赵庭壁等同志的指示，在矿工中开展抗日救国工作，他还借机会设法接近把头孙树林、孙英才等人，向他们宣传抗日爱国思想，教育他们应怎样对待工人，这些人慑于邻近太行八路军以及抗日民主政府的威力，在剥削克扣工人方面有所收敛。王根喜同志进而向他们提出不准欺负工人，保证按月供给工人米、油、盐等生活必需品，并警告他们对工人残酷剥削压迫是没有好下场的。此后工人的劳动、生活条件稍有好转。同时，八路军还派来了一位姓任的和一位姓刘的同志打入矿警备队，当了班长搞内线工作，还用交朋友、拜把兄弟等形式做警备队一些人的工作，向他们宣传革命形势和抗日救国的道理，启发他们为自己留后路，经过几个月的工作，除郭大个和小鬼唐忠厚两三个死心塌地的汉奸外（解放后民主政府公审处决了），其余200多名矿警都争取到我们这面来了，随后又通过几个积极分子把矿警的武器、枪支、弹药库都掌握了，为以后武装夺取矿山打下了基础。

1945 年 8 月 15 日，抗日战争胜利了，但地处偏僻的矿区还迟迟未得到消息。盘踞在石圪节煤矿的日本鬼子在没接到他们主子的命令之前，仍不甘心，又抓了许多工人、农民在矿区周围挖壕沟、筑碉堡、埋雷、加固三道电网、增设岗哨，作垂死挣扎。矿工发现敌人的异常举动后，路黑则急忙去找王根喜同志商量办法。王根喜告诉路黑则日本鬼子投降了，我们抗战胜利了，当时路黑则真是高兴极了。王根喜还悄悄地告诉路黑则，共产党八路军为了防止鬼子破坏矿山、屠杀工人，要煤矿工人组织自卫队，以便和八路军里应外合，夺取矿山。准备夺取矿山的决定很快传达到了工人骨干当中，大家密切监视敌人的动静，并把矿工中、矿警中、职员中的积极分子秘密串联起来、组织起来。

鬼子的行动更加诡秘了。不但加强了岗哨、架起了机枪，还将四五百箱的炸药放到了井下。鬼子要锅炉房烧足气，保证供气供电；鬼子切断了一切通道，断绝了与外界的联系……情况非常紧急。党组织及时进行了布置，王根喜同志把十来个矿工叫到他的工房说，日本鬼子要动手了，他们的企图是往阳泉撤退，把矿山机器的重要部件和一些要害的管理人员、技术人员全部带走，然后炸毁矿山。鬼子的狠毒激起了矿工的强烈仇恨，绝不能让鬼子得逞。矿工们按照党的指示迅速行动，把一切爱国的工人兄弟，包括表现好的把头武装起来保护矿山。经过积极准备和周密计划，决定在 8 月 17 日夜 12 时举行武装起义。

起义之前，为了保证矿工安全，王根喜和几位地下游击战士以给死去矿工抬棺材为由，带出去 30 多名工人，向他们说明，为了生存、为了保卫矿山，矿工将和日军进行最后的殊死战斗，愿意跟着干的就回矿上等待行动，身体虚弱和胆小的可以先回家。

武装起义的前三个小时，王根喜同志又召集路黑则和王秘昌、王章考、刘全奎、王玉成、王忠保、王思荣、王炳和、王庚子等同志，在他工房做最后布置，规定了联络暗号和口令，以左臂系白布条（白面口袋布做的）为标志，口令是：问"馒头"，答"老三"。具体分工是王忠保、王玉成负责夺取坑下伪矿警的枪支、弹药；王思荣、王炳和负责带领 20 多人拆运机器主要部件和切断电网线；王秘昌、刘全奎负责传达工人们作动手准备，并监视、观察敌人的动态；路黑则负责带领一些人把矿上的管理人员、技术人员、工人和他们的家属组织起来，做好撤出矿山的准备，然后去矿南门外把我们的县武装部队引到矿内敌人的三角院，消灭敌人。分工后，各自进行准备。一位家属在谈话中无意把起义的消息泄漏了，被一个倒向日军的车工王占兰知道了，他企图告密邀功，并威胁说："看你们谁敢往步窑走（通道）。"幸好被王秘昌及早发现，立即把他控制起来，保证了按时起义。

17日夜12点前是静悄悄的。同志们在焦急而又耐心地等待着起义时刻的到来。时间一到，矿工们立刻分头行动。路黑则谨慎地走出南门，去迎接部队。在此之前，师傅王庚子已到部队联系了，可是，时间一分一秒地过去了，部队还未赶到，大家都焦急不安，这时，迎面走来王根喜同志，他也很着急，但又很镇静，果断地说：不要怕，部队一定会来的，即使一时来不了，凭我们自己的力量也能起义成功，又斩钉截铁地说：咱们先收拾三角院。他们正准备返回时，王庚子带领县委陈玉龙、区工会赵庭壁同志和部队出现在他们面前。矿工们喜出望外，并告诉他们矿里电网线已切断，一切都准备好了。县委领导带领200多人以迅雷不及掩耳之势冲向了日军驻矿的大本营——三角院，顿时，枪弹声、冲杀声大作，仅用20多分钟就结束了战斗。日军的警备队队长、发报员等被打死，其余日军和伪军全部投降。矿山终于获得了新生，回到了人民的手中。

清晨，红日冉冉升起，照亮了矿山，矿工家属们和战士们一起沉浸在胜利的欢乐之中。胜利的部队、参军的矿工以及家属押着200多日伪俘虏，带着二十几辆马车的战利品，浩浩荡荡地开往抗日根据地——枣榛村。

在这次战斗后的表彰中，石圪节矿工们受到了太行行署和潞城抗日民主政府的表彰和奖励。

红日一出在矿山，其大道洒满阳光。

为解放石圪节牺牲的烈士英魂常驻

近日在整理资料时，发现《新华日报（太行版）》有记载石圪节战斗的消息。新华日报（太行版）1945 年 8 月 20 日第一版消息（本报前方十八日电）：长治北之敌重要据点石圪节煤矿，昨晚已为我军收复……此役，我军仅负伤六名。

但是近期在黎城县烈士陵园发现了有黎城籍的战士牺牲于石圪节战斗的记载。是不是由于当时条件所限，加之上报口径的不同，导致出现了不同的记载结果？在石圪节矿山解放战斗中，我军到底伤亡多少？有多少人将自己的生命和鲜血留在了石圪节这块英雄的土地上？我们有必要也必须还原历史的真实，给死者以缅怀，给后人以激励。

带着对先烈深深的缅怀和心中的疑惑，我们驱车来到黎城烈士陵园，仔细寻找历史的遗迹，在抗战英雄纪念碑上，找到了 5 位牺牲于石圪节战斗的战士名单：

王松德，霍家窑人，二四岁，（黎城）县干队战士，石圪节战斗牺牲。

郭天保，长脚底人，二四岁，五十团战士，石圪节窑战斗牺牲。

张乃奇，西水洋人，二四岁，五十团侦察员，攻石圪节窑牺牲。

胡金水，南委泉人，二一岁，五十团班长，石圪节战斗牺牲。

赵起生，陈村人，二二岁，五十团战士，三（四）五年石圪节战斗牺牲。

黎城县烈士陵园中，矗立着一座石碑，碑上铭刻着"黎城县八年抗战光荣牺牲烈士纪念"碑文，文中记载了黎城人民在中国共产党领导下，坚持抗战的战斗历程和英勇牺牲的烈士姓名及其光荣事迹。烈士纪念碑上还记载了黎城人民在三次国内革命战争中的贡献及光荣牺牲的烈士姓名、籍贯和英雄事迹。对于黎城县烈士陵园的碑记内容,我深信不疑。

唯恐遗漏,为了进一步弄清楚真实情况,我决定对此进行进一步的深入调查。在黎城县民政局《山西省抗日战争烈士英名录》上查询到相关资料:

胡金水,五十四团班长,男,1916年出生,山西省黎城县南委泉公社南委泉大队人,1937年参加革命,1940年失踪。

赵起生,五十团战士,男,1903年出生,山西省黎城县城关公社青南大队人,1943年参加革命,1945年在襄垣县石圪节战斗中牺牲。

李海荣,五十团战士,男,1927年出生,山西省黎城县西仵公社东旺大队人,1942年参加革命,1943年在襄垣县石圪节战斗中牺牲。

张乃奇,黎城县独立营战士,男,1921年出生,山西省黎城县西仵公社西水洋大队人,中共党员,1942年参加革命,1945年在襄垣县石圪节战斗中牺牲。

郭天保,五十团战士,男,1921年出生,山西省黎城县东阳关公社东庄大队人,1945年参加革命,1945年在襄垣县石圪节战斗中牺牲。

王土生,黎城县游击队战士,男,1919年出生,山西省黎城县上遥公社上遥大队人,1942年参加革命,1945年在襄垣县石圪节战斗中牺牲。

胡梓汉,十七旅五十团战士,男,1925年出生,山西省黎城县柏峪公社柏峪脑大队人,1942年参加革命,1945年在襄垣县石圪节战斗中牺牲。

周富善,十七旅五十团战士,男,1921年出生,山西省黎城县柏峪公社北马大队人,中共党员,1940年参加革命,1942年在襄垣县石圪节战斗中牺牲。

张三孩,十七旅五十团战士,男,1922年出生,山西省黎城县柏峪公社北马大队人,1941年参加革命,1944年在襄垣县石圪节战斗中牺牲。

王松德,黎城县游击队战士,男,1917年出生,山西省黎城县西井公社王家窑大队人,1941年参加革命,1943年在襄垣县石圪节战斗中牺牲。

杨文廷,黎城县游击队战士,男,1919年出生,山西省黎城县西井公社西井大队人,中共党员,1943年参加革命,1943年在襄垣县石圪节战斗中牺牲。

以上除了纪念碑上记载过的烈士名字以外,我又发现了或许是遗漏了的6位烈士名字。两者虽然在烈士的牺牲时间、出生地等有些出入,或许是时间长、记录疏忽、记忆空白等原因导致出现了遗漏、出入。寻找的目的,是为了纪念,我们唯恐打扰了他们，轻轻拂去尘封的历史，我们屈膝同烈士进行了交谈，回顾他们短暂的一生，我看到了荣光和使命。我们仿佛穿越时空，又回到了那个战火纷飞的年代。

我们又走访了参加过石圪节战斗现在仍健在的老八路和民兵。据黎城县李庄村老民兵徐竹芹介绍：我县民兵随独立营也参加了这次战斗（石圪节战斗），那次去的民兵大概有三四十人。当时的民兵有拿枪的和不拿枪的，我属于拿枪的。8 月 17 日下午，太阳快落山时，我们民兵跟着县独立营从黎城出发（拿枪的民兵跟在部队后边，之后是不拿枪的），到达浊漳河边的时候，首长指示我们都脱掉衣服，举着衣服过河，可到了河里，水还淹不过小腿，大家都在河中笑了起来。天黑后我们到了潞城的新村，在那里集中吃了一顿大锅饭，此后在夜晚跟随部队往石圪节煤矿方向行进。在过封锁线的时候，不知是不是敌人听到了些动静，一阵子弹从日本的炮楼里打过来，队长景奇（碑文记载为张乃奇）不幸中弹牺牲了。我们怀着悲痛的心情，继续跟着部队往前走。在石圪节煤矿外边的一个地方，部队首长给我们拿枪的民兵下达了任务，让我们守在那里。当时给我们下的是死命令：就是牺牲完了，也一定要守住这个口，绝不能放走敌人。我们就悄悄埋伏好守在那里。

经过那次战斗后，我们村满堂、枝儿、召道等几个民兵都加入了部队。我在此后又给北社的董效良当通讯员，随部队参加了攻打沁县等战斗。徐老的回忆中，也提到了在石圪节战斗中不幸中弹牺牲的队长景奇（碑文记载为张乃奇）。

从以上的寻找中，可以初步认定，确实有黎城籍的战士牺牲于石圪节战斗。谨以此文纪念为石圪节战斗而牺牲的先烈，并致以我们最崇高的敬意。

敬 意

在历史肃静的长道上，

你们的英魂，是不朽的烛光。

岁月的风，吹过碑的冷霜，

却吹不散，你们的信仰。

往昔的战火，在记忆中滚烫，

你们无畏，冲向死亡的枪膛。

年轻的生命，如星子坠亡，

却在天际，划开希望的光。

那倒下的身躯，

为山河铺就重生的路基。

每一滴热血，

在大地的血脉里奔涌不息。

如今的繁花，开在你们的梦乡里，

和平的白鸽，飞过你们的故乡。

而我们，怀着敬仰，

在时光里，把你们的故事深藏。

烈士陵园的松柏，四季苍翠，

像你们的意志，永远刚强。

我们伫立，以沉默的哀伤，

向你们，献上永恒的敬仰。

王根喜与石圪节

1945 年 8 月 18 日凌晨 2 点钟，里应外合收复石圪节矿山的战斗打响了。指挥这场战斗的是一位身材魁梧的大汉，他就是石圪节矿工会负责人、解放石圪节矿的主要领导人之一、矿工们的主心骨王根喜。

王根喜生于 1912 年 1 月 5 日，1942 年加入中国共产党，当时在石圪节煤矿的公开身份为把头。

光绪二十二年（1896），王根喜的父亲王道成带着一家 6 口人从河北顺德府沙河县孔庄村逃荒来到山西，在潞城、襄垣一带靠打工谋生，天阴雨下，终日奔波，走投无路下煤窑。

1924 年，12 岁的王根喜被父亲送到村里地主家当长工，1933 年来到石圪节矿做工。多年的苦难生活、苦水里泡大的王根喜，阶级仇、民族恨在他幼小的心灵里深深地扎下了根，同时也练就出了刚烈的性格。

1941 年，20 岁的王根喜，长成了一副魁梧的身材，他气力过人，慷慨豪爽，性格刚烈，大家都很喜欢他。

1937 年 7 月，全国全面抗战爆发，王根喜结识了太南总工会地下党组织的刘奎尧、李辛西、陈玉龙等人，受到了党的培养和教育，加上受当时民众抗日热情的推动，使他萌发了革命思想。1938 年在张聚兴、高尽仁带动和影响下加入了工救会。他积极参加发展会员、散发传单、传递消息等活动，勇敢地与资本家作斗争，向资本家提出"减轻工人劳动强度、缩短劳动时间"等条件，深受工人称赞。

王根喜

1943年，日本侵略军占领了石圪节煤矿，改石圪节煤矿为"山西煤矿黄沙岭采炭所"，疯狂掠夺煤炭资源，并对工人进行更为严厉、更为苛刻、更为残酷的剥削和压迫。王根喜按照党组织的指示，采取"隐蔽精干，长期埋伏，积蓄力量，以待时机"的方针，对日寇展开了地下斗争。利用"把头"的身份，接近日本人，套取情报，巧妙地开展对敌斗争。

有一次，日本人举行摔跤比赛，他们挑选了十几名精干的日本大力士跟中国人比赛，想以此显示日本武士的力量。王根喜使出浑身力气，接连摔倒十几人，剩下最后一名号称摔跤大师，王根喜用稳、巧的战术，有意摔成了平局，因此，两人并列摔跤冠军。

经过这场摔跤比赛，日本人感到王根喜是个人才，企图拉拢利用他。王根喜抓住这个机会，趁机和日本人套近乎，取得了日本人的信任，以便于他更方便地做地下工作。从此，王根喜秘密组织工人搞罢工、偷工具、偷钢材，运往八路军的军工厂。工人们的斗争搞得日本人晕头转向、束手无策至甚生产中断，有时烧锅炉的煤还得从外地往矿上拉。

1945年8月12日，潞城县前线指挥部召开会议，决定收复石圪节，并制定了方案，任命王根喜同志担任矿上总指挥。起义按照指挥部的部署，一切都十分顺利。

8月18日，天大亮，太阳从东方冉冉升起，矿山一片欢腾，参加起义的工人、八路军战士、矿警、民兵，压着俘虏，满载着战利品，浩浩荡荡排成100多米的行列，下了后山开往革命根据地——枣臻。曾经猖狂的日本鬼子和伪军，被押送到抗日革命根据地，等待人民的审判。

矿山回到人民手中后，王根喜同志带领工人积极恢复生产，开展劳动竞赛，以响应边区政府的"多出煤、出好煤、炼好焦、多造炮弹、支援前线"号召，班产量提高了一倍半。

中华人民共和国成立后，王根喜历任煤炭工业部华北煤管局某处处长、太原煤管局安全处处长等职。1958年，为煤炭事业日夜操劳的王根喜同志病故在办公桌前。

中国煤矿工人抗战反攻的第一枪

中国煤矿工人是抗日战争中英勇、坚决、彻底的战士，对抗日战争有着特殊的重大贡献。抗战全面反攻后，煤矿工人在何地打响了第一枪？翻开历史长卷，我们找到了答案。原来是石圪节煤矿工人武装起义打响了中国煤矿工人全面反攻的第一枪。石圪节煤矿工人的英勇事迹彪炳史册。

据由中国煤矿地质工会全国委员会煤矿史学专家薛世孝主编、河南人民出版社于 1986 年 7 月出版发行的《中国煤矿工人运动史》记载：在抗日战争的最后一战中，沦陷区的煤矿工人，响应毛主席和朱德总司令的伟大号召，积极地援助和配合八路军、新四军及其他人民军队，英勇地对日伪军作战。中国煤矿工人最早参加战斗的是山西省石圪节煤矿工人的武装起义。

石圪节矿工起义的胜利还影响推动了全国煤矿工人对日最后一仗的一系列战斗，其影响极为深远广大。"它是中国工人阶级全面大反攻后旗开得胜的第一仗，极大地鼓舞了全国军民和煤矿工人夺取抗日战争最后胜利的信心。"《中国煤矿工人运动史》对此次战斗给予了高度评价。更为重要的是石圪节煤矿武装起义极大地鼓舞了全中国的煤矿工人。在"石圪节煤矿工人武装起义胜利的鼓舞下，华丰煤矿工人配合八路军、新四军迫使日本侵略军缴械投降，在万众欢腾的锣鼓声中，西号里的旗杆上，第一次升起了鲜艳的红旗。华丰煤矿工人从过去的'亡国奴'变成了矿山的主人。这是中国煤矿工人在全面大反攻中的又一次胜利"。随后相继举行起义战斗的还有大同煤矿工人进行的口泉起义、冀热辽军区宣布接收开滦煤矿、淄博矿工配合八路军光复矿区、峰峰矿工地下军完整收复矿区、焦作矿工配合八路军解放焦作煤矿、六河沟矿工保卫矿山的英勇战斗等等。

石圪节矿工起义，为上党战役铺平了道路、扫清了障碍。《潞城文史资料》（1985年），记载了王岩写于1984年6月27日的《里应外合收复石圪节煤矿的回忆》文章：这一胜利（石圪节矿工武装起义胜利）大大地震慑了敌人，迫使石圪节、庙凹、小河堡的日伪军当即逃窜，为收复潞城县城和长治铺平了道路。王耀峰在中国共产党新闻网上报道红色情报家、优秀指挥员江涛时，明确写道：他（江涛）一路马不停蹄、披荆斩棘、前赴后继、浴血奋战，为新中国的成立写下了浓墨重彩的一笔……收复石圪节煤矿的胜利极大地震慑了日军，迫使周围一带的日伪军当天逃窜，为八路军即将打响的上党战役扫清了外障。石圪节战斗打响了晋东南地区向敌伪全面反攻的第一枪，是上党地区收复日伪占领地的第一个漂亮仗，得到了党中央和八路军总司令部的高度评价。

石圪节武装起义粉碎了日寇"彻底炸毁矿井，并把矿上的矿警、职员、工人和武器，全部撤回太原"的计划，为人民保护了物资财产。根据由煤炭工业出版社出版的《潞安煤矿史》记载，刘全奎回忆："我们的部队和几百名矿工兄弟都因为心情激动忘了困倦和劳累，有说有笑地把拆卸的机器部件、物资以及家属们的东西，满满载了20多马车。逞凶一时的鬼子和汉奸，在人们武装的枪口下，被押送到了抗日根据地，听候中国人民对他们的审判。我们在欢声笑语中受到了抗日政府的表彰和奖励。从此，我们成了矿山的主人。"

石圪节矿工起义胜利，解决了矿山周边地区的燃煤、燃料之用。据《新华日报》（太行版）1945年8月20日第一版报道（本报前方十八日电）：长治北之敌重要据点石圪节煤矿，昨晚已为我军收复。该矿为上党有名之煤矿，产量甚大，为供给上党地区燃料之重要来源。回到矿工手中的煤矿，解决了上党地区的燃煤问题，有力支持了革命斗争。

石圪节煤矿武装起义的胜利，得到了各大媒体的高度关注，极大地鼓励了战士们的战斗热情、鼓舞了人民的士气，为战争的胜利聚集了正能量。王路同志以"石圪节煤矿的收复"为题，在1945年8月26日《新华日报》（太行版）进行了专题报道。寒声同志以"煤矿的大爆炸——记石圪节矿工起义"为题，写了长篇通讯，发表在1945年9月16日《新华日报》（太行版）上。中共潞城县委党组织1945

年 8 月 29 日，还专门写了《石圪节煤矿武装起义的初步总结》。1945 年 10 月，华北新华书店正式出版了申田同志以笔名溥一之创作的长篇报告文学《石圪节煤矿窑起义》。上党战役中，曾随军参加潞城的解放、随第一批代表登城墙并首先登上潞城城头的 17 名战士，在石圪节煤矿解放的第二天，就进入石圪节矿山采访，创作了《矿工起义》，这也是反映煤矿工人斗争的第一部文学作品。中华人民共和国成立后，此书作为全国工人教育的重要读本正式出版发行。

我们要铭记这段光辉历史：石圪节矿工武装起义，在中国煤矿工人对日寇最后一战中，打响了全面反攻的第一枪，在中国煤矿工人运动史上写下了最为辉煌灿烂的一页。

《新华日报》记载的石圪节武装起义

　　"本报前方18日电：长治北之敌重要据点石圪节煤矿，昨晚已为我军收复。该矿为上党有名之煤矿，产量甚大，为供给上党地区燃料之重要来源，敌人占领长治后，对该矿极为重视，警戒极严。此次我军围困长治后，即以主力一部，于昨晚一举将该矿攻克，俘伪军40余人，击毙日军3名，俘虏2名，缴获轻机枪3挺，步枪70余支、电台1部、战马7匹、其他资材极多。此役，我军仅负伤6名。"这是中华民国三十四年八月二十日（1945年8月20日），《新华日报》（太行版）头版以"挺进长治我军收复石圪节重要煤矿"为题对石圪节矿工武装起义作的详细报道。笔者最近收藏了这张报纸。

　　《新华日报》是中共中央北方局的机关报，也是共产党在敌后区域创办的第一张铅印的大型日报，民国二十八年元旦（1939年1月1日）在山西沁县后沟村创刊。创刊时为四开四版，隔日刊。报纸一出版，发行量就达2万份。创刊初期，由中共中央北方局组建的党报委员会负责领导，实行社长兼总编负责制。党报委员会成员：杨尚昆、彭德怀、左权、陆定一、傅钟、李大章、何云、陈克寒。社长、总编辑何云。

　　报头由周恩来邀请国民党元老于右任手写，字体古拙厚重、笔力沉厚。报纸出版时间共4年零9个月，共编号出版846号。

　　该报版面安排：第一版是社论、要闻；第二版是国内新闻；第三版是国际新闻；第四版是根据地建设、文章。开辟的主要栏目有：社论、新闻、华北新闻、敌后方通讯、华北战况、战地通讯、华北捷报、华中通讯、华东通讯、半月军事动态、领导人文章等。

在抗日烽火之中、民族存亡之际，这份透着油墨清香的《新华日报》无声地诉说着历史、正发生的事件，让我们在无声中感受到震耳欲聋的呐喊，抗战之声传遍全国。中共中央北方局书记杨尚昆同志曾高度赞扬："《新华日报》，油墨清香中呐喊出抗战之声。"

《新华日报》报道石圪节武装起义的日期为民国三十四年八月二十日（1945 年 8 月 20 日）星期一，第三三四号，当日出版半张。报眼内容为："要制止内战，实现联合政府，一个条件就是要力量，全国人民团结起来，壮大自己的力量。如有敢于进

《新华日报》发表"收复石圪节重要煤矿"消息

犯人民的独夫民贼，则取自己立场，给以坚决的反击，使内战挑拨者无所逞其技。"

第一版的主要内容：《各路红军迅速前进攻克赤峰等十城，若干地区日军开始部分投降》，鼓舞了人民的战斗士气；《人民公敌蒋介石发出内战信号，全国人民动员起来反对内战、制止内战》，号召人民联合起来，反对内战，制止内战；《上海市民狂欢庆祝日本投降，蒋伪同唱"镇静""等待"》，一个"镇静""等待"揭露了蒋介石挑起内战的目的；还有一条就是：《挺进长治我军收复石圪节重要煤矿》。

第二版的主要内容：日期为阴历乙酉年七月（小）十三日。设置了信箱：告诫人民《不要放松根据地工作》；《平顺成立宣委会统一领导全县宣传胜利工作》《全县民兵日夜齐集平顺城，城中彻夜不眠，家家热忱招待》记载了平顺人民支援解放的豪情；《胜利前进的路上》等消息激发了正能量、弘扬了主旋律。

第二版还刊登了卓民的歌曲《庆祝胜利》（秧歌舞）：

（一）同志们大家走近前，胜利消息说一番，苏联同日本一宣战，日寇马上投降咱、投降咱……

（二）八月八日那一晚，苏联向日寇宣了战，四路进攻伪（满）洲，两天内投降没迟延、没迟延……

（三）八月十日下八点，日寇自觉没办法，宣布接受波茨坦宣言，自上而下都投降，都投降。

（四）朱德司令下命令，下给敌人派遣军，解放区全部日本军，把枪缴给八路军、新四军……

（五）苏联力量真伟大，东方问题离不了他，斯大林张口一句话，日寇马上投降啦、投降啦……

（六）同志们大家仔细听，胜利全靠毛泽东，共产党领导真英明，大家跟着他前进、跟着他前进……

（七）胜利得来不容易，抗战日子算一算，八年一个月零三天，咱们血汗换来的、换来的……

（八）胜利来了莫骄傲，安心生产把工作搞，敌伪武装齐收缴，城镇交通线齐收回、齐收回……

（九）同志们前线去参战，老乡后方大动员，纸烟茶水和鸡蛋，秧歌扭得多么喧、多么喧。

（十）同志们胜利往回返，个个人儿心喜欢，男女老少大动员，都来慰劳英雄汉、英雄汉。

（十一）老乡们你往那里看，同志们肩上扛满枪，三八式步枪多好看，武装自己真强健、真强健……

（十二）机枪步枪手榴弹，胜利品挤了一大串，老乡们拍手齐称赞，眼睛看得都不转、都不转……

现在读着这些报道，也能感受到那股喜悦，也能想象出当时人民热血澎湃的场景。

时间让我们淡忘了许多细节，为矿山浴血奋战的英勇战士和平民百姓，人民只是记住了他们的名字，而报纸却为他们留下了印记、让他们的精神得到了永生。

《中国共产党通志》上的石圪节武装起义

　　石圪节矿工起义，被收录在由中央文献出版社 2001 年 6 月再版的《中国共产党通志》上，这是对石圪节矿工起义的高度肯定，也是激励石圪节不忘初心、奋勇前行的不竭动力。

　　《中国共产党通志》以"抗战期间石圪节矿工的武装起义"为题，对石圪节矿工起义的经过进行了具体记载：石圪节矿是山西具有光荣革命斗争历史的煤矿。1938 年 5 月建立中共党支部。1939 年 7 月，在太南总工会的帮助下，成立了"裕丰煤矿抗日游击队"。1938 年、1940 年先后两次举行全矿大罢工，都取得了胜利。1942 年 1 月，日军入侵煤矿后，矿工组织了地下工会和地下武装，发展工人自卫队60 余人，并打入伪矿警队。1945 年 8 月日本宣布投降，但是，太原的日军司令部与阎锡山相勾结，密令驻矿日军拒绝向八路军投降，并命令他们在 8 月 18 日夜毁矿，把全部人员、武器撤回太原。因此，八路军指挥部决定内外结合，武装夺取煤矿。17 日夜，矿工举行了武装起义，迅速占领了矿井、电气、锅炉等要害部门。在八路军的接应下，激战了两小时，击毙日军 3 人，俘虏日伪军 42 人，缴获机枪 3 挺、步枪 70 余支及电台、弹药等，接管了全部机器及物资。石圪节矿工的武装起义取得了完全胜利。

　　通志是我国传统史书的一种体裁，其体例一般是将所记内容分为若干门，各门之下再分若干类，各类之中包含若干条目，条目所记内容多按时间顺序以纪实手法撰写，这样分门别类、纵横交织地记述一定时期的政治、经济、文化、社会状况，记述统治集团的政治活动、典章制度、历史事件、历史人物。《中国共产党通志》借鉴了中国传统史书的体例，既以时间为序记载党的历史发展，又以事类为纲系统地记载党在各个时期、各个领域的活动和党内典章制度及其变迁，以求比较全面、系统地记载和反映历史发展的客观进程。

《中国共产党通志》的编撰指导思想是：以马克思历史唯物论为指导，坚持实事求是的科学态度。继承和发扬我国史学的优良传统，本着对党、对民族、对历史高度负责的精神，广泛撷取党史研究的成果，把《中国共产党通志》编撰成为一部记载党的历史比较全面、系统、客观、准确，具有较高的史学价值和文化价值的全史和信史。

参加解放石圪节战斗的张纪生

张纪生，1922 年出生，山西黎城人。曾英勇参加过石圪节战斗，与石圪节矿工里应外合一举解放了石圪节矿区，使石圪节煤矿成为中国共产党接手的第一座煤矿。

一

张纪生的童年是在苦难中度过的。他记忆中的童年除了辛酸苦难，就是难以忘却的死里逃生。1924 年，张纪生还不到三周岁，那年的春天来得特别早。开了春，父母兄嫂都去地里干活了，张纪生一个人在院子里玩，他趴在水窖口看到水里有个人影儿，很好玩，一不小心掉进水窖里。在窑顶上碾窑顶的舅舅看见了，急忙找绳下井，井口太小，舅舅搬走井口的石块，把绳子系在树上，下井救人，幸好，春季缺水，水不深，张纪生在水中挣扎，弄得满身泥水。张纪生虽然脱险了，但他被吓坏了，从此离井口远远的。

1937 年春，张纪生与同学张步恒、张步丰、李慧明、段国宝、李恩生等到长治报考中学。红榜还没有揭开，喜人的消息还没有传来，七七卢沟桥事变爆发了，日军大举侵华，中国陷入了黑暗的苦难之中。张纪生独自坐在前堂凹石头窑洞的菜油灯下，思考着自己的出路。

二

1937 年秋，山西省决死队在北委泉招兵，张纪生毅然投笔从戎，和二哥张元生、四哥张海生一起报名参了军，被编入决死三纵队，从此走上了革命的道路。

由于张纪生有文化，所以在部队当了宣传员。宣传员的主要任务是写标语，在纸上写，也在墙上写。每到一地，他就发挥自己的优势，以笔当枪，号召革命群众团结起来共同抗击日寇。他从老乡锅底里掏些锅黑，加点水搅和，当墨汁用，郑重在墙上写下标语："打倒日本帝国主义""国共合作，一致对外"等，这些标语像上弦的利剑，刺向敌人的心窝。

第二年，家人传信说母亲生病，张纪生请假回家尽孝，但部队却转移了，遂与部队——决死队失去了联系。

1938年春，张纪生来到源泉编村任牺盟会、青救会秘书，继续抗日工作。1939年年底，加入了黎城独立营，被编入一连，连长是樊子建，指导员是段志高。张纪生有文化，在一连当了文化教员兼文书，教战士们唱歌学文化，其中影响最大的歌曲是《齐上阵》

举起了斧和锯呀嗨呀，中国的工人不做亡国奴呀嗨。

举起了镰和锄呀嗨呀，中国的农民不做亡国奴呀嗨。

举起了枪和刀呀嗨呀，中国的军人不做亡国奴呀嗨。

举起了书和笔呀嗨呀，中国的学生不做亡国奴呀嗨。

举起了针和线呀嗨呀，中国的妇女不做亡国奴呀嗨。

为了救自己，大家起来赶走日本强盗！

歌曲《快去把兵当》也动员了更多的热血青年参加到革命的队伍中：

叫老乡，你快去把战场上，快去把兵当，莫等日本鬼子杀到咱家乡，老婆孩子遭了殃，你才赌气把兵当。

你不要想那日本鬼子难杀我呀，贪图享安乐，你不当兵，他不出钱，想个法儿躲，不去打仗亡了国，看你怎么活、怎么活！

三

黎城县独立营辖三个连、300余人，当时的主要任务是保护夏收秋收，还到过黄草山开荒种地，到过英里、大湾背粮食。黑夜里，到石梁、微子镇日军的炮楼底下写标语、散传单。1941年秋，在连长樊子建和指导员段志高的介绍下，张纪生加入了中国共产党。

1942 年 5 月 25 日，八路军副参谋长左权牺牲在辽县十字岭。秋天，独立营转移到李庄，张纪生以一连指导员的身份代表黎城县独立营到涉县石门参加左权将军安葬仪式。会上，八路军野战政治部主任罗瑞卿介绍了左权的生平事迹，张纪生三次振臂高呼："我们要报仇！"参会人员一起高呼，喊声在山谷间回荡。

1944 年年初，独立营派张纪生到平顺寺头参加整风。排级以上干部、区级干部都要参加，每期五六十人。张纪生住在楼上，打地铺。白天上山砍柴，吃稀饭野菜。

1945 年年初，张纪生回到黎城独立营，被安排在营部管理装备、人员统计，职务是营部技术书记，当时的教导员是张镰斧。同年参加石圪节战斗。

四

1945 年 8 月 12 日，太行军区命令：由太行四地委副书记王谦、黎城独立营营长钱光达、"太南八办"主任江涛组成解放石圪节前线指挥部，里应外合收复石圪节煤矿，黎城独立营为攻打石圪节的主力，长治敌工站、情报站和工会联合行动，配合主力。

命令下达后，江涛派王岩、李庚鑫和交通员郭保宝化装成矿工，在王存羊家里与付文才接头，初步商定 8 月 17 日夜 10 时至 12 时起义。具体部署为：南门为主力的突破口，到时由刘春言带班负责开门，以击掌三声为信号。南二门由李生祥带班，协助主力进攻三角院，以探照灯闪三下为停电信号。任安卿负责警戒其他矿警。杨春荣负责守住电机房，看见探照灯闪三下即刻停电。丁戌丙负责剪断地雷线。另外，由工会派两个人配合矿工管理好井下炸药、雷管和其他物资。停电后通过人工绞架把矿工从坑里提上来。同时还规定每天互通情报，急事急报，严守机密。随后，王岩等人及时向王谦作了详细汇报。

8 月 16 日，矿内特工为了送出杨春荣绘制的日伪军军事设防图和矿区内交通路线图，只好从煤窑中间的抽水筒里游出来。接到此情报，王岩委派李庚鑫急忙送到黎城县，交给钱光达。18 日，在煤矿内外的全力配合下，张纪生参加了八路军主力部队解放石圪节煤矿的战斗。

石圪节煤矿战斗的胜利极大地震慑了日军，迫使石圪节、庙凹、小河堡一带的日伪军当天逃窜，为我军即将打响的上党战役扫清了外障。

8 月 20 日，《新华日报》头版以"挺进长治我军收复石圪节重要煤矿"为题作了详细报道："本报前方 18 日电：长治北之敌重要据点石圪节煤矿，昨晚已为我军收复。该矿为上党有名之煤矿，产量甚大，为供给上党地区燃料之重要来源，敌人占领长治后，对该矿极为重视，警戒极严。此次我军围困长治后，即以主力一部，于昨晚一举将该矿攻克，俘伪军 40 余人，击毙日军 3 名，俘虏 2 名，缴获轻机枪 3 挺、步枪 70 余支、电台 1 部、战马 7 匹、其他资材极多。此役，我（军）仅负伤 6 名。"

<h2 style="text-align:center">五</h2>

石圪节战斗后，张纪生还参加了上党战役。1947 年任五十团政工队队长，南下大别山。1949 年任一〇四团宣教股股长（营级干部），进军大西南。

解放战争中，张纪生参加过上党战役、平汉战役、峭河战役、鲁西南战役、陇海战役、南阳战役、定陶战役、襄樊战役、跃进大别山、淮海战役、渡江战役、奔袭新安江及金华、进军大西南、白马山战斗、抢占重庆白市驿机场、西南剿匪、抗美援朝第五次战役。

中华人民共和国成立后，张纪生先后任三十五师政治部秘书科副科长（副团级）、政治部组织科科长（团级）。1955 年授衔中校，调到北京总政组织部组织处任干事。1958 年调到总政群工部组织处，后任副处长（副师级）。1970 年调任宝鸡军分区任副政委。1977 年，肖华到兰州军区任政委，张纪生调任兰州军区政治部群工部任副部长，1978 年任部长（正师级）。1986 年离休，享受副军级待遇。

张纪生荣获独立自由奖章、三级解放勋章、朝鲜国旗勋章、独立自由荣誉勋章，荣立三等功，荣获三等爱国功臣荣誉称号等。

石圪节矿风誉满天下

一座展览馆犹如一座丰碑，矗立在历史的长河中、人民的心间。走进石圪节矿史展览馆，犹如走进中国煤炭工业发展的历史进程中，展示着石圪节乃至中国煤炭工业发展的变迁史、创业史和奋斗史。

回首石圪节煤矿走过的悠悠岁月、风雨历程，几代石圪节人艰苦奋斗、与时俱进，与共和国一路走来，与潞安一起成长，创造了物质财富和精神财富双丰收的光辉业绩。"艰苦奋斗、勤俭办矿"的石圪节矿风承载着初心和使命，是优秀精神谱系的超然体现。石圪节之所以饱经沧桑磨难而生生不息，就是凭着这一股革命加拼命的强大精神，大力发扬红色传统、传承红色基因，赓续精神血脉。时代日新月异，但是石圪节的精神依然薪火相传，不断丰富着新时代内涵，为人们所珍视弘扬。

1945 年，石圪节矿山解放后，和煦的阳光照耀着大地，整个矿山处在欢歌笑语之中。解放战争全面爆发后，石圪节矿工齐心协力支援解放战争，担负起支援祖国解放战争的光荣使命。矿党支部组织工人千方百计克服困难，积极组织排水，迅速恢复生产，开展了劳动竞赛，提出了"多出煤炭支援前线""一吨煤炭，一发炮弹"的口号，激励大伙儿努力工作。

在三年的解放战争中，石圪节煤矿工人在党的领导下，积极发展煤炭生产，大力支援解放战争，作出了显著贡献，为中国人民的解放事业立下了功勋，受到了党中央和上级领导机关的高度赞扬，党的媒体报道了石圪节煤矿工人"多产煤炭支援前线""一吨煤炭，一发炮弹"的模范事迹。

1963年6月17日，国家经济委员会在北京召开了全国工业交通企业经济工作座谈会。这次座谈会由时任国务院副总理的薄一波同志主持，着重研究讨论了勤俭办企业和执行企业经济核算的问题。就在这次会议上，石圪节煤矿以连续多年在全国煤炭战线效率最高、成本最低、质量最好、机构最精简的突出成绩和其他四家单位共同被誉为"全国工业交通企业勤俭办企业的五面红旗"。

《人民日报》的头版头条发表了新华社1963年7月6日讯："周总理接见了5个厂矿代表，称赞他们工作做得好，鼓励他们戒骄戒躁继续前进。"1963年7月7日，《人民日报》以"全国工业交通企业经济工作座谈会上交流先进经验"为题在显著版面报道了全国勤俭办企业"五面红旗"的消息。1963年11月8日的《人民日报》发表了长篇通讯《石圪节矿风》。

石圪节能成为"五面红旗"中的一面，是石圪节人一点点做出来的。从1945年开始，翻身做主人的矿工就体谅国家困难，继承老八路勤俭节约的光荣传统，一个铜板掰成两半花。矿山解放后，石圪节煤矿的干部总是到井下现场、工人宿舍、食堂与工人们一起参加劳动，了解生产和工人生活情况，及时解决问题。

1960年，矿上新添了100多名工人，没有宿舍，领导干部把自己的宿舍让给工人，自己住在用荆条搭起来的临时宿舍里，新工人很受感动，工作更加安心。这个煤矿出勤率一直保持在90％左右，年年全面完成国家计划，年年有盈利。1963年，全员工效达到1.675吨／工；每产一万吨煤的坑木消耗降低到69.7立方米；吨煤成本只有8.94元，上缴利润超全年计划将近一倍，每个干部每月的办公费用只合两毛多钱……这在现在是不可想象的。

艰苦朴素、勤俭节约的石圪节矿风已经渗透到了煤矿的方方面面。办公室工作人员为节约纸张，正面写了背面再写；人力资源的节约也是节约，办公室每个人都身兼数职，宣传科有位女同志既是打字员，又是广播员、通讯员，一人多能；工人的劳保手套磨破了，后勤科统一收起来补好后再发下去用；在精简机构的同时还简化了办事程序，原来30多种表格简化成16种……

有一次，几个回柱工人在采空区扔了三根坑木，回来又后悔了。回柱班专门开会讨论这三根柱子该不该扔。有人说："丢了三根柱，等于扔了三袋白面（当时一根柱子值一袋白面钱）。"有人说："一根柱长成材得十几二十年，从东北大老远运来，火车装，汽车拉，可容易？随便扔，不影响出煤？不影响国家建设？"打那以后，不管多大困难，回柱工人都要尽量把每根坑木都拖出来。从采空区回收柱子好比"老虎嘴里拔牙"，但石圪节煤矿每用 100 根坑木，就能回收 95 根，其中 85 根还能顶好柱子再用一次。

钉道工鱼先虎身上经常带着一个"羊蹄"，一有空就把废道木上的道钉捡起来。绞车工洪玉祥把擦机器的破布棉纱用了洗，洗了又用，一直舍不得扔掉。采煤工的锹把坏了改为镐把，镐把坏了改成斧把，斧把坏了又改成小锤把。

放炮工刘小鱼，往煤眼里装火药，有时崩煤，用不完一个炮的药，他就装一半留一半，等下次再用。一个炮药不过二两重，仅仅值两毛钱。别人问他为什么这般计较？他则一脸正经地反问："半个炮能崩的煤，为什么要用一个炮？"

新工人李明太，上班时带了一块锚栓垫，这是一块还没有巴掌大的铁片子，丢在井下找不到了。下班的时间早就过了，别的工人个个提着矿灯洗澡去了，李明太这个班的 20 多人却在"海底捞针"，又是扒又是刨，急得满头大汗。整整半小时，才从煤堆里找出这块铁"宝贝"，全班人这才舒了口气，有说有笑地走出工作面。一块锚栓垫虽说值不了几毛钱，可丢了它，一套锚栓不成套，要少采 11 吨煤。

钉道工王保元，一根道木正面用、反面用、两头移着用，总要用两三次才报废；机电工人李景堂，为了节约机油，曾接二连三地爬上十多米高的井架观察天轮漏油的现象，多次改进注油管道。

这样的事情比比皆是，广大职工把它归纳为"节约一滴水、一滴油、一度电、一张纸、一团棉纱、一颗道钉、一个网沟、一个雷管、一张铁锹、一根坑木"的"十个一"精神。

石圪节人认为，精简队伍也是一种节约，是人力资源的节约。石圪节对机构做进一步的精简，9 个科室合并为了三室两站，还相应地简化了一些办事程序，各种报表由原来的 30 多种简化为 16 种，填报程序比原来减少了 46.6%。此外，煤矿还减少了各种会议的数量，原则规定每月只开两次矿务会议以确定重大问题，日常工作则由领导干部轮流在调度室值班，和各队组联系解决。

石圪节人还积极通过科学管理、挖潜增效增加煤炭产量。围绕生产中的薄弱环节开展了"双革"运动，机电队在井口和井底研制安装了自动推车器，运搬队在井上下车场搞成了分车道岔，减下了 21 人。回采二队在工作面推广大铁锹装煤，提高了一倍的效率，减掉了 4 个装煤工。两个回采工作面搞成了树干式送电，共节约电缆 1000 多米。整个活动期间，石圪节煤矿广大职工共提出各种革新建议 120 多项、综合规划 4 项。

石圪节的矿风是怎样形成的？石圪节人也有自己的体会：

一是来自党的光荣传统和战争年代的老八路作风；二是来自工人阶级的本色和煤矿工人"特别能战斗"的革命精神；三是来自太行老区劳动人民勤劳勇敢、艰苦朴素、聪明智慧的优良品质。

石圪节就这样在创造大量物质财富的同时，也凝结形成一个又一个弥足珍贵的精神财富。石圪节人把这种精神财富总结为"八个成风""三个精神"。"八个成风"即：干部与群众同甘共苦成风；新老工人团结协作成风；技术人员向又红又专的道路上迈进成风；爱护国家财产、节约成风；自力更生、奋发图强，克服困难成风；见方便就让、见困难就上的共产主义风格成风；严格遵守制度、学习钻研技术成风以矿为家、以矿为业成风。"三个精神"即："半个炮"精神、"十个一"精神和"荆笆棚"精神。

在现代矿井建设中，石圪节人始终秉承"艰苦奋斗、勤俭办矿"矿风，对矿井进行大刀阔斧的技术改造。经过五次技术改造，把一个年产万把吨的小煤窑变成了最高年产达 150 万吨的现代化矿井，改善了矿山的面貌，提高了职工的生活，推进了矿山的物质文明和精神文明建设。

时代变迁，岁月流逝，石圪节精神的光芒却更加熠熠生辉。改革开放后，党和国家领导人高度赞扬石圪节精神对中国工业发展的重要作用，在全国掀起了学习弘扬石圪节精神的浪潮。

1981 年 5 月 5 日，时任中共中央政治局委员余秋里来矿视察工作。他说：石圪节煤矿至少有四个方面在全国领先，一是生产技改效果显著，在全国是领先的；二是勤俭办企业的好矿风，在全国是领先的；三是现代化程度高，效率高，在全国是领先的；四是非生产人员少，在全国是领先的。

1983 年，时任国家主席李先念为石圪节矿题词：石圪节精神永放光芒！

以江泽民、李鹏为代表的 11 位党和国家领导同志为石圪节题词、赠言，并给予了高度评价。

1990 年，能源部、中国统配煤矿总公司党组发出了在全国煤炭系统学习石圪节煤矿"艰苦奋斗、勤俭办矿"矿风精神的号召。能源部、中国统配煤矿总公司在潞安矿务局召开了"全煤系统学习石圪节精神现场会"。能源部副部长、党组成员，兼任中国统配煤矿总公司总经理胡富国提出组织石圪节矿风报告团。石圪节矿党委书记傅金火任报告团团长，带领郝晓明、屈天富、连来弟、霍红义、赵海涛、潘小虎、崔丑孩、王俊章、何发等在全国巡回演讲。矿风报告团以动人的事迹在全国引起了强烈的反响。

党的十八大以来，习近平总书记高度重视艰苦奋斗精神的传承和弘扬，不断告诫全党要始终保持"艰苦奋斗、勤俭节约"的优良作风，并作出了重要论述。习近平总书记指出，不论我们国家发展到什么水平，不论人民生活改善到什么地步，艰苦奋斗、勤俭节约的思想永远不能丢。

在石圪节煤矿发展壮大的过程中，我党的红色基因融入了矿工血脉，一代代传承、一代代弘扬。享誉全国的石圪节矿风在实践中不断被赋予新的内涵，凝练升华，成为潞安的精神坐标、誉满天下的精神标杆。经过岁月磨砺、实践检验的石圪节精神，已经成为潞安人的精神支撑、宝贵的精神财富。在转型发展的新征程中，潞安化工将继续发扬石圪节精神，在转型发展蹚新路的新征程中，深入贯彻新发展理念，担当作为，立足价值创新，谱写出"艰苦奋斗、勤俭节约"的效益发展新篇章。

艰苦奋斗的石圪节矿风

石圪节矿风的"十个一"精神

1963 年 7 月 7 日，《人民日报》在报道石圪节煤矿等五个厂矿成为勤俭办企业的旗帜时曾指出：石圪节煤矿等五面红旗，在勤俭办企业方面有五个共同特点：

1. 认真贯彻勤俭办企业的方针；

2. 干部以身作则，艰苦朴素，长期坚持参加生产劳动；

3. 做好政治思想工作，关心工人生活；

4. 加强企业管理，严格执行制度；

5. 年年多快好省地全面完成国家计划。

这是石圪节煤矿作为全国勤俭办企业五面红旗的一般特点。其实，石圪节煤矿艰苦奋斗的矿风，还有其独特的内容。

概括起来说，艰苦奋斗的石圪节矿风的基本内容主要有"八个成风"和"三个精神"

"八个成风"是：

1. 干部与群众同甘共苦成风

领导干部、工程技术人员、科室人员都无例外地、比较自觉地长期参加劳动，踏踏实实地做实际工作，处处以身作则，队组干部一星期一般劳动 20 多小时，领导干部和工人一起同甘共苦，新工人来了给腾房子，过年过节给工人端饭，往坑下送

节约每一滴油　　　　　矿灯班回收矿灯线　　　　　矿灯班节约一滴锡

水等。

2. 新老工人团结协作成风

多数老工人都能以自己的行动和言行，去影响和教育新工人。如满勤标兵李小奋，15 年来年年月月出满勤，按时上班，风雨无阻，老工人们叫他"标准钟"，在他的影响和教育下，他的徒弟鱼先虎，4 年来月月出满勤；安全站站长白元孩，珍惜人民一点一滴财产，他像接力赛一样，把全套技术和思想的"接力棒"传给了徒弟连俊堂等。老工人对新工人既传技术，又传思想，在这里，老工人不是"老弱残"，是"不脱产的干部"，是群众的榜样。新工人不受排挤，是老传统的接班人，受到了关怀和教育。应该着重指出：根据石圪节矿的经验，老工人的作用，不是自发产生的，而是通过党的领导、教育、培养和提高才能产生的。石圪节矿党总支由于在组织上、思想上做了一系列的工作，因而充分地发挥了老工人的作用。

3. 技术人员向又红又专的道路上迈进成风

全矿 44 名工程技术人员，经过长期参加生产劳动，和工人结合，和实际结合，思想水平和工作能力有很大提高，多数人已成为领导的"好助手"、工人的"好顾问"，有的已成为党总支委员会的成员，有的成为全矿的先进生产者。

4. 爱护国家财产、节约成风

许多工人的工作服到期不换，给国家节约布；"百宝箱"点滴节约归公；自觉地不私自动用矿上一砖一木。

5. 自力更生、奋发图强、克服困难成风

这里的职工，把煤矿的工作看成是自家的工作；把煤矿的困难看成是自己的困难。自己能解决的，从来不找上级解决。如扩大井筒时，没有向国家要基建工人，而是自己学习自己动手，给国家节约了 40 万元。

6. 见方便就让、见困难就上的共产主义风格成风

司光则为职工补水鞋　　　　　　　王保元节约一个道钉

如队长带头下水抢救设备，职工业余冒雨抬运坑木，等。

7. 严格遵守制度、学习钻研技术成风

如设备检修，他们事前都要进行研究、学习，经考试合格的人才准参加。对电溜子他们实行了集中操作，一人看管六七部，管理得很好，很少发生事故。这主要是严格遵守了验收制度和操作规程，从而保证了安全运行。

8. 以矿为家、以矿为业成风

矿上职工很少旷工或无事请假。轮休、回家探亲，也经过群众讨论，制定了六让制度：老工人让新工人，路近的让路远的，事缓的让事急的，干部让工人，党团员让群众，带家属的让不带家属的。这里房子盖的得也很整齐，收拾得干净、朴素、大方。

"三个精神"是：

1. "半个炮"精神

打炮工刘小鱼，有时装眼用不了一个炮的药，他就装半个炮的药，把半个炮药

牛保福作贡献办好
事，清洗面纱

修补皮带是双增双节
的一个主要项目，每年节
约几十万元

修复铁柱

节约下来，等下次再用。别人问他为甚这样计较？他说："半个炮能崩下煤来，为啥要用一个炮？省下半个炮又可以再崩下许多煤来。"后来，工人把这种精神称为勤俭节约的"半个炮"精神。

2."十个一"精神

工人李明太，上班时把一块锚栓垫放在井下找不见了，下班后，别的工人都上了井，但李明太这个班20多人却扒石头刨煤到处寻找，全班人找了半个小时，直到找到才上井。钉道工王保元，精心节约每一根道木，他用道木是正面用了用反面，两头移着用，一根道木要用两三次才报废。钉道工鱼先虎，身上经常带着一个"羊蹄"，一有空就把废道木上的道钉拾起来。绞车工洪玉祥，擦机器的破布棉纱是用了洗、洗了又用，一直舍不得扔掉。采煤的工人是锹把坏了改为镐把，镐把坏了改成斧把，斧把坏了又改成小锤把。拣矸石的工人，往车里拣矸石时，还要把粘在矸石上的煤敲下来，生火时漏下的煤核都要拣起来重烧。有人问："你们守着这么大的煤山，还何必拣煤核烧？"他们的回答是，为了给社会主义建设节约一铲煤。机关干部也常常一张纸正面用

用废砖修改的临时家庭房

了反面用，一个大头针也要这里用了那里用，从不浪费一点，类似这样的事情处处皆是，广大职工通过实践把它们归纳为"十个一"精神，即：节约一滴水、一滴油、一度电、一张纸、一团棉纱、一个道钉、一个网钩、一个雷管、一张铁锹、一根坑木。这"十个一"以后就成为石圪节矿风的重要内容。

3."住荆笆棚"精神

有一年，石圪节煤矿新添了一批工人，房子不够住，矿上的领导干部们就搬到坑口的钉鞋铺去办公，到荆笆棚里去睡觉，把瓦房腾给新工人住。后来，人们把领导干部这种与群众同甘共苦，先工人之忧而忧，后工人之乐而乐的好作风称为"住荆笆棚"精神。

三天轮

在石屺节那深邃矿井之上，
井架似沉默的巨人守望。
提升天轮，曾疲惫摇晃，
岁月留下了沧桑的伤。
如今，智慧与技艺碰撞，
改造的热情似火在燃烧。
工具是画笔，蓝图是梦想，
让天轮重焕光芒的渴望。
意念碰撞出希望的乐章，
信仰闪烁如繁星的亮。
提升获得了质变，
三天轮再展雄姿，
力量在膨胀。
它将重新高速地旋转，
拉起乌金，拉起希望。
带着使命，在矿井之疆，
续写辉煌，向着太阳。

——改造三天轮有感

翻开石圪节厚厚的科技改造历史书，在密密麻麻的文字记载中，不得不提到的是全国独有的、石圪节独创的"三天轮"装置。

在申报全国工业遗产的时候，我有幸作为当时的申报材料和文稿的参与者，对三天轮这样表述：三天轮是石圪节第三次技术改造的核心内容，20世纪60年代，石圪节响应党中央"工业学大庆"的号召，为国家多出煤出好煤，提出第三次技术改造，积极踊跃投入"比、学、赶、超"的社会主义劳动竞赛。为加大提升能力，将一吨矿车改为1.5吨矿车，刷大副井井筒，改罐笼提升为箕斗提升，单层罐笼改为双层罐笼提升。但双罐笼提升会造成主轴过载40%，技术人员受"辘轳绞水"的启示，提出了"三天轮"辅绳提升方案，在原有天轮平台上，横加一个辅助天轮，新增设一根钢丝绳绕过辅助天轮，两端分别与两个罐笼相连接。使两个罐笼的自重通过辅助天轮回转。在钢丝绳作用下，使部分静拉力分散到井架主腿上，以减轻主轴承受力。在不更换原有绞车的前提下，使矿井提升能力增加50%，顾名思义"小马拉大车"。原煤年产量由30万吨，提高至45万吨。这次技术改造是石圪节艰苦奋斗、自力更生、挖潜改造、矿井"由小变大"的历史性突破，也是潞安采煤史上科技进步的重要标志。

石圪节煤矿井下采煤方法的改革，要求提升煤的时间集中、能力加大，但主井提升设备为一台2米直径双滚筒绞车，提升一对一吨单层罐笼，年提煤能力只有30万吨。因此，加大主井提升能力成为技术改造、发展生产的关键。

为了解决这个问题，在局、矿党委的领导下，组成了三结合工作组。在充分发动群众的基础上，提出五个方案：一是换用大绞车。二是改用箕斗。三是换用1.5吨矿车。四是改造北井、南北两井同时出煤。五是改为一吨双层二车罐笼。经过分析对比，认为将原有一吨单层单车罐笼改为一吨双层二车罐笼，以加大提升能力的方案比较现实。但是，改用双层罐笼之后，钢丝绳对绞车的最大静张力将超过规定数值的40%。

为了减小由于过大的静张力作用到绞车大轴上的弯矩，探讨了采用滑轮平衡一部分拉力，发挥电机潜力，加大提升载荷

石圪节自己设计的"三天轮"

的途径。经反复分析研究，决定在井架上装一平衡轮（第三天轮），用两个罐笼互相平衡一部分重力的方法来达到减小绞车静张力，以保证生产安全的目的。1965 年 6 月 19 日至 7 月 6 日组织了安装和测定，在调试的过程中对矿井全系统各个环节和部件进行严格的监视和测定，在此基础上又经过不断改进和提高，终于实现了小马拉大车——用 2 米绞车提升双层罐笼的创举，使主井年提升能力由原来的 30 万吨提高到 45 万吨，1972 年全年提煤 55.8 万吨。

石圪节煤矿的实践证明，对于老井挖潜、井筒延深，为了加大提升能力（主要是罐笼井），如在原有绞车静张力不足，或滚筒尺寸不够且绞车静张力差，但还有一定潜力的条件下，可以考虑采用三天轮提升系统。

主、辅绳荷力分配问题

三天轮提升装置，悬吊部分的全部重量，由主、辅两绳共同承担。为使其绳端受力在实际运转中接近预想要求、合理分配，石圪节煤矿采取以下几项具体措施：

1. 平衡轮采用弹簧支座

平衡轮装在天轮平台上，和原有的两个主提升天轮方向呈垂直布置。平衡轮的轴承装设在带有四根弹簧的支座上，为使平衡轮的反力不受弹簧刚度影响，使反力通过中心，并防止由于轴承歪斜而影响轴瓦工作，在轴承和弹簧之间装设球面自位板。在平衡轮受力后，轴承可沿导向架上下移动。

当总荷重为 5 吨时，四根弹簧压缩高度为 34 毫米。根据运行过程中弹簧压缩量，可以在经过换算的标尺中读出平衡轮荷重数值（即两根辅绳拉力之和）。在生产中即以此压缩高度的变化监视和测定辅绳受力的情况，同时通过在平衡轮处安装的带电气接点的指针，将弹簧压缩情况以灯光信号反映到绞车操作台上。当位移达到极限位置时，即要进行调绳，同时在弹簧受力变化、压缩量改变时，由于天轮中心的位移，相应地改变了辅绳固结长度，其长

用废砖修改的临时家庭房

度的改变量为天轮轴位移距离的两倍，因而也自动地调整了主、辅两绳荷力比，使两绳受力情况得到一定程度的改善。

石圪节煤矿三天轮提升，其钢丝绳固结长度的调整是按平衡轮在空负荷时静荷力为 3 吨、全负荷时静荷力为 5 吨的条件下进行的。

由于钢丝绳在运行中的弹性伸长，当绞车加速启动和减速停车时，因动力冲击而使平衡轮对弹簧的压力出现最小和最大值。

在启动时，由于辅绳和辅轮的惰性作用，主绳荷力加大，辅轮弹簧压力出现最低值，随后运行进入等速阶段，弹簧压力平衡增加。当开始减速和制动时，由于惰性作用而使弹簧压力出现最大值。根据实地观察，当运行加减速过大时，则弹簧压力的变化就出现了尖峰值，甚至在过大的减速情况下，

造成主绳松弛。根据实测数据，在正常运转条件下，根据弹簧压缩量换算，平衡轮荷力变化幅度在 1—1.5 吨范围内。

由于主绳在运行中不断地受瞬时动力的作用而逐渐密实和伸长。但是辅绳在运行过程中，其垂直伸长量小于主绳伸长量。因此在试验阶段，辅绳荷力逐渐加大，说明主、辅两绳弹性伸长产生了相对变化。此时平衡板出现了很大的偏角，即需重新调节主绳固结长度。

2. 平衡板连接装置

主、辅两绳通过楔形绳卡和平衡板与罐笼主拉杆相连接。当两绳拉力出现不均衡时，则平衡板产生偏斜，拉力大的向上扭转，力臂缩短，拉力小的向下扭转，力臂加大，其受力的变化和扭转角度有关。根据计算，当平衡板处于平衡位置时。两绳受力各为全部荷重的 50%。当平衡板偏转 26.5° 时，则拉力集中于一绳，达全部荷力的 100%。

实际运行中由于两绳端重力差的变化和钢丝绳弹性伸长影响，平衡板的工作经常是处于不平衡的状态中。

3. 钢丝绳长度的调整

钢丝绳用楔形绳卡与平衡板连接。主绳楔卡一般不做调绳用，而用绞车双滚筒离合器调绳，辅绳调长在楔形绳卡处进行。

4. 使用效果

由于主绳在运行中动力的作用而产生瞬时的拉力集中和钢丝绳的弹性伸缩，尤

其是在两次进出矿车的条件下，钢丝绳和天轮绳槽摩擦较大，生产中二次装罐时曾发生主绳断绳事故，但由于矿车在井口处卡住，未造成下坠。另外，在绳卡连接处也出现过断丝断股现象。

如原有电机出力已无富裕，则需更换较大功率的电机，同时根据需要，应对井架采取相应的加固措施，井筒深度较大时还可以设置尾绳。在推广使用三天轮提升系统时，对于主、辅绳力的分配，可适当加大辅绳的荷力，以保证在运转中主绳在动力作用下不超过其极限载荷。

当主绳发生断绳时，由于平衡轮两端荷力不同，其重端仍将以加速度 a 向下滑动，a 的值和两端重力之差成正比，和两端重力之和成反比。在石圪节煤矿的具体条件下，如在井口处发生断绳时，则辅绳重钩坠至井底时的速度将在 20 米 / 秒左右。因此，为保证安全运行，尤其是在提人的情况下应考虑增设特制的主绳断绳保险器或在天轮平台上装设辅绳轮制动装置，其动作应和主绳断绳自动联锁，也可由司机操作紧急制动。

在井架允许超高提升时，可考虑采用螺旋液压调绳装置。在启动加速瞬间，由于辅绳和辅轮的惰性作用，主绳将承受较大的拉力。石圪节煤矿根据弹簧位移指示的方法，在绳端荷重为 6200 公斤和张力差为 2800 公斤的情况下，测得辅绳受力波动在 1—1.5 吨的范围内。在应用中要注意主绳瞬间受力情况的变化。为较精确地测得主绳瞬间受力情况，可研究采用压磁元件的可能性。

有了方案就要尽快地实施。施工阶段，正值盛夏，全矿职工齐动员。

> 不畏烈日晒，
>
> 不怕淋头雨。
>
> 青山伴我行，
>
> 雄关壮我志。

在那火热的年代，在那盛夏的时节，石圪节人投入了多少的热情啊。回采一队的牛金富，包干了井底的延伸工作。为了加快进度，掘进队的苏雨成、张启首两个组 40 多人也积极请战加入井底的延伸工作；40 多岁的老工人孙盛林和小伙子一样负责水泵工作，24 小时不离岗位，随叫随到；常付金、韩富贵等老工人也在井筒顶着水跪着拆装罐道……

小寒山头，那些普普通通、默默无闻的老矿工，在石圪节煤矿三天轮的技术改造中，充分体现了工人阶级无私的奉献精神，充分体现了工人阶级的强大的创造力。

不向国家伸手要一分钱，自己想办法，克服重重困难，自力更生，勤俭创业。在为四个现代化挖掘能源的同时，也为实现四个现代化开创出了一条新的思路。

站在小寒山的山顶纵目四望，青山如波涛般在脚下涌动，时有缕缕白云从眼前飘忽而过。我下意识地伸出双手，想掬几缕白云回家，白云调皮地越过我的手心，留下了些许的潮润。我顿感几丝清凉沁人心脾。我曾在小寒山的上上下下游历，听了太多的故事，感动了太多的神经，自以为吃透了他的神韵，然而，面对老矿工的坦言，我却发现这只是石圪节精神的冰山一角。水随山转，山随人转，是石圪节人的智慧和创造，赋予了小寒山更多的灵动之气。

矿山铁人郝晓明

在时代的浪潮中，

有这样一群身影。

如璀璨星辰，闪耀在劳动的天空。

他们的双手，粗糙而有力，

编织着矿山的繁荣，耕耘着煤矿的大地。

那额头的汗珠，是勤劳的勋章，

在阳光下折射出奉献的意义。

劳模啊，你们是奋进的号子，

唤醒每一个沉睡的晨曦。

是坚固的基石，撑起发展的安全。

用热血点燃梦想，用坚韧书写传奇。

在劳动的圣坛上，永放光辉熠熠。

——致敬劳模

劳动英雄，一个高尚的称谓，无上荣光。

位于上党盆地的石圪节，有位闻名全国的劳动英雄郝晓明。

郝晓明其人是位平凡普通又非同凡响的人——这是多么自相矛盾又不合逻辑的说法呀，但又必须这样来形容。说其平凡普通是因为自1947年下井当采煤工人至

1983 年退休，在石圪节煤矿干了 43 年，有 37 年是在井下当采煤工。在这 13000 多天中，他没有因家务事请过假、误过点，也没有因为小伤、小病去过医院。一辈子连个组长也没当过，是个名副其实的老工人。说其非同凡响是因为他的主要事迹可以用这样几句话概括：

三十七年坚持在采煤第一线；

三十七年坚持出满勤、干满点；

三十七个春节都在井下度过；

妻子生了三个孩子，他没请一天假；

十个手指甲先后被砸掉九个，他没歇过一个班。

平凡吗？实在平凡！

容易吗？实在不容易！

1973 年以来，郝晓明被山西省命名为"矿山铁人"，接着被中国煤炭部表彰为全国煤炭战线劳动英雄，再后来是被国务院表彰为全国劳动英雄。

自家的事再大也是小事
国家的事再小也是大事

出身贫寒的郝晓明，十几岁就给地主当长工，当上工人后才过上了幸福生活。有切身体验的郝晓明决心为矿山奉献一生，为国家多出煤，多作贡献。他常和小青年说：旧社会资本家不把工人当人看，新社会我们成了矿山的主人，做主人就得多想国家的事，为国家就要舍得奉献自己的一切。他是这样说的，也是这样干的。在井下干了 37 个年头，没有因家务事请过一天假，也没有因家务事误过一次点。老婆生了三个孩子，他没有休过一个班。记得生第一个孩子的时候，他老婆肚子痛了三天三夜，痛得衣服都让汗给湿透了。她求郝晓明不要上班，守着她。而他以生产任务大、人手少的理由，拒绝了妻子的不算苛刻的请求，咬咬牙下了井。

郝晓明在井下

有一年，他唯一的小闺女得了麻痹症。当时，老婆不在家，两个儿子又在上学。怎么办？是上班还是照顾孩子？不行！奉献的精神不能在自己的身上断了线，于是，他就把孩子送到了医院，交给了医生和护士，又打发人到丈母娘家叫老婆，而自己却换上工作服下了井。孩子住院两个多月，他没请过一天假。事后老婆骂他，丈母娘怨他，旁人也说他太狠心了，说他上班连亲生闺女都不顾。而他自己想的是：孩子得了病，就得看医生，自己又不会看病，再说，孩子身边有她娘，他再守在孩子身边，这叫浪费人力，而他上一个班，就能为国家多出好几吨煤，这才是正经事哩！

那一年，他老丈母娘去世了，按风俗习惯应该去参加一下葬礼，可是老丈母娘家在离矿50里以外的张庄村，埋人又是白天，郝晓明又正上八点班，怎么办？人要埋，班还要上。后来，他想了一个办法：和一个上零点班的同志说好，和他换一个班，白天去参加丈母娘的葬礼，黑夜上零点班，没有因为参加葬礼而误了班。

轻伤不下火线
小病不去医院

人们常说：煤矿这一行，苦、累、脏、险样样俱全。记得在60年代时，煤炭行业的工资相对比服务行业高一些，一些觉得不太公平的人到石圪节矿下井参观后感慨地说：再给矿工加一倍工资我们也没有意见了！可石圪节煤矿工人，不是计较的工资高不高，而是想着不管怎样多给国家出了煤就行。为此，在我们矿工中流传着一句口头禅：干煤矿就不能怕吃苦，怕吃苦就别当煤矿工人。即使在身体不舒服、小伤小病的情况下，都舍不得离开自己的岗位，都怕因为自己缺了岗而给国家少出了煤。

记得有一天，采煤工作面淋头水很大，又没有雨衣，郝晓明就领着弟兄们光着膀子打炮。产量没有受到影响，可身体却受了风寒，第二天浑身发烧难受，按常理该躺一躺了。但是一个班只有一个熟练打炮工，如果郝晓明不去，打炮就要受影响，当班任务就怕完不成。想到这里，他二话没说，依然背起炮箱下了井。还有一次，他患了急性痢疾，一夜间就上了十几次厕所，腰也直不起来了。就是这样，他也没有休班，天一亮到医院让值班医生开了些药吃，扭头就下了井。

在井下，成年累月与大自然作战，上下左右都是石头，难免有磕磕碰碰的时候。

郝晓明的 10 个手指甲，先后砸掉过 9 次，他没休息过一个班。有一次，在煤墙根，一块石头下来砸在左脚上，脚面一会儿就肿起来了，原来郝晓明以为受了点小伤，就没理会。后来一检查，才知道是四趾骨折。第二天早上，说什么也穿不上工作水鞋，这可怎么办呢？苦干实干的郝晓明急中生智，到供应科找见管水鞋的老曹师傅，让他给自己找了一只大号的旧水鞋，然后一瘸一拐下了井，一直坚持了半个月。有一年，他的右手受伤，医生提出了两个治疗方案：一个是慢慢长，一个是植皮。截指植皮，比较疼，可是好得快。于是，他就选择了这个方案。反正只要能早下井，不影响煤炭产量就行。做罢手术，他只在医院住了一个多月，还没等红肿消下去，就戴了一只大手套，下了井。

郝晓明受伤最重的一次，也是对他考验最严峻的一次。他是个打炮工，因为人手少，完成打炮任务以后，班长临时又安排他去帮助打柱。打柱中间，冷不丁一根铁柱倒了下来，正巧砸在他的右小腿上，顿时一阵揪心地疼，身子晃了几晃，他忙扶住身旁的柱子，才算没有倒下，可豆大的冷汗已顺着他的脸流了下来。同志们一下围过来问有事没事。他忍着疼痛，嘴上却不动声色地说："不碍事，擦了下。"他随手拿起一根刹杆拄着，抖着精神走了几步说："你们瞧，我这不是能走吗？不要管我了，快去出煤吧。"

他一条腿拖着另一条腿，半步半步地步行了四里地，走出了工作面。说实在的，当时他也真想喊几声"疼"，可是万万不能。只要喊出一声，同志们就要来扶他。这时，离下班还有一个半小时，因为一个人分了大家的心，不但要影响本班产量，还会留下不好的条件影响下班生产，这个账可要算对哩。

领导知道郝晓明受了伤后，立即用车把他送到医院。经过检查，是小腿骨折。俗话说，伤筋动骨 100 天。那年的郝晓明已经是 57 岁的人了，康复时间自然要长一些。在医院，他只住了 22 天。回到家里，坚持拄着棍子锻炼，总共休息了 82 天，就又回到了工友中间，下井采煤。

"觉悟确实不高"
可是省委书记提笔改定"矿山铁人郝晓明"

那是 1973 年，山西省也和全国一样沉浸在一片"工业学大庆"的热潮之中。为了总结几年来学习大庆的先进经验，推进工业战线的飞速发展，省委书记亲自抓筹备召开"工业学大庆经验交流会"这项工作，这是"文化大革命"中山西省召开的第一个扎扎实实抓生产的会。筹备组通知，石圪节矿准备两份材料，其一是全矿的先进材料，准备在会上第一家交流；其二是过硬的个人材料。足见省委省政府对石圪节矿的重视程度。于是乎省委的"笔杆子"来了，地委的"笔杆子"到了，矿务局的"笔杆子"自然也不能袖手旁观了。石圪节矿招待所内立时文人云集，珠辉玉映，真可谓当年一大盛事。全矿的典型经验材料这个任务好完成，因为石圪节煤矿自1963年被树为全国勤俭办企业的红旗以来，继续坚持艰苦奋斗、勤俭办矿的好传统，不断地进行挖潜改造，先进、生动的事例，不胜枚举，有的是写的。但这个人的先进材料却叫一伙"笔杆子"及石圪节人难以定夺了。在这芸芸众生的行列里，谁最恰如其分、非其莫属呢？老的先进个人吧，有的已当了干部，比如像谢拴贵、王先孩等人都已荣升为矿党委书记、矿革委会主任了。就是没有当了领导的，大多数也已调出一线被安排到第二、三线去了（煤矿采煤一线劳动强度大，劳动力更新较快，这是一般规律）。第二、三线呢，倒是有不少老先进，但以煤业为主的单位推荐先进个人，还是选一线采煤工人更有说服力，若就选个一线年轻的先进吧，大家又觉得分量不够，未免牵强。

选一个长期坚持在采煤第一线的老工人做代表，以浓缩石圪节煤矿几十年来艰苦创业、埋头苦干的矿工形象已成定局了。如何选拔？先让劳资科摸一个底吧。就这样，郝晓明将要作为人物"出山"了。

劳资科的结论是这样的：石圪节的采煤工人中，郝晓明工龄最长，而且是打炮工，既是关键岗位，又是技术工种。与此同时还从考勤表上发现了其最初的先进事迹：自参加工作以来，37年坚持在采煤第一线，37年坚持出满勤、干满点，37个春节都在井下度过，从无旷工、误点现象。这事迹够过硬了，常人谁能做得到呢？简直就像是突然从地下蹦出来的一样，可事实上又是实实在在、

退而不休郝晓明

日积月累而来，绝非一刹那间的英雄行为与豪言壮语。与此相应的，该是多么坚实的思想基础，何等高尚的精神境界啊！定了，就是郝晓明。

可风声一传出，沸沸扬扬的不同意见便又盘绕在石圪节煤矿的上空。石圪节煤矿这座康克清大姐曾两次亲临矿区、敬爱的周总理曾高度赞扬的老矿井、老先进，不仅在物质文明方面不断取得新的成绩，就是在精神文明方面也是捷报频传的。不说别的，这种高度民主化的政治风气产生于那种极"左"思潮的年代，不也是个很好的见证吗？

"郝晓明觉悟不高，买过马车，走过资本主义道路"。这是第一条反对意见。但这意见可不是凭空杜撰、信手拈来的，而是确确实实、有证有据的，并且这事实还被记者述诸笔端登上了大雅之堂——《人民日报》。

请让我们一起翻开 1963 年 11 月 8 日《人民日报》。这天的报纸像是专为石圪节煤矿办的一样，不仅头版发表了题为"艰苦奋斗的石圪节矿风"的社论，同时还刊载有题为"石圪节矿风"的长篇通讯。其中写到郝晓明，原文如下：

前几年，农业合作社的生产正闹得红盛。农村有家的矿工，心里疑疑惑惑，像踏着两只船，身在矿上，心在农村了。

就说郝晓明，他八九岁上从河南逃荒到山西，给地主放羊。石圪节一带解放后，他下了煤窑，在矿上省吃俭用，攒下不少钱买了一辆马车、一头牯牛，还安了一盘石碾，他招呼村里人都到他家碾米，碾道踩下的粪蛋蛋就自己收起。

一辆马车、一堆野粪，迷住了郝晓明的心窍，他对矿山淡漠了，往日总是早下井、迟升坑的郝晓明，现在临到上班，他还背着粪筐在野地里拾粪蛋。往日，哪个工人家里有事，他就去顶班；现在，还不到下班时间，他就挑起筐，到集上买煤去了……

老矿工王三一眼看穿，是资本主义的尘埃蒙住了郝晓明的心灵。这个给地主扛过长工的老矿工，想起了自己在 1947 年入党时，老党员给他讲过的一句话："共产党员心里，要想着全人类。"王三找郝晓明谈话去了，他对郝晓明说："咱工人阶级要改造全世界哩，光看到一辆马车、几筐粪还行？晓明啊晓明，可不要走错了路，可不能为自己损了公家！"

石圪节的矿工们在纷纷议论："郝晓明为甚身在矿山心在家？"郝晓明想起自己讨吃要饭的童年；想起给地主扛长工丢了命、买不起棺材、被群狗分了尸的苦命老爹；想起解放后自己分了房、分了地、娶了妻、生了孩。他哭了。王三的话像矿灯一样照亮了他的心。他捶着腿跟大伙说："我走了斜岔路啦，我忘本啦。放着响当当的矿工不干，我倒去……"

这真叫千年文字会说话，白纸黑字，铁证如山。石圪节的矿工们又一次沉浸在众说纷纭、莫衷一是、众口难调的氛围里……尤其是对那些被郝晓明的过硬事迹所激动、满腔热情地积极主张推荐郝晓明的人们，像是当头给了一闷棍，他们简直不知该如何是好。

倘若这件事情放在十一届三中全会召开之后，除了只能引起人们一声长叹、一丝苦笑之外，几乎是无需解释。然而，在那些人为所创造的政治空气极度紧张的岁月里，人们都像被抛在了空气稀薄的高地上，连呼吸都感到很困难，都是战战兢兢、小心翼翼地活着。可以想象说某人走过资本主义道路，那可以说是在政治上宣判了死刑。这还了得！推荐不推荐郝晓明不是个简单的问题，而是个路线问题。于是乎将郝晓明"打入冷宫"的猜测在石圪节煤矿大有山雨欲来风满楼之势。但是，任何时候"不平则鸣""成事在理不在势"。不知是被郝晓明的事迹触动了良知，还是被在这个问题无形之中形成的"派性"驱使，热情推荐郝晓明的人们，竟然找到了两件"法宝"，把反对意见给"挡驾回府"了。

一曰，以子之矛，攻子之盾。古人云："天下有二，非察是，是察非。"这些人认真分析了《人民日报》那篇通讯。得出结论：通讯不是批评郝晓明，而是表扬他的，表扬他苦大仇深，通过忆苦思甜，彻底认识到自己"走了斜岔路"，从此幡然悔悟，走上了正道，充分说明了郝晓明同志的高度阶级觉悟。这也正是他37年出全勤的思想基础。人非圣贤，孰能无过？允许人家犯错误，也应允许人家改正错误嘛。

二就不好说了。也是情急无奈，把别的人也"拖下了资本主义的水"。他们翻出山西煤炭工业管理局党组1963年12月10日给省委的《关于石圪节矿风的报告》，一样的铁证如山，一样的白纸黑字。现摘录其中一段与大家共勉：

1953年，农村中自发的资本主义势力有所发展……不少工人想着弃工务农，领下工资便积攒起来，置土地、盖房子、买马车、做生意。家住西旺的矿工，就有20多人买了牲口、盖了房……现在副矿长郭存柱、全勤标兵李小奋等，当时都曾买了牲口或盖下房子，经过这次教育，才划清了资本主义与社会主义两条道路的界限……

原来如此！闹腾了半天，"走资本主义道路"，并不是郝晓明其人的独创。用戏谑的话来比方可谓"踏破铁鞋无觅处，得来全不费工夫"。上了年纪的人们，由衷地感慨就更多了。第一条反对意见渐渐平息了。

人世间往往是有不虞之誉，有求全之毁。第一场风波刚刚偃旗息鼓，第二场风波就又另起炉灶席卷而来了。真是一波将平，一波又起。第二场风刮的主要是郝晓明觉悟太低，他说过，存钱是为了老婆孩子。说实在的，第二场风也绝非大家飞短流长郝晓明，他确确实实是说过此话。事情是这样的。郝晓明大概是石圪节煤矿第一个"万元户"，当时，在银行存款多的名声就不小。他的钱从哪来？在 1963 年报给国家经委的《石圪节煤矿基本情况》里详细记载道：

这个矿的工人和干部，无论公事私事，从不铺张浪费，不讲阔气排场，因陋就简，勤勤俭俭地过日子……如七级工郝晓明，在食堂吃饭，不吃细粮吃粗粮，平时很少买菜吃，过年过节把饺子让给别人，自己买馒头吃；穿的是家做衣服，不吸烟，不喝酒不乱花一分钱。每月的结余全部存入银行……

没有身临其境地在那艰难的岁月中生活过的 21 世纪的年轻朋友们，看了上边的记载，兴许对郝晓明其人不大容易理解。

但是，朋友们，你们知道吗？在那个年代，几乎所有的中国人都是这样苦熬过来的。我们的农民，比这还要苦；我们的工人，像这样的也绝不是少数。郝晓明，只不过比别人更节俭，而且，他工龄长、工资级别高，一直坚持这样节俭的生活，积蓄也就多一些。有人说，郝晓明不仅是一点不假的劳动致富，他那钱，是从嘴边省下来的，这是实情。

人怕出名猪怕壮，任何事情都是这样。郝晓明的钱存得多也出了名了。20 世纪 70 年代初，市银行的同志风尘仆仆地找到门上来，想总结郝晓明自愿储蓄、支援国家建设的先进事迹，所以来找老郝了解情况，这可真让他受了难为。银行同志来的目的是要老郝讲几句闪光的豪言壮语，可他是金口难开，问十句也不答一句，一句比一句让人失望。

"郝师傅，你这些钱是从哪来的？"

"……上班挣的。"

"郝师傅，同样上班，别人存不了多少钱，你为什么把钱都存到了银行？你是怎么想的？"

"……我没啥花处。"

"郝师傅，你为什么把钱存到银行？你的目的是什么？你知不知道个人存钱和国家建设的关系？"

可是，我们的老郝，就是在这样的情况下，讲出了那句使他声名远播的大实话，就是在极"左"路线统治全国、"假、大、空"举目皆是的情况下，讲出了那句一点水分都不掺的大实话：

"为啥？为了老婆孩儿。"

情发一心。

乘兴而来，扫兴而归。市银行的同志拍拍屁股，拿起提包"拜拜"了。总结郝晓明材料的事再也无人问津了。

有道是，智者贵于乘时，时不可失。郝晓明算不得"智者"，或者说还仅限于在学习当中！

自然，这句话传遍全矿、飞遍全局，成为人们茶余饭后的"新闻"，成为那个很少笑声的年代里的"佐料"。人们嘲笑郝晓明，嘲笑郝晓明不会讲假话，更有甚者骂他"不行""傻鸟"。郝晓明啊郝晓明，老郝啊老郝，郝师傅啊郝师傅！你不会讲假话，还不会讲大话！你不会讲大话，还不会讲句空话！无论如何，你也不能讲实话呀？正如石圪节矿的一名家属听到这句话时别有一番感慨地说："唉！人家这会儿不兴说真话嘛！"是啊，是不兴说真话的年代里，假作真时真亦假了，你说了真话，怎么能叫人接纳，怎么能使人理解，又怎么能使人们不嘲笑呢？

事后，曾有人为这句话问过郝晓明。郝晓明满有理由地说："我知道该说啥话。可钱存银行，又不是给了国家，国家还给你利息，你还能说是为了国家？娶上老婆，生下孩子，你不省下个钱，万一有个三长两短，叫谁给你养活，叫国家？"这就是我们的郝晓明的真实思想，觉悟高低，存而不论吧。

但在当时，这一句大实话，却是不容置疑地证明了郝晓明"觉悟太低"。热情推荐郝晓明的人们，这一回是真正地被驳得无话可说了，只得同意换人了。

换谁呢？大家掐指又算计开了，和郝晓明同期入矿的，都不在采煤第一线当工人了；年轻的吧，单单 37 年出全勤这一条谁也无与伦比。而且，在这个过程中，郝晓明的先进事迹如挖金般越挖越多。郝晓明的邻居家属大娘们既带责备，又带赞赏，既含有埋怨，又含有钦佩地说："生了回孩子可没见晓明请过一天假。"一查果真妻子生了 3 个孩子，他确实未请过假。同班的工友们说："郝师傅砸过好几个指甲盖，怕是没休息过。"又一查，10 个指甲砸掉过 9 个，可他没休息过一个班。工友们又说：

"郝师傅上班那是谁也比不上。那回，他老岳母死了发丧，他都是换了个班。"是的，郝晓明的老岳母去世发丧的那天，他们班正上8点班。发送老岳母，不去不行。可是，他们班就郝晓明这一个熟练打炮工。郝晓明担心新来的打炮工打不好炮，出煤不利索，要影响循环进度，就主动找零点班的打炮工商量，两个人换了班。零点班的打炮工替他上8点班，他白天去给老岳母发丧，夜里回来上零点班。老工人们回忆说："人家晓明上班是当紧。1961年矿上送他去北戴河疗养，他就没住够天期就跑回来了。"是啊，国家规定疗养期间工资照发，虽然没有入坑津贴，但吃饭只交一半钱。这个账，郝晓明还是能算过来的。可他硬是只住了十多天，就跑回来上班了。这样的好工人哪里去寻觅呢？争议归争议，认同归认同。石圪节人毕竟是具有光荣革命传统的老先进单位，实事求是党的基本原则啊！石圪节人信奉的是事实。选来选去，又回到郝晓明头上来了。实践是个大救星，郝晓明脱颖而出了。不过，与此同时，也产生了个奇怪的逻辑：事迹很过硬，觉悟不够高，这是有强烈时代特色的逻辑。

可是，这样一闹腾，却叫起草材料的同志们作难了。大家生怕节外生枝，格外谨慎。执笔的同志和郝晓明聊天时听了这么一句话："当工人就得好好上班。自家的事还能和国家的事比大小？自家的事再大也是小事，国家的事再小也是大事。"这话虽不闪光，但从郝晓明嘴里说出来也就够珍贵了。执笔人把这句话写进了材料里，参与起草的同志不相信，又专门找郝晓明落实以后才同意写进去。琢磨标题的时候，大家费尽心思，最后定了一个十分客观、几乎无懈可击的标题：《三十七年出全勤，克勤克俭干革命》，"三十七年出全勤"，这是郝晓明一天一天受出来的，谁也不能否认的事实；"克勤克俭"，这是郝晓明劳动生活的真实写照，毫无夸张之处；"干革命"嘛，大家当工人是干革命，郝晓明自然也是干革命。

费尽周折而又饱蘸着起草人的心血和汗水的郝晓明的第一份先进事迹材料终于脱稿了。这份材料，一直送到了省委书记的办公桌上。时任山西省委书记王谦同志似乎听到了关于推荐过程中的曲折和议论，他认真地审阅了这份材料，禁不住为老郝的生动事迹击节赞叹，随即挥笔划掉了《三十七年出全勤，克勤克俭干革命》这个标题，改写为《矿山铁人郝晓明》，同时决定，郝晓明不仅要在全省工业学大庆经验交流大会上作报告，而且要到各大厂矿巡回作报告。要让听惯了"活学活用报告"和"大批判"文章的人们"换换口味"，来听一听什么是"出满勤、干满点"。

这个普通的再普通不过的郝晓明，终于与山西省党政军机关的要员一起排场地坐在了湖滨会堂的主席台上。那一年老郝 51 岁。只见他中等身材，微微隆起的背像是显示自己勤勤恳恳、兢兢业业劳动的艰苦岁月；全秃的脑袋闪着一圈一圈的光环，叫人联想到煤矿工人的"照亮别人，燃烧自己"的可贵精神；古铜色皮肤的脸庞上，双眼眯缝着，像是在思考党这次给了这么高的荣誉，下步该如何工作。人们被老郝朴素的形象深深地感动了，但更加使人敬仰的是他的先进事迹。他不识几个字，材料是别人代读的，自己仅讲了几句简短的话，还带点结巴。但是他的话却在全场引起了长时间的雷鸣般的掌声。

这掌声，是积存在人们心中对这勤劳朴实的典型的响应与赞叹，是积存在人们心中对这真、善、美的典型的响应与赞叹……

掌声中，郝晓明有些坐立不安，想端起茶杯喝点水，手又直发抖。

省军区副司令员专程到矿
我为郝晓明同志入党问题而来

历史又向前推进了一个年头。1974 年，石圪节煤矿的第五次技术改造搞得正紧。产量提高了，但井下运输能力不配套，他们决定把井下运输搞成皮带化。上级准备投资 400 万元，但他们只要了 270 万元，发扬艰苦奋斗作风嘛，紧着点花就过去了，这是石圪节煤矿历来的传统。就在这天，忽然接到通知，担任省革委会副主任、主管工交生产的省军区副司令员李金时要到石圪节矿来。干什么？没通知。石圪节只得赶紧准备了一本厚厚的汇报材料。很可惜，就是副司令员想听的情况没准备进去。

副司令员来了，军人作风，下车就开会。石圪节矿的党委成员和潞安矿务局的党委成员都到齐了，石圪节那三间小平房的党委会议室挤得满当当。副司令员平静又干脆地说："说吧。"

说什么呢？矿党委书记只得打开厚厚的汇报材料，开始全面汇报。大概连前言也没有念完，副司令员摆了摆手里的大烟斗，打断汇报，提了个突发性的问题："郝晓明同志入党了没有啊？"

像平地一声惊雷，众人愣了，怎么提了这么个问题呢？

"……还没有……"党委书记嗫嚅道。

"为什么还没有啊？"副司令员的面孔不仅严肃而且冷峻了。

为什么？大家很纳闷。在当时的政治空气下，一个认为往银行存钱是"为了老婆孩子"的人，一个根本没有想到"解放世界30亿人民"的人能入党吗？这样的觉悟？人们很自然地端出了这个答案。

"什么叫觉悟低？"副司令员掏出那份《矿山铁人郝晓明》的经验材料，拍打着说："这是你们总结的，你们看！一个老工人，50多岁了，坚持在采煤第一线，年年月月出满勤、干满点。你们谁做到了？一个普通工人，武斗时候，带头下井坚持生产，这个觉悟低，什么叫觉悟高？"

是的，那材料里有郝晓明武斗期间带头下井坚持生产的事迹。尽管是以郝晓明本人的口气，但却是经过几级党委审查的。原文如下：

林彪一伙煽动群众搞分裂，停工停产，全面内战，大搞武斗。当时我虽弄不清这是为什么，但是能够看准一条理：国家没有煤不行，人民没有煤不行，就是自家没有煤不是连饭也做不熟吗？当时，我们石圪节依然照常生产，可我老怕万一停了产，我对老伴说："反正我要和大伙一块天天上班，要是哪一天绞车没人开，我在井下上不来，你就炒上二斗玉荬，给我从井上扔下去。"大家看到我的决心这样大，一个比一个决心大，谁也不去站岗放哨，都坚持在自己的工作岗位，使石圪节没有停过一天产。

这件事在座的都知道。一个普通工人，非党群众，非劳模标兵，在那时候，带头下井坚持生产，确实不容易。须知，那时去站岗放哨、参加武斗，不仅工资、入坑津贴照发，还可以白吃饭，就是到队办公室转一趟，也可以记一个井下出勤。这个觉悟，不能说低。可是，说郝晓明觉悟低的，可不是一个人，几乎是一种舆论。为什么？

"为什么郝晓明同志不能入党啊？"副司令员站起来了，很激动地质问："是不是认为郝晓明同志小气、财迷？郝晓明给队里的互助储金会垫了100多元钱，让大家手头紧的时候借用。你们大方，你们觉悟高！你们谁做到了？"

副司令员走了几步，然后站定，好像下定了什么决心，仿佛面对千军万马讲话一般，大声说："石圪节有个人，讨老婆的时候借了郝晓明同志140元钱。现在他的儿子已经十几岁了，儿子都快要讨老婆了还不还钱，还到处散布郝晓明同志是财迷精！这是干什么？这是欺负老实人！"

说到这里，他怒气冲天地把烟斗摔在了桌子上，大发雷霆："这是把头作风！

我们是共产党员，不是国民党！"

会议室里静悄悄。大烟斗蹦了两下，也静静地躺在长长的会议桌上，面对着那本厚厚的汇报材料。

石圪节矿的领导成员都没有吭声，这件借钱的事情他们都不知道，只是苦苦地思索：怎么还有这种事？副司令员怎么知道的？真的，直到现在，石圪节的人们也还没有搞明白，这位只和郝晓明在一起待过几个小时的老军人，是用什么锦囊妙计掏出了老郝的心里话？从战争年代走过来的老共产党员们，请在见马克思之前把这样的锦囊妙计留下。现在，有相当一部分领导干部还在为无法搞清群众到底在想什么而发愁。

副司令员余怒未消，继续发泄着胸中的不平："一个老工人，几十年省吃俭用，攒了两个钱，遭到一些人长期的讽刺挖苦，成为被嘲弄的对象！这是什么？这是狭隘的农民意识，这是恨人富的嫉妒心理。郝晓明同志是老实人，不会说谎，只能长期忍受这种欺负。马善有人骑，人善有人欺，这是最混蛋的社会现象！你们为什么容忍这种现象？你们为什么不主持公道？你们为什么不保护老实人？一个老工人，几十年勤勤恳恳，出满勤，干满点，大干社会主义，你们为什么不对他敞开党的大门？"

16年后，能源部副部长胡富国在石圪节又提出了一个几乎相同的问题：要特别注意关心照顾老实人。

我的天！这是个什么性质的问题？为什么如此顽固？一直解决不了，比打走日寇的时间还长。

说到这里，副司令员坐下了，猛敲了下桌子，像是提醒人们注意，语气稍微缓和了些说："我为郝晓明同志入党问题来是受省委委托而来。你们现在就讨论郝晓明同志的入党问题。如果郝晓明同志不够党员标准，不能入党，那就说明你们推荐了一个假典型、假先进，说明你们蒙蔽了省委，你们石圪节矿党委要向省委作检查。如果郝晓明同志可以入党，那就说明你们长期把一个优秀的老工人搁在党的大门之外，说明你们的组织路线有问题，你们石圪节煤矿党委也要向省委作检查。我今天不走了，就住在这里，等你们的检查。"

说完，副司令员头也不回地径直到招待所休息去了。留下两级党委成员，讨论郝晓明的入党问题。

无所谓讨论了，事实证明，郝晓明确实觉悟不低，应该入党。而且，事实还证明，无论如何，石圪节煤矿党委都错了，都应该做检查。表决的时候，只有一个人不同意，这一票被多数票否决了。

这一天晚上，郝晓明加入了中国共产党。这也是一种"突击入党"。

我们的老郝沉浸在难以用语言来形容的亢奋激动之中。

会议结束的时候，矿党委书记谢栓贵沉着脸，神情严肃地对大家说："大家注意，从今天起，我们任何人都不准和郝师傅乱开玩笑，不准嘲笑他。碰到有人讽刺挖苦郝师傅，要立即旗帜鲜明地制止，不能听之任之，要把这个作为原则问题对待。今天这件事，回去都好好考虑，改天专门研究。"

众人点点头表示默许。大家知其心而听其言。当他们看着谢书记步履沉重地带着办公室主任到招待所写检查而远去的背影时，禁不住眼圈湿润了。

谢栓贵，这位石圪节煤矿的功臣，1955 年从大同煤校分配到石圪节煤矿，是较早到矿的工程技术人员之一。他的专业技术，在石圪节的发展历程中是有代表性的。他一到矿，就一头扎在基层和工人一起干。石圪节人谁能忘记啊，在国家各种材料非常紧缺的 1960 年，为了解决坑木不足的问题，谢栓贵同志提出改革采煤方式，将长壁分层荆笆假顶开采改为锚柱支护刀柱式一次采全高，大大降低了坑木消耗。为帮助大家掌握锚柱支护技术，他曾经在工作面一连干过几天几夜不上井。他是第二次技术改造的骨干，是三、四、五次技术改造的主要领导，曾经被誉为"红色工程师"。谢栓贵同志以自己的业绩赢得了大家的敬重和信赖。他可谓春风得意少年郎，20 多岁就走上领导岗位，担任矿总工程师，"文化大革命"时，是石圪节最年轻的"走资派"。到如今，他已经调离石圪节，调离煤炭战线很多年了，石圪节人还一直怀念他，说他是"石圪节的功臣"。可是，这一天，他的心情是很沉重的。无论他，还是石圪节矿党委，都没有受到过这样严厉的批评。一开始，他还有点不理解，心里很窝火。但谢栓贵毕竟是谢栓贵，当他把自己关在招待所里，彻夜不眠考虑检查问题时，他开始感到，在全心全意依靠工人阶级办企业的问题上，在如何教育、引导工人群众的问题上，石圪节的工作确实存在某种一时还说不太清的欠缺。如何抓呢？这是下一步应该考虑的问题，谢栓贵思忖着。第二天早晨，他代表石圪节煤矿党委交出了一份检查，送走了李金时副司令员。

谢栓贵要提名增补郝晓明为矿党委委员，这当然是后话了。不过，在当时，还是有一个人不同意。这和前面说的那个持不同意见的是同一个人，他叫王振江。

　　王振江，同郝晓明一样，是石圪节的"名人"之一，其人还有一个不大雅致的称呼——"傻振江"。这是一位载入《石圪节煤矿英雄谱》的人物，其中有一段概括得蛮不错的话：

　　王振江同志，1945 年参加煤矿工作，一直战斗在采煤第一线。无论当工人，还是任领导，都始终是哪里艰苦到哪里去，哪里困难往哪里冲。工作面的初次放顶，他亲自打眼放炮，工作面的最后回撤，他亲自掌锤回柱。哪里发生了事故，他第一个赶到现场抢险。困难面前有他洒落的汗水，危急关头有他战斗的身影，百米井下，到处留下了他的足迹。人称他为"矿山顶梁柱"。他所领导的采煤一队，年年完成国家计划。1969 年，他被誉为全国煤炭战线劳动模范。担任副矿长后，他身不离劳动，心不离群众，经常深入井下调查了解生产情况，及时解决生产中的问题。遇到困难，他连续作战，冲锋在前。因为他干起活来有股傻劲，在任何情况下都能豁出去，所以工人们亲切地叫他"傻振江"。

　　古语道：人各有能，有不能。振江这种风里来、雨里去、敢打敢冲的人，倘若与郝晓明相比有两点主要的不同，一是他是干部，从 1959 年当班长开始，一直当到副矿长，从一定意义上讲，可谓"时势造英雄"嘛。如果他不是干部，可能这个"矿山铁人"就轮不到郝晓明了。不过，话又说回来，一般人当不了干部，还能不能像郝晓明这样 37 年如一日当普通工人呢？即使干下来，怕也是个谁也领导不了的工人，这就是王振江和郝晓明的第二点不同了。振江不是个"温良恭俭让"的人，而是个风风火火的人，一说不对就瞪眼，受不了欺负，也见不得欺负人，对谁有意见，直通通地一炮就打过去。对老郝的问题他会两次投反对票，意见很简单："三脚蹬不出个屁来，他还能当劳模吗？光知道上班挣钱，就是觉悟低。遇上个大冒顶、大工伤，他就没本事了。"一个普通工人，知道"上班挣钱"，几十年如一日地"上班挣钱"，怎能说"就是觉悟低"呢？更何况，郝晓明并不单单是"光知道上班挣钱"啊！这种看法，到底是受了极"左"思潮的影响，还是有什么更深层的东西在作怪，我们已经无法和王振江同志在一起讨论了，他已经去世了。老伙计们还常常在一起念叨，以此表示对他的怀念之情。

　　不过，有一件事情不知王振江生前注意过没有。后来，郝晓明也遇了个不大不小的工伤。这件事，和王振江的事情一样，也记在《石圪节煤矿英雄谱》上，原文照抄吧：

郝晓明是个打炮工，因为人手少，打完炮后，班长又临时安排他去打柱，打柱中间，冷不防一根铁柱倒下来，砸在右小腿上，一阵剧烈的疼痛，使他身子晃了几晃。他急忙扶住身旁的铁柱，没有倒下。霎时，豆大的汗珠流下来。同志们见此情景一下围了过来。他强忍疼痛，若无其事地说："不碍事，柱子擦了一下。"大家不信，硬要看。他手捂着小腿，执意不肯。几个年轻工人要送他上井，他连说"不用"。他随手拿起一根刹杆拄着，抖起精神走了几步说："你们看，我这不是能走吗？大家别管我，快出煤去！"

郝晓明一条腿拖着另一条腿，半步半步地走了2公里，浑身已冷汗湿透。钻心的疼痛使他直想叫喊，可是他没有。郝晓明同志是铁汉子，这点伤算什么！他想，一吭声，同志们就要来扶自己，因为自己分了心，不但要影响本班产量，还会留下不好的条件影响下班生产，这个账可要算对哩。

领导知道郝晓明受伤后，立即用车把他送到医院。经过照相检查，他的小腿骨折了。俗话说，伤筋动骨100天。那年，郝晓明已经57岁的人了，需要时间自然要长一些。可是，郝晓明在医院只住了22天，回到家里，又挂着棍子锻炼，总共休息了82天，就又回到工友中间，下井采煤。

同志，请想象一下，一个57岁的老工人，拖着一条骨折的腿，在高低不平坑坑洼洼的巷道里，半步半步地挪动，咬紧牙关艰难地顽强前行的情景吧。一想到这里，笔者总要联想起红军爬雪山过草地时的英雄壮举。巧得很，本人也曾经是个采煤工人，也曾经在采煤工作面被砸折过小腿，那年18岁，遇此突如其来的灾难，当时简直给吓懵了。不用说走，就光说伙计们背着我升坑，那一走一颠所引起的疼劲，如今想来还令人打颤。可郝晓明同志怕影响生产，却是自己走着上来，其间所忍受肌体上的痛苦，是如何苦熬苦顶过来的。我想，如果振江同志后来注意过这件事，他一定会因为自己的两次反对而后悔吧。

且不论王振江光明正大地反对，也不论个别人背地里的"手脚"，郝晓明反正是入了党，而且成为矿党委委员。

后来有过这样一件很有意义的、很小的事情。大概是1976年某天下午，石圪节矿党委开会，学习一篇冗长的"大批判文章"。刚读了不大一会儿，郝晓明就睡着了。他斜靠在宽宽的窗台下，歪着个光头，肩膀上搭着条还未干透的洗澡毛巾，毫不避讳地闭着眼睛，间或还不客气地打一声呼噜。尽管大多数党委成员都是强打精神在硬挺，这时有人悄悄笑了。紧接着，人们发现，还有一个睡觉的，就是王振江。他趴在桌子上，帽子遮盖在脸上半遮半掩地睡着了，好似在课堂上偷偷睡觉的小学生。两人都睡着了，这也许标志着他们共同的地方，而那不同的睡姿，或许又说明他们俩的又一个不同吧。

不过，还有一种不同，王振江睡觉没人说，郝晓明睡觉，不知怎么搞的，鬼使神差地传到了李金时副司令员的耳朵里。副司令不假思索地替老郝辩护道："要我参加那种会，可能也睡觉。"乖乖，郝晓明简直怎么干怎么是了。

无论如何，经过这一场变故，石圪节人对郝晓明刮目相看了。从那以后，山西煤管局、山西省委省政府、国家煤炭部的历任领导都来看望过郝晓明，都认识这位连个组长也没有当过的老工人。

老实说，郝晓明入党这件事到底写不写，我考虑了很久。这事已经过去这么多年了，一直没人付之笔墨，这毕竟不是石圪节矿党委的荣誉。最后，从全国煤炭战线学习石圪节精神现场会议的石圪节矿的汇报材料里，看到这样的两句话：

学习石圪节矿风，并不完全等于学习石圪节煤矿……关心职工生活，不愿见领导的老实人……

石圪节人是这样的严于律己，讲求实际，我还有什么可疑虑的呢？于是就大胆放宽心地对老郝入党引起的纠葛进行了真实的记载。常言道："唯善人能受尽言"嘛。于此我也在想，既然在石圪节这样的老先进单位都有"不善言表、不愿见领导的老实人"被忽视的情况，其他单位又将如何呢？但愿少有或没有。

党委书记明确表态
说我包庇郝晓明，我就包庇郝晓明

贵人多遭难。郝晓明不算什么贵人，磨难可还不少。

20 世纪 70 年代后期，郝晓明接受了生平第一次照顾，当上了在当时来讲可谓蛮不错的工作——安全检查员。煤矿的安全检查员，大多数是在工作面干了十几、二十年没有功劳也有苦劳的老工人。那时，安全检查员的基本工作程序是，从机头到机尾转两趟，发现哪里不安全当即指出来，然后就可以悠闲自在地坐到机尾等吃干粮，饱餐完后给调度室打个电话，说一声"机头机尾压力大，中间顶板不好或无什么事"等，就可以上井洗澡了。"提拔"郝晓明为安全检查员，虽属明照顾，可他在当时的安全员队伍中，同样是工龄最长、资格最老的，但他的工作程序和别人却不大一样，从机头到机尾转两趟，发现哪里不安全指出来，然后就像无处使劲一样，与采煤工一道干起来，该装煤装煤，该打柱打柱，从来不早下班。采煤队的班长们都愿意轮到郝晓明来当安全检查员，那就等于增加了一个装煤工，干活不少，又不挣班里的包干工资。

可惜，命运弄人。我们的老祖先早就用朴素的辩证法训诫后人："祸兮福之所倚；福兮祸之所伏。"有一天，采煤一队工作面发生大面积冒顶事故，有几名工人同志不幸牺牲。当班的安全检查员，就是郝晓明。

事情是这样的。那天郝晓明走进工作面，像平常那样认真检查，他感到顶板有些异常。事也遇巧了，安全科科长和分管安全的副矿长正好路过这里，他便对两人说："今天这个顶，好像有些不对。"两人大意了，头也没回地说："没事，利索干吧。"究老郝其人，这几十年来身处的环境及他本人的天性，历来是非常听从领导指示的，近乎有点指到哪里走到哪里的味道吧，于是乎郝晓明也大放宽心，高高兴兴地对班长说："好好干，捞一把。"（石圪节的工人们，把工作面条件好，能多出煤叫"捞一把"）然后，他就和大家一起装起煤来。可是正干得起劲时，顶板大面积冒落，有几名同志当场牺牲。

全矿舆论哗然，如飞沙走石般一起朝郝晓明扑来。可他是一声不吭，好赖话不说。这里有个责任问题。

常言道："观水有术，必观其澜。"矿党委书记了解情况以后，找安全科科长和安全矿长谈话，要他们主动承担责任。"我们有责任，但当班安全员应负主要责任。"两位干部说。"你们认为让郝师傅承担主要责任合理吗？你们应该承担主要责任，我和矿长也要承担主要责任。""你这是包庇郝晓明。""你认为我是包庇郝晓明，我就包庇郝晓明。"这位年轻的党委书记，毫不含糊地为郝晓明顶了这一杠，犹如一棵大树替郝晓明遮挡着风雨。

党委书记又找郝晓明谈话。可郝晓明是真做检查，当时的情况是一点不说，自己曾经注意到顶板异常的事更是绝口不提。在这种情况下，再提那话，就有推卸责任的味道。作为一个老煤矿工人，他深知，在这样的时刻把责任推给别人，他就一分钱也不值了。无论书记如何追问，他是拿定主意不开口。最后，书记只得说："郝师傅啊，当安全员，就是负责工作面的安全，在具体的安全问题上，该坚持的就得坚持。你是在全国煤炭战线有影响的人物，千万不敢大意呀！"

从此以后，郝晓明检查安全问题更细心了，从煤墙到老塘，一根柱一根梁，每个班都是这样挨着过。可事故又发生了。人世间的有些事情怎么能说得清呢？这里姑且用"祸不单行"来表明老郝当时的处境吧。

又有一天，采煤一队工作面回柱时冒了顶，面积不大，但牺牲了1名同志，当班的安全检查员，又是郝晓明。

事情的经过倒很有点戏剧色彩：一名年轻工人回柱。郝晓明检查过来，指着其中的一根柱说："这根柱不敢回。一回就冒了。"那工人纯属没有经验，一点也不相信，笑道："你说得倒玄！让开吧。"郝晓明说："你不信！回了这根柱，这一片顶板就冒下来了。我干了几十年，还瞧不出这个？"那工人仍不相信，举起铁锤笑说："让开吧，老汉，不要影响我干活。"郝晓明见他真的要回这根柱，便更严肃地说："你不听，我就给调度室打电话。"说着，他便往电话机前走。他刚拿起话筒，就听"轰隆"一声，那一片顶板当即随着那根回倒的柱子冒落了。

如果说上一次，那起事故咱们的老郝犯了"大意失荆州"的错的话，那么这一次又该给他作个什么样的结论呢？这一天，郝晓明走得最迟，走得最慢。矿灯悠悠地照着前边的路，他嘴里不停地念叨："我要是搂住他就好了……我真该搂住他……我要是搂住他，他还能回倒那根柱？"泼水不收，后悔何及。咱们的老郝是彻彻底底没有办法了！好些年过去了，谈起这次事故，他也还是这么说。从来不讲曾经如何，良心不允许那么讲。

在北京开会的党委书记闻讯日夜兼程赶回来，迎接他的是私下里的议论，"看他这回还怎样包庇郝晓明？郝晓明这回非得进法院不可！"

有事实在，郝晓明自然没有进了法院。

然而，舆论压力更大，而且向纵深发展了。简直有点诽谤性质了。有些人说："郝晓明除了能上班，基本甚事也没有。打眼放炮不是好把式，连个顶板也看不了。"

这话深深地刺伤了郝晓明。这就是说，他是个混饭吃的把式，他没有当煤矿工人的本领。这位任劳任怨的老同志忍不住了，他要为自己辩护。其实，郝晓明这个采煤工人的把式到底如何，在石圪节矿的资料里有记载。1963年10月，山西省总工会和山西省煤炭工业管理局联合工作组，搞过一篇《石圪节煤矿是怎样开展增产节约"五好"竞赛的》调查报告。就记载了郝晓明提高打眼放炮技术，降低火药消耗的事：

> 这个矿非常注意总结交流和学习推广先进经验……如采煤一队为了改进打眼放炮技术，降低火药雷管消耗，召开了座谈会。在座谈中打炮工郝晓明说："火药降不下来，主要是火药质量低。"关来保说："别队用的火药少，是条件好，我们火药用少了放不好煤。"对此，队工会一面对他们进行教育，一面总结交流了老打眼放炮工陈福芳的先进经验，组织打眼放炮工认真学习，并由陈福芳在现场进行技术指导，取得了良好的效果。既克服了保守思想又提高了技术。郝晓明的每千吨煤火药消耗量由 80 公斤降到 62 公斤。关来保由 110 公斤降低到 76 公斤。

从中可以看出，郝晓明的火药消耗量，在学习陈福芳先进经验之前是 80 公斤，比关来保学后的消耗量只多了 4 公斤。这位陈福芳同志是石圪节矿的第一批劳动模范之一，带头改进打眼放炮技术就是他的主要事迹。想来，他的消耗量应该比郝晓明的还要低，只是在资料里没有查找到。幸好，在山西煤管局 1963 年 9 月《关于石圪节煤矿经济核算工作的考察报告》里，有这样两个数字：

> 1963 年 1—8 月份，石圪节矿的千吨煤火药消耗是 182.5 公斤，省局各矿的平均水平是 303.7 公斤。

同样的打眼放炮出 1000 吨煤，郝晓明同志只用 62—80 公斤火药。这个水平可不是好一点，怎么能说郝晓明"打眼放炮不是好把式"呢？

可是，好事不出门，坏事传千里。石圪节矿发生了两次大事故，都是郝晓明检查当班安全的事，隔河探海地竟传到地方上了。地方上的一位领导专程到石圪节矿来，建议为郝晓明调整一下工作。他满腔热忱，焦急地询问："晓明同志的生产技术是不是比较差一些，你们不要硬往主要的技术岗位上放他。先进有不同的代表性，晓明同志是个勤勤恳恳、踏实苦干的典型，你们不能全面要求他。他年纪大了，要注意保护。"

石圪节人热情地感谢这位领导，感谢他这样关心群众中的先进人物。不过，郝晓明的生产技术绝不是"比较差"，而是比较强的。

对于倾注了自己心血的，任何人都难以忘怀。郝晓明 37 年井下工作的大多数时间是打炮工。这是炮采阶段煤矿的主要技术工种。他以此为自豪，为钻研改进打眼放炮技术而倾注了自己的心血，至今非但没有忘怀，而且常常津津乐道。

郝晓明在北京参加一个会议。一天下午吃过饭后，和矿务局的局长等几位领导在院子里聊天。搞煤的人到了一起总是说煤。局长回忆起炮采的时候，自己曾经和伙计们一起发明过一种装煤的大簸箕，比用大锹省劲，效率也高得多。郝晓明则眉飞色舞地谈起打眼夹角的事，他边做手势边说："打眼那事情，全看斜度，斜度大了，不行，斜度小了，也不行，非得正好，只要斜度掌握好了，不用装几个药，一对炮，"轰"一声，那煤就翻狗日海里个不差甚。把煤一装，利利索索，再说打柱。只要放好炮、看好顶板，出把煤不是个事。"

这老汉所回忆的，正是自己火红年华中那闪烁着青春光辉的一段。那是20世纪60年代前期，改进打眼放炮技术，是石圪节矿提高效率、降低消耗的重点，是生产中的关键，是那些充满事业心的人们头脑中的热点。这老汉当时40岁左右，正是大干的时候，他躬逢其盛，不仅贡献了力气和汗水，而且贡献了聪明和才智。20世纪60年代中期，到石圪节参观学习的人们，偶然发现，这里工作面打眼的夹角是70°，而不是通常的60°，石圪节人在扎扎实实地改进操作技术哩。是的，石圪节绝非仅仅是勤俭办矿的典型，郝晓明也绝非仅仅是多出勤的模范。

改革开放打开了国门，使中国煤炭工业进入综合机械化采煤阶段，无论是装煤的大簸箕，还是诸如打眼夹角这样的改进，已经没有多大的用处了。但是，这星星点点仍然闪烁着推动历史进步的光芒。生产工具的改进，生产工艺的改进，就是无数这样的涓涓细流，才汇成了历史进步的长江大河。请到700万中国煤矿工人的浩荡队伍中细细察访吧，群星璀璨，在每一座矿井，在每一个工作面，在每一个优秀工人的身上，都放射着灿烂的光芒。于是你就会找到中国煤炭工业迅猛发展的根本答案。

郝晓明同志当采煤工，浮煤总是清得干干净净，柱子总是打得规规整整；当打炮工，既能少消耗，还能放好炮，采煤工都愿意分到他打炮的那段去装煤；当安全员，他认认真真，尽职尽责，偶然的两次事故，不能说他没有责任，可他的责任，与其说是业务性的，倒不如说是性格所致，他一辈子连个组长也没当过，太不善于管别人了。郝晓明同志是一个技术过硬的优秀矿工。愿我们大家都能历史、全面、宽容地看待人，也得到别人历史、全面、宽容的看法。于是，你会看到，这中间会开出多么奇异的花朵来。

和中央领导合影后，问他要照片不要。

郝晓明回答：要钱不要？要钱我就不要了，照片又不能当饭吃

时间老人的步子迈得实在太快了。仿佛转瞬之间就将我们带到了那年冬天。郝晓明也随着历史岁月的变迁，得到了越来越多人的认可和敬重。这一年他又被评为先进到北京开会。可人还未回来，关于他的"新闻"就沸沸扬扬地传遍石圪节矿的各个角落。说是会议结束时，中央有关领导同志接见全体代表，并合影留念。合影后，工作人员逐个登记，询问代表要几张照片、邮寄地址等。问到郝晓明，他却不假思索地反问道："要钱不要？"答说："要钱。"郝晓明同样又不假思索地答曰："要钱我就不要了，那照片又不能当饭吃。""我的天！"石圪节人目瞪口呆了。

夜色笼罩着石圪节煤矿。早该下班了，可大家三五成群、四五成堆地聚在一起，为着老郝的事纳闷，不得其解。老郝啊老郝，你如今成了人物头，经常登个大码头，你说这么句话不打紧，你可败了咱们石圪节的总兴了。

老伙计们想：晓明啊晓明，你那个小气的毛病又犯了？可又一想，不可能。晓明自己生活俭朴，手紧不乱花钱，可对真正有困难的人，他还很大方哩。有个记者曾经把这两方面的事情收集在一起，登到报上，石圪节很多人都看过这篇文章，说这文章写得不赖，是给咱郝晓明"平反"哩：

见过郝晓明的人都会为他的衣着感到惊讶。他冬穿一身旧棉衣，夏穿长裤和兜肚，鞋是破了钉，钉了穿，袜子也是破了补，补了穿。不了解他的人，会认为他家经济困难。不，完全错了。他是七级工，儿子四级工，收入一百八九十元，除生活外，富富有余，银行里还有不少存款。那么，他为什么穿得这样使一些人感到寒酸呢？郝晓明说："富日子要当穷日子过。现在比旧社会强多了，那时寒冬腊月，大雪纷飞，我还光着脚，给地主放羊呢？"

可是，他身上穿的衣服就给过别人 3 件。一次在黄碾，看到一个光着身子的精神病人，郝晓明就把身上的衣服脱给这个人，自己光着脊梁返回矿上。

到过郝晓明家里的人，也总会感到他的住房太窄了，一家 5 口人挤在一个小窑洞里；家具摆设也太少了，一张旧桌子是几年前买的，一个箱子还不到 1 米长。有人说："郝师傅，银行里那么多存款，盖几间宽点的房子，做几件漂亮家具吧。"他说："这比旧社会强多了，那时，我在逃荒路上，山洞破庙过夜，破碗、打狗棍

为伴，哪有个家，哪有什么家具呢！"可是，同志们家庭困难，他就拿出钱帮助。许多人都借过他的钱，直到现在借出的钱还有好多没有还回来呢。

经常和郝晓明在一起的人，常见他吃的是家常饭，外出开会带干粮，上班带的是窝窝头，有人说："郝师傅，你上年纪了，吃上点好的吧！"他说："这比旧社会强多了。"

可是，过去偶尔要到他家门上的讨饭人，总不让空走，实在没有多余的饭，他也会把自己碗里的拨给一半。

如今收入提高，观念发生了变化，儿子也把他的兜肚给烧了，郝晓明的衣、食、住、行早已和以前不大相同了。他，怎么会舍不得要一张照片？更何况，那不是普通的照片，那是光彩呀！

担任党委副书记的洪尚清手上的纸烟一根接一根地压着个头，迈着沉重的步子，在屋内徘徊。烟雾灰蒙蒙地在屋子内盘旋着升腾着。他在思索：老郝啊老郝，难道你又糊涂了不成？不，不可能，上次那件事以后，你更加严格要求自己，是个多么令人肃然起敬的老同志啊，你不会。

洪书记望着窗外黑黝黝的夜色，那仿佛近在眼前的鲜为人知的一件事向他涌来：

一天傍晚，洪尚清碰上了下班的郝晓明，远远地看见像是夹着两块垛板，他吃了一惊，最近一段，私拿公物的现象比较严重，好些人顺手从井口拿准备下井用的垛板回家当柴烧。有些人不仅烧柴不花钱，做家具的木料也是顺手牵羊，还有更严重的，看来，郝晓明也被这股"近视眼"病的浊流侵蚀了。管还是不管？略一思索，他迎了上去。

"郝师傅，拿这干啥呀？"

"回家当柴烧，"说着又加了一句，"家里没柴了"。

"郝师傅啊，我知道最近有不少人拿垛板当柴烧。别人拿不对；你老同志拿，就更不对。你是咱们石圪节人的代表，如果别人知道，郝晓明也干这样的事，该怎样估计咱们石圪节的人呢？你是先进，应该带领群众向前走，你可不能跟在落后人的后边走啊！当然，发生这种现象的主要责任在党委，没有及时地批评制止。"

"那我送回去。"

"不用，以后注意就是了。"

"不！我送回。"

郝晓明转身，夹着两块垛板朝井口走，坦坦荡荡地走。

君子之过也，如日月之蚀。

从那以后，郝晓明经常用业余时间刨树根，拾枯树枝，劈好、剁短，整整齐齐地码起来，越码越高，同样长短，一样粗细，很是好看，直到他搬家前那都是他院子里一片景致。那当中，绝无公家一根柴棒。

从那以后，郝晓明更加敬重洪尚清了，虽说还是称"小洪"，却增添了几分亲切的色彩。

洪尚清也更加敬重郝晓明了，嘴上虽还是称"郝师傅"，心里却增添了几分真诚的敬佩，每逢看到郝晓明院子里的柴垛，他心中就会涌起一丝莫名其妙的悲哀。郝晓明，一个多么淳朴的老工人！他，怎么会舍不得要一张照片？更何况，那不是普通的照片，那是荣誉。

老郝不要照片的事牵动着整个石圪节人的心，领导、老伙计们关心，我们的年轻工人，谁不为自己的师傅捏着一把汗呢？他们在一起议论：郝师傅啊郝师傅，你怎么能给咱石圪节败这个兴？又一想，不对，郝师傅这些年仅义务工就做了好几百个，还会舍不得一张照片的钱？是的，1975年，郝晓明和开滦煤矿的劳模侯占友在一起开会。听到侯占友"地球转一圈，他转一圈半"的事迹，他感到自己不如侯占友，当即表态，要向侯占友学习。后来，许多报刊报道过他义务劳动的事迹，其中较详细的一篇文章是这样写的：

说得有力，干得坚决，郝晓明用实际行动在实现着自己的诺言。

他是安全员，但是工作面的活，无论挂梁打柱、回柱，还是联网，他都干。他两脚不停两手不闲，哪里人手少，他就出现在哪里。郝晓明是采煤三队的，可是在井下到处可以看到他在劳动。在其他采煤队见他打柱、挂梁，在运拌队见他挖罐车，在掘进队见他装煤，在开拓队见他出碴，井下到处留有他的足迹，到处都洒有他的汗水。一些人赞扬他是"干得欢""管得宽"。确实，郝晓明近几年来干得越来越欢、管得越来越宽了。

按规定，井下工人55岁就该退休了。近几年，领导考虑郝晓明年纪大了，商议给他换个工作，调离井下，他却坚定地说："只要气不断，就要一直干，宁可倒在井下，绝不离开第一线。"有人劝他："年龄不饶人，不能不服老啊！"他说："年龄大了，在井下干活的时间就有限了，现在不抓紧干几天，往后想干也干不上了。"郝晓明是这样说的，也是这样干的。近几年，他除了正常出勤，还为国家做义务工300多个。

有一次，郝晓明下班路过开拓掘进队，看到20多车装满石头的料车，只有一个人推。他想，这要推到什么时候啊！于是，他就和这个青年工人一起干起来。他和青年工人展开了竞赛，小青年推一车，他推两车，一老一少，干得热火朝天。事后，这个青年工人钦佩地说："郝师傅真是越活越年轻，越干越能干，人老了，可真有股虎劲哩！"

这篇基本是事实的文章，唯独最后一段有点粉饰，也是一番美意，不愿暴露石圪节的不吃劲事。其实，也没有什么了不起，郝晓明帮着推料车，那青年工人反倒坐下来歇起来，且还既带有几分幽默又带有几分讥笑说："你是劳模，你多干点吧！好让宣传科写篇稿子表扬表扬你。"可郝晓明像是什么也没听着似的，只顾推车。那青年人便优哉游哉地坐着休息，看老汉推车。眼看就要完成了，青年人似乎意识到，这老汉要替他推完哩，自觉也无趣了，也赶紧起来推车。推完了，青年人觉得应该说两句，还没想好，郝晓明一声没吭已经走了。

这种事情，在老郝的37年井下工作中俯拾皆是，他只是捎带干的，咱们也是捎带说，并没有统计在他的义务工数里。那几百个义务工，是几百个扎扎实实的8小时，以他的工资水平，是几千元钱哩。他还舍不得一张照片钱？

年轻人又想起郝晓明在长治买布的事来。这事，经过石圪节人的口头加工，已经成了一个朗朗上口的小故事了，咱们也抄在这里：

说的是郝晓明，走进长治一家大商店，看见一小卷布料挺好看，就问售货员是多少钱？售货员看看这老汉黑不溜秋，穿得扯淡，是个山汉，就好像没听见。郝晓明又问是多少钱？售货员说："你又不是高干，告你说也是个不买光看。"郝晓明起了火！你不要看不起下窑汉！你给我量这一卷是多少，我今天来个小包干！售货员瞪了眼，今天怕是个微服私访的高干，说不定哪天落个小鞋穿。郝晓明花了几百元钱，扛着卷布回家转，叫老婆骂了他好几天。

这件事是有的，老郝也不否认，具体过程可能是经过口头艺术加工的。

无论是做了几百个义务工，还是一气之下花几百元钱买一卷布。总之，年轻人不相信郝晓明舍不得一张照片钱。更何况，那不是普通的照片，挂在家里该多么排场！他们要等郝晓明回来，弄个水落石出，看看是什么人污蔑石圪节人。

郝晓明回来了。人们见他就问有没有这回事。

"有。"

"你怎么还能不要？"

"要那么多干啥？我有好几张了，一直花那钱干啥？那又不能当饭吃！"

"你这个人啊！那又不用你自己花钱，矿上给你报销哩。"

"我知道。前头那几张都是矿上报销了。矿上的钱，就不是钱了？矿上的钱就能瞎花？矿上的钱都要占成本哩！"

郝晓明，稀罕讲出了这一篇大道理。20世纪60年代，石圪节就是以原煤成本低的优势，在全国崭露头角的。老一辈的石圪节，成本的概念都比较强。

从此，很少有人再问起这件事。大家都觉得郝晓明讲的理，当然对；可又总觉得他办的这事，还是有些不对。到底不对在什么地方？杂然纷呈，不一而足：从"对中央领导态度不对"到"假积极"又到"不够数"，难以尽书了。

若干年后，一位新华社记者听到了这个故事，深思良久，平静地说："郝晓明，一个淳朴的人，一个未被污染的人。"

郝晓明，一个淳朴的人，淳朴得可爱，抑或还有点可笑。

那年，郝晓明给儿子办喜事。女方家也是矿上的。矿党委书记接到了女方家长的邀请，登门表示祝贺，吃了糖，抽了烟，人家硬留他吃饭，他说什么也不吃。他留着肚，等吃郝晓明的饭，他心里有数，在石圪节的历任书记中，他和郝晓明的私人关系最好，那个"包庇郝晓明"的书记，就说的是他。郝晓明怎么会不请他呢？他蛮有把握地等着。过了12点了，既不见人来，也没有电话。他又想，这郝师傅大概是要在晚上请他了，便端起大碗，到食堂买了一碗面条，直到下午，已经过了下班时间，还没有动静。他忽然想到了什么，抓起电话找郝晓明的队长，队长说没见郝晓明打招呼，他恍然大悟，扔下电话就往郝家赶。

进门一看，果然不错，两桌丰盛的酒席，中间是郝晓明不知什么时候外出开会买好的茅台酒、中华烟。就是没客人。郝晓明稳稳当当坐在一边等客哩。

见是书记来了，郝晓明眯着眼笑道：

"我想你就是头一个。"

"郝师傅，你怎么不叫我一声？"

"这事情还能叫？谁有心谁来就是了。"

"你这老汉啊！有心来，你也得定个时间。一个一个搞自由主义，你怎么个招待法？"

党委书记一边笑，一边说，一边找了一块纸，"唰唰"地写了十几个人名，一边给郝晓明念，一边又问"还有谁"。名单还没拉出来，队长也不请自来了，还有郝晓明的两个老伙计。书记把名单塞过去，让他们去请客人。

一眨眼的工夫，该来的都来了。弄了半天，大家差不多都在家里等着。

党委书记一边让大家坐，一边分发中华烟，替郝晓明当起了招待员。

郝晓明已经被伙计们的笑骂和老婆的埋怨声包围了。他一声不吭，沉浸在一种不可言传的满足之中。

这老汉就是这么个人。

郝晓明在北京城里喝醉了酒。
胡富国同志说：抓矿风建设必须理直气壮地扶植正气，大唱"正气歌"

物换星移，20 世纪 90 年代的第一个春天，郝晓明在北京城里喝醉了酒，那舒心的酒，他怎么能不醉呢！

1990 年 3 月间，能源部副部长、中国统配煤矿公司总经理胡富国同志到石圪节宣讲党的十三届六中全会精神，明确地提出要在全国煤炭战线召开学习石圪节精神现场会议，加强班子、队伍、矿风三项建设。

石圪节，骤然热闹起来，观察的、调查的、总结的、参观学习的，宾客云集，车水马龙。

在这热闹的时候，人们都没有忘记已经退休 7 年的郝晓明。

国务院领导来了，要见见郝晓明；

部长来了，要去探望郝晓明；

向总公司党组织汇报工作，要求郝晓明参加；

全国煤炭系统开大会要求郝晓明出席；

向国务院写石圪节报告，忘不掉郝晓明的功劳；

组织石圪节精神报告团，更不能没有郝晓明……

这么多年过去，最初推荐郝晓明时议论纷纷的现象已经成为历史，郝晓明终于得到人们的彻底认可。当人们回忆起这么多年来围绕郝晓明所发生的种种认识和说法时，往往哑然一笑，感到当时确有些偏激和不成熟之处。应当看到，一种认识，一种标准，和人一样，也有一个由不成熟到成熟的过程。这种不成熟，常常不是谁有意搞错，而是历史的局限。因而，成熟，需要历史的延伸，随着历史的延伸，石屹节的人们在认识人、衡量人、教育人、引导人的问题上，比过去成熟多了。

与此同时，我们的郝晓明同志，也比过去成熟多了。请看一段郝晓明同志作为石屹节精神报告团成员的大会发言：

1983年，我60岁的时候，按规定办理了退休手续。当我拿到退休表时，心里实在不是滋味：觉得再不能和同志们一块下井了，再也不能亲手为国家出煤了，过去向党委表态说："只要气不断，一直在井下第一线。"现在落实了，一连好几天，吃不香，睡不甜。难道就这样歇了脚吗？不行！从我参加工作到退休，整整37年的井下工作。37年中，党给我的荣誉和幸福太多了，"矿山铁人""学大庆标兵""全国劳动模范"。退休就要歇脚，活着也没意思。我还得去找领导，我不能下井了，没有在一线的资格了，但是总能在地面上做些零打碎敲的活吧。这样，在我退休后不几天的时间里，争来了打扫全矿20多个厕所的第一项任务。领导说，一个厕所给补贴多少钱？我说一分不要，还是像我下井做义务工一样"三不要"，不要加班工资，不要加班津贴，不要加班粮。不是这样，石屹节矿工不怕苦，舍得奉献的精神就会断了线，也给后代留不下好印象。打扫厕所的任务干了4年多，后来又加了两条街道的清洁工作。在打扫时，厕所没有不脏的，可是我一人不怕脏，就能换来全矿净。我起早贪黑，细心打扫，受到全矿职工家属的好评。还被矿上评为"编外劳模"。

1988年，矿木料场缺人手，我就主动要求到木料场帮忙。到木料场后，领导安排我和另外一个小青年拖料。干了几天后，我觉得两人干这些活有点浪费人力，就主动提出我一个人干。领导说："郝师傅，您年纪大了，比不了年轻人，可不要累坏了身体，还是两个人干吧。"我说："老了不假，可这些活我一个人能包了，节约下这个小青年干其他去。"这样，两个人的活，我一个人干，一直干了两年。现在，我又去做其他事了，但木料场拖料的活还只安排了一个人。

这就是我们的老英雄，把一生献给矿山，花甲之年，退休之后，又为石屹节煤矿扫了4年厕所，认认真真扫了4年厕所，尽义务扫了4年厕所。他所得到的一切，难道有什么不应该！

可是，当他和局、矿主要领导一起到了北京，根据胡富国同志的安排，给中国统配煤矿公司党组成员和司、局长"上课"的时候，还是深感不安。他回忆自己的一生，不知该说什么好，他不准备发言了。

然而，胡富国的一番话打动了他：

抓矿风建设必须理直气壮地扶植正气，大唱"正气歌"。一个单位，如果正气得不到伸张，歪风邪气得不到遏制，好的不香，坏的不臭，先进的东西就很难树起来，良好的风气也很难形成。我们要通过多种形式，运用典型的人和事来宣传矿风，弘扬矿风……对典型要关心，经常帮助他们不断进步。对于打击先进的歪风要刹，一定要树正气、立新风，绝不能把典型当"雨伞"，下雨时撑开，平时放在一边。

郝晓明觉得，这话有点像是说他，也有点像是为他而说。几十年的经历涌到眼前，一种已经淡漠了的情感在胸中起伏，他突然想到了已经过世的老伴，如果她还在，如果她也能到北京来，那该多好……想到这里，一股热浪直往心口顶。轮到他发言了，他很想好好说两句，可也不知道说了几句什么，眼泪就下来了。

郝晓明哭了。石圪节人没见他哭过。他自己也不记得什么时候流过泪。但67岁的老矿工，就是哭了。

中午吃饭的时候，郝晓明和胡富国在一张桌上。他心里还想着那一段话，也搞不清自己喝了几杯酒。胡富国知道郝晓明酒量不大，忙招呼他："郝师傅，你随便，你随便。"酒逢知己千杯少。郝晓明醉了。很少有人听说他醉过酒。

下午开会的时候，领队的同志过来看他，让他多睡会儿，不必去开会了。郝晓明说："不行，我得去。部长叫咱来做啥？给年轻人做榜样哩。叫年轻人知道我喝醉了，连会也开不成，那像啥？"

"那你迟点去吧。"

"还能迟到？"

郝晓明，67岁的退休老矿工，光着头，眯着眼，穿着一身布制服，端端正正地坐在会场的主席台上，认认真真地开了一下午会。

朋友，你说，郝晓明难道不就是700万煤矿工人的排头兵？郝晓明一生的经历，难道不就是一首"爱矿山，做主人，献身煤炭事业"的正气歌？

矿山硬汉屈天富

在黑暗的地心深处，

有这样一群硬汉。

他们是煤矿的脊梁，

与坚硬的煤壁对抗。

面庞似岩刻般坚毅，

汗水如溪流在肌肤上淌。

他们的眼眸，

藏着火焰般的光。

钢铁的意志，

在每一次挥镐中闪亮。

危险的巷道，

是他们无畏的战场。

双手粗糙，却有力量，

撑起家庭的希望，

挖出乌金的梦想。

煤矿硬汉，岁月的歌为你们唱响。

——煤矿铁打硬汉

全国第五届人大代表、全国煤炭工业劳动模范屈天富

屈天富，石圪节第二代铁人，曾荣获全国煤炭工业劳动模范。

1966年，屈天富从长治县农村来石圪节参加工作，来矿后就分配到采煤二队，在这个队一干就是24年，可以说是在石圪节矿风的熏陶和教育下成长起来的新一代采煤工。

他没有忘记，离开家乡时，乡亲们凑钱给他做了一套被褥，嘱咐他"当个好工人"。来矿后，第一堂课是老支书刘海林讲石圪节煤矿的光荣历史，讲艰苦奋斗、克勤克俭的石圪节矿风和周总理接见老矿长许传珩的情景；新工人参观的第一个地方是旧社会的"杀人场""万人坑"和工人住的窝铺；介绍的第一个劳动模范是被誉为"矿山铁人"的郝晓明师傅以矿为家、大干苦干、无私奉献的事迹。晚上回到宿舍，屈天富躺在床上翻来覆去睡不着，想着受到的这些教育，暗暗下定决心，一定要向郝晓明师傅学习，瞄着铁人的样子干，为石圪节矿风添光彩。

下井后，看到老支书刘海林、老队长岳秋安也在井下，他们一边指挥生产，一边和年轻人一起大干，上井后他们不是找工人谈话，就是在一块研究工作、开会。看到这些的屈天富心里想，他们都是四五十岁的人了，还这样干，而自己一个20来岁的小伙子，却只满足于8小时上班，为此，他感到脸红。从此以后，他就不满足于光干好分内的工作和8小时以内的工作。人手少时，他常常一个人顶两个人干，或者一个人干两个工种。采814工作面时，为了接溜不影响生产，他经常在机尾提前放炮，并把煤装净，下班后利用停留时间，加班加点接好溜。在采2112工作面时，他和几位工人自发组织了一个"自找苦吃"小组，每天带着大伙提前下井，往工作面扛柱子，运荆笆网，搬刹杆，把本班生产要用的料全部提前准备好。下班后他经常和大家加班加点，义务劳动，为下一班生产备好料。他在坑下加班加点最长的是一连干了4个班，后来领导硬把他给赶上来了。在那些年，每当他多干了活、多流了汗、多出了煤时，虽然身体也感到累，但心里却是甜滋滋的。

1973年8月31日下午5时半，屈天富正在井下工作面和同志们紧张地工作着，忽然"轰"的一声炮响，屈天富被炮崩倒，一下子失去了知觉，醒过来后，屈天富只觉着右腿不听使唤，以为是腿断了。同志们闻声赶来，一盏盏矿灯照向屈天富，当看清他的伤势时，都惊呼起来："肠子流出来了。"当时在场劳动的医生张计周忙找来饭盒，把肠子扣住。屈天富对大家说："不要害怕，快去干活儿。"刚说了两句就昏了过去。

当屈天富醒来时，发现自己躺在医院的病床上。医生告诉屈天富，他在医院已经昏迷了一天一夜，而且伤势很重，伤口有碗口大，小肠破裂，结肠重度挫伤，腰大肌重度撕裂，第二、三椎体损坏。还有一个问题，伤口内有大量煤粉、炭渣和碎皮带渣子，喝着鸡蛋汤，这些粉渣就同汤一起从肚里流出来。五天里做了两次大手术，肠子被切去近一米。第一次手术后，形成肠瘘，排泄物不断流出；第二次手术后，屈天富一直处于昏迷状态，生命垂危。在矿领导、队干部的关怀下，在医护人员精心救护下，屈天富终于从死亡线上活了过来。

在医院的三个多月里，屈天富躺在病床上，心情一直不能平静，想起了自己在井下多出了煤时的痛快，想起了郝晓明师傅小伤小病不住医院的事迹……屈天富越是想得多，越觉得在医院住的每一天都是那么漫长。屈天富多次问医生，什么时候能下井？医生说："你还想下井？能保住命就不错了，不要再想下井了。"还有人说："出院后去看俱乐部就不错了。"屈天富不愿相信会永远离开井下，而且也不能离开他为之奋斗的采煤事业。屈天富暗下决心：一定要重返采煤一线。屈天富越发躺不住了，哪怕先到井下看看也行，于是，趁护士不注意，屈天富偷着下井了。当时伤口还未愈合，还一直往外流着带煤粉的污血，屈天富就偷偷多缠了些绷带。他怕碰到队里的工友不让他下坑，就避开回风巷走运输大巷，可是不巧就碰上老支书刘海林，书记又是心疼又是生气，狠狠批评了屈天富一顿，把屈天富轰了上来。第二次，屈天富刚溜出医院大门就被医生发现，又被赶回了病房。12 月 26 日是毛主席生日，说什么也要下井献一份礼。趁医护人员不注意，屈天富终于下了井，装着身体完全好了的样子，和工人们一块干活。一个工人打炮，他装炮。下班后去澡堂洗澡，一脱工作服，伤口又开了口，屈天富怕被工友看见，就用纱布简单地缠住伤口，忍着疼洗了澡。医生知道后，严肃地说："天富啊，像你这样不注意保养身体，恐怕要残废的。"妻子知道后也伤心地哭着说："天富，你是咱家的靠山，你成了个废人，咱们全家老少可怎么活。"

听了医生和妻子的劝说，屈天富的心也软了下来。可是没过几天，屈天富觉着身体能顶得住，就又要求出院。医生见屈天富的态度很坚决，就同意让他出院回家调养。一出院，屈天富就下了井。下井后，队长不给屈天富分配工作，屈天富就自己找活干，回柱、架棚、挂梁、打柱、移溜，哪里人少屈天富就到哪里干。领导怕屈天富下井累垮了，就送屈天富到北戴河去疗养 60 天。领导越是样样关心他，他就越感到应该为党多干工作，身在北戴河，心想矿上井下事，屈天富只住了 40 天，就回到矿上，第二天就下了井。由于在病床躺了几个月，身体确实是虚弱了，空走还浑身流虚汗。屈天富想，对待自己必须狠点，锻炼一段时间就会好起来的。120 多斤的铁柱子，屈天富一根根竖起，一节溜槽 350 多斤，屈天富一个人从风巷背进工作面。就这样，他用意志争来了劳动的权利。1976 年，矿上又任命屈天富为队长。当了队长，更感到责任重大的屈天富面临着两个考验：一方面要领着全队职工和大自然斗，一方面还要和工伤后遗症斗。虽然在矿医院做过两次大手术，但是崩进肚子里的煤粉、炭渣、碎皮带总是清洗不净，经常会引起发炎、化脓，每次发炎都会发高烧，疼痛难忍。从 1978 年到 1983 年，每年伤口最少开一次，最多开过三次，每次都是发高烧，然后化脓、开口、流脓血和煤渣、煤粉、碎皮带。人们说：天富的肚成了小煤窑，小煤窑的煤有挖完的时候，天富肚子里的煤挖不完。就在这种情况下，屈天富仍坚守岗位，常常是上午到医院打针，下午下井，或者上午下井，下午到医院打针。即使不能下井，他也要蹲到队部里，晚上睡在队部里。有一次正睡着，一翻身，伤口开了，流了一床，屈天富赶紧用手绢捂住肚子跑到医院包扎。还有一次，队里生产遇到困难，有两个队的干部又因家里有事请假，偏偏屈天富又伤口发炎，发着高烧。在这种情况下，整整 40 天，屈天富一直住在队里，虽然离家只有 200 米，也没有回过一次家，吃饭都是老婆孩子送。至于伤口发炎高烧、化脓，屈天富一直瞒着妻子孩子，一直瞒着队里的工人，只有医院刘大夫知道，因为伤口是他给包扎的。后来有位记者来，要屈天富下井照张照片，他发现了这个问题才告诉了矿领导。就这样，40 天，屈天富的伤口由发炎、化脓、开口到愈合，生产也渡过了难关，由被动转为主动。

1978 年，屈天富去北京开"人大"会，回到太原伤口发炎、化脓，领导送屈天富进省城医院治疗。为了彻底消除肚子里的煤粉，伤口挖了十公分深。医生说："可能还没有挖净，但不能再往下挖了，再挖就要挖透腹膜了。回去不要劳累，不然还会感染的。"我是个队长，不下井能行吗？回家后的第二天，屈天富就下了井。这一下，妻子抱住了屈天富的胳膊，两个女儿一个人抱住屈天富一条腿。妻子哭着说：

"跟上你受苦受累我不嫌，你说咱这一家还过不过了？"两个女儿也哭着说："爸爸，你就听我妈一回话吧！"看到这情景。他也流下眼泪。是啊，工伤后的几年里，也实在太难为妻子了，孩子们也担了不少惊、受了不少怕。可是又一想，不能就此坐下，活人，就要活得坚强些，不能遇到点灾难就当软蛋。屈天富终于说服了妻子、女儿，像往常一样下井，领着全队职工作贡献。

有了队干部的过硬作风，就会有过硬的职工队伍。有的青年工人为出煤推迟了婚期；有的工人为出煤没赶上看一眼临终的老父亲；有的工人如杜金明，像郝晓明一样出满勤，一年只休了三个班；有的工人如阎来明，像屈天富一样肚子重伤刚出院就下井。在全队职工的努力下，使用普机曾创造了月产 46000 吨的优异成绩，全年创造了 20 万吨的佳绩。屈天富带领的采煤队被原煤炭部命名为"特别能战斗队"。

1984 年 9 月，矿上决定让屈天富这个队由普采变为综采，让屈天富担任支部书记。搞综采，对屈天富来说是个难关，最难的是需要掌握综采的使用技术以及维护、管理工作。过去熟悉的一套过时了，现在不熟悉的需要自己拿起来；过去出煤靠拼体力，现在主要靠技术。对于屈天富来说，比别人的难处更大，他没有正式上过学，可以说斗大的字不识几布袋。可是，他一想到综采能多为国家出煤，就兴奋，接过任务的当天晚上就开会，一直开到凌晨一点。最后，他们的结论是：要想洋鸡（机）下好蛋，必须苦钻研，要用当年出力流汗创普采月产 46000 吨的顽强精神来学技术、学管理。从此，屈天富利用业余时间学习钻研综采知识，有些字不认识，就问他的小女儿；出去开会，晚上别人去看电影，屈天富在宿舍里拿出抄写的笔记本复习，有时重新抄写一遍，以便增强理解和记忆；到了生产上细心操作，在实干中学习。功夫不负有心人，1985 年全省综采技术集体统考，他们队夺得团体第二名。上综采的第一年，在巷道没有改造、设备安装搬家困难、工作面走向短的情况下，就出煤69 万吨。但是屈天富想，综采这玩意，潜力很大，我们应该让它发挥更大的威力。听说有的矿综采产量能年产达 100 万吨。屈天富是全国第五届人大代表，又是省委候补委员。党给了他这么大的荣誉，不是让听音的。只有多出煤、多奉献才能对得起党，才能为石圪节矿风添光彩。1985 年年底的一个晚上，屈天富找队长张文周商量："咱们明年创个百万吨吧？试试看怎么样？"张文周想了想说："百万吨能否实现，关系到全矿甚至全局的荣誉，要是挑起这副担子，那就不能抱着试试看的态度。"屈天富接着说："那就只许胜利，不许失败。"

综采创百万吨确实困难不小。当时，石圪节煤矿开采时间已近60年了。运输紧张，搬迁工作面多。他们要创百万吨的消息传开后，人们七嘴八舌议论开了：一个残疾人，一个老头矿，还想创百万吨，简直是瞎逞能。面对风言风语，屈天富和队长张文周写下了军令状："年底创不了百万吨，支书屈天富、队长张文周就地免职。"第二天一早送给矿长。就这样，他们挑起了百万吨的担子。由于学到了技术，也由于队干部能和工人一起奋战。1986年年底，在一年内3次倒手搬家的情况下，他们终于提前13天突破了百万吨大关。一举跨入全国先进矿行列。第二年，小煤窑越界开采失火，石圪节矿的一个主要生产采区被封闭。他们遇到工作面重新部署，设备、运输调整的新困难。在这种情况下还能不能创百万吨，当然难度更大。为此，屈天富几次找矿领导请战，曾激动地掉下眼泪。到年底，他们队实现100多万吨，人们都说："人家是争着当官，天富是争着出煤。"确实，每当为国家多出了煤时，他心里就感到无比幸福。每当他们又向矿上送去一张喜报，每当矿上向他们送来了又一张祝捷的贺信时，屈天富和全队职工就沉浸在幸福和喜悦之中，这种幸福和喜悦，是用多少金钱也换不来的。从这里，他们真正体会到了人生的意义。

2002年4月29日，屈天富同志因患癌症去世，那年，这个铁打硬汉只有56岁。

永远的矿风窗口

提起石圪节，人们心中升腾起的是一面红旗。在这面红旗后面有无数的亮点，矿灯班就是其中的一个。石圪节矿灯班人数不多，整天围着矿灯转，修修配配，收收发发。工作岗位就是一排每个见方30多厘米的窗口，但人们说，这里是石圪节的"矿风窗"。他们收发的是矿灯，传递的是矿风。在矿风窗口里有矿风的传人——连来弟、刘来云等。

力争第一是一种精神，力争第一是一种人生境界。以连来弟为代表的矿灯班，就是秉承这种力争第一的精神，追逐着一种高尚的人生境界。当年，石圪节被树为勤俭办企业的时候，报刊、媒体里没有矿灯班的事迹。连来弟急了，心想要为矿风添光彩，不能只沾光不增光，于是就想办法搞节约。可是，一盏矿灯74个配件，一个也不能缺，充电时间一分钟也不能少，拿什么搞节约？当时，在老班长王有敏的启发下，连来弟在废矿灯泡上打开了主意：废灯泡不能用，尾部那一点焊锡刮下来总可以用吧。找到节约门路了，大家开始动手刮焊锡。米粒大的一点焊锡，不到半克重，但是，他们为矿风添光彩的决心是巨大的。为了让矿灯班的女工都能真正认识到矿灯是矿工的眼睛，连来弟带领大家到井下体验生活。这样，不但使矿灯班的女工认识到了矿灯对井下职工的重要性，也增加了她们自己

矿灯班回收矿灯线

的责任感。

矿风吹出了"一滴锡"精神，又带出了"一根线""一个垫"精神。连接矿灯蓄电池和灯头的那根线，标准长度是 1.2 米，高个子用正合适，矮个子用就显得长一些，还容易挂在其他东西上面而影响安全。王有敏师傅想出了主意，把用过的线裁一截给矮个子用，一年能省百把条线。王师傅退休后，轮到连来弟这一代人了，他们不仅接过了"一滴锡""一根线"精神，还下功夫搞出了自己的发明创造。矿灯电池盒上的注液孔里有个塑料垫，每个价格为 0.13 元。班长秦计和连来弟想了个办法，买来小学生用的塑料面写字板，做了简单的压垫机，核算一下，每个垫 0.03 元钱，这一个垫对他们来说，就是很大的节约了。后来写字板买不到了，他们就把废旧的捡回来，洗一洗不是还能用？又一想，淘汰了的矿灯里，许多零件并没有坏，收回来修一修，不是都能用？这一提，可把大家后悔坏了，好像不是节约了 0.1 元，而是浪费了 0.03 元。节约这事情，好像没有个头，可以说矿灯班除了灯泡外，基本不领配件，全靠拆了废旧矿灯搞修、配、改、代。

矿风窗里虽然吹的是"一滴锡"精神，但有时候也会吹来点不好的风。1985—1986 年的时候，高消费风吹进来了。新闻单位来拍电视，安排了"一滴锡"的内容，准备拍了，才发现一滴锡也没有了。那一阵，谁也没有刮，大家急，连来弟更急。连来弟把大家召集到一起总结经验教训带批评。有个姑娘被批评得顶不住了，就顶起来："现在兴吃讲营养、穿讲排场、用讲高档，刮那一滴锡，顶什么用？"连来弟虽然也讲不出什么道理来，但她知道勤俭节约总是没有错的。最后她说："不管旁人长和短，矿灯班的好传统不能在我们手里丢掉！谁要给矿风抹黑，我就不客气。"从那以后，她带头刮焊锡，裁灯线，做垫子，回收修复配件。就这样，靠她的带头作用，靠不愿从光荣榜上跌下来的自尊心，靠为矿风添光彩的责任感，"一滴锡"精神得以延续。

连来弟退休以后，这副重担落到了刘来云的身上。连来弟临退休时，语重心长地对刘来云说："来云啊，我们这些老工人就要退休了，咱们矿灯班几十年一直以勤俭节约、优质服务而闻名，以后你可要继承好这个光荣传统啊！"就是这句平凡而朴实的教诲，成了激励刘来云

废旧利用成常态

在日常搞好点滴节约的精神动力。几年来，她牢记老师傅的教诲，从大处着想，从小处着手，从点滴节约做起，大搞回收利用，结合实际情况制定了新的双增双节措施，在实际工作中，带领全班人员努力把矿灯维护好、维修好，以便有效提高矿灯质量，让每个矿工背上一盏明亮的矿灯和完好的自救器下井工作。矿灯班坚持做到勤查、勤修、勤擦、勤问"四勤"。勤查，就是对班中灯架上的矿灯每天都要仔细检查一遍，看矿灯是否充足电，矿灯是否失爆，自救器是否完好，以确保矿灯在工作时间内保持明亮、矿工能安全工作。勤修，就是要手勤，在修理矿灯时不偷懒、不马虎、不凑合，从细节上严格认真负责，做到一丝不苟，并且在材料配件的管理过程中做到从严从细，在保证安全、保证生产的前提下，合理回收旧灯线、旧灯头、旧电瓶、旧灯泡，修旧利废、变废为宝，使回收率达标。勤擦，就是将矿灯保持清洁、干净、明亮，让矿工在工作中灯明眼亮，提高工作效率和安全指标。勤问，就是在职工交矿灯的时候，向矿工详细了解矿灯的使用情况，对每盏矿灯做到心中有数、了如指掌。

矿灯，是矿工的眼睛，如何保证矿灯质量，延长矿灯使用寿命，刘来云坦言："我们爱护矿灯，就像爱护自己的眼睛。"是的，几年来，她就是坚定这样的信条，履行自己的职责，无论是矿灯房卫生，还是矿灯的擦拭，班班都保持得干干净净。她就是凭着这种敬业精神，用心维护、擦亮矿工的每一只"眼睛"——矿灯，让它照亮着矿区的美好前程。

刘来云爱岗敬业，严把发灯安全关。她坚持对带着情绪、喝酒的人等不发灯的原则，严把发灯关，为安全起到了预警的作用。为此也得罪了好多人，其中也包括自己的亲戚朋友。但她心里舒服，因为她明白自己的职责。2003年4月的一天，她发现有一个职工走路摇摇晃晃，一看就知道是喝酒了，在领灯的时候还满口胡言。于是她就劝他不要下井，虽然苦口婆心地劝说了很久，该职工还是不理解，但刘来云坚持不给他发灯，阻止了他下井。事后，该职工也认识到了喝酒下井的危险性，并对刘来云表达了歉意。

维护好矿灯仅是一个方面，优质服务、文明用语更是赋予矿灯班优良传统新内涵的又一体现。在日常工作中，刘来云坚持以高度的责任心引导人，以耐心说服教育感召人，以文明的服务行为影响人，以热情的态度去帮助人，以周到的照顾去体贴人。矿灯班的人收发矿灯时总是面带微笑，并真诚地说："师傅辛苦了""下井注意安全"等文明用语，一贯坚持优质服务，赢得了井下职工的一致好评。他们都说：

"来云不仅思想品德好，工作服务态度更好。"井下职工都把她称为"光明使者"，因为她和她的同事们不仅擦亮了矿工的"眼睛"，同时，那始终挂在嘴角的笑意及和蔼的服务态度，让每一名出入井的矿工都感到温暖。刘来云带领广大女工长期地开展爱心服务、特色服务，坚持以井下职工为中心、以安全为核心，全心全意为井下职工服务，利用业余时间义务为井下的职工送鞋垫、毛巾、鸡蛋、米汤等，体现了对井下职工的关怀。在井口帮助职工缝补衣服，稳定了职工的情绪，鼓舞了职工的士气，使他们能集中精力投入安全生产中。从工人那憨厚的笑容里，刘来云感觉到，这些服务看似小事，对矿工们来说却是最大的安慰。

时间带走的是记忆，留在人们心目中的是永远的矿灯窗口。以刘来云为代表的矿灯班的姐妹们，不仅为矿山的发展默默地奉献着，而且在她们身上，闪耀着中国女性特有的吃苦耐劳的精神。在人生与事业的天平上，她们找到了企业需求与个人价值的平衡点，在自己热爱的岗位上编织着她们美好的人生。

红色工程师

石圪节煤矿是中国共产党接收的第一座煤矿，是一座具有革命传统的红色煤矿。在石圪节煤矿，有一个被称为"红色工程师"的共产党员，他就是谢栓贵。

在党的102岁生日时，晋东南网络图书馆馆长红星在朋友圈晒七一专刊，我忽然在一期专刊上面看到"红色工程师——谢栓贵"的字样。这不就是石圪节的工程师吗？但被称为"红色工程师"还是第一次听说。有必要挖挖。看后细思：红色工程师的成长过程，其实跟红色煤矿的红色基因和红色教育熏陶有着更为直接的关系。

1964年7月1日，中共晋东南地委组织部在《七一专刊》中对石圪节"红色工程师"谢栓贵的事迹进行了具体全面的介绍。

激烈的思想斗争

1955年，当谢栓贵完成中等技校的学习将要走向社会生活的时候，怀着一颗把一切知识和力量献给党、献给社会主义建设事业的心情来到了石圪节煤矿。但到石圪节后，一看这个矿生产设备、技术条件差，又是偏僻山区，生活艰苦，心里马上凉了半截，觉得不是"英雄用武之地"。加上矿领导又"下放"他当工人，参加生产劳动，心里就更不愉快了，认为学了几年是白搭，思想背上了沉重的包袱。党组织发现其思想后，就找他谈话说："你别看不起（石圪节）这个破烂摊子，你知道这个烂摊子是怎样得来的？这是工人流血牺牲从敌人手里夺回来的！党把你分配到这里，不正是为了让你改造这个破烂摊子，改变祖国工业落后的面貌吗？当一个煤矿技术人员，不下井可不行啊！山头上没煤挖，坐在办公室里永远也提不高技术。"党的这个教导虽然是千真万确，但仍没能很快解决他的思想问题，最后抱着试试看的态度，勉强下井参加了生产劳动。

1945 年 8 月 18 日，石圪节武装起义，胜利地解放了矿山。被日寇占领多年的石圪节重新回到了人民的手中，获得了新生。矿山解放后，直接归为国有，由山西太行四分区工商局进行接管。整个矿山儿女长舒了一口气。

解放不久，石圪节矿担负起支援解放战争的光荣使命。晋东南抗日民主根据地是我解放区支援解放战争的重要军事工业基地之一。石圪节煤矿附近的抗日根据地，分布着军工一厂、军工二厂、炸弹四厂、故县四厂、黄碾二大厂。这些工厂，在抗日战争中，曾经立下了赫赫战功，在解放战争中担负的任务也更加艰巨。这些工厂为了支援解放战争，扩大了生产规模，大力发展生产，积极支援前线。这样，对煤炭的需要急剧增长。在这种形势下，石圪节煤矿党支部根据太行四分区工商局的指示，迅速组织工人进行煤矿的恢复生产。

是啊，不要把世界拖进我们的命运，生活总有灿烂的一面，总有人在灿烂的阳光中唱歌，唱着年轻的歌。让我们，在这里，在这无边无际的黑夜中，为自己祝福，为自己祈祷。是啊，才过了几年？生活已经出现了翻天覆地的变化，人的思想在变、精神在变，当矿山儿女开始掌握自己的命运时，希望激荡出无穷无尽的力量，所有的能量都在释放。只因为：矿山儿女有了自己的希望。

学校毕业的谢栓贵被这场景深深感染，抱着试试看的态度，勉强下井参加了生产劳动。

冲破种种难关

下井后首先碰到的是生活规律被打乱的不适应，上了夜班，白天睡不着，上班打瞌睡，有时迟到换班，干活不多，却累得腰酸腿痛眼红手肿，晚上睡着连身也翻不转。为此，他曾偷偷地掉过眼泪，但想到学校党组织的教导"永远听党的话，当一名建设祖国的光荣战士，绝不能在困难面前当逃兵"时又坚定了信心，咬着牙，挺起腰杆决心干下去，终于慢慢养成了劳动习惯。

碰到第二个困难是不懂操作，实际生产知识不足，在课堂学习的知识和实际结合不起来，书本上有的用不上，现场上有的书本上找不到，工人一问问题，他张着嘴答不出。有一次工人问他："中层金属网破了是什么原因？下层又该怎样采？"书本上没有，他也答不上来，可是在一次技术研究会上一位老工人却提出：遇到这种情况，采下层可用掏小洞、分开采的办法既安全又能保证完成任务。这个"钉子"给了他很大的教育，深深感到参加实际生产劳动的重要，体会到光有书本知识、没有生产实践是不行的，还必须向工人师傅请教，甘当小学生。

第三个困难是和工人的关系不密切，有些工人对技术人员有一种老看法，认为是"秀才"，能说不能干。有一次，两个工人让他一人把一根坑木扛到工作面去，当时他有些作难，扛吧，若真扛不动要丢人，不扛吧，工人一定会更看不起他，想来想去还是扛，扛起来刚走两步，就连人带坑木一下绊倒了，虽然绊倒了，但是工人对他的看法变了，认为"他这个技术员有魄力、实干，能和工人们滚到一起"，从此，大家对他处处关心，不仅使他学到很多生产知识，而且从老工人言传身教中学到了革命优秀传统和工人阶级的本色，树立了为共产主义奋斗的雄心大志。

石圪节煤矿的机器又开始了轰鸣，整个矿山又听到了欢快的笑声，听到了劳动的号子。石圪节的矿工们依靠自己的力量，安装了北井罐道、南井钢丝道，把45马力的汽绞车改成了100马力的汽绞车；把大筐提升改为了单笼提升，减轻了笨重的体力劳动，提高了提升能力；把手镐刨煤改为爆破落煤；安装了50马力的离心式散风机，把自然通风改为机械通风；安装了2台80马力的离心式水泵，提高了排水能力，供电系统采用了新技术；残柱式采煤方法改为了荆笆假顶分层开采方式，保证了安全生产，提高了生产效率，资源回收率更是达到了创纪录的78%……

中华人民共和国成立以来的第一次全面性技术改造，经过了2年的艰苦奋斗，仅用了177万元的投资，就使生产能力由5万吨提高到了15万吨，足足扩大了3倍。全员工效率由0.743吨／工提高到了1.273吨／工，经济效益显著提高。经过第一次的矿井技术改造，石圪节煤矿的井下运输，由人推筐、手拉车改为无极绳绞车式运输；采煤方法由旧式回采改为长壁式分层炮采，生产技术发生了根本性变革；原煤产量由1953年的154608吨，回采122469吨变成了1957年的245356吨，回采209606吨。

一切都在改变，一切都在发生历史性的变革。

实践积累经验

谢栓贵同志实习期满被调到机关担任采煤技术员后，不久问题就出来了，有几次工人找他反映说："荆笆大网，费工、费料又费力"，他就翻阅技术规程，工作面柱子间距一米一，量了量荆笆也是一米一，便告诉工人按规程铺设荆笆没有错，可是工人还是一股劲地找，究竟什么原因，一直找不出答案，工人认为他不解决实际问题，他也苦恼，当又读了毛主席的《青年运动的方向》，主席在文中提出："革命的或不革命的或反革命的知识分子的最后的分界，看其是否愿意并且实行和工农民众相结合"的话，使他如梦初醒，以后又读了《实践论》《矛盾论》和中央关于各级领导人员参加集体劳动的指示等文件，进一步坚定了参加生产劳动、改造和提高思想的决心，再一次回到生产实践中"当小学生"，在共同的劳动中，不仅和工人群众建立了深厚的阶级感情，更重要的是取得对生产技术知识的发言权。

通过实践使他深刻地体会到，一个青年知识分子，要成为一个又红又专的干部：必须用"一入手""两坚持""三到场"的方法，才能收到良好的效果。"一入手"就是要从认真学习毛主席著作入手，遇到问题就从主席著作中找办法，以毛主席思想作为自己思想和工作的行动指南。"两坚持"是：坚持参加劳动，坚持三结合（领导、工人、技术人员）的方法，解决和处理生产中出现的问题。"三到场"是：工作到现场，坚持转圈，掌握整个生产情况，做到心中有数；技术到现场，通过参加劳动，把生产技术问题解决到现场；学习到现场，就是要注意学习老工人的操作技术，丰富自己的实际经验。

几年来，谢栓贵同志在党的革命阳光哺育下，经过风雨受锻炼，树立了雄心壮志，学到了真才实学，在社会主义建设事业中作出巨大贡献。1960年石圪节因交通不便、坑木供应紧张，影响生产。他和技术员一道，在矿党组织的积极支持下，改荆笆假顶分层采煤法为锚杆支架一次采全高的采煤法。1963年党号召增产不增坑木，全面完成增产节约计划，又和老工人一道试验，把回采所用锚杆扩大到采掘巷道，顶层巷道等从没有用锚杆的地方到年底不仅按计划节省了坑木，而且还超产原煤8万多吨。去年（1963年）七八月间125工作面，有一条巷道顶板压力大，维护困难，速度慢，搞不好马上就影响采掘衔接，将有停产危险。经过研究，原因很多，这时他想起了主席说的"抓住主要矛盾"，于是他和矿长一道跟班参加劳动，很快发现了轨道铺设不合理是主要原因，立即组织力量抢修轨道，使维护速度由班进 2 米提高到 4 米，大大加快了进度，保证了采掘衔接。

1963 年，石圪节煤矿被周总理树为全国工交战线勤俭办企业的五面红旗之一，"艰苦奋斗、勤俭办矿"的石圪节矿风誉满天下。在矿风的感召下，"石圪节的煤矿工人，日夜战斗在煤海中，为国为民做贡献，一片丹心火样红，脚踏三晋沃土，头顶太行群峰，勤俭建设矿山，树立一代好矿风"。

石圪节的工人们就是这样跟着干部的脚印走，新工人跟着老工人的脚印走，这不寻常的矿风，这猎猎飘扬的红旗，也就这样一代一代传了下来。

放炮工刘小鱼，往煤眼里装火药，有时崩煤，用不完一个炮的药，他就装一半留一半，等下次再用。一个炮药不过二两重，仅仅值两毛钱。别人问他为什么这般计较？他则一脸正经地反问："半个炮能崩的煤，为什么要用一个炮？"

新工人李明太，上班时带了一块锚栓垫，这是一块还没有巴掌大的铁片子，丢在井下找不到了。下班的时间早就过了，别的工人一个个提着矿灯洗澡去了，李明太这个班的 20 多人，却在"海底捞针"，又是扒又是刨，急得满头大汗。整整半小时，才从煤堆里找出这块铁"宝贝"，全班人这才舒了口气，有说有笑地走出工作面。是啊，一块锚栓垫虽说值不了几毛钱，可丢了它，一套锚栓垫不成套，要少采 11 吨煤。

钉道工王保元，一根道木正面用，反面用，两头移着用，总要用两三次才报废。

机电工人李景堂，为了节约机油，曾接二连三地爬上十多米高的井架观察天轮漏油的现象，多次改进注油管道。有人说，拉倒吧，一个月才消耗 15 公斤的油，没必要爬上爬下费那个劲。他回答说："节省的油不是很多，可日积月累就多了，要知道，我们是石圪节的人啊。"简短的几句话使对方羞愧。

"我们是石圪节人。"一句最简单最平常的话语，然而，这里面却包含着多少深情厚爱！这句话成了鞭策每个职工继续向前的动力，成了检查自己言行的标尺。在他们看来，能不能保持"石圪节人"的本色，是能不能保持艰苦奋斗、克勤克俭的光荣传统的根本问题，也是能不能把艰苦奋斗、克勤克俭的光荣传统一代又一代传下去，使得代代永不变色的根本问题。因此，使他们时刻严格要求自己，一心一意为煤矿着想。

记忆不会消散，往事不会忘记，平淡的、辉煌的历史都不会随着今天的激情而被无情地篡改。在我们重温往事的时候，透过历史的隧道，我们看见了猎猎的红旗在迎风飘扬。

历史印记

石圪节与抗美援朝

雄赳赳，气昂昂，跨过鸭绿江。

保和平，卫祖国，就是保家乡。

中国好儿女，齐心团结紧。

抗美援朝，打败美帝（国）野心狼

74 年前，为保家卫国，中国人民志愿军跨过鸭绿江，在朝鲜战场浴血奋战。他们不畏牺牲，视死如归，用生命书写了一部感人的英雄史。

提起朝鲜，中国人民不约而同会想起共同的那段经历，那就是印在人们记忆中的抗美援朝战争。翻开石圪节艰难悠长的历史记录本，我们同样也发现了抗美援朝战争的厚重字眼。

游行支援抗美援朝

1950 年 6 月 27 日，美国总统杜鲁门发表声明，公然宣布出兵朝鲜，武装干涉朝鲜内政，并命令海军第七舰队武装侵犯我国领海，闯入台湾海峡，干涉我国内政。随后，又组成以美国军队为主的联合军队，扩大侵朝战争。不顾我国政府的多次警告，越过三八线，直逼我国鸭绿江边，严重威胁到了我国的安全，挑衅我国神圣不可侵犯的权益。

从 1950 年 8 月 27 日到 11 月 10 日，美国侵略朝鲜的军用飞机不断侵犯我国领空，进行侦察活动，扫射轰炸我国城镇与村庄，杀伤我国无辜百姓，损坏我国财产90余次……

1950年10月8日，中国政府应朝鲜民主主义人民共和国政府的请求，作出了"抗美援朝、保家卫国"的决策。我人民志愿军"雄赳赳，气昂昂，跨过鸭绿江……"奔赴抗美援朝前线。

抗美援朝战争爆发后，具有爱国情怀的石圪节矿工，纷纷走上广场进行集会游行，严厉声讨美国的罪行，迅速掀起了长治工矿区支援抗美援朝的高潮。《中共长治历史纪事》详细地记载了此事：1950年12月31日，长治工矿区举行了抗美援朝保家卫国万人游行大会。会上，工矿区党委书记李好山讲话，他要求工人要努力开展好爱国主义生产竞赛活动，把铁锤变成枪杆；工商界要把自己订立的爱国公约，变成实际行动，做到不投机倒把、不偷漏隐瞒税收。会后，10000余名群众围绕四街举行了示威游行。在同一时间，英勇的石圪节矿工怀着对美帝国主义的深仇大恨，组织了游行示威，并发动周边的村民也加入游行的队伍当中，最后发展成为18000人的大示威，成为当时长治规模最大、参与人员最多、影响力最深的游行示威，有力地支援了抗美援朝战争，在当时引起极大的轰动。

翻看这一时期的《长治大事记》，我们同样也发现了关于抗美援朝的游行示威活动非常频繁密集：1951年3月8日，本区各界妇女集会纪念"三八"节，举行抗美援朝游行示威，并订出八项爱国公约。同年5月1日，本区5万人举行反对美帝侵略的游行示威。

在游行示威的同时，石圪节矿工纷纷举行捐赠活动，从自己干瘪的口袋、有限的口粮中，慷慨解囊为抗美援朝进行捐赠。据《长治大事记》记载：1951年1月1日过新年不忘志愿军，本区工厂学校捐款、写信慰问志愿军，仅潞安煤矿职工捐款就达780万元。这里的潞安煤矿就是指石圪节煤矿。

石圪节的捐赠只是长治市爱国捐赠的一个缩影，这一时期，轰轰烈烈的捐赠在全市各行各业间火热进行着。报纸上刊登了著名豫剧演员常香玉捐献一架战机的消息，在常香玉的带头下全国掀起了捐献的高潮。在石圪节有一名普通的矿嫂，她叫王香兰，家有兄弟三人，抗日战争时大哥二哥都被日本人杀死了，丈夫也被日本人打伤，她的心中对侵略者充满仇恨。1951年召开纪念三八节暨抗美援朝动员大会。会上，当领导讲述了美军入侵朝鲜的罪行后，王香兰义愤填膺，同与会人员纷纷表示愿意尽己之力支援朝鲜人民，保和平卫祖国保家乡，把自己省吃俭用积攒起来的钱，全部捐献出来，得到了大家的赞誉。

献工支援抗美援朝

1950 年 10 月 25 日，中国人民志愿军高举"抗美援朝、保家卫国"的旗帜，进入朝鲜，为世界和平而战的时候。在石圪节矿区，英勇的石圪节矿工在严厉声讨美帝国主义罪行的同时，也积极投入生产，以实际行动支援了这次保家卫国的抗美援朝。

当时石圪节的情况大家都是了解的，整个矿山百废待兴，所有的职工一穷二白。拿什么去支援抗美援朝？据《石圪节煤矿史》记载：正处于压缩生产情况下的石圪节矿的干部和工人，结合当时实际情况，开展了轰轰烈烈的学习文件、诉苦说理和献工献物运动。全矿干部职工家属在党组织的领导下，通过学习，认识了抗美援朝、保家卫国的重要历史意义和重大的现实意义。

具有国际主义和爱国主义思想觉悟的石圪节矿工，认清了"美帝国主义是纸老虎"的真实面目，认清了美国发动朝鲜战争的罪恶丑脸。献工，只有多工作、多劳动、多出煤，才能体现出矿山儿女的豪情，才能体现出矿山儿女的热情、才能体现出矿山儿女的多情。

矿工家属积极参与，纷纷献工，支援抗美援朝。在石圪节煤矿的生产统计表上清楚记载了，仅 1951 年 5 月份，石圪节矿工献工增产的煤炭高达 278 吨，二季度献工生产的煤炭达到了 732 吨，坑下工人的劳动效率超额 5%。

石圪节矿工杨保福、申贵有、李根喜三个团员，仅 1951 年 5 月份献工生产的煤炭就高达 29.3 吨。

同时，石圪节还有许多矿工积极献出了自己的工资、自动放弃旅费、进行义务劳动等，以实际行动支援了抗美援朝，爱国热情、国际深情在这里体现。

是啊，松柏常青，英魂不朽。人民不会忘记那些在抗美援朝战争中壮烈牺牲的志愿军烈士，也不会忘记那些为抗美援朝积极在后方献工生产的石圪节好矿工。

啊，亲爱的、可敬的朝鲜人民！在纷飞的战火中，你是那样刚强！敌人把你的城镇变成了废墟，你没有哭；敌人把你的家园烧成了灰，你没有哭；敌人杀死了你的亲人，你没有哭；敌人把你绑在大树上，烧你，烤你，你没有哭；你真是一把拉不断的硬弓，一座烧不毁的金刚！可是今天，当你的战友——中国战士们要离开你的时候，你却倾洒了这样多的眼泪！仿佛要把你们每个人一生一世的眼泪，都倾洒在今天！你是多么刚强而又多情多义的人民！ 请收起眼泪吧，亲爱的、可敬的人民！你的泪是这样倾流不止，已经洒湿了你们的国土。

这是著名作家魏巍在《依依惜别的深情》中描写的一段深情的文字。从中，我们可以感悟到：历史将永远铭记烈士们的功绩，将永记石圪节矿工家属的深情厚谊。

解放石圪节战斗团在抗美援朝

历史总是惊人的巧合，巧合得让人怀疑人生。翻开抗美援朝战争历史记录页，惊人地发现：解放石圪节的战斗团也参加了抗美援朝战争。

1945 年 8 月 18 日，石圪节矿工配合黎城独立团举行武装起义，一举解放了石圪节矿山，石圪节成为中国共产党接收的第一座煤矿。参加朝鲜战争的 104 团，其前身就是黎城独立团。据中共长治市委党史研究室编、中国作家出版社出版的《上党英豪》记载：1945 年 3 月由黎城地区部分游击武装和武工队合编而成太行军区第 46 团，1945 年 8 月编入太行军区石何支队，仍为第 46 团，1945 年 10 月 15 日随所在支队编入晋冀鲁豫野战军第 6 纵队，为 17 旅 50 团，1948 年夏改称为中原野战军第 6 纵队 17 旅 50 团，1949 年 2 月 9 日改编为中国人民解放军第 12 军 35 师 104 团，该团战斗力较强，是师主力团。

1951 年 3 月 21 日，104 团高唱着"雄赳赳，气昂昂"的志愿军战歌，跨过鸭绿江。104 团进入朝鲜时，刚好是第四次战役结束，发起第五次战役时期。经过几个月的艰苦战斗，美军连连败北，美军司令麦克阿瑟因战败被美国总统杜鲁门宣布撤职。

1951 年 9 月 6 日，104 团奉命进至金城。在金城长期防御中，粉碎了美军的磁性进攻和臭名昭著的细菌战。1953 年，104 团奉命转移至高原、永兴驻防，担任纵深防御。1954 年 8 月，104 团回国。

解放石圪节的 104 团扬威白山黑水，历史不会忘记，世人将永远铭记。

鉴往事，知来者。让我们把时钟拨回到 74 年前的历史，将目光聚焦抗美援朝战场上那些"最可爱的人"，他们用鲜血和生命诠释着赤诚的爱国之情。

1950 年 10 月 25 日霜降第二天，在朝鲜北部一个叫"两水洞"的地方，一场被载入史册的伏击战打响了，这是入朝后志愿军打响的第一仗。伏击战风卷残云，不到 2 个小时，我志愿军歼灭南朝鲜 1 个营又 1 个炮兵中队，以一场光荣的胜利开启了抗美援朝、保家卫国的伟大征程。后来 10 月 25 日，这具有历史意义的一天被定为中国人民志愿军抗美援朝出国作战纪念日。

冲锋的号角无比嘹亮，激昂的斗志无坚不摧。从 1950 年 10 月 25 日到 1951 年 6 月 10 日，中国人民志愿军连续发起 5 次大规模战役。五战五捷共歼敌 23 万余人，从根本上改变了朝鲜战争的形势。

1953 年 7 月，中朝两国军队发动对敌的最后一战——金城战役，歼敌 5 万余人，迫使侵略者在朝鲜停战协定上签字。

1953 年 7 月 27 日，朝鲜板门店随着《朝鲜停战协定》在此落笔签订，抗美援朝战争终于画上了句点。这一历史性时刻，宣告了中国人民志愿军抗美援朝的伟大胜利，这是中国人民志愿军和朝鲜人民军一起欢庆的伟大胜利。

这不仅是一场艰苦卓绝、波澜壮阔的伟大胜利，更创造了惊天地、泣鬼神的战争奇迹。在 2 年零 9 个月的抗美援朝战争中，197653 名抗美援朝战士献出了自己宝贵的生命。这是一场交战双方力量极其悬殊的战争，在这样极不对称极为艰难的情况下，中国人民志愿军同朝鲜军民密切配合首战两水洞、激战云山城、会战清川江、鏖战长津湖、粉碎"绞杀战"、抵御"细菌战"、血战上甘岭……把敌人从鸭绿江打回"三八线"。1952 年，在上甘岭战役中，中国人民志愿军指战员在炮火支援下，攻上 537.7 高地北山。中朝军队打败了武装到牙齿的对手，打破了美军不可战胜的神话，迫使不可一世的侵略者于 1953 年 7 月 27 日在停战协定上签字。

千家炮火千家血，一寸河山一寸金。这些平凡而巍峨的生命，铸成了最坚固的"长城"，带给我们远不止和平与安宁，还有民族自豪感和安全感，让中国在这样清澈的爱意里，成长为如今的"东方巨龙"。

煤矿军工情

——石圪节和五阳煤矿与黄崖洞兵工厂

在大地的深处，
煤矿工人如黑色的精灵。
矿灯闪烁，那是希望的星，
挖掘乌金，力量在手中奔腾。

煤炭啊，黑色的瑰宝，
从黑暗中被唤醒。
它们承载使命，
向着兵工厂启程。

历史长鸣，煤矿在大地静卧，
像是忠诚的士兵等待出征。
每一块煤炭都是一团火，
将在兵工厂点燃热血的梦。
每一座矿井都是时代的飞镖
树立起兵工厂坚强后盾

熔炉边，煤炭化为能量，

助力钢铁的诞生。

为了枪炮，为了守护和平，

煤矿人是无名的英雄。

他们的奉献，铸就国防的长城，

在国家的记忆中，闪耀永恒。

石圪节煤矿与五阳煤矿是潞安化工集团下属的两座煤矿，都具有光荣革命传统和悠久历史，他们与八路军兵工厂都有着密切联系，在建设"抗日战争时期八路军总部在太行山区创建最早、规模最大的一座兵工厂"、被称为"晋东南地下长城"、被朱德誉为"八路军的掌上明珠"的黄崖洞兵工厂的过程中，发挥了重要的作用，谱写了煤矿工人支援军工建设的篇章，留下了脍炙人口的故事。

石圪节车床与黄崖洞步枪

八路军115师344旅修械所作为"黄崖洞兵工厂"前身韩庄"八路军总部修械所"重要组成部分，在极端艰苦的条件下，借用石圪节的车床试制步枪两支。石圪节为"黄崖洞兵工厂"的建设作出了杰出贡献。

中国人民解放军陆军第12集团军36师108团、陆军第54集团军160师483团在庆祝中国共产党建党70周年暨黄烟（崖）洞保卫战50周年之际，解放军出版社推出了《黄崖风云》一书。书中对黄崖洞兵工厂有记载：

1938年4月，八路军在晋东南粉碎日军的九路围攻后，开辟了太行抗日根据地，为建设军事工业创造了条件。同年8月，八路军总部决定对分散在太行抗日根据地的我军各随军修械所实行"统一领导，集中生产"的方针，委派总部第四科（军事科）副科长徐长勋筹办制造步枪的兵工厂，厂址选定在山西省榆社县韩庄村。

最早到达韩庄村的是115师344旅修械所的全体职工。

这部分工人是1937年10月，344旅由陕西开赴华北抗日前线，路经山西五台、定襄、崞县（今原平市）时，从当地招收入伍的。他们大部分是太原兵工厂离职返乡的技术工人，其中有刘职珍、齐宣成、徐璜智等一批技术较高的工匠共100多人，组建成临时修械所。他们带着简易工具随军行动，从晋东北转战到冀西山区，然后穿越正太铁路到达晋东南，利用战争间隙先后在十多处为部队修理枪支，并制作红缨枪数千支。

1938 年 7 月，由所长廷茂、副所长刘职珍带领全体职工借用石圪节煤矿车床一部，在山西屯留县余吾镇试制出步枪两支，呈送总部后受到嘉奖。不久，徐长勋考察认为，这是一支技术力量较强的修械队伍，由他亲自率领于当年 9 月开赴韩庄村，成为组建兵工厂的第一批工人。后改为军工部一所，又称"水窖兵工厂"，是抗日战争时期八路军总部在太行山区创建最早、规模最大的一座兵工厂。

八路军总部修械所借用石圪节煤矿车床试制步枪的故事也是一部情节悠长曲折的故事。成纪芳先生在 1979 年写"淮海厂史"采访齐宣威时，根据他的回忆写的文章《一部车床》收在《黄崖洞革命故事》一书中。文中除齐宣威为真名，其余名字有的是谐音，有的是化名。文章详细记录了具体的过程：

党给兵工厂从太原等地招来一批有技术的工人。这些技术工人进厂后，一看没有一部像样的车床，他们着急了，其中一个叫齐宣威的同志提出："让我到外边转一转吧，也许可以搞到一点设备。"领导批准了他的要求。他来到了石圪节煤窑。

齐宣威是个老维修工人，他对车床十分精通。到了工房一看，只见十几部元车飞快地转着，吐着成卷的钢花。他不用细看，只凭声音，就能辨别出哪一台好、哪一台差。只见他走到一部六尺元车前面，用手一指说："就这一台吧。"齐宣威边说，边从口袋里掏出一封盖有朱红大印的公函，对孙福说："这是抗日第二战区副司令，八路军总司令朱德将军的命令。"

在场的工人一齐鼓起掌来。他们马上把车床擦得干干净净，又找来一些红绸布，扎成鲜花，把车床披红挂花地打扮起来，还在车床上贴了一条标语，上写"抗日最光荣"几个大字。

当天下午，齐宣威雇用一辆大车，拉着这部车床，沿着矿区的大路，出发了。车床上的大红花随着颠簸的土路，一抖一抖地好看极了。

借用石圪节机床试制步枪，在兵器工业出版社 1990 年出版的军工史料丛书《晋冀豫根据地》《综述》第 3 页也有明确记载：

1938 年先后从河北磁县各煤矿、山西石圪节煤矿、阳泉机械厂、晋城针工厂等征收十余部机器，其中包括蒸汽机、锅炉、车床、钻床等。

石圪节矿工与黄崖洞兵工厂建设

当时任军工部一所负责人之一的徐长勋在撰写《太行山上人民兵工》一文中回忆道：

1939 年 6 月为进一步加强军工生产，军工部将各修械所和地方军火生产部门进一步集中，组成四所一厂。以总部修械所为基础，先后又集中山西襄垣县西村决死纵队修械所百余名工人，129 师 384 旅和石圪节煤矿的 60 余名工人，组成军工部一所，负责人程明升、徐长勋。所址迁至黎城县西北的水窑山。

从徐老的回忆中，我们可以清晰地寻找到石圪节矿工投身中国军工建设的身影，也深深印证了石圪节矿工是有担当责任的矿工，在抗战时期为中国的军工事业作出了卓有成效的贡献。

石圪节矿工与军工建设

其实，早在 1940 年石圪节矿工游击队就参与了军工建设，支援了八路军在太行山区的对敌斗争。

潞安煤矿史记载：

1940 年 4 月 20 日，在高尽仁同志的领导下，石圪节游击队离开矿山转去黄碾以北一带地区活动，归潞城、黎城、襄垣和屯留四县工作委员会领导。游击队大部分人员在党的领导下，配合武工队、地方部队活动于太行山区，并于 1941 年 4 月转为正规部队，编入洛阳特务团。其余约 1/4 的人调到仪教村试制土炮、火药及其他土造武器。在试制过程中，仍暗中得到矿上工救会在技术上、材料上的支持，成为一个小型的"兵工厂"，大力支援了八路军在太行山区的对敌斗争。

五阳锅炉与黄崖洞兵工厂

锅炉是兵工厂必备的设备。中共上海市委党校副教授时青昊在《黄崖洞兵工厂被誉为新中国军事工业的摇篮》一文中写道：

1939年7月6日，修械所开始从韩庄搬迁到黄崖洞，边建设、边生产，到1939年底建设完工。黄崖洞兵工厂有机器设备40多台，包括一台当时难得的三节锅炉（被拆成11片，采用蚂蚁搬家的方式一片一片运到黄崖洞，然后再焊接起来），25马力蒸汽机2台，车、刨、钻、冲等机床20多部，能提供照明的10千瓦发电机等。机加工房使用蒸汽做动力，采用无轴皮带传动。

在当时，这算得上一座颇为现代化的兵工厂。这里写到的锅炉是不是就是指五阳的锅炉，不得而知。但是时任八路军总部特务团政治委员的曹光林回忆中，明确说到，当时黄崖洞兵工厂的锅炉就是五阳煤矿的锅炉运过去的。《黄崖风云》明确记载：

我（时任八路军总部特务团政治委员的曹光林）是1939年冬调到总部特务团任政治委员的，至1941年春调离。在特务团工作的日子里，我们团担负了建设兵工厂和保卫兵工厂的光荣任务。总部首长决定在太行山黄崖洞建设兵工厂后，经左权副参谋长亲自选点，兵工厂的位置确定在黄崖洞地区。黄崖洞地处太行山麓黎城、武乡和辽县三县交界的地方，地形复杂，山高沟深，道路崎岖，要在这里建设兵工厂，困难是很多的。

1940年2月，政治委员曹光林和团长李东潮同志从团部驻地武乡县坡底村到总部驻地王家峪接受任务。左权参谋长接见了他们，左权参谋长指示特务团负责把襄垣县五阳煤矿的动力锅炉搬到黄崖洞去。左权说："动力不解决，兵工厂的生产就不能开工。"必须在15天到20天的时间完成搬运任务；并指示说，要根据实际情况想想办法，可以采取地上放木头，把锅炉放在木头上滚，前面用人拉，后面用人推的办法。兵工厂的工人也将去现场一起研究解决如何搬运的问题。

左权参谋长问特务团："有困难没有？"政治委员曹光林斩钉截铁地回答说："坚决完成任务！"

最后，在左权参谋长一再嘱托下，搬运锅炉这个问题的重要性要向部队做好动员，发动全体人员的积极性，上下同力、同向、同心，就一定能克服困难，取得最后的胜利。

政治委员曹光林和团长李东潮回到团里后，第一时间及时传达了总部首长的指示，并结合实际决定从一营和三营抽调四个连，由一营营长钟发生同志统一指挥，来完成那次任务艰巨、使命重大的任务。

在搬运锅炉中，指战员发扬了艰苦奋斗的精神，不怕山高路险，不管风狂雨猛，日夜奋战，终于克服种种困难，只用了 10 天的时间，就把锅炉搬到了黄崖洞，保证了工厂按时投入生产。

五阳的锅炉，点燃了黄崖洞。

悠悠历史情、殷殷责任心。石圪节和五阳煤矿在黄崖洞兵工厂的建设中，谱写了壮丽篇章。

启　航

　　在黎明的微光中／我们启航，驶向未知的远方／船帆鼓满希望的风／浪花跳跃，
为梦想歌唱／启航，向着天际线启航／把过去留在身后的岸／每一次的起伏跌宕／
都是成长的力量／启航，永不停歇的启航／向着那遥远的地平线／带着憧憬与期待／
驶向那理想的港湾。

——题记

　　从红楼到红船、从石库门到天安门、从开天辟地到共同富裕，百年党史的壮丽
史诗，谱写了跨越百年的最美初心。翻看石圪节的历史和青年团监督岗的团史，我
们看到了同样的精彩，石圪节青年团监督岗普通的微炬之光，集中展现了石圪节人
传承精神谱系的历史主动、政治自觉和践行"国之大者"的使命担当。

　　"高举中国特色社会主义伟大旗帜，全面贯彻习近平新时代中国特色社会主义
思想，弘扬伟大建党精神，自信自强、守正创新，踔厉奋发、勇毅前行，为全面建
设社会主义现代化国家、全面推进中华民族伟大复兴而团结奋斗。"这是中国共产
党第二十次全国代表大会的主题，也是潞安化工集团石圪节青年团监督岗代代相传、
生生不息的行动指南。

　　青年团监督岗是在 20 世纪 50 年代，"以增产节约为中心的劳动竞赛"中创建的，
也是团员青年作用发挥的重要载体。回顾百年团史，惊奇地发现：全国的青年团监督
岗竟然始于潞安石圪节煤矿。启航，从这里出发，走向未来、走向辉煌、走出一片天。

踏着历史的脚步，我们走进石圪节，去探寻石圪节闪光的荣耀、去探究青年奋斗的足迹、去探讨监督岗的荣光。

历史深处走来

大江流日夜，慷慨歌未央。时间的指针停留在1953年，潞安煤矿开展了以"厉行全面节约、反对一切浪费"为主题的社会主义劳动竞赛活动，随即石圪节煤矿在党总支的帮助下建立了青年团监督岗，针对破坏劳动纪律、违反操作规程、浪费工具材料等现象进行批评和斗争，同时积极参与煤矿民主管理，监督领导干部工作作风情况。

只因中流多砥柱，故能千古振英声。石圪节青年团监督岗的广大青年以坚定不移的信念，在责任与担当中奋进，为企业创利润，为社会扬正气，为人类谋福祉，青年们凝聚起一股狂风般的力量，在矿区的每个角落掀起波澜。

《山西青年报》2022年5月17日消息：山西共青团发布首张《山西青年运动暨共青团历史地图》。这张地图是共青团山西省委联合山西省测绘地理信息院共同编制的，是山西省推出的首张关于共青团历史的地图。在这张地图上，惊喜地发现：1953年11月，山西潞安煤矿团组织在石圪节坑口试建青年团监督岗。这充分说明：石圪节青年团监督岗在山西共青团历史上曾经留下了浓墨重彩的一笔。

《中国煤炭工业志·山西卷》记载：解放战争时期，石圪节煤矿团的活动主要是发动和组织青年参加解放战争，支援前线，拥军优属和开展先进生产者运动。中华人民共和国建立初期，团的活动中心任务是围绕恢复国民经济，实现国家财政经济状况的根本好转，开展恢复生产的活动。团组织发动青年团员向煤矿捐献钱物和下矿井寻找废旧设备器材，参加恢复生产和增产节约运动，使处于瘫痪状态的煤矿很快恢复了生产。同时，在青年团员中开展"热爱矿山，关心集体，安心岗位，遵守纪律"和争当"先进生产者"的活动。

翻开石圪节的百年历史，青年团监督岗在其间熠熠生辉。《潞安大事典》记载：1953年6月，潞安煤矿开展了以"厉行全面节约、反对一切浪费"为中心内容的社会主义劳动竞赛活动。11月，石圪节煤矿建立了青年团监督岗。1956年5月27日，团市委在工人俱乐部召开"长治市青年监督岗"总指挥部成立大会，各大厂矿团干、青年监督岗部分岗员和部分青工代表近千人参加会议，"青年监督岗"得以肯定和推广，有力地保证了安全，促进了生产。

《中国煤炭工业志·山西卷》记载：1953年11月，石圪节煤矿建立了青年安全监督岗，监督检查破坏劳动纪律、不遵守生产操作规程、不能安全生产的行为及同各种浪费现象进行批评和斗争。同时参与了煤矿的民主管理，监督领导不关心工人疾苦及不重视群众建议等官僚主义行为。1955年，团中央作出决定，号召推广石圪节煤矿"青年团监督岗"的经验。全省各大煤矿中开展推广"青年团监督岗"试点工作。潞安等各局青年团员共提出7818条合理化建议，65%得到了采纳。

不同载体记载一样的内容，那就是开始于石圪节的青年团监督岗，为全国设置青年团监督岗起到了先行先试、模范带头的作用，作出了重要贡献。

激情放飞梦想

激情成就梦想，理想源自实践。由中国新民主主义青年团、山西省委员会青工部编撰的《怎样建立青年团监督岗》一书对石圪节青年团监督岗有专门的介绍。

1953年11月，在石圪节坑口和车间，重点试建了青年团监督岗。当初有8个青年团监督岗、69名青年监督员。

石圪节青年团监督岗建立后，向破坏劳动纪律，违反保安规程、操作规程等现象进行斗争。1955年2月2日上午12点半，石圪节井下一号卡机发生了烧轴瓦事故，停车两个半小时。监督岗查清这次事故是因为司机违反操作规程而造成的，青年团监督岗就以"一号卡机为什么发生烧轴瓦事故"为题，发出了"闪电警报"。这样，不仅促使司机深刻地认识了错误，做了检查，同时也教育了大家。

石圪节青年团监督岗向漠视群众建议、不关心工人疾苦的官僚主义做斗争。如1955年2月24日夜间，石圪节坑口井长，因为不执行调度指示和没采纳群众意见，冒险生产，致使212旧回采工作面采空增大，发生了冒顶事故，浪费了价值550多元的木柱和一部分工具。监督岗发现后，即以"不执行调度室指示，漠视群众建议的后果"为题，在"闪电警报"上公开进行了批评。不少工人说："监督岗胆大说理，谁有错误都敢批评。"又如，坑口医疗所医生服务态度不好，机械地执行制度，漠视工人疾苦。监督岗公开揭发批评后，机关党支部和矿长马上责成党支部副书记和行政科科长检查了医疗所的工作，对医生进行了教育，并帮助改善了他们的工作。

青年团监督岗做了许多有益的工作，得到了广大职工的热爱和支持。青年团监督岗成为广大职工群众向官僚主义和各种不良现象进行斗争、开展群众性的监督活动的有力武器，也取得一定的成绩：青年团监督岗通过自己创立的"闪电警报"，从 1954 年 8 月至 1955 年 6 月，共公开批评各种问题 148 次。

踏觅活水源头

问渠哪得清如许？为有源头活水来。

石圪节青年团监督岗，之所以能取得成功，得益于党的正确领导。正是有了党的正确领导、党的正确决策，才有石圪节青年团监督岗长久的未来和学习的可能。

正如中共潞安煤矿总支委员会介绍：在开始建设青年监督岗时，党总支首先确立了"重点试建、逐步推广"的方针。接着，各坑口、车间党支部都召开了支委扩大会议，具体研究青年监督岗建设方案。青年团监督岗建立后，党支部不断对党员、团员进行 教育并帮助他们进行活动。

在党领导青年团监督岗活动取得一定成绩后，所有的参与者、建立者、经历者都有深深的体会。

第一，必须提高领导干部的思想认识。电厂开始建监督岗时，团支部书记李旺所不够大胆，甚至不敢在会上提"监督"两个字。党支部书记李清源同志便找来有关文件，和他共同研究，给他出主意、想办法、解难题，成功建起了青年团监督岗。

第二，党组织必须善于引导青年团监督岗围绕生产工作最迫切的问题进行监督。青年监督岗本着问题导向，抓住主要矛盾和矛盾的主要方面，集中精力揭发要点、要害问题。如石圪节坑口当年一二月份，因机电事故，严重地影响了正常生产。这时候，党支部提出了"消减机电事故、保证正常循环"的口号。青年团监督岗就围绕这一中心工作开展了监督活动。2 月 26 日，井下一号卡机第二次发生了烧轴瓦事故，影响正常生产两个半小时。青年团监督岗迅速查清事故的主要原因，并在"闪电警报"上进行了公开的批评。事后，党组织接受青年团监督岗的建议，3 月份开始学习推广机械包保制，成立了坑口机械辅导使用委员会，并规定了会议制度，在 9 部主要机器上实行了专人专管制度，因而进一步加强了机器的维修保养和司机的责任心，四五月井下主要机器事故就大大减少。

第三，解决监督岗所提出来的问题。有一段时间，因为解决问题不及时，群众说青年团监督岗是"光闪电不下雨"。后来，矿领导在各种会议上明确指出，要把青年团监督岗的建议第一时间向有关单位反馈，并要在第一时间得到落实。1955年2月还增加了"监督岗材料通知书"环节，及时督促有关单位及时解决监督岗提出的问题。如5月21日，电厂监督岗在"闪电警报"上公开批评了一位共产党员、生产技术员盲目扩大检修一号机线池施工面积，造成浪费木板0.5立方米、浪费水泥250公斤的事实后，犯错的这位技术员情绪极不稳定、态度极不友好、表现极不正常。党支部书记便和他进行了开诚布公的交谈，帮助他认识了错误、理解了错误、改正了错误。

一个个色彩斑斓的青春梦想，在不舍寸功中开花结果，在日夜坚守中可感可及，在平凡岗位的奋斗中出彩闪光，为逐梦前行的伟大时代写下生动注脚。

这就是石圪节青年团监督岗。

在百年团史中，石圪节青年团监督岗点滴微光，可成星海。

历史之水浩浩荡荡，我辈青年在时代的召唤下，更加奋起，以信念为墨、以实践为砚、以奋斗为笔描绘出高质量发展的蓝图。青年团监督岗已经率先垂范，用枕戈待旦的精神换来了令世界惊叹的石圪节辉煌。我辈青年定将责无旁贷，紧紧握住青年团监督岗的接力棒，在新赛程上创造更高更快更强的成绩！

在石圪节青年团监督岗启航感动之余，奋笔写下《从历史深处走来的青年监督岗》：在岁月长河的悠悠流淌中／监督岗，从历史深处缓缓走出／承载着古老的记忆与沧桑／像一位沉默的巨人守望时光。

那黝黑的巷道是岁月的刻痕／深藏着无数故事无人倾听／曾经的吆喝声，似历史的沉吟／在幽暗中回荡，震撼心灵。

从古老的劳作到现代的规范／监督岗书写了时代的变迁模样／它的身躯里孕育着希望的光／如同宝藏等待着被发现点亮。

一代又一代的青年在这里／挥洒汗水，奉献奋进的力量／用坚韧与执着书写奋斗篇章／让矿山在历史中继续昂扬。

它从遥远的过去蹒跚而来／带着岁月的厚重与雄浑气概／走向未来，永不停歇的脚步／在历史的长卷中留下独特的路。

矿山，这从历史深处走来的存在／永远闪耀着坚韧不拔的光彩。

石圪节与特别能战斗精神

"特别能战斗"精神是中国煤炭工业极其宝贵的精神财富，作为老先进单位的石圪节煤矿，与其有深深的联系。在发展历程中不断继承、弘扬、发展和在实践中赋予其新的内涵。

"特别能战斗"精神的提出

中国煤炭史志专家，中国作家协会会员，中国尘肺病治疗基金会副会长，历任煤炭工业部办公厅副主任、国家煤炭工业局行业管理司司长、国家安全生产监督管理总局政策法规司司长的吴晓煜先生在《你知道"特别能战斗"精神的由来吗》一文中指出：翻阅浩瀚的历史文献，发现最早提出"煤矿工人，特别能战斗"这一论断的是毛泽东同志。他在 1925 年 12 月 1 日写的《中国社会各阶级的分析》这篇著名文章（见《毛泽东选集》第一卷）中，在论述无产阶级状况时，特别指出：工业无产阶级人数虽不多，却是中国新的生产力的代表者，是近代中国最进步的阶级，做了革命运动的领导力量。我们看四年以来的罢工运动，如海员罢工、铁路罢工、开滦和焦作煤矿罢工、沙面罢工以及"五卅"后上海香港两处的大罢工所表现的力量，就可知工业无产阶级在中国革命中所处地位的重要。他们之所以能如此，第一个原因是集中。无论哪种人都不如他们的集中。第二个原因是经济地位低下。他们失去了生产手段，剩下两手，绝了发财的望，又受着帝国主义、军阀、资产阶级的极残酷的待遇，所以他们特别能战斗。

毛泽东在上述分析的最后，明确提出了，包括煤矿工人在内的工业无产阶级，他们特别能战斗，这一著名论断。

第一，这一论断是从无产阶级的阶级本质以及所处的重要地位这一基础上得出的。他明确指出，无产阶级在中国各阶级中，处于重要地位，是民族革命运动的主力，这体现了毛泽东关于无产阶级是领导阶级的重要思想。

第二，这一论断是从对工人阶级特点的分析得出的。他认为"他们特别能战斗"的原因有两个：一是有组织的集中，由于集中而力量强大；二是经济地位低下，他们受到帝国主义、军阀买办阶级的残酷剥削压迫，剩下两只手，一无所有，因而阶级觉悟最高，斗争最坚决，革命性最强。

第三，这一论断是从中国共产党成立之后，四年来所领导的罢工运动，特别是开滦、焦作煤矿罢工所表现出的斗争力量这一事实得出的。毛泽东特别指出，开滦煤矿与焦作煤矿工人在大罢工中表现出强大的革命力量，这种力量使反动统治者闻之胆寒。

毛泽东在写作《中国社会各阶级的分析》时，正是凭着对煤矿工人的深刻了解和深厚的感情，以无产阶级革命家的锐利眼光，以开滦和焦作煤矿罢工为实例，提出了"他们特别能战斗"这一论断。

第四，"他们特别能战斗"并非专指煤矿工人。这个"他们"还包括铁路、海运、纺织、造船等行业的产业工人。因而，除煤炭行业外，一些行业和单位也使用"特别能战斗"这一提法，但是使用"特别能战斗"一语最多、最普遍，且使之成为行业精神的只有煤炭行业。

"特别能战斗"精神在石圪节

1967年8月，党中央、国务院发出了《给煤炭工业战线职工的一封信》，号召煤炭工人发扬"特别能战斗"精神，努力生产，为国家为人民生产更多的煤炭。

石圪节广大职工积极响应党中央和国务院的号召，发扬"特别能战斗"精神，千方百计多出煤。自1968年开始，石圪节煤矿连续9年超额完成了国家下达的计划，原煤产量平均以每年10%的速度递增。1973年则实现了产量翻番。即使是1976年，在材料运不进、原煤运不出、地下水大、电力不足的困难条件下，还是提前 9 天和 32 天完成国家原煤生产和掘进进尺计划。全员工效达到每工 2.051 吨，吨煤成本为 10.11 元，继续保持了全国的先进水平。

1970 年，在矿党委的带领下，实现了矿井产量翻番的好成绩，但原煤提升的能力却始终是制约石圪节发展的一个薄弱环节。为此，矿党委提出了发扬"特别能战斗"精神，自力更生打斜井，彻底解决石圪节矿提升能力不足的问题，进行了第四次矿井技术改造。

对于石圪节践行"特别能战斗"精神，进行技术改造打斜井的经历，石圪节人有深深的记忆。

"打斜井？怎么可能？"

"打斜井？能行吗？既没有专用设备，又没有专业队伍，也没有建井技术，在这样的情况下，怎么打斜井？"反对者说。

"大庆人头顶蓝天，脚踏荒原，硬是打出世界上第一流的大油田，我们也有能力自力更生打斜井。"支持者说。

思想的统一并不意味着可以打出斜井。首先要考虑具体的困难怎么解决？打斜井首先要解决的问题是怎样组织建井队伍。依靠上级派专业打井队伍不现实，矿领导在深入采掘队调查了解后，决定三个人的工作两个人来干，另一个搞扩建，从各队中共抽出 40 名工人，组成了建井队。广大的工人师傅以实际行动，热烈响应支持矿井的改造。

1970 年大年初一这一天，石圪节组建的建井队，举红旗，冒风雪，破土动工，奏起了破土动工的战歌，吹响了向斜井进军的号角。

建井工人没有技术，边学边干，没有设备自己造。开工不久，在土层中刚掘出了 6 米，就意外地发生了塌方，6 米井筒全部报废，矿领导深入现场调查，分析事故原因，并对斜井筒的地质情况进行了周密的调查研究，采用了新的支护措施，保证了施工的顺利进行。就这样，建井队伍闯过了塌方、透水、过老空等一道道难关，经过 2 年的艰苦奋斗，建成了长 480 米、断面为 14.3 平方米、斜坡为 20 度的斜井，质量完全符合要求。

斜井井筒建成后，需要对整个提升系统进行安装。矿机电队组织起一个 20 多人的安装组，主动要求承担了这项任务，他们对矿领导表态："建井队能自力更生打斜井，我们也可以自己动手搞安装，这样既可以减轻国家负担，又可以熟悉设备结构、方便今后的维护和检修。"

在整个安装过程中，困难最大的是三米绞车的安装，部件不但笨重，但精密度要求很高。石圪节矿工从没有安装过这样的大型设备。安装三米绞车需要一台15吨的起重机。当时有关部门认为，这是一个"庞然大物"，石圪节自己造不了，于是打报告申请向上级要。安装组的职工知道后，坚决要求自己造，他们群策群力，艰苦奋战了半个月，造出了一台15吨手动双梁桥式起重机，保证了安装急需。同时，还安装了推车机、翻车机、爬车机、装载卸载等设备和六吨双箕斗。这次改造掘砌了储量为60吨斜井底煤仓，新建了斜井口皮带走廊，安装皮带一部，完成了第四次矿井技术改造，解决了当时提升能力不足的问题，有力提高了矿井的生产能力。

1978年，石圪节煤矿原煤产量达到了92万吨，顺利地实现了一矿变三矿的目标。1972年到1978年上缴利润3446.57万元，等于国家给石圪节矿矿井改造总投资1190.69万元的3倍。

石圪节煤矿发扬"特别能战斗"精神，依靠群众加强企业管理，依靠群众管理和专业管理相结合，在工作管理方面还取得了一些经验。

——狠抓队伍经济核算。在原来150多名群管员的基础上，16个生产队均建立了工管分会，班组建立了工管小组，形成了矿、队、班组三级管理，矿、队两级核算的群众管理网。各队组普遍设立了"六大员"，四个采煤队还专门设立了"三铁"（铁柱、铁梁、铁屑）专门管理员。全矿有工管员449名。石圪节人把队组经济核算。纳入了岗位责任制。作为社会主义劳动竞赛的主要内容，做到事事有人抓，物物有人管、岗岗有核算。在核算时，班班有记录、有分析、有批评。

——狠抓群众性的经济活动分析，发挥群众对企业管理的监督作用。石圪节人在群管网的基础上，组织群众分析管理中的矛盾和问题，解决问题，加强管理，促进生产。为了便于群众进行经济核算，开展分析，实行了经济民主、财务民主制度。各队普遍建立了"三榜"（生产竞赛榜、考勤簿、坑木回收复用簿）。矿调度室、财务科、供应科、机电科分别对产量、设备、材料消耗、成本资金等项目建立了图牌板管理。全矿产量、消耗做到日清、旬查、月公布，经常进行三级经济活动分析。矿党委抓住主要问题进行分析，职能科室按月、季进行分析，基层队组遇到问题随时随地进行分析。这样造成了一个人人关心消耗、个个搞经济分析的生动局面。

——建立健全各种规章制度。几年来，石圪节人依靠群众、相信群众，改变了财务人员"面对玻璃板，手打一、二、三"的现象，走出办公室，深入第一线，参加劳动，调查研究，依靠群众，制定了许多行之有效的管理制度。如财务人员岗位责任制，部门经济责任制，队组经济核算制，限额发料、交旧领新制以及物资供应、清仓挖潜、修旧利废等制度。

——抓典型树样板，以点面促全矿。几年来，石圪节人突出表彰了加强企业管理，搞好班组经济核算的采煤二队，艰苦创业修旧利废更新厂、发扬矿风大搞增产节约的矿灯班等先进集体和以郝晓明、屈天富、崔丑孩为代表的铁人标兵。全矿各级领导还坚持参加集体生产劳动，深入第一线，调查研究，及时发现典型、总结经验，以点带面，推动全矿的进步。

——依靠老工人，言传身教。为了让石圪节的"半个炮""十个一"精神发扬光大，共产党员王有敏同志带领全组同志，把坏矿灯上的好件拆下来，拼装成好灯，几年来拼装矿灯两千多盏，节约4万多元，他们用灯线也十分节省，量体裁线，高个子用短了再给低个子用。就连一个几分钱的小垫片，也要千方百计地把采购改成自制的，每个节约4分钱。为了使大量的废旧物资焕发青春，重新投入生产，石圪节于1970年专门成立了修旧利废的更新厂。

……

石圪节煤矿职工这种听党话、跟党走、顾大局、为国出力的担当精神与骄人的业绩，引起了各大新闻媒体的关注。一时间，全国各大媒体的报道纷至沓来。

……

—1972年，《山西日报》发表了《路线觉悟不断提高，勤俭矿风继续发扬》的文章，并加了编者按。

—1973年6月1日，《山西日报》刊发《石圪节矿风新篇》的长篇通讯。

—1974年10月8日，新华社刊发《石圪节矿风放光彩》的长篇通讯。

—1975年，矿党委书记谢栓贵当选为第四届人大代表，1976年12月，矿党委副书记洪尚清参加了全国节约燃料电力经验交流会，介绍了经验，石圪节煤矿被评为节约燃料先进单位。

—1976年，山西省革命委员会命名为石圪节矿为"大庆式企业"，老工人郝晓明被授予"学大庆标兵"。

《他们特别能战斗》杂志上的石圪节

1976 年 9 月由煤炭工业出版社创刊《他们特别能战斗》杂志，发刊词中明确提出办刊宗旨：交流建设特别能战斗队伍的经验，为社会主义新生事物唱赞歌，为煤炭战线的新跃进传捷报。此刊非常适合基层煤矿职工阅读，一出刊就得到了广大煤炭干部职工的热烈欢迎。

在《他们特别能战斗》1977 年第三期，以"石圪节矿风代代传"为题对石圪节进行了宣传报道：

一、石圪节矿风代代传

石圪节的矿工们都深情地记忆着这样一个感人的故事。一九六三年，敬爱的周总理亲自表彰了山西潞安矿务局石圪节煤矿艰苦奋斗、勤俭办矿的好矿风。周总理在接见石圪节矿的老矿长时曾经亲切地问道："你叫什么名字？"老矿长回答说："我叫许川珩。"周总理又问："哪个 chuan？"他说："四川的'川'。"周总理意味深长地说："最好叫相传的'传'，传家宝的'传'。"老许领会了周总理的深刻用意，向广大职工作了传达。全矿职工一直铭记着："敬爱的周总理殷切希望我们把艰苦奋斗、勤俭节约的好矿风作为传家宝，一代一代传下去。"

告慰敬爱的周总理，石圪节煤矿广大工人、干部，没有辜负您老人家的关怀和希望。

他们在两个阶级、两条道路、两条路线的激烈大搏斗中，以毛泽东思想为指针，顶妖风、战恶浪、排干扰、闯难关，把艰苦奋斗、勤俭建矿的好矿风一代接一代继承下来了。特别是华主席挥手除"四害"，被"四人帮"压抑的社会主义积极性像火山一样迸发出来，毛泽东思想哺育起来的石圪节矿风更加发扬光大了。

二、老八路作风代代传

石圪节的矿风，首先是领导班子思想革命化。当年在这里领导建矿的老干部们把传统的老八路作风带进了石圪节煤矿。他们坚持参加集体生产劳动，不搞特殊化，自己作了四条规定：劳动和工人一样出力，住房和工人一样标准，吃饭和工人一样排队，看戏看电影和工人一样买票。十多年来，主要干部换了十一茬，但是，干部换了，好作风没有变，老传统没有丢，"四个一样"一直传下来。

从老工人中提拔起来的矿革委会主任王先孩，地位变了，老工人的本色不变。他同前几位老矿长一样，一直不要专门的办公室，不靠电话指挥生产，不脱离劳动。他说：电话线长了，腿就短了，人就懒了，离毛主席的革命路线就远了。他坚持参加井下劳动，在第一线指挥生产。近几年身体不好，患了肾脏炎，劳累一点身上就浮肿，但他仍然和过去一样，有了问题还是坚持到第一线去解决。有一段时间有两个工作面水很大，给生产带来了严重困难。王先孩亲自带上工人、干部、技术人员，爬老空、查水源。老空区又冷味又大，底板起伏不平，老王坚持走在前面。冒过顶的地方走不过去，就在犬牙交错的石头缝中间爬行；高空的地方上不去，就搭着人梯往上攀。这样往返一次两千多米。王先孩为了查明情况，进进出出十一次，终于找到了水源，在现场作出了排水方案。接着他又和担负排水任务的三队职工肩并肩劳动，挖沟、稳泵、接管……一直坚持到把水排下去，才算放了心。

革委会副主任景才生，是个新提拔起来的年轻干部，他以王先孩为样板，接班先接劳动班，处处严格要求自己。在平时有计划地参加劳动，在困难条件下顶班劳动，在关键时刻连班劳动，去年一年在井下劳动二百多天。

石圪节矿的党委一班人，人人都学王先孩，个个都像景才生，他们坚持参加集体生产劳动，带头限制资产阶级法权，认真执行"四个一样"，做到了"官兵一致"。工人们说："在我们矿，谁不劳动，谁搞特殊化，谁就没有资格当干部。"

三、"标准钟"精神代代传

石圪节煤矿，广大职工自觉地出满勤、干满点，坚持八小时工作制，一丝不苟，蔚然成风。"标准钟"的故事，就是生动一例。

老工人李小奋，二十多年如一日，工作脚踏实地认真负责，年年月月出满勤，班班下井不误点，群众说他像个"标准钟"。李小奋不仅严格要求自己，而且言传身教带徒弟。他的徒弟鱼先虎结婚时，李小奋特地找上门去嘱咐他说："先虎，咱们矿工是矿山的主人，要当好主人，就要为革命奋斗一辈子，不能有了小家庭，忘了大家庭。结婚以后，家务事多了，可千万不能旷工误点啊！"鱼先虎记住师傅的话，坚持十五年如一日，准时上班不变样。群众说：鱼先虎又是一个标准钟。一九七〇年，青年工人杨海发刚来矿上时，不注意按时上下班，迟来早走有时旷工。鱼先虎就主动找上门去，和他一起学习毛主席著作，大讲为革命采煤的重要意义和煤矿工人的光荣职责，宣传大庆铁人王进喜、本矿劳模郝晓明和"标准钟"李小奋的事迹，并且处处做出样子来。在鱼先虎的耐心帮助下，杨海发用"标准钟"精神要求自己，早来迟走，认真干好岗位工作，后来担任了掘进队副队长，群众说：杨海发也像个"标准钟"了。

在"标准钟"精神鼓舞下，像李小奋、鱼先虎、杨海发这样的"标准钟"越传越多了。一次，采煤四队青年工人王树亮请了三天假回家。临回矿的头天晚上，爱人突然提前生小孩了。家里人都说："家里遇到了大事，迟走一会儿，领导和同志们也会原谅的。"王树亮郑重地说："领导和同志们原谅，自己可不能原谅自己。"说着就推着车子上了路。道路积雪消融，泥泞难行，根本无法骑车，他就扛起车子走了五里路，终于按时返回矿上下了井。战友们说："王树亮也够'标准钟'了。"小王却回答："不，差得远哩！不过我一定要争当一个'标准钟'。"

四、"十个一"节约精神代代传

在石圪节煤矿，处处精打细算，勤俭办一切事情成风。在艰苦创业的日子里，老矿工们扳着指头算细账，节约一分钱、一度电、一张纸、一锹煤、一滴油、一张锹、一团棉纱、一个道钉、一个木楔、一个网勾。如今，矿山面貌发生了很大变化：摊子大了，产量高了，条件好了，家底"厚"了。但勤俭节约的作风不变，"十个一"的节约精神一代一代传下来了。

矿灯帽上的一个塑料圈，虽然买一个只要六分钱，但工人们还要核计核计。矿灯房的老工人王有敏看到小学生用的塑料板正好代用，就花两角八分钱买了一块，加工做成三十多个塑料圈，每个不到一分钱，于是他带动矿灯房的青年搞了一个铣子，自己动手做起塑料圈来。

被群众称为"老勤俭"的退休老工人崔丑孩带领一群老弱残，在一片荒草滩上，自己动手盖起了二十多间土工房，办起了一座更新厂。他们在修、配、改、造上做文章。把报废的金属梁柱、废地滚、变向轮捡回来加工，配好缺件；把回收来的坑木，改制成柱子、柱帽、木楔。还以"蚂蚁啃骨头"精神，造出了小吊车、变压器、金属织网机等四十多台件。从一九七一年起到去年年底，利用废物创造的财富，价值二百一十五万元。

如今，"十个一"的节约精神，越传越广。从节约一分钱到节约上百万元，从节省一个劳动力到节省一个队的劳动力，从节约一锹煤到挖潜增产成万吨煤炭。一九七三年上级拨给了技术改造资金四百万元，他们只花了二百七十多万元就完成了原定项目。一九七四年给了增人指标，他们处处挖潜没有动用。石圪节煤矿就是凭这种精神，先后经过五次技术改造，已经把年产万吨的小煤窑，建设成为一座年产七十万吨的现代化矿井了。

"特别能战斗"回忆

1975 年煤炭工业部恢复。面对全国煤炭紧缺的局面，怎样把煤炭生产搞上去，扭转被动局面？时任煤炭工业部部长徐今强认为，关键在于全国煤矿工人都应该像开滦矿工那样，成为特别能战斗的队伍。10 月 30 日在北京体育馆召开了全国煤矿采掘队长会议。提出了特别能战斗队伍的七条标准和队伍建设的十条措施。

特别能战斗队伍的七条标准是：有一个坚强的领导核心；有坚定正确的政治方向；有为革命挖煤的劳动态度；有吃大苦、耐大劳的革命精神；有从严从细的工作作风；有敢闯敢创讲究科学的态度；有多快好省的经济成果。

特别能战斗队伍建设的十条措施是：搞好党支部的革命化建设；认真学习马列主义、毛泽东思想；把经常性的思想政治工作抓紧抓好；培养一个革命的队风；严格执行规章制度；搞好班组工作；讲科学，学技术，苦练基本功；抓典型，树标兵；关心职工生活；要有个规划。

1976 年 9 月创刊的《他们特别能战斗》杂志，还创作了一大批弘扬特别能战斗精神的诗歌、小说和文艺节目。1976 年，中国煤矿文工团创作了歌曲《煤矿工人特别能战斗》，其词、曲刊登在《他们特别能战斗》杂志创刊号的封底上。《人民戏剧》1977 年第 1 期刊登了河北话剧团创作（杨恩华执笔）的独幕话剧《特别能战斗》。长春电影制片厂与开滦煤矿联合创作了《他们特别能战斗》电影脚本。

石圪节职工郝晓明与"特别能战斗"精神

1978 年 1 月召开了全国煤炭工业群英大会，做出了掀起向开滦矿工学习新高潮的决定，命名了 36 个劳动英雄、320 个劳动模范和 236 个特别能战斗队组。其中，石圪节煤矿职工郝晓明被授予劳动英雄的荣誉称号。

改革开放之后，特别是党的十八大以后，煤矿工人，特别能战斗精神继续光荣绽放，被赋予新的内涵，体现了新时代的新特色。1991 年 11 月，总公司党组决定为煤炭战线的马六孩、侯占友、郝晓明、丁百元、李瑞、王竹泉、节振国等 7 位英模人物塑造铜像，摆放在中国煤炭博物馆。其中有石圪节煤矿职工郝晓明。

　　"特别能战斗"近百年的发展历程，与党的前进脚步是相一致、一脉相承的。"特别能战斗"反映了煤矿职工的阶级本色，是对煤矿工人精神特质的生动而准确的概括，是我们煤矿人的红色基因，是促进煤炭工业发展的不竭动力与红色资源，具有顽强的生命力，久兴不衰，历久弥新。

《人民日报》上的石圪节

邮发代号为 1-1 的《人民日报》，1948 年 6 月 15 日在河北省平山县里庄创刊，时由《晋察冀日报》与晋冀鲁豫《人民日报》合并而成。《晋察冀日报》创刊于 1937 年 12 月 11 日，起先叫《抗敌报》，1940 年 11 月 7 日改为《晋察冀日报》；晋冀鲁豫《人民日报》的前身，可以追溯到 1939 年 1 月 1 日创刊的《新华日报》。

《人民日报》为华北中央局机关报，同时担负党中央机关报职能。1949 年 8 月 1 日，中共中央决定《人民日报》为中国共产党中央委员会机关报。《人民日报》作为党和政府的喉舌，作为中国对外文化交流的重要窗口，作为展现蓬勃发展社会主义新中国的舞台，《人民日报》积极宣传党和政府的政策主张，记录中国社会的变化，报道中国正在发生的变革。当然，也包括石圪节的革命斗争史和创业奋斗史。

石圪节煤矿于 1945 年 8 月 18 日解放，是中国共产党在晋冀鲁豫边区接管的第一座煤矿。1963 年，被周总理亲手树为全国工交战线勤俭办企业的五面红旗之一，形成了享誉全国的以"艰苦奋斗、勤俭办矿"为核心内容的石圪节精神。1990 年石圪节再度被树为全国学习的榜样，江泽民、李鹏等党和国家领导人为石圪节题词赠言。2016 年 10 月，响应去产能号召，关闭了矿井，积极探索去产能新经验。

煮酒话媒，这就带你翻看深藏柜底的泛黄《人民日报》版面，回望石圪节的革命历史和发展历程。

星移斗转山河变 《人民日报》上石圪节硝烟

20 世纪二三十年代，石圪节处于风雨飘摇之中，被残酷野蛮的日寇摧残得遍体鳞伤。在狼烟和刀光剑影面前，英雄的石圪节人击起了斗争的战鼓、吹响了战斗的号角，与敌人展开了殊死搏斗……

1938 年，八路军总司令朱德同志派康克清到石圪节传播革命火种，建立了第一个党支部。1945 年 8 月 18 日，里应外合，解放矿山，是共产党接收的第一座矿山。矿工们从受苦挨打变成了矿山的主人，矿区在太阳的照耀下，迎来一片艳阳天。

《人民日报》分别于 1946 年 8 月 10 日、1946 年 9 月 6 日、1949 年 12 月 2 日分别进行了详细的报道：

1946 年 8 月 10 日二版《晋冀鲁豫边区一年大事记》十六日：我军克复石圪节煤矿、博爱、平陆、夏县、鱼台、茅津渡。

1946 年 9 月 6 日二版《石圪节煤矿奖励模范 纪念解放一周年 加紧生产支援自卫战 "工人之母"说："顽军要来，我非和他拼掉老命不可！"》：[本报长治讯]潞城石圪节煤矿全体职工以七月以来增产运动的伟大胜利，纪念该矿解放的一周年。去年八月十八日该矿工人在我军围攻时，里应外合英勇起义，占领矿山，歼灭日伪，光复了此上党地区第一大机器煤矿。当时起义的工人领袖王更务今日已成为增产运动的组织者与领导者之一。工人们兴高采烈地召开庆祝解放一周年与增产总结大会，起义时冒死送信的"工人之母"王老太太也参加了。工会主席号召全体工人发扬地下军的斗争精神，提高生产以支持自卫战争的胜利……

1949 年 12 月 2 日三版《我国煤矿工业的展望》：苦难深重的矿工们，在共产党领导下，对日寇进行了英勇的斗争……在抗日战争胜利的前夕，潞安石圪节矿工也举行了武装起义，配合部队消灭了驻矿的敌人。这种可歌可泣的例子是不胜枚举的。

（本报记者　商恺）

翻身不丢兄弟谊 《人民日报》上的石圪节使命

解放后的石圪节矿工，肩负起支援祖国解放战争的光荣使命。在三年解放战争中，石圪节矿工在党的领导下积极发展煤炭生产，大力支援解放战争，作出了显著贡献，为中国人民的解放事业立下了不朽功勋。

《人民日报》于 1947 年 2 月 13 日、1949 年 1 月 21 日、1949 年 2 月 14 日、1949 年 3 月 5 日、1949 年 3 月 30 日、1950 年 3 月 7 日分别进行了报道：

1947 年 2 月 13 日头版《边区经济及各种建设一年来获得重大发展 》：关于一年来边区建设，杨主席概括报告如下：经济建设方面，农业、手工业、副业实行了组织起来的方针，去年超过以往任何一年。太行成绩最大，二十个县组织八十四万人，占全劳力的百分之七十八，妇女儿童占百分之五十七……工业方面，采取民营、公私合营方式，一年来（自卫战争前）六河沟、峰峰、焦作、石圪节煤矿，已恢复战前水平……

1949 年 1 月 21 日二版《胜利鼓舞着石圪节矿工 奋发增产支援前线 产量超过计划半倍 》：［太行电］潞城石圪节公营煤矿全体职工在前线不断胜利的鼓舞下，开展了夜以继日的增产支前运动……

1949 年 2 月 14 日二版《石圪节煤矿实行按件计工 成本减少产量大增》：［新华社华北十一日电］太行长治公营石圪节解放煤矿，由于正确执行职工政策，使职工工作积极性提高，煤产有极大增加……

1949 年 3 月 5 日二版《华北解放区工人纷纷献工 援助国民党统治区工人兄弟 》：［本报讯］华北解放区各公营工厂工人，为援助国民党统治区处于饥寒交迫下的工人兄弟，发起热烈的献工运动。太行石圪节解放煤矿工人亦纷纷发动捐款，全厂共参加职工 1322 人，共贡献出人民币四万三千七百四十七元，已交总工会代转。

1949 年 3 月 30 日一版《太行山的国营工业》：石圪节煤矿自一九四五年八月十八日解放后，四年来在全体职工的努力建设下，一直发展壮大。共有职工三百余，每日每人平均产煤为点二六吨。现工人已增至六百余人，一九四八年十二月每日产量已达四百七十吨，每工每日平均产煤点七八吨，比敌伪统治时的产量高一倍半多。

1950 年 3 月 7 日二版《华北国营煤矿介绍》报道：在人民解放战争中贡献最大的潞安矿，位居襄垣、潞城、长治等县的毗邻地带。蕴藏量有五六十亿吨。其中最大的石圪节矿，是矿工们经过武装暴动从日寇手中夺回来的。战争期间承担着供应军工用煤之重担。产量早已超过了战前。但因矿处山地，交通不便，至今存煤十四万吨。（林里）

勤俭矿风誉华夏 《人民日报》上的石圪节矿风

艰苦奋斗是中华民族的优良传统，更是石圪节宝贵的财富，是石圪节肩负的历史任务的高度自觉反映。不管是在艰苦的战争环境里，不管是在战后的建设年代里，不管是在物质条件有改善的时候，不管生产有多少发展，不管人事有多少变迁，他们都没有丢弃自己的阶级传统，而是把艰苦奋斗的风气一年一年、一代一代地继承下来。

石圪节矿风，来自党的革命传统。石圪节矿风，经过了血与火的考验。石圪节矿风，是爱国爱民族的集中体现。石圪节矿风，是国家和民族的兴隆昌盛之气。石圪节矿工高擎"优良矿风"的接力棒，克勤克俭、艰苦奋斗，使矿山成了全国勤俭办企业的一面旗帜，得到党和政府的充分肯定和高度评价。

《人民日报》对石圪节进行了铺天盖地的报道：

1962年8月30日头版《合理调整工作面　减少坑木消耗量　滴道煤矿努力降低采煤成本　石圪节煤矿加强器材管理注意点滴节约》。

1963年7月7日头版头条《全国工业交通企业经济工作座谈会上交流先进经验 五个厂矿成为勤俭办企业的旗帜》：襄樊锦织厂、石圪节煤矿、兰州炼油厂、湖南橡胶厂、嘉丰棉纺织厂的共同特点：认真贯彻勤俭办企业方针；干部以身作则，艰苦朴素，长期坚持参加生产劳动；做好思想政治工作，关心工人生活；加强企业管理，严格执行制度；年年多快好省地全面完成国家计划。

《周总理接见五个先进厂矿代表　称赞他们工作做得好，勉励他们戒骄戒躁，继续努力》新华社六日讯：周恩来总理七月二日下午接见了五个勤俭办企业的先进厂矿代表。湖北襄樊锦织厂支部书记梁彦斌、山西潞安矿务局石圪节煤矿矿长许传珩、甘肃兰州炼油厂副厂长贾庆礼、长沙湖南橡胶厂副厂长刘书敬、上海嘉丰棉纺织厂副厂长梅寿椿。他们是最近来北京参加全国工业交通企业经济工作座谈会的。

并配发了《发扬勤俭办企业的革命精神 实行严格的经济核算制度》社论。

1963年11月8日头版刊发社论《艰苦奋斗的石圪节矿风 》：本报今天二版发表的《石圪节矿风》一文，很值得一读。石圪节矿风，是克勤克俭、 艰苦奋斗之风。

两千多年前，楚国文学家宋玉在《风赋》的开头说："楚襄王游于兰台之宫，有风飒然而至，王乃披襟而当之，曰：快哉此风！……"读着《石圪节矿风》，一股社会主义的战斗之风，迎面拂来，我们也不禁披襟而当之，曰："快哉此风！"

1963年11月8日二版对《石圪节矿风》进行了详细的报道。

1963年11月14日二版《学习石圪节煤矿勤俭办企业精神 山西各国营煤矿推广石圪节矿的经验后，干部作风改进，工人责任心加强，九、十两月生产水平稳步上升，坑木消耗减少，生产成本降低》。

1963年11月27日六版《刘小鱼的反问》。

1964年2月11日头版又转发了《再论虚心向地方学习》（《解放军报》2月9日社论）。

1964年3月30日第三版《先进的继续向前进 后进的努力赶先进 石圪节煤矿找薄弱环节追赶全国先进水平》：［新华社太原二十八日电］去年夏天被评为全国勤俭办企业先进单位之一的山西潞安石圪节煤矿正在继续努力追赶全省和全国的最先进的水平。

1965年5月26日二版《学习兄弟单位的先进经验加强本单位生产薄弱环节 石圪节煤矿生产效率继续在全国领先 四月份，按全矿职工总数计算平均每人每天产煤二点四五六吨》。

1966年1月29日头版《勤俭红旗越举越高——记石圪节矿风的新发展》。

1966年3月6日头版头条《学大庆 创五好 比学赶帮超 全国工业交通工作会议和工业交通政治工作会议 推荐七十个大庆式先进单位 周总理接见先进人物代表王进喜等六位同志，勉励他们更好地活学活用毛主席著作，周总理还表扬了大庆式先进单位》。

1966年12月2日《在革命斗争中炼思想、炼作风》。

1967年10月23日二版《广大革命职工团结起来狠抓革命猛促生产 山西煤炭生产形势大好产量节节上升》。

1972年9月20日三版《加强思想政治路线教育 发扬艰苦奋斗革命精神山西超额完成前八个月原煤生产计划，与去年同期比，每个回采工作面的产量提高百分之六点四八，坑木消耗降低》。

1972年11月11日头版《石圪节煤矿提前完成全年采煤掘进计划》。

1973 年 4 月 9 日一版《运用典型经验推动煤炭生产　山西省胜利完成第一季度原煤生产和掘进进尺计划》。

1974 年 10 月 22 日三版《朝着远大目标迅跑——记石圪节煤矿艰苦奋斗，多快好省地发展煤炭生产的事迹》。

1974 年 12 月 24 日二版《各级党组织带领广大职工抓大事促大干　山西煤炭生产超额完成全年国家计划　产量相当于一九四九年全国原煤总产量的两倍多》。

1975 年 10 月 30 日四版《来自煤乡的报告》介绍了"走在时间前面的人"的全国煤炭战线先进人物——石圪节煤矿老工人郝晓明先进事迹，煤矿工人怀着崇高的革命目标，正在以艰苦的劳动向着新的胜利进军。

1977 年 1 月 17 日二版《扫除"四害"开源节流　增加市场　国家计委召开会议交流工交财贸战线节约工作经验　要求进一步加强党的领导，挖掘燃料、电力潜力，为社会主义建设作出贡献》，石圪节煤矿受到了表彰。

1978 年 1 月 3 日一版《煤炭工业部组织推广韩桥煤矿高产稳产经验　一百多煤矿开展百日红竞赛》，石圪节煤矿决心克服各种困难，胜利完成任务。

1978 年 2 月 1 日头版《计划天天超　生产日日红　石油、煤炭战线一月份双告捷》……石圪节等八十七个矿计划天天超，生产日日红，一月中旬超产原煤就达到九十多万吨。

1978 年 2 月 13 日二版《特别能战斗的劳动英雄》介绍了矿山铁人郝晓明的事迹。

1978 年 2 月 18 日三版《狠抓挖潜改造夺取高速度——山西石圪节煤矿从年产一万吨到八十万吨的启示》：石圪节煤矿的实践，说明了我们现有的工矿企业确实存在着很大的潜力。把这些潜力挖掘出来，将成为加快我国工业发展的一条重要途径。石圪节煤矿的实践还告诉我们，对现有企业进行挖潜改造，必须坚持艰苦奋斗、勤俭办企业的革命精神，依靠群众、自力更生，才能收到多快好省的效果。石圪节煤矿在挖潜改造过程中，还是十分注意处理好长远和当前市场的关系。

1978 年 6 月 11 日二版《石圪节煤矿提前完成上半年计划》。

1979 年 2 月 13 日二版《为什么同采一层煤用人多少不一样——石圪节等三个矿劳动力问题的调查报告》煤炭工业部调查组从四个不一样中，找到了潜力所在。第一，定员定额工作搞得不一样。第二，精兵简政搞得不一样。第三，工时利用不一样。第四，技术改造搞得不一样。

1979 年 4 月 22 日二版《勤俭节约的好矿风——石圪节矿工豪情满怀献身四化》。

1979 年 8 月 5 日五版《滚滚乌金献四化——煤炭战线在调整中前进》刊发新华社记者周树铭的摄影照片。

1980 年 11 月 4 日二版《职工代表大会掌握分房权》[本报讯] 今年，石圪节煤矿新建了 80 户的家属住宅，由职工代表大会负责分配。……群众说："职工代表大会掌握分房权，利多弊少。"

1980 年 11 月 6 日头版《计划合理 安全生产 改善矿工生活 石圪节煤矿提前完成全年生产计划 》[据新华社太原 11 月 5 日电] 石圪节煤矿已在 11 月 4 日提前 57 天完成了全年的原煤生产计划。今年以来，全矿井下作业没有发生一起死亡事故。

1981 年 2 月 4 日二版《石圪节煤矿思想政治工作做得活 根据一人一事的不同情况 一把钥匙开一把锁》：山西潞安矿务局石圪节煤矿做一人一事思想政治工作，促进了安定团结的政治局面，调动了广大职工的生产和工作积极性。

1981 年 10 月 5 日二版《石圪节矿干部劳动制度化》。

1981 年 11 月 14 日头版《群策群力，年产两万吨的小矿改造成为年产百万余吨的大矿 石圪节煤矿吨煤投资全国最低 各项主要经济技术指标一直处于领先地位》：……为各地中小煤矿进行技术改造提供了重要的经验。

1982 年 2 月 8 日二版《好的矿风不变 企业面貌改观 石圪节煤矿领导干部始终保持发扬党的优良传统推动了各项工作》……石圪节勤俭办企业蔚然成风，从解放初期到现在，矿井所用国家投资不足 2000 万元，而去年一年上缴利润就达 1000 多万元。

1983 年 3 月 21 日头版《运用现代化科学管理方法改善经营管理提高经济效益 十个企业获 1982 年度企业管理优秀奖》……运用现代化科学管理方法，改善经营管理，提高经济效益等方面，创造了好的经验，取得了显著的成绩。

1983 年 3 月 23 日二版《石圪节煤矿实现采煤全部机械化》。

1983 年 4 月 16 日头版《安全有保障 生产劲头大 石圪节煤矿连续 750 天无大事故》。

1983 年 10 月 25 日头版《全国十一家企业素质好效益高》：国务委员兼国家经委主任张劲夫在工会十大全体大会上作报告时说，我国经过企业整顿，已经涌现出了一批企业素质和经济效益都有明显提高的企业。这些企业中有：……山西潞安矿务局石圪节矿等。这些企业的共同特点是，产品质量好，品种新，消耗低，效率高，安全好，服务好，贡献大。

1983年10月26日二版《提高企业素质是提高经济效益的根本途径 参加第二次厂长工作经验会部分同志 在本报记者召开的座谈会上的发言》石圪节煤矿矿长郝再文做了交流发言。

1983年11月9日三版《当年争先进 今年更先进 石圪节煤矿职工生产利润创纪录》。

1984年2月19日头版《中国煤矿一枝花 石圪节矿全员工效高达3.32吨，相当于全国统配矿平均水平的3.7倍》。

1984年2月21日二版《同是山西省国营煤矿 同是每天生产 全员工效差距为啥这么大？请有关方面想一想、议一议、查一查，作出回答》。

1984年4月8日二版《山西统配煤矿努力提高工效》。

1984年7月11日二版《一九八三年全国工业、交通系统经济效益先进单位》，石圪节名列其中。

1984年8月15日三版《山西煤炭工业为国家作出巨大贡献 每六分钟开出一列煤车 一九八三年煤炭产量比一九四九年增加五十七倍》。

1984年11月23日八版《似有蛟龙起——长治的脚步》。

1985年2月23日三版《石圪节煤矿干部管理实行"民主评议"》，对群众评议出的优秀干部给予表彰，对工作干得不好的，群众意见较大者，进行批评教育，严重者停职检查。

1986年1月23日二版《石圪节煤矿干部发扬优良作风 深入井下做好服务工作》，受到群众称赞。重视环境美化。

1986年10月5日头版刊发《矿山公园》照片。

1987年3月14日二版《煤海劳模呼吁恢复优良传统 从我做起艰苦奋斗勤俭办矿》。

1987年6月20日二版《石圪节煤矿领导多年保持俭朴作风 住陋室 为大"家"》。

1988年7月10日二版《组建劳务大队 承揽辅助工程 石圪节煤矿安置富余人员有新招》，收到较好效果，成立劳务大队半年，仅工资性的开支就为国家节约了7万多元。

1988 年 7 月 20 日二版《加强纪律要从领导做起》。

1989 年 8 月 6 日二版《常忆创业史 肯过紧日子 石圪节矿重节俭》，艰苦奋斗的老传统在新时期继续发扬。

春风又绿矿山槐 《人民日报》上的石圪节精神

阳春时节，春风又一次绿了大地，一山一水、一草一木都是那么生机盎然、葱翠欲滴。石圪节那古老苍劲的矿山槐栉风沐雨，在走过了漫长岁月之后，摇曳着新枝，在古稀之年又添上了新的年轮。

1990 年，能源部、中国统配煤矿总公司党组发出了在全国煤炭系统学习石圪节煤矿"艰苦奋斗、勤俭办矿"矿风精神的号召。以江泽民、李鹏为代表的 11 位党和国家领导人为石圪节题词写信，并给予了高度评价。山西省政府召开了"山西省学习石圪节精神动员大会"，能源部召开了"全煤系统学习石圪节精神现场会"，并组成宣传矿风精神报告团，到全国各地宣讲传播……

"石圪节是我们成长的基地、人生的熔炉，艰苦奋斗的矿山之魂，是我们民族振兴之魂。我们带着沉甸甸的思念告别你——石圪节! 我轻轻地、沉沉地去，带着思考与收获的红果。"参观完石圪节的年轻大学生有感而发。

自力更生、艰苦奋斗、勤俭办企业的石圪节精神永放光芒。

此后，《人民日报》对石圪节矿风精神又作了一系列报道:

1990 年 3 月 18 日五版《石圪节人的精神财富 ——山西潞安矿务局石圪节煤矿艰苦奋斗纪实》: 石圪节，是一个岩石和土丘交界的地方。这个拗口的名字听着土气，然而，这里却孕育着一种宝贵的财富——石圪节精神，一种艰苦奋斗、百折不挠的进取精神和勤俭节约、公而忘私的奉献精神。

1990 年 7 月 3 日头版头条《艰苦奋斗 勤俭办矿 科学管理 提高效益 全国煤炭战线学习石圪节 江泽民、李鹏等题词号召弘扬石圪节矿风 能源部召开现场会 邹家华提出五点希望 》[本报太原 7 月 2 日电] 今天，能源部、中国统配煤矿总公司在山西潞安矿务局召开全国煤炭系统学习石圪节现场会议，弘扬石圪节煤矿艰苦奋斗、勤俭办矿的优良矿风，进一步加强煤炭企业领导班子、职工队伍和矿风建设，促进煤炭工业发展。

国务委员邹家华在会上做了重要讲话。

在这次现场会召开前夕，江泽民、李鹏等党和国家领导人分别为石圪节煤矿题了词。江泽民同志的题词是："艰苦奋斗，勤俭办矿，开拓进取，再立新功。"李鹏同志的题词是："自力更生，勤俭办矿，技术革新，科学管理，创新水平。"李先念同志的题词是："自力更生，艰苦奋斗，勤俭办企业的石圪节精神永放光芒！"姚依林同志的题词是："弘扬石圪节精神，走自力更生、艰苦奋斗的办矿道路。"宋平同志为这次会议写来了贺信。他在贺信中指出，石圪节精神"体现了我国工人阶级的优良品质和高度的主人翁责任感。当前，教育煤炭战线的广大职工，学习和弘扬石圪节精神，对于克服前进中的困难，实现治理整顿深化改革的目标，建设有中国特色的社会主义现代化煤矿，具有重要意义。"

薄一波、余秋里、张劲夫、康世恩、邹家华、康克清、吕东、袁宝华也为石圪节煤矿题了词。并配发评论《大力弘扬艰苦奋斗精神》。

1990年7月4日二版《中共能源部党组决定 全国能源系统学习石圪节矿》。

1990年7月4日二版《鱼水情深 众志成城——山西石圪节煤矿纪事》，石圪节矿的领导十分清醒。矿党委书记对记者说："成绩和荣誉只能说明过去，说明不了今天，更说明不了明天。我们还要团结依靠群众，踏踏实实干下去。"

1990年7月5日《为何要重新号召学习石圪节 ——能源部副部长胡富国答本报记者问》。

1990年8月4日头版《迎亚运"煤海之光"灯展多彩 中央领导人同群众一起观灯》，江泽民总书记在游船上同石圪节煤矿老工人王振东亲切握手，同船观灯。

1990年8月25日四版《八十万煤海儿女的厚礼 "煤海之光"迎亚运灯展采访札记》，以勤俭节约闻名全国的石圪节矿，工人们在制灯过程中又一次施展了他们修旧利废的才能。

1991年4月15日头版《密切联系群众 促进煤炭工业发展 中国统配煤矿总公司党组贯彻六中全会《决定》情况调查》，通过学习石圪节，振奋精神，立足于内部挖潜，保证了生产计划的完成。

1991年6月29日头版《江泽民等会见石圪节矿风报告团时说 希望工人齐心协力把经济搞上去》，高度赞扬了石圪节煤矿工人勤俭办矿、艰苦创业和特别能战斗的工作作风。

1991 年 7 月 6 日二版《邹家华号召全国工交战线深入学习石圪节大中型企业建成石圪节式企业》。

1992 年 11 月 5 日头版《山西一批国有企业靠〈条例〉翻身 头 9 月实现利税比去年同期增长 23.8%》，井下 1800 名一线工人，2/3 的人从事原煤采掘，1/3 的人抽出来，开辟第三产业，全员劳动生产率由原来的 3.1 吨，提高到 3.6 吨，相当于我国统配煤矿平均水平的 3 倍。

1993 年 3 月 26 日头版《举起"龙头"带动"龙身" 江泽民和山西代表一起商讨建设能源重化工基地》，江泽民指出，在煤炭战线上，有石圪节煤矿和石圪节精神。石圪节精神，也就是艰苦奋斗精神。希望山西的广大干部和群众要继续保持和发挥这种可贵的创业精神。

1994 年 2 月 1 日二版 [回顾与前瞻]《煤炭工业三十年变迁 从电镐到综合采煤》，石圪节矿的机械化，堪称我国 60 年代煤炭工业现代化水平的代表。

1995 年 8 月 7 日三版《以矿山解放 50 周年为契机 石圪节煤矿开展爱国主义教育》，开展爱国主义教育更加激发了全矿职工艰苦创业的热情。今年上半年实现产值 1500 多万元，眼下正着手实施跨世纪的全面转产工程。

1997 年 7 月 15 日二版《石圪节矿灯班勤俭传统代代传 20 年抠出 100 万》，勤俭节约、艰苦奋斗的传统传了下来。

2006 年 2 月 28 日十四版《山西石圪节煤业公司 "由黑变绿"多元发展》，在矿产资源面临枯竭的新形势下，石圪节闯出了一条"由黑变绿"发展非煤矿关联的多元化产业的新路子。

1999 年 9 月 21 日三版《全国精神文明创建工作先进单位名单》、2005 年 10 月 28 日十三版《全国文明城市（区）、文明村镇、文明单位名单》、2009 年 1 月 23 日十四版《第二批全国文明城市（区）、文明村镇、文明单位、精神文明建设先进工作者和第四批全国创建工作先进城市（区）名单》。

再为转型谱新曲 《人民日报》上的石圪节转型

石圪节在国家推行供给侧改革情况下，第一个关闭了矿井，探索一条新道路。期望"今天退去落后产能，未来必将海阔天空"。

请看《人民日报》的报道：

2017年9月6日四版《李克强在山西考察时强调 加快新旧动能转换促进经济转型升级着力脱贫攻坚推动民生改善 》：今天退去落后产能，未来必将海阔天空。

2018年11月13日头版《做好产能加减法 调出产业新结构 煤炭山西 转型可期 》：潞安集团石圪节煤矿，是晋冀鲁豫边区政府解放收复的第一座煤矿，有着90年开采历史；曾以"艰苦奋斗、勤俭办矿"的"石圪节精神"闻名于煤炭界。如今井口已被混凝土封闭，旁边的标识石碑上清晰地刻着封闭时间。这一时间刻度标志着，一段光荣的历史告一段落，要走向更加美好的前方。

这座"功勋"煤矿，是过去两年山西去产能关闭退出的52座煤矿之一，更是山西坚决去产能、率先减产能，推进供给侧结构性改革的一个力证。

每逢大事看大报，《人民日报》的版面记录着发展历史，记载着足迹历史，镌刻着年轮历史。

每一段记载，都是永恒的精彩。在新的征程上，石圪节将会有更加广阔的发展前景。

石圪节与优选法

在复杂的世界里寻求最佳，
优选法是神奇的魔法。
如在繁星中找到最亮的那点，
于无数可能中精准地击打。

它是智慧的筛子，
筛选出最优的解答。
数据的海洋里乘风破浪，
效率是它扬起的高帆。

每一次试验都是探索之旅，
向着目标精准地进发。
优选法，是科学的魔杖，
点亮通往卓越的灯塔。

优选法是著名数学家华罗庚极力推广应用的科学方法。石圪节是以"艰苦奋斗石圪节精神"闻名全国的煤矿。近日查阅资料得知，两者还有着千丝万缕扯不断的联系。

同日同登《人民日报》头条

据《人民日报》1972年11月10日头版头条报道：

《北京许多厂矿企业工人、技术员同有关数学工作者并肩战斗，推广优选法取得多快好省效果》：新华社1972年11月10日讯：近一年多来，北京市工业战线广大职工先后在八百多个生产和科研项目中运用优选法，取得了多快好省的效果。

文章结尾还对"什么是优选法"进行了具体阐述。在报道中我们了解到大量信息：优选法，就是利用数学原理，合理安排试验点，减少实验的盲目性。以求又准又快地找到最佳的试验方法。优选法是近代应用数学的一个分支，它是生产和科学实验中试验方法发展的必然结果，是广大劳动人民智慧的结晶。

与新华社这则消息并列横排的是关于石圪节的消息：

《石圪节煤矿提前完成全年采煤掘进计划》：新华社太原1972年11月10日电 坚持艰苦奋斗革命传统的山西潞安矿务局石圪节煤矿，正确处理采煤和掘进的关系，分别提前七十天和九十天完成了今年的国家原煤生产和掘进计划。

报纸的排版历来讲究相同、相近、相似的信息放在一块，因为排列右边的同样是一条类似的消息，《人民群众有无限的创造力 上海冶金工业系统各级领导干部坚持群众路线，推动了革命和生产》。在报眼的位置，则是毛主席语录：在生产斗争和科学实验范围内，人类总是不断发展的，自然界也总是不断发展的，永远不会停止在一个水平上。

同为头条，都尤显重要。这不仅是对石圪节和优选法的一种肯定、一种激励与鞭策，而且也是一种使命、一种责任与担当。

为优选法消得华憔悴

华罗庚同志是我国最早把数学理论研究和生产实践紧密结合作出巨大贡献的科学家。从20世纪50年代末期开始，他就走出书斋和课堂，来到广阔的工农业生产实践之中。他把数学方法创造性地应用于国民经济领域，筛选出了以改进生产工艺和提高质量为内容的"优选法"和处理生产组织与管理问题为内容的"统筹法"，足迹遍及全国 26 个省、市、自治区。组织和带领广大工人、农民、战士和工程技术人员参加推广"双法"，使"双法"得到大面积普及和推广，乃至运用到国家重点建设项目的研究，为节约能源、增加产量、降低消耗、缩短工期作出了巨大贡献。毛主席对华罗庚曾给予高度评价，1964 和 1965 年两次写信给华罗庚同志，祝贺和勉励他"壮志凌云，可喜可贺""奋发有为，不为个人而为人民服务"。

推广优选法过程固然艰辛，但成功的喜悦也让人激动。1977 年 8 月 26 日，华罗庚在乌鲁木齐听克拉玛依小分队汇报，钻、采、炼各方面都取得了优选成果，价值超过 1000 万元时，激动不已喜作此词贺之：

渔家傲

闻克拉玛依优选捷报感赋

"四凶"除去风物异，捷报频传凯歌里，兴旺发达劲无比。

令人喜，乌油山头红旗起。

乙炔改用自然气，既省运输又便利，还有高效脱水剂。

俱称奇，死井复活出油矣。

想当年，乌云压顶情绪低，谁学技术谁挨批，谁搞生产谁受气。壮志弃，饮酒玩牌心无寄。

庆今朝，霹雳一声动天地，闷气不再心头闭，为了人民学科技。雄心起，酒徒今成优选迷。

优选价值千万计，钻采炼制成大器，白发徒工致敬礼。

表心意，克拉玛依"亚克西"！

华罗庚应用优选法，为中国煤炭工业的发展也作出无比巨大的贡献。曾任煤炭部部长高扬文回忆道：面对能源紧张的情况，他写信求助华罗庚，希望用他的智慧、他的方法、他所率领的专家团队，帮助规划出一个经济、合理开发两淮煤田的方案。华老接到任务后，亲自率队到现场观看矿井，召开各层次座谈会。亲自审查两淮规划方案草案。应用统筹法、优选法成功规划两淮方案，解放了几百亿吨煤炭资源，一定程度上有效缓解了能源紧张的问题。

为显示统筹法和优选法的作用，华罗庚还亲自指导一个选煤厂改善原理，当月就收到很好的效益。

踏上上党极力推广优选法

为了广泛地推广和应用优选法，早日在生产实践和科学实验中收到较好的效果。1971年7月28日，国务院召开会议重点推广优选法。华罗庚带着优选法和自己的精干高校团队，踏上了普及推广的征程。1975年和1977年，华罗庚多次来长治指导推广优选法。

据《晋东南大事记》记载：

1975年3月13日，著名数学家华罗庚推广优选法小分队一行18人，前来本区（晋东南地区）传授、推广优选法。3月17日，地区革委会举行推广、应用优选法报告大会。会后，全区厂矿，企业普遍开展推广优选法活动，取得显著成果。

石圪节煤矿代表在听了"优选法报告大会"上的报告之后，异常兴奋，立即开展优选法的推广。作为矿灯班的班长秦大毛对优选法了解得可以说是吃透消化尽，说起来头头是道：优选法大致可为六步，第一是提出问题（提出生产实践中实际存在又急需解决的问题）；第二是摆流程，分析原因，抓主要矛盾（这是应用优选法能否取得显著成效的关键）；第三是确定试验项目（在问题分析的基础上，根据影响存在问题的主要因素确定试验项目）；第四是选区间定方案（根据以往生产中的经验和教训，或者是根据理论的分析与判断来选定试

《上党晚报》大文化周刊报样

验的区间范围，拟定试验方案）；第五是定标准（定指标标准比较，与过去比、与先进单位比、与理论期待值比、与先进水平比等）；第六是做实验（经过实验、分析、再实验、再分析……在矛盾的解决和再出现的过程中，一次比一次地更接近于到达我们所想的目的，一直进行到解决问题）。

为使优选法更好地应用到实践中，石圪节将矿灯房矿灯充电试验作为试点示例来推广应用。大家都知道，矿灯是井下工人的眼睛。矿灯充电主要因素有：硫酸浓度、电流强度、充电时间、温度、极板性质等。他们固定温度和时间这两个因素，对硫酸浓度和电流强度应用"优选法"中的"轮换寻优法"进行试验，最终确定了合理的方案。

在优选法推广应用后，矿工秦大毛异常兴奋，工工整整，用蝇头小楷抄写了一首华罗庚的小诗：

心 意

我对生产本无知，幸得工农百万师。

吾爱吾师师爱我，协力同心报明时。

劳力劳心本一体，阶级对立出分歧。

重新结合创新局，谁言共产不可期！

一步登天谈何易，屡世钻研创新奇。

而今航天成现实，还是平地向天飞。

锲而不舍是古训，一步一难甘如饴。

不美大鹏美牛犊，愿为人民拉铁犁。

为了检验成果，1977 年，华罗庚又踏上上党大地。据《晋东南大事记》记载：1977 年 3 月 9 日，四届全国人大常务委员会委员、我国著名数学家华罗庚，中国科学院应用数学研究所推优办公室负责人潘纯以及中国科学院"推优"小分队前来本区（晋东南地区）指导"双法"（优选法和统筹法）工作。为优选法的推广，为上党大发展倾注了大量心血，谱写了一曲奉献的乐章，在长治久久传唱。

全国群英会上的石圪节矿工

1959 年 10 月 26 日至 11 月 8 日，全国工业、交通运输、基本建设、财贸方面社会主义建设先进集体和先进生产者代表大会在北京人民大会堂召开。这次大会也称"全国群英会"，是中华人民共和国成立 10 年来最为隆重、最为盛大的劳动模范表彰大会。出席大会的代表和特邀代表 657 人，代表全国近 30 万个先进集体和 300 多万先进工作者。中共中央副主席朱德代表中共中央致祝词，国务院副总理薄一波向大会作了重要报告。刘少奇、周恩来、邓小平、林伯渠、彭真等党和国家领导人出席大会并接见了大会主席团全体成员。

能够出席此次盛会的几乎都是当时各地响当当的劳动先进集体代表或个人。王进喜、时传祥等传颂至今的劳模都参与了此次大会。国家主席刘少奇亲切接见了全国著名的劳动模范、淘粪工时传祥。石圪节煤矿采煤一队队长王先孩同志也参加了这届群英会。《潞安历史大事典》记载：1959 年 12 月，石圪节煤矿采煤一队队长王先孩同志，出席全国群英会，光荣地受到党和国家领导人的接见。

石圪节代表能被邀请参加群英会，是石圪节的荣耀，也是党和国家对石圪节工作的最大肯定和激励。1945 年 8 月 18 日，石圪节武装起义胜利，成为中国共产党在晋冀鲁豫边区接收的第一座红色煤矿，石圪节直接归国有，由太行四分区接管。当时，抗日战争胜利结束，解放战争全面展开。我根据地广大人民被广泛动员起来，齐心协力支援解放战争，石圪节煤矿也不例外，积极肩负起支援解放战争的光荣使命。

晋东南抗日民主根据地，是我解放区支援解放战争的重要军事工业基地之一。那时，石圪节煤矿附近的抗日根据地，分布着军工一厂、军工二厂、炸弹四厂、故县四厂、黄碾二大厂等军工厂。这些工厂，在抗日战争中，立下了汗马功劳，在解放战争中担负的任务更加艰巨。这些工厂为了支援解放战争，扩大了生产规模，大力发展生产，积极支援前线。在这种情况下，对煤炭的需求是急剧增长。石圪节煤矿党支部根据太行四分区的指示，迅速组织工人恢复煤炭生产。

识时务识大局的石圪节煤矿组织工人千方百计克服困难，积极组织排水，增加设备。当时增加的主要设备有：40 马力汽绞车一部、45 马力汽绞车一部、锅炉两台、铣床一台、刨床一台、钻床一台，为迅速恢复生产提供了条件，并开展了劳动竞赛，提出了"多产煤炭支援前线""一吨煤炭，一发炮弹"的口号，激励全体工人努力工作，为支援解放战争作出自己的最大贡献。这一年，共为国家生产煤炭 33000 吨，采煤工效率达到 0.73 吨，比日寇统治时期提高了一倍多。1947 年，先后增添 80 马力电泵两部、30 马力电泵两部、075 吨熔化炉一座以及其他设备，生产能力进一步提高。原煤总产量达到了 58000 吨，采煤工效率提高到 0.81 吨，比原先提高了 11%。在 3 年解放战争中，石圪节煤矿工人在党的领导下，积极发展煤炭生产，大力支援解放战争，作出了显著贡献，受到了党中央和上级领导机关的高度赞扬。当时，《人民日报》（华北版），曾以显著的版面报道了石圪节煤矿工人"多产煤炭，支援前线""一吨煤炭、一发炮弹"的模范事迹，得到了党和国家的高度关注，被邀请参加全国群英会。

作为石圪节参加全国群英会的代表，石圪节采煤一队队长的王先孩，祖籍山东，少年时因家贫靠给人放羊为生。1945 年来到石圪节煤矿下煤窑，多年来一直战斗在采煤第一线。他在工作中吃大苦，耐大劳，勇挑重担，危险时刻冲在前，困难面前不低头，出色地完成了各项任务。

他在井下多次抢险、多次负伤，身上留下多处伤疤。担任采煤队队长后，他积极参加劳动，主动同群众打成一片，与工人同甘共苦，每月下井都在 23 天以上。一次，北采区开采了一个 200 米长的工作面，开切眼和顺槽里的水积了一米多深，水泵安装了好几台还是不中用，怎么办？王先孩带领工人泡在水中，边检查边制定对策，采空 40 多米，又遇到"放不下顶"的异常情况，他不分昼夜地和大家在井下观察分析，摸索顶板来压规律，采取相应措施，对顶板进行了"打深眼分段切顶"的方法，最后排除了障碍，保证了顺利开采。在一个寒冷的冬季，东870采区大量涌水，严重威胁矿井安全。王先孩率先跳入齐腰深的水中，用自己的身体堵住漏水孔，同时指挥大家采取技术措施。从井下上来后，他腰腹一阵剧烈疼痛。经医生检查，由于长时间在水中浸泡，他患上了急性肾炎，后又转化为慢性肾炎。

王先孩少年失学，文化水平不高，但他对采煤技术却很善于动脑筋，狠下功夫钻研。他乐于同科技人员交朋友，虚心向他们请教，尊重他们的意见和建议，支持他们对矿井的技术改造工作。他在长期的实践中，练就了一身过硬的技术，成为全矿屈指可数的几位八级工之一。他敢于结合实际，大胆革新，积极采用新技术，曾首创擂煤机装煤法，减轻了工人的劳动强度，提高了劳动生产率；攻克了锚栓支架一次采全高采煤法，使回采工效提高50%，坑木消耗降低90%，吨煤成本降低8%；改进了安全技术措施，采用双排密集支护、超前支护、深眼分段切顶等技术，减少了顶板事故，创造了采煤队连续1060天无重大伤亡事故的好成绩，受到上级表扬。

王先孩关心职工、爱护职工，同工人有着深厚的感情。当时由于生产手段落后，井下条件恶劣，各种事故难以避免。每次发生事故，王先孩总是第一个赶到现场的领导，他在现场指挥抢险救灾，亲自从煤堆里往外刨人；

全国群英会

处理事故后又是最后一个上井。有时他要在井下连续待上几天几夜。为抢救受伤的职工，王先孩不惜巨资寻医求治，经常亲自为职工找药、陪床。一次一位绞车司机的手被绞断了。王先孩打听到北京积水潭医院能做这方面的手术，当即派人同长治飞机场联系，包了一架飞机。他亲自护送伤员乘飞机到太原，再转飞到北京，及时把这位职工送到了积水潭医院。在职工子女就业问题上，王先孜为疏通各方关系，经常亲自到县、乡、村找当地有关部门联系，寻求解决办法。工人们有事，也愿意求他帮忙。在关心职工上，王先孜对待干部同对待职工一个样，下班时间办同上班时间办一个样，在家里接待同志同在办公室接待一个样。他常说：职工是煤矿的主人，关心他们、爱护他们、帮助他们，是领导干部义不容辞的职责。

在王先孜主持石圪节矿工作的时候，正是"文革"闹派性最严重的阶段。石圪节煤矿也出现了两派对立的群众组织，互相攻击，互相斗争，不少干部职工被卷入其中，正常的生产受到了影响。在这种困难的形势下，王先孜以共产党员的政治觉悟和高度负责的精神，坚守岗位，顾全大局，坚持生产，稳定人心，教育和带领多数职工搞好煤炭生产，使全矿生产避免了停顿和瘫痪的结果，为国家作出了贡献。这在当时是难能可贵的。

1959 年，王先孜出席了全国群英会，受到党和国家领导人的接见，并荣获了"全国先进工作者"称号。1966 年，王先孜参加了国庆观礼，见到了毛主席。

要写石圪节就不能只写石圪节

惊涛飞雪,落英缤纷,谁能够淡泊而宁静,在月光与阳光的更迭中,不悲不喜、不忧不惧。

谁又能穿越时光与时尚的浮华,坚定于崇高的执着,不卑不亢、不怨不艾。

——题记

疑问交集的思绪,围绕着亘古不变的定律,力求在浮华中寻觅一丝清醒。沉淀后的突兀,好似缕缕烙印,不禁让人浮想联翩。就在我们回顾石圪节煤矿的百年历程,对身边逝去的时光进行一次全新的审视、全面的回味与全部的反省时,即使是我们很熟悉的环境,也有很多未知的隐情,比如石圪节历史、比如石圪节文化、比如石圪节广场,都像附着神奇的魔力,带有深深的红色记忆、科技烙印,值得我们有必要到石圪节走走、看看、读读、想想。

穿越浮华的坚定——对话石圪节广场

有人说,建筑是凝固的音乐。那么石圪节八一八文化广场,就是一个巨大的乐器。这乐器,与季节、气象相合,风声雨声,帘卷树声,落在突兀的地面建筑上,都成了美妙的音乐,而且,从不凝固、从不结块。因此,修建石圪节八一八广场的人,是决策师,也是音乐家;是建筑者,更是历史家。一座好的建筑,不仅要容纳四时的风景，还要容纳四时的声音。八一八广场的节气是有声音的，熟悉了解这里的人，可以从声音里辨认季节，犹如一个农夫，可以从田野自然的变化里，准确地数出他心里的日历。走进它，收获的是痴迷后的思索和惊喜后的沉思以及迷茫后的挣脱。它犹如一位骑着青牛的老者望向蓝星的方向轻声低语，是那样的深沉、深邃和沧桑。走进石圪节八一八文化广场，和石圪节"隔空对话"，我寻觅到了久违的感动和感慨，找到了困扰多时的释义和答案，体味到了那份穿越浮华的坚定和源于责任的担当。

这种坚定和担当，来源于爱与责任。广场是利用矿山废弃的煤矸石填沟造园建成，竣工于矿山解放 60 周年之际。石圪节由于地形特殊，前后都是坡，地少沟多路不平。面对先天的自然残缺，石圪节人不屈不挠，用自己的责任承担起一份担当，秉持"欲与天公试比高"的壮志雄心，将煤矿废煤矸石合理利用，填沟造园，既增加了用地，美化了矿山，又摆脱了堆积半个多世纪的矸石污染。这不仅仅是改造自然的壮举，而且是赋予废弃物新的生命。据不完全统计，石圪节八一八文化广场共计填埋使用废物、污染物矸石高达 130 万吨，相当于石圪节下组煤最高的年产量。130 万吨的煤矸石堆积起来，远远望去就像一座小山，目测高数十米，遇到大风天气就会扬尘满天，居民苦不堪言。煤矸石除了有扬尘污染外，还存在自燃的可能，这也带来了极大的安全隐患。走在石圪节的广场上，面对矸石填起的广阔土地，使人不由自主地心生感动、灵魂震颤！被石圪节积极改造大自然、超越大自然的伟大壮举和赋予废弃物新的生命的伟大奇迹而潸然泪下！

入门大石头上雕刻的是原煤炭部部长、石圪节矿矿长王森浩题的矿名，体现了石圪节精神的内涵。"文化广场北枕小寒山，南俯漳河水，依山顺势，曲径通幽，山色葱茏，树木繁茂。整个广场大体分为两大区域，北部教育区以'廉、正、魂'为主题，结合'四德'教育建有矿山解放纪念碑、展览馆、党和国家领导人题词碑墙及多尊雕塑；南部休闲区点缀有'二十四孝'图雕，与自然景观和谐融合。广场为人们健身娱乐营造了佳境，是寓教于乐、汲取文化营养的胜地"。我们的视角随着讲解的移动，转向了悠久的历史，仿佛穿越历史的隧道走进了艰苦奋斗的岁月。我们看到了负重而行的矿工，从手工开采、到炮采、到综采，无声地擎起信念的旗帜，把"劳动光荣、矿工万岁"的无字碑穿透视觉，瞬间深入，仿佛徜徉于历史的煤田，飘扬的旗帜、巨大的太阳，既震撼于其中，又思绪奔涌，好似行进于浪遏千舟的万顷波涛，追寻那些远比斧劈刀凿更令人难以忘怀的久远。

右面的一面旗形雕塑墙，浓缩了石圪节百年发展历程。从 1926 年建矿的苦难中，我们看到了艰辛；从 1938 年八路军总司令朱德派康克清同志到石圪节传播革命火种，我们看到了希望与光明；从新中国诞生后三代领导人的亲切关怀中，我们体会到了国家的温暖。生于斯长于斯的石圪节人在这里工作、学习、生活，在这里繁衍，在这里经历生老病死；在这里付出艰辛，在这里也收获快乐；在这里创造辉煌，在这里也成就荣耀。重要的是在这里产生了闻名全国的"石圪节精神"，为国家创造了丰厚的经济效益，为国家培养出一批又一批的优秀人才，为中华民族的优良传统注入了深厚的内涵。石圪节在这里书写了中国煤矿发展历史的峥嵘岁月，也承载了全体石圪节人的光荣与梦想。

左面的廉洁雕塑，扬石圪节风骨，以文化的力量，彰显着石圪节人的文化自信与自强、廉洁与廉政。

广场中央矗立的纪念碑高约 8.18 米，广场面积约 818 平方米，取石圪节 1945 年 8 月 18 日矿工起义的时间。纪念碑碑文"石圪节精神永放光芒"是由李先念主席 1993 年题写的。纪念碑西面是记录了党和国家领导人题词赠言的碑林和石圪节矿史展览馆，碑林代表着历届党和国家领导人对石圪节的殷切期望和深深嘱托，石圪节矿史展览馆则被山西省指定为"爱国主义教育示范基地"。沉浸在历史的回味中，再次给纪念碑策划者一个大大的赞，赞叹他们身上巨大的潜能。同样生于斯长于斯，他们却能跳出区域限制，以一流的眼界气度，将散落于煤海的每一颗历史珍珠，用石圪节文化这根线串成石圪节文化广场这串华美明珠，若不是深深地爱着石圪节这方热土，爱着石圪节文化事业，爱着石圪节的过去、现在与将来，在煤市"凄凉"，人、财、物均受限的情况下，怎么能够奉献出这一席文化大餐？又怎么能执着于文化的执着、坚定于事业的坚定，完成这样的鸿篇巨制？我想，还有责任！石圪节人深藏于心、深化于行的责任感，让他们跃马长啸，驰骋于煤业文化的前沿。

像煤一样，是石圪节人的誓言。从石圪节简易的展览馆，我们看到了厚重、体味了悠长。1926 年，那是石圪节人难以忘记的年份，在那一年，在黄沙岭那个偏僻的小山坳，随着洋镐的铿锵声，石圪节拉开了"走"向地心的开采之旅，也拉开了石圪节最终永恒的辉煌史，在涅槃中重组，在辉煌中淡出，没有惶恐，只有坚定。百年来，石圪节从未停歇、蓬勃发展，培育并继承发扬了享誉全国的"艰苦奋斗、勤俭办矿"的石圪节精神，得到了周恩来、江泽民、李鹏等几代党和国家领导人的高度赞誉。看一个个历史，听一个个故事，回溯石圪节波澜壮阔的发展史，眼里的浮华层层褪去，历史的面容浪去石凸；石圪节的历史，燃烧于煤，既能走进水墨丹青、阳春白雪，也能融入寒山瘦水、下里巴巴；既能出离风花雪月、斑斓霓虹，也能超脱富贵贫贱、荣辱得失；既能兼容浮华，也能淡泊宁静。而一代又一代石圪节人，"献了青春献终身、献了终身献子孙"，向着"快乐工作、幸福生活"的目标，扛起所有的责任与使命，超越自我，穿越浮华，以煤的厚重和坚定，放射着煤的辉煌与灿烂，成就着石圪节的昨天、今天与明天。

这种坚定和担当，根源于生命与永恒。仰望从万把吨的资本家小煤窑到最高年产 150 万吨的现代化大型矿井，一种生命的气息跳出牌板，联结随处可见的英模群体、文化精英以及石圪节人劳动、生活的片段与图文，在高歌猛进的石圪节发展主线下，我分明看到了一曲曲生命的赞歌；从矢志发展，到科学发展，我仿佛看到了石圪节群体为生命而歌、为生命而战、为生命而舞的华丽升腾，看到了生命于极致处散发出淡定而多彩、宁静而华美、坚定而执着的禅定之美；又仿佛听到了回旋的禅音：大音希声，大美无形。生命之美，是否就在于对人、对事、对物的敬畏之心？含了坚定的敬畏，又怎会迷醉于过眼浮云，忘记了本真的自己？坚定于本真，又怎不会风物长宜放眼量，在花开花落、云卷云舒里，优雅于生命的护卫和生命的舞蹈呢？

这种坚定和担当，燃烧于煤与使命。亿万年的沧海桑田，一片绿，沉淀成石；一颗石，裂变大地的火与光，变成一块玉、一份历史。走过"时光隧道""地层"的沉重，放射着坚定与执着，"地壳"的化石诠释着宁静与淡泊。白天不懂夜的黑，在这一方静默的黑色地带，没有人知道发生了怎样天翻地覆的地壳运动，没有人知道从一片绿到一片黑的屈辱、折磨、无助和恐惧，更没有人知道沉闷的黑暗里，无痕的血色，怎样和着岩浆，日夜奔突！这就是煤，石圪节人眼里的煤！

淡泊以明志，宁静以致远。一路浮光掠影，石圪节发展的辉煌瞬间、各级领导的调研关爱、散发高雅厚重之风的文化广场，似乎在讲述一个亘古不变的道理：石圪节在发展，潞安在发展，中国煤炭工业在发展。未来，锐意进取的石圪节人将在"艰苦奋斗、勤俭办矿"石圪节精神的引领下，肩负历史赋予的光荣使命，把握时代的发展脉搏，以更加开阔的眼光、更加非凡的气魄、更加昂扬的精神、更加扎实的工作，开创石圪节这座百年名企更加辉煌的明天。

走上街道，又来到了一个完全不同的世界，车流、人流、物流、信息流嘈杂喧嚣，微信、微博、QQ闪烁"微时代"诱惑，碎片化、功利化、庸俗化的暗流尘嚣散漫，但文化广场以润物细无声的态势滋养我心，让我再次深刻地贴近生活与生命，思考人生的价值与意义，思考石圪节人的责任与使命，思考石圪节的未来与永久。

万千浮华后，活成一块煤——就好！

活成一块玉——更好！

激起长河的旖旎——解读石圪节历史

习近平致信祝贺中国社会科学院中国历史研究院成立时讲：

历史是一面镜子，鉴古知今，学史明智。重视历史、研究历史、借鉴历史是中华民族 5000 多年文明史的一个优良传统。当代中国是历史中国的延续和发展。新时代坚持和发展中国特色社会主义，更加需要系统研究中国历史和文化，更加需要深刻把握人类发展历史规律，在对历史的深入思考中汲取智慧、走向未来。

从历史的烽烟走来，它是中国共产党接管的第一座红色煤矿。

在火热的建设年代，它孕育出伟大的"艰苦奋斗、勤俭办矿"精神。向未来的征程走去，它必将焕发出历久弥新的耀眼光芒。

它就是石圪节煤矿，虽然听着有些"拗口""土气"，却诞生了享誉全国的宝贵财富——石圪节精神。

"艰苦奋斗、勤俭办矿"的石圪节精神，在抗日战争的艰难中孕育，在新中国的建设中诞生，在改革开放的机遇中成熟，在新时代的浪潮中赋新。它是中国煤炭工业发展史上的精神丰碑，是全国工人阶级最宝贵的精神财富。

　　红色基因积淀的红色记忆，是石圪节留给后世的启迪与启示。翻开石圪节的历史，透过每一片记忆都可以清楚地看到两个字：荣光。岁月的沧桑把历史的鲜血洗涤得干干净净，曾经经历过炮火洗礼的一代人已渐渐老去，曾经的惨烈只能由后人在历史的碎片中寻觅。石圪节是中国工人运动的摇篮，建立了中国共产党在山西革命老区第一个企业党支部，见证了中国煤矿工人运动的历史发展进程。工人运动的呐喊曾经震天动地，在天空留下一段艳丽的五彩虹。石圪节矿工同资本家的斗争就是中国工人阶级反抗的历史缩影。石圪节是我党接收的第一座红色煤矿，经受了抗战烽火的洗礼。1945 年 8 月 18 日，石圪节矿在中国共产党领导下通过矿工起义得到了解放，在中国煤矿工人运动史上写下了光辉的一页，被外界人士誉为"中国煤炭行业的西柏坡"。

　　走过封闭的主井、副井、八一八广场、矿山解放纪念碑、矿史展览馆、科技广场，仿佛走过石圪节煤矿长长的历史隧道。听前辈们讲述这座功勋矿山的前世过往，讲述被誉为"中国煤矿的脊梁"的工人、干部艰苦奋斗、豪情满怀的感人事迹，讲述石圪节矿风、石圪节精神成为中国煤炭行业精神标杆的发展历程。石圪节煤矿的"一生"都紧跟着国家的脉搏跳动。历史总有灿烂的一面，总有人在灿烂的阳光中歌唱。翻身做主人的石圪节矿工用豪情万丈谱写壮丽诗行。中华人民共和国成立后，石圪节迅速恢复生产，肩负起了支援全国解放战争的光荣使命。他们提出了"一吨煤炭、一发炮弹，多产煤炭、支援前线"的口号，为全国解放作出了巨大贡献。在国家财力维艰、物资极度缺乏的情况下，石圪节人不等不靠不要，发扬太行山老八路光荣传统，以主人翁的昂扬姿态，因陋就简，先后实施了 5 次较大的技术改造，产量由年产万把吨建设成为年产 90 万吨，走出了一条小煤矿挖掘内部潜力、依靠技术进步发展煤炭生产的道路。1984 年 1 月，原煤炭部部长高扬文来石圪节检查指导工作时挥笔题词："石圪节是中国煤矿一枝花。"

　　有一种记忆叫长久，有一种精神叫永恒。石圪节人熟悉石圪节精神、看重石圪节精神。在石圪节人心中，石圪节精神不再只是一种精神元素，而是如同血液一样被视为生命的动力之源，已经在不知不觉中形成了一种崇拜。石圪节就是煤炭工业战线精神的发源地。石圪节在党的正确领导和亲切关怀下，一代又一代的石圪节人艰苦奋斗、勤俭办矿、奋力开拓，使石圪节实现了 "由无到有""由小到大""由土变洋""由黑变绿""由弱变强"五次伟大嬗变，为我国煤炭工业发展和社会经济建设作出了非凡而卓越的巨大贡献，形成了引领全煤、蜚声华夏的"艰苦奋斗、勤俭办矿"之石圪节精神。周恩来总理于1963年亲手树石圪节煤矿为"全国工交战线勤俭办企业"五面红旗之一，形成了以"艰苦奋斗、勤俭办矿"为核心的石圪节矿风。石圪节以其富含代表性的发展历史及其间所形成的独特文化内涵，在中国煤炭工业发展史上留下了浓墨重彩的一笔。1990年，江泽民、李鹏、宋平等13位党和国家领导人为石圪节题词赠言，石圪节精神也正式被确定为中国煤炭工业的行业精神，并号召全国各条战线学习石圪节精神。1991年"石圪节矿风报告团"在人民大会堂受到了江泽民、李鹏、宋平等党和国家领导人的亲切接见。1995年，中国煤炭工业协会正式以"石圪节"的名字命名中国煤炭工业"石圪节精神奖"，此奖项成为表彰煤炭工业战线的最高荣誉。石圪节是中华民族优秀文化传统的继承者。石圪节在奉献巨大物质财富的同时，产生了郝晓明、屈天富等一大批全国、省级劳模，先后获得"全国企业管理优秀奖（金马奖）""中国煤炭一级企业""现代化矿井"等国家、省、部级荣誉200多项，并3次蝉联"全国文明单位"。

科技在人类发展史上是时代的标签、前行的标记、先进的标志。石圪节人为之奋斗、为之努力。石圪节是中国现代化矿井建设的典范。石圪节矿是中国民族工业的先驱之一，在仅要国家半套设备的情况下，发扬艰苦奋斗的石圪节精神，建成了全国首批现代化矿井之一，成为全国唯一一个由老矿建成的现代化矿井，被誉为中央在煤炭工业甚至是中国工业的一块试验田。石圪节是我国资源枯竭矿井转型发展的探路先锋。由于井下煤炭资源枯竭，石圪节人率先在全国范围内首次采用轻型支架开采边角煤，并于2003年开始筹建司马新井。司马新井从奠基到竣工投产，仅用了21个月时间，创造了令人惊叹的"司马速度"，并开了由一个生产矿井独立建设新井之先河。面对3#煤资源枯竭的现实，在集团公司的支持下，进行了下组煤开采探索，并于2012年通过了省验收，最高年产量达到130万吨，实现了规模化、效益化，为下组煤的开采积累了经验、开拓了道路。石圪节是全国煤矿去产能的典范。2016年，石圪节深入贯彻落实国务院和省委、省政府煤炭供给侧改革精神，按照省委、省政府和集团公司的统一安排部署和相关要求，积极稳妥地推进化解过剩产能的工作。石圪节退出产能90

万吨／年，成为全国首批试点退出矿井，并在 CCTV-1《新闻联播》《焦点访谈》栏目，新华社、中国经济报等媒体及网站进行了报道。为全国的去产能工作起了引领示范作用。

赓续红色血脉底色、煤矿工人本色，历经艰难困苦，石圪节矿风玉汝于成。

水有源，树有根。

"石圪节老矿工大部分来自太行地区，既有老区人民勤劳勇敢、艰苦朴素的优秀品质，又有工人阶级的本色和煤矿工人特别能吃苦、特别能战斗的革命精神，还有长期受党的光荣传统和战争年代老八路作风的熏陶。"对石圪节精神源头的探寻，曾经的石圪节煤矿党委书记、《石圪节煤矿史》主编、83 岁的陈玉则高度概括。

众所周知，石圪节是一座有故事的煤矿。这里的矿山、矿工都有着诗情画意的故事。打炮工刘小鱼负责往炮眼里装火药，有时，一个炮用不完的火药，他就装一半留一半，给下次用。别人问他为啥这样计较？他说："半个炮就能崩下煤来，为啥要用一个炮？"省下来的半个炮又可以再崩许多煤。这就是后来被工人们称为勤俭节约的"半个炮"精神。

工人李明太上班时把一块锚栓放在井下不见了，下班后，全班 20 多人扒石头刨煤半个小时，直到找到才上井；钉道工王保元对每一根道木都是正面用了反面用，两头移着用，用两三次才报废；采煤工人铁锹把坏了改为镐头把，镐头把坏了改为斧子把，斧子把坏了又改为小锤把；工人把矸石捡到车里前，把粘在上面的煤敲下来，生火时漏下的煤核拣出来重用……类似这样的事情在石圪节比比皆是。这就是后来矿工们归纳的"十个一"精神，即节约一滴水、一滴油、一度电、一张纸、一团棉纱、一个道钉、一个网钩、一个雷管、一张铁锹、一根坑木。

"艰苦奋斗、勤俭办矿"的石圪节矿风是干群一心、同甘共苦的结果。抗日战争时期，石圪节的干部与矿工一起钻窝棚。解放后，在石圪节煤矿很难分辨出谁是书记、主任，谁是采煤工人，干部不是老坐在办公室，而是与工人一样长期参加劳动。20 世纪 60 年代，随着新工人的增加，房子不够住，矿上的领导干部们就搬到坑口的钉鞋铺去办公，把自己的房子让给新工人住，自己则住在由荆条搭起来的荆笆棚里。后来，人们把这种干部与群众同甘共苦、先工人之忧而忧、后工人之乐而乐的好作风称为"荆笆棚精神"。

20世纪80年代，石圪节煤矿配了一辆小轿车，矿长除开会外，为了节省汽油，都是骑自行车加步行在矿上来往。矿长与工人一样在食堂排队买饭，有了尽人皆知的王根宝矿长的"大海碗"的故事。后来，一座座家属楼、职工宿舍建起来了，宽敞的工人俱乐部盖起来了，职工食堂改建了，石圪节的面貌有了翻天覆地的变化，但唯独矿风没有变。矿领导仍然挤在低矮的小平房里办公，只有几把木椅子，别的什么也没有。

《人民日报》总结石圪节矿风的五大特点：认真贯彻勤俭办企业方针；干部以身作则、艰苦朴素，长期参加生产劳动；做好思想政治工作，关心工人生活；加强企业管理，严格执行制度；年年多快好省地全面完成国家计划。

石圪节矿工则把矿风概括为"八个成风"和"三个精神"。"八个成风"即干部与群众同甘共苦成风，新老工人团结协作成风，技术人员向又红又专的道路上迈进成风，爱护国家财产节约成风，自力更生发愤图强克服困难成风，见方便就让见困难就上的共产主义风格成风，严格遵守制度学习钻研技术成风，以矿为家以矿为业成风；"三个精神"是"半个炮"精神、"十个一"精神和"荆笆棚"精神。

岁月流逝，世事变迁，石圪节煤矿就像一个大熔炉，冶炼出一代又一代的矿山英雄。因为有相当的传播广度、一定的传播深度和持续的传播韧度，石圪节矿风得以代代相传，照亮了无数矿工的来时路。

一代代矿工在石圪节精神的熏陶下茁壮成长，涌现出一批郝晓明、屈天富、闫来明三代英雄式的"矿山铁人"。郝晓明年年月月出满勤、干满点，10个手指甲有9个被砸掉，都不曾歇过一个班，即使退休后依然义务清扫矿上厕所；屈天富动过4次大手术，右边结肠全部切除，7年伤口裂开了12次，还一直战斗在井下；李小奋、鱼先虎、杨海发式的年年月月按时上班、严守劳动纪律的"三代标准钟"；熊赛安那样献身煤炭事业的优秀工程技术人员"三代革新迷"；还有许多"三代节约迷"等。

牢记"五面红旗"荣光、周总理殷切嘱托，走出太行山脉，石圪节矿风享誉全国。

石圪节是一本厚厚的大书，"沉甸甸"的厚重期待大家去细细品读、慢慢品味。

到石圪节读历史，不会虚行。

我们坚信。

文化进程的仰止——仰视石圪节高度

山不在高，有仙则名。矿不在大，有文则盛。石圪节，在中国煤炭工业激发一种量子聚变，不是地理区域上的数字高度，而是真正地植根心底的文化高度。

文化是一座矿山的灵魂。度量矿山的综合指数，不但要看"颜值"，更要看"气质"，而气质又是综合文化素质的最直观体现。石圪节自古不缺气质，有着明于谦的诗词根脉。于谦在任山西河南巡抚时途经屯留，看到石圪节的煤炭，写下《咏煤炭》诗：

> 凿开混沌得乌金，　藏蓄阳和意最深。
> 爝火燃回春浩浩，　洪炉照破夜沉沉。
> 鼎彝元赖生成力，　铁石犹存死后心。
> 但愿苍生俱饱暖，　不辞辛苦出山林。

于谦借煤炭的燃烧来表达忧国忧民的思想、甘愿为国为民出力献身的高风亮节，是诗人托物言志之作。首二句写煤炭所蕴藏的能量，亦即人的才智；中四句写煤炭对人类的贡献，亦即作者立身处世的宗旨；末二句写煤炭的志向，亦即作者的抱负。全诗八句，句句比喻，语语双关，运笔自如，情感深沉，意蕴浑然。

战争的烽火燃烧在石圪节，也把红色文化播种在这片热土上。1945 年 8 月 18 日，英雄的石圪节人配合八路军地方武装举行起义，一举夺回了矿山。"八一八"武装起义，打响了晋东南地区向敌伪全面反攻的第一炮，石圪节煤矿也成为晋冀鲁豫边区第一座被解放的矿山。当时的《新华日报》刊登了文章《矿工起义》；1945 年 10 月，华北新华书店专门出版了《石圪节煤窑起义》一书；有关报纸发表了石圪节煤矿起义的专题报道。这些都成为鼓舞我根据地军民战胜日寇的重要精神力量。

对于石圪节，《人民日报》给予太多的关注。20世纪二三十年代，石圪节处于风雨飘摇之中，被残酷野蛮的日寇摧残得遍体鳞伤。在狼烟和刀光剑影面前，英雄的石圪节人击起了斗争的战鼓，吹响了战斗的号角，与敌人展开了殊死搏斗……《人民日报》分别于1946年8月10日、1946年9月6日、1949年12月2日进行了报道：

1946年8月10日二版《晋冀鲁豫边区一年大事记》十六日：我军克复石圪节煤矿、博爱、平陆、夏县、鱼台、茅津渡。

1946年9月6日二版《石圪节煤矿奖励模范　纪念解放一周年　加紧生产支援自卫战　"工人之母"说："顽军要来，我非和他拼掉老命不可！"》

解放后的石圪节矿工，肩负起支援解放战争的光荣使命。在三年解放战争中，石圪节矿工在党的领导下积极发展煤炭生产，大力支援解放战争，作出了显著贡献，为中国人民的解放事业立下了不朽功勋。《人民日报》于1947年2月13日，1949年1月21日、2月14日、3月5日，1950年3月7日进行了报道：

1947年2月13日头版《边区经济及各种建设　一年来获得重大发展》：关于一年来边区建设，杨主席概括报告如下：经济建设方面，农业、手工业、副业实行了组织起来的方针，去年超过以往任何一年。太行成绩最大，20个县组织84万人，占全劳力的78%，妇女儿童占57%……工业方面，采取民营、公私合营方式，一年来（自卫战争前）六河沟、峰峰、焦作、石圪节煤矿，已恢复战前水平……

艰苦奋斗是中华民族的优良传统，更是石圪节宝贵的财富，是石圪节肩负历史任务高度自觉的反映。石圪节矿风，来自党的革命传统；石圪节矿风，经过了血与火的考验；石圪节矿风，是爱国爱民族的集中体现；石圪节矿风，是国家和民族的兴隆昌盛之气。石圪节矿工，高擎"优良矿风"的接力棒，克勤克俭、艰苦奋斗，使矿山成了全国勤俭办企业的一面旗帜，受到党和国家的高度赞誉。《人民日报》对石圪节进行了铺天盖地的报道：

1962年8月30日头版《合理调整工作面　减少坑木消耗量　滴道煤矿努力降低采煤成本　石圪节煤矿加强器材管理注意点滴节约》。

1963年7月7日头版头条《全国工业交通企业经济工作座谈会上交流先

进经验 五个厂矿成为勤俭办企业的旗帜》：襄樊锦织厂、石圪节煤矿、兰州炼油厂、湖南橡胶厂、嘉丰棉纺织厂的共同特点：认真贯彻勤俭办企业方针；干部以身作则，艰苦朴素，长期坚持参加生产劳动；做好思想政治工作，关心工人生活；加强企业管理，严格执行制度；年年多快好省地全面完成国家计划。

1963年7月6日讯："周总理接见五个先进厂矿代表 称赞他们工作做得好，勉励他们戒骄戒躁，继续努力。"周恩来总理七月二日下午接见了五个勤俭办企业的先进厂矿代表。湖北襄樊锦织厂支部书记梁彦斌、山西潞安矿务局石圪节煤矿矿长许传珩、甘肃兰州炼油厂副厂长贾庆礼、长沙湖南橡胶厂副厂长刘书敬、上海嘉丰棉纺织厂副厂长梅寿椿。他们是最近来北京参加全国工业交通企业经济工作座谈会的。并配发了《发扬勤俭办企业的革命精神 实行严格的经济核算制度》社论。

1963年11月8日头版刊发社论《艰苦奋斗的石圪节矿风》。

1963年11月8日二版《石圪节矿风》。

1963年11月14日二版报道："学习石圪节煤矿勤俭办企业精神 山西各国营煤矿推广石圪节矿的经验后，干部作风改进，工人责任心加强，九、十两月生产水平稳步上升，坑木消耗减少，生产成本降低。"

1963年11月27日六版《刘小鱼的反问》。

1964年2月11日头版又转发了《再论虚心向地方学习》（《解放军报》2月9日社论）。

1964年3月30日三版《先进的继续向前进 后进的努力追赶先进 石圪节煤矿找薄弱环节追赶全国先进水平》。

阳春时节，春风又一次绿了大地，一山一水、一草一木都是那么生机盎然、葱翠欲滴。石圪节那古老苍劲的矿山槐栎风沐雨，在走过了漫长岁月之后，摇曳着新枝，在古稀之年又添上了新的年轮。

1990年，能源部、中国统配煤矿总公司党组发出了在全国煤炭系统学习石圪节煤矿"艰苦奋斗、勤俭办矿"矿风精神的号召。江泽民、李鹏等11位党和国家领导人同志为石圪节题词赠言，并给予了高度评价。山西省政府召开了"山西省学习石圪节精神动员大会"，能源部召开了"全煤系统学习石圪节精神现场会"，并组成矿风报告团，到全国各地宣讲传播……

1990 年 3 月 18 日五版《石圪节人的精神财富 ——山西潞安矿务局石圪节煤矿艰苦奋斗纪实》。

1990 年 7 月 3 日头版头条《艰苦奋斗 勤俭办矿 科学管理 提高效益 全国煤炭战线学习石圪节 江泽民李鹏等题词号召弘扬石圪节矿风 能源部召开现场会 邹家华提出五点希望 》并配发评论《大力弘扬艰苦奋斗精神》。

1990 年 7 月 4 日二版《中共能源部党组决定 全国能源系统学习石圪节矿》。

1990 年 7 月 4 日二版《鱼水情深 众志成城——山西石圪节煤矿纪事》。

1990 年 7 月 5 日《为何要重新号召学习石圪节——能源部副部长胡富国答本报记者问》。

1990 年 8 月 25 日四版《八十万煤海儿女的厚礼 "煤海之光"迎亚运灯展采访札记》。

1991 年 6 月 29 日头版《江泽民等会见石圪节矿风报告团时说 希望工人齐心协力把经济搞上去》，高度赞扬了石圪节煤矿工人勤俭办矿、艰苦创业和特别能战斗的工作作风。

1991 年 7 月 6 日二版《邹家华号召全国工交战线深入学习石圪节大中型企业建成石圪节式企业》。

1995 年 8 月 7 日三版《以矿山解放 50 周年为契机 石圪节煤矿开展爱国主义教育》。

1997 年 7 月 15 日二版《石圪节矿灯班勤俭传统代代传 20 年抠出 100 万》，勤俭节约、艰苦奋斗的传统传了下来。

2006 年 2 月 28 日十四版《山西石圪节煤业公司 "由黑变绿"多元发展》，在矿产资源面临枯竭的新形势下，石圪节闯出了一条"由黑变绿"发展非煤矿关联的多元化产业的新路子。

石圪节在国家推行供给侧改革情况下，第一个关闭矿井，探索一条新道路。期望"今天退去落后产能，未来必将海阔天空"。

2017 年 9 月 6 日四版《李克强在山西考察时强调 加快新旧动能转换促进经济转型升级着力脱贫攻坚推动民生改善 》。

2018 年 11 月 13 日头版《做好产能加减法 调出产业新结构 煤炭山西转型可期》。

每逢大事看大报，《人民日报》的版面记录着发展历史，记载着足迹历史，镌刻着年轮历史。

每一段记载，都是永恒的精彩。在新的征程上，石圪节将会有更加广阔的发展前景。

如果写石圪节，就要写他的历史、他的文化和他的记忆。只因为文化、历史就是煤矿追梦奋斗路上的坐标和图腾，需要书写，需要记载，需要铭记。

石圪节的经济核算制度

石圪节是潞安化工的前身和发源地，是全国煤炭行业的一面旗帜，是几代潞安人的集体记忆、潞安矿工的精神守望、潞安化工文化的一张名片。

石圪节矿风中有一个不容忽视的重要内容——科学管理，即严格的经济核算制度。"没有严格的经济核算，勤俭办企业不过是一句空话。而定额核算、班组核算、精打细算则是石圪节煤矿的管理精髓。"不是单纯的过苦日子、难日子。

经济核算是用勤俭办企业的精神来经营企业的一项根本制度。石圪节煤矿在经济核算工作方面，历来是执行得比较严格的。通过"查定保"，在建立了比较完整的定额基础上，逐步实行了各部门的业务核算和群众性的班组核算，贯彻了专业核算与群众核算相结合的原则，同时相应地建立了有关规章制度，巩固了经济核算制度。

这个矿的核算体系基本上是两级：矿和队组。他们的做法是：

矿一级的核算是以财务部门为中心，以生产技术、劳动、供应、机电、福利等部门为基础，按照业务性质，实行分口分部门的业务核算。如，生产技术部门负责对坑木、火药雷管、煤质等指标的控制和核算；劳动部门负责对劳动定额、定员、效率及工资指标的控制和核算；供应部门负责对其他材料的消耗和材料成本指标的控制与核算；机电部门负责对电力消耗、设备配件、大型材料领用限额的控制和核算；福利部门负责对劳动保护用品及办公费用的控制和核算；而财务部门则在各部门分口核算的基础上进行综合核算。

队组一般的核算，基本上有三种形式，即直接生产队组实行的直接成本核算；辅助生产队组实行的控制金额的核算；科室服务部门实行的综合费用核算。

石圪节矿的经济核算制度贯彻了同以上三个方面的结合：

1. 经济核算与计划定额管理相结合。定额是核算的基础，因此，定额是否完整、先进，直接影响着核算的效果。该矿在"查定保"的基础上，结合生产技术的改进，及时地修改了定额，并通过深入调查，采取三结合的方法，帮助工人解决生产上的问题，突破定额。如，修改劳动定额后，定额水平平均提高了37.5％，其中回采提高32.02％，但实际执行结果，又比新定额提高了34％。在材料、工具的使用上，实行了定额管理之后，管用统一了，大工具由队保管，班班必接；小工具由个人保管，交旧换新。同时实行了节约有奖、丢失赔偿的制度，促进了群众节约材料、工具和爱护使用设备的积极性。采煤二队为了保管和使用好材料、工具配件等，在工作面设置了"百宝箱"，既避免了丢失又提高了回收复用率。仅锚栓用的铁楔，一个月就少用570个。

2. 经济核算与健全各项规章制度相结合。经济核算的巩固，还必须有健全的规章制度做保证。石圪节矿几年来，经过不断的摸索和实践，已建立起一套比较完整的管理制度。计有：计划和定额管理制度；本票结算制度；经济分析活动制度；材料专职管理制度；设备工具的管用合一制度；成本奖励核算分析制度；限额领料制度以及材料交旧领新、丢失赔偿制度等；这些制度大部分都是结合生产的需要，根据群众的意见逐步完善制定起来的，因此人人都能自觉遵守。如采煤一队安装工人岳秋安有一次私拿了两个铁垫支了煤溜机头架。下班时记录员发现后，提出了意见，岳秋安就将两个铁垫换下来归还了队里。

3. 经济核算与按劳分配相结合。正确细致的核算为合理地贯彻按劳分配提供了条件。而按劳分配政策的贯彻又促进了经济核算水平的提高。该矿在实行班组核算以后，责任明确了，记录健全了。记录员跟班进行验收检查，对每个队、每个班、每个人的工作成绩都有了真实的记录，这就克服了过去在评工记工上存在的单凭印象、由队长分配的不合理方法，真正做到了按劳分配，多劳多得。

石圪节矿在工资奖金分配上的基本制度是：①实行计件工资的采掘队组，内部进行分配时按分项定额完成的情况评工记分，多劳多得。②采掘队组按成本的降低额进行奖励，每降1％奖队组工资总额的1％。内部分配奖金时，60％

随工资分配，其余40％按个人节约成绩的大小，分等给奖。③实行计时工资的队组按材料节约额的10％－20％提奖，奖金的分配也是按个人的节约成绩评等分配。从而更好地调动了工人群众关心生产、关心节约的积极性。

要搞好经济核算工作还必须与竞赛评比相结合。石圪节矿的劳动竞赛，一方面通过经常的思想教育，启发群众的政治热情；另一方面通过核算评比，也鼓舞了群众比、学、赶、帮的竞赛热情。

整顿财经管理，经常开展经济活动分析，力求最佳经济效益。石圪节煤矿一直有着精打细算的好传统，但过去的传统做法存在点滴节约上注意得多，大宗材料节约上注意得少；节支上注意得多，增收上做文章少。在整顿中，石圪节煤矿在继承发扬过去精打细算"十个一"精神的同时，广泛开展了经济活动分析，即通过对原始记录的分析、预测，从中找出最佳数字、最佳方案，求得最佳经济效果。经济活动分析有三种形式，一是矿领导组织有关业务科室参加的全矿经济活动分析；二是有关业务部门组织有关单位参加的单项经济活动分析；三是各队组织本队班组长参加的本队经济活动分析。三种形式围绕一个目标数字，找差距，定措施，任务落实到人头，从而，有效地保证了目标数字的实现，如1983年年初，职工代表大会制定了全年奋斗目标，提出了上缴利润要突破1300万元，创造历史最好水平。根据这个目标数字，矿有关领导对增收节支的诸因素进行了分解，然后落实到有关单位。生产科有计划地安排采煤工作面，做到了合理配采；销售科加强了拣矸力量，从而使煤质大大提高，全年煤质增收达到了185万元，创造历史最好水平。此外，洗煤厂多洗精煤，销售科扩大销路，比上年增加了100多万元利润。在此同时，加强成本管理，严格控制材料消耗，金属梁柱做到一根不丢，坑木消耗降到历史最低水平。从而保证了目标利润，达到了1333万元，实现了年初制定的奋斗目标。

延伸矿井生命力

给你我的全部，

你是我唯一的赌注。

只留下一段岁月。

让我无怨无悔全心地付出。

——风雨无阻

一座座废弃的工厂、丢弃的大院、抛弃的机器，在历史的角落里哭泣，仿佛诉说着无言的结局。

长期以来，在人们的眼里，工业遗产就是一堆钢筋水泥堆砌出来的庞然大物，"颜值"不好，没有吸引力；作用不大，没有可塑性；价值不高，没有利用价值。在发展的过程中，不能再利用，不可再复用，不会再重用。

废弃的遗产总是难逃厄运，在推土机的轰鸣声中灰飞烟灭，在念旧员工的叹息声中烟消云散，在历史的脚步声中荡然无存。它们变成了工业化的囚鸟，呼吸不到新鲜的空气，闻不到泥土的芬芳，尝不到清水的甘甜。

曾经的苦难它们品尝，曾经的辉煌也需要铭记，作为见证中国煤炭工业发展历史的石圪节煤矿，遗留下来的工业遗产得以保护、用以开发，是对历史的延续、文化的传承、精神的升华，因为它们是文化宝库中璀璨的一部分。

石圪节煤矿是中国煤矿发展历史的典型缩影，呈现了从手工开采、炮采、普采到综采以及关闭矿井、转型发展的历史脉络，具有重要的历史、科技、社会和艺术价值。

其实，工业遗产保护的意义不仅在于凝固、保留并显示它曾经的历程，它更应该是作为一种挑战而存在，挑战着我们努力寻找替代它的新思维以及创造新技术的能力。我们用什么样的方式离开我们的过去，我们就用什么样的方式走向我们的未来。

石圪节挖掘矿山的历史文化与科普价值，通过创造性规划和保护性开发，将它们改造成博物馆、文创园，既能让工业遗产重焕光彩，也让人们得以回望历史、憧憬未来。

2019年12月19日，中华人民共和国工业和信息化部在官网正式发布第三批国家工业遗产名录，石圪节煤矿被正式列入其中。经工信部核准，石圪节煤矿国家工业遗产核心物项为：南副立井，北副立井，主斜井，"三天轮"提升装置，洗煤厂及附属设施，更新厂两栋，职工集体宿舍3栋，苏式矿工俱乐部，1978年建成的矿工俱乐部，裕丰煤矿抗日救国会旧址康克清到矿传播革命火种旧址，清末生产的道轨，朝鲜机床，部分媒体报道、老照片、全国科学大会等历史档案。

洗煤厂厂房

石圪节洗煤厂始建于1958年，原设计能力为年入洗原煤30万吨，是一个301甲型洗煤厂，1961年因煤矿不通铁路，外销困难，洗煤厂被迫停产。1967年重新恢复，开始第一次改扩建，年入洗原煤增至45万吨。随着改革开放，开始第二次改扩建。1985年入洗原煤达90万吨。几十年来，他们依靠"艰苦奋斗，勤俭办矿"的石圪节精神，不断挖潜改造，技术革新，其生产精煤由十一级提升至八级，洗选效率达90.56%，洗选工效达32.99%。其产品被评为省免检产品，行销武钢、鞍钢、天津铁厂等全国12家大型

洗煤厂厂房

钢铁厂。先后建成了部级质量标准化洗煤厂和现代化洗煤厂、全国"优质高效洗煤厂"，跨入国有重点煤矿洗煤厂十强之列。2014 年由于井下三号煤枯竭，原煤短缺，石圪节洗煤厂停产。

洗煤厂：工业遗产的华章

废弃的洗煤厂，静立在时光之畔，
　　钢铁架构如古老的巨兽骨架。
那巨大的洗煤机，沉默无言，
　　曾在日夜中筛选乌金的梦幻。
煤仓像是岁月的口袋，空空如也，
　　却装满往昔的喧嚣与繁忙。
轨道上的锈痕，是岁月的刻刀，
　　记录着煤车穿梭的重量。
　　这里，粉尘不再飞扬，
　　只留下历史的回响在飘荡。
洗煤厂啊，工业遗产的丰碑，
　　在记忆的苍穹下熠熠生光。

矿井上的"三天轮"

"三天轮"是石圪节第三次技术改造的核心内容，20 世纪 60 年代，石圪节响应党中央"工业学大庆"的号召，为国家多出煤出好煤，提出第三次技术改造，积极踊跃投入"比、学、赶、帮、超"的社会主义劳动竞赛中。为加大提升能力，将一吨矿车改为 1.5 吨矿车，刷大副井井筒，改罐笼提升为箕斗提升，单层罐笼改为双层罐笼提升。但双罐笼提升会造成主轴过载 40%，技术人员受"辘轳绞水"的启示，提出了"三天轮"辅绳提升方案，在原有天轮平台上，横加一个辅助天轮，新增设一条钢丝绳绕过辅助天轮，两端分别与两个罐笼相连接。使两个罐笼的自重通过辅助天轮回转。在钢丝绳作用下，使部分静拉力分散到

三天轮

井架主腿上,以减轻主轴承受力。在不更换原有绞车的前提下,使矿井提升能力提高50%,顾名思义"小马拉大车"。原煤年产量由30万吨提高至45万吨。这次技术改造是石圪节艰苦奋斗、自力更生、挖潜改造、矿井"由小变大"的历史性突破,也是潞安采煤史上科技进步的重要标志。

南、北副立井

1926年夏天,屯留县余吾村大地主李金榜在阎锡山军队的军官中征得股金27500元(共55股,每股500元),于8月份在石圪节宣布成立"裕丰公司"。12月,在废弃西大井后,正式动工开凿石圪节东井,同时开凿主、副两口井,南北排列,南井负责提煤为主井,北井负责提升物料与人员为副井,井筒直径2.6米,井壁用青砖砌碹,这在当时潞安地区煤厂开采史上是没有先例的。1931年正式投产。1943年1月15日被日军占领。1945年8月18日,地下起义军组织武装起义,夺回矿山,成为中国共产党从日军手中接管的第一座红色煤矿。为支持解放战争,一吨煤炭一发炮弹,支援前线。中华人民共和国成立后,1958年第二次技术改造中,南井筒由直径2.6米刷大为4米。1965年,第三次技术改造中,北井筒刷大为4米,井深137.9米。1972年主斜井建成后,南主井改为副井,负责提升人员,北副井负责井下回风。2016年响应国家供给侧结构性改革意见,于2016年10月13日,这对已服务长达90年、为中华人民共和国作出卓越贡献的老矿井,永远盖上了井盖,停止生产,为国家化解过剩产能作出了最后的贡献。

立井

主斜井

1970 年，为积极响应毛主席关于"中国应当对于人类有较大的贡献"的号召，石圪节提出了自力更生打斜井，彻底解决矿井提升能力不足的问题，开始第四次技术改造，在全矿掀起了"学大庆，赶开滦，闹翻番"的热潮。面对一无专用设备、二无专业队伍、三无建井技术的实际困难，石圪节自力更生、艰苦奋斗，提出"三人工作两人干，抽出一人搞扩建"，从各个队共抽调 40 多名工人，组成建井队。1970 年春节，正式破土动工，工人们没有技术，边学边干；没

主斜井

有设备自己造；有困难自己克服。就这样，建井队伍闯过了塌方、透水、过老空等一道道难关，经过两年的艰苦奋战，建成了长 480 米、断面为 14.3 平方米、坡度为 20 度的斜井。斜井井筒建成后，机电队组成一个 20 多人的安装组，主动承担了安装提升系统的任务，自己造了一台 15 吨手动双梁桥式起重机，来完成 3 米绞车的安装。还自行安装了推车机、翻车机、爬车机、装载卸载等设备和 6 吨双箕斗，这次改造掘砌了储量为 60 吨斜井底煤仓，新建了斜井口皮带走廊，安装了一米皮带一部，完成了第四次矿井技术改造，解决了当时提升能力不足的问题。这次改造共投资 255.9 万元，1973 年投产后，原煤产量达到 62 万吨，比第三次改造提高 38%，比 1975 年的核定能力 30 万吨翻了番。

煤矿井架：工业遗产的脊梁

在大地之上，你耸立如沉默的巨人，

煤矿井架，钢铁编织的岁月之魂。

曾几何时，你肩负起希望的重量，

矿工们围绕你，开启地下的征程。

绳索升降，是生命与煤炭的对话，

你是通道，连接黑暗与光明之门。

如今满身锈迹，却不失庄严，

风从你的骨架间穿过，低吟阵阵。

那是对往昔喧嚣的回忆，

是工业之火燃烧过的余温。

你是一座丰碑，铭刻艰辛与坚韧，

在历史的旷野中，永不倒倾。

煤矿井架，工业遗产的脊梁，

撑起一片天空，让记忆永恒。

职工俱乐部

建于20世纪50年代，是原潞安矿务局筹备处所在地。后潞安矿务局迁址襄垣后，这里改做职工俱乐部。是五六十年代矿工文化娱乐、举行重大政治活动的主要场所。1978年新俱乐部落成后，这里先后改做招待所、职工学校等。

职工俱乐部，是一座苏式建筑，建筑风格是左右呈中轴对称，平面规矩，中间高两边低，主楼高耸。20世纪50年代，苏联建筑界以批判结构主义为名，打出了"社会主义的内容，民族的形式"的旗号，开始了建筑复古风潮。在"中苏友好"的国际形势下，我国开始在社会生活的各个方面都广泛借鉴苏联模式，那个时期的建筑大多数以民族风格的"大屋顶"代替哥特式尖顶的苏联建筑，是苏式建筑"中国化"的体现，并以此表现"社会主义内容，民族的形式"。这座建筑目前是长治地区

职工俱乐部

保存最完好的苏式建筑之一，见证了那个时代人们对建筑的审美观和精神世界的价值观。

矿工俱乐部

建于1978年，它延续苏式建筑的风格特点，中间高，两边低，左右对称，主楼高耸，回廊宽缓伸展。俱乐部占地面积500平方米，内分上下两层，木制排椅，可容纳230名观众，是该地区最大的一座俱乐部。它是石圪节矿举办大型文艺表演、节庆晚会、播放电影、举行重大集会的主要场所。20世纪七八十年代，社会经济条件还不发达，电视机还

矿工俱乐部

未普及，到俱乐部看电影是人们娱乐生活的主要方式，十里八村的人们都会聚集到这里看电影，所以这里曾经一票难求、座无虚席，留下了很多人那个年代的美好记忆。

时光之魅

在旧时光的怀抱里，
矿工遗产俱乐部像一座神秘之岛。
墙壁铭刻着岁月的纹路，
似在讲述矿山浪潮中的欢笑。
这里曾有工人的身影摇曳，
音乐与汗水在空气中奇妙地相邀。
机械的轰鸣化作节奏的鼓点，
疲惫在舞步中被悄悄赶跑。
舞台的灯光虽已黯淡，

却还映照着往昔的热闹。

桌椅摆放如初，仿佛等待，

那些熟悉的脸庞再次来到。

职工遗产俱乐部，你是记忆的珍宝，

封存着激情、梦想与辛劳。

在时间长河里闪耀独特的光，

让后人能寻到那失落的美好。

职工单身宿舍楼

单身宿舍楼1号、2号、3号分别建于20世纪1976年、1977年、1980年。在1976年之前，职工居住条件极其艰苦，大多单身职工在沟内的崖壁上自行搭建窑窝居住，为了改善这一现状，在这里修建了三栋单身宿舍楼，1号、2号为三层楼，3号为四层楼，灰砖平顶结构，可居住面积共有6649.5平方米、223间房。

建成初期，为了方便生产指挥，队组办公与职工宿舍同区。生产指挥中心建成后，这里主要作为职工宿舍，2016年矿井关闭，职工分流，宿舍楼停止使用。

单身宿舍楼

那单身宿舍楼，静立在时光之畔，

像一位老者，满是岁月的沧桑。

它的砖墙，有青春碰撞的回响，

一扇扇窗，曾透出梦想的微光。

楼道里，仿佛还有匆忙的脚步，

那是年轻的身影，奔赴工业的战场。

狭小的房间，装下孤独与希望，

简陋的床铺，是疲惫的温柔乡。

如今它沉默，在历史中守望，

见证过爱情萌芽，也有离别的怅惘。

工业遗产的它，是一座丰碑，

铭刻着那些平凡又伟大的时光。

更新厂厂房

20 世纪 70 年代，石圪节顶住种种压力，仍然坚持扩大生产，在国家资金不足的情况下，号召全体职工艰苦奋斗，自力更生。1970 年，崔丑孩和王安仁等带领几个体弱病残的老工人，办起了一个修旧利废的更新厂。他们白手起家，艰苦创业，没有厂房，自己建；没有设备，利用废料自己造。搞了 40 多台土设备，装备了 6 个修理组，焊了 3 台电焊机。他们的口号是："井下出题目，更新厂里做文章。"通过修、配、代、改，为国家节约了大量资金。仅坑木一项，3 年共节约 1230 立方米。自 1970—1980 年 10 年间，更新厂共为国家创造价值 521 万元，节约资金 440 万元。20 世纪 90 年代更新厂改属永昌公司，更名为机修厂。

更新厂厂房

在矿区的角落，你静静守望，

更新厂厂房，历史的厚藏。

斑驳的墙，是岁月的画卷，

每一道痕，都是奋斗的勋章。

修复的梁，撑起回忆的天空，

利用的废，重塑生命的模样。

这里曾有机器的喧嚣、梦想的滚烫。

如今，你是时光的琥珀，

在新与旧之间，闪耀独特的光。

工业的灵魂在你体内永驻，

诉说着往昔的辉煌与沧桑。

道 轨

井下罐车用轨道。2005 年 11 月，石圪节在井下西南大巷发现一段 1902 年 5 月德国波鸿生产的道轨，长约一米，现收藏于矿史展览馆。之后陆续在井下发现清末到民国初期道轨 12 根，距今有 100 多年的历史，长度为 2.5 米左右，其中 3 根为汉阳钢铁厂生产。汉阳钢铁厂，始建于 1890 年，由湖广总督张之洞筹

建，是中国最早的官办钢铁企业。其余由多个国家生产，生产时间分别为 1896 年、1900 年、1902 年、1905 年、1910 年，统称为"万国牌道轨"。这些道轨的发现再一次印证了石圪节悠久的采矿史。

道 轨

钢铁铸就的道轨，

是大地之上沉默的长诗。

曾承载罐车的轰响，

煤炭的血脉沿着你奔驰。

你延伸向远方，似无尽的情思，

岁月在你身上刻下斑驳的字词。

那是力量与速度的记忆，

是繁华在钢铁脊梁上的飞驰。

如今你静卧，如历史的琴弦，

虽不再有列车的舞步翩跹。

但风过处，犹有昔日的呐喊，

道轨啊，工业遗产的不朽代言。

站在汉阳产的道轨前，轻吟着不押韵的诗，嘶吼着不着调的歌，我忽然想起一张照片，那是 1894 年 7 月 3 日张之洞站在山上眺望他所创办的汉阳钢铁厂的情景。这张照片的魅力，不仅在于历史名人的写真，而是身着清朝顶戴官服的他与新式厂房烟囱的合一。这是一幅被淹没了许久的历史景观，是具有典型意义的时代缩影。

在试图体会张之洞那一刻心情的时候，我感到了对这一景观的认同，即对这个时代精神的认同。所谓认同，是指价值、文化和意义的接受，并由此产生爱惜的责任、关注的热忱和使命的担当。

对历史遗产的确认，也是一种认同，是对它们历史价值的认同。曾经的那个发挥了巨大作用的设施结束了其功能性的服务，现在转变为纪念性景观，成为了宝贵的遗产，帮助我们回忆那段时间、记住那个时期、开创一个新的时代。如果把"我们"看作一个历史概念，那么，那些遗产其实正是"我们"的一部分。

烈火熊熊，凤凰在涅槃中得到新生。石圪节目前虽然也正在经历阵痛，正在抖落"羽翼"上的沉重负荷，而传统工业留下的巨大遗产无疑是其起飞的基点。

石圪节，作为时代的工业标本，已经成为历史。但作为蕴含精神摇篮的产业，正期待着新生，延续其生命力。

记忆中的辉煌价值

在岁月的深处，煤矿工业遗产静躺，
像一位沉默的老者，满是故事的沧桑。
那纵横的巷道，是大地的脉络，
承载过梦想与希望、汗水与力量。
钢铁的架构，是坚韧的脊梁，
撑起过一个时代，工业的辉煌。
采煤机的轰鸣，化为历史的回响，
那是劳动的赞歌，在时空里荡漾。
这里有先辈的智慧，如璀璨星光，
开采的技艺，是人类的宝藏。
煤矿工业遗产，价值无法丈量，
它是记忆的方舟、文化的殿堂。
让我们珍视它，这独特的华章，
在历史长河中，永远闪耀光芒。

工业遗产是第二次世界大战后兴起的概念与实践，最初是一种老工业区的乡愁凝结。从工业文化的角度出发，工业遗产的核心价值是工业精神，可以被纳入产业政策，成为促进工业经济发展和地区经济循环重构的工具。从产业演化角度看，工业遗产是地区产业再造的一部分，应对工业衰退和去工业化等后工业问题。利用工业遗产开展劳动教育，是发挥工业遗产核心价值的有效途径。工业遗产应该也必须成为一种面向未来的文化遗产。

历史价值

1. 石圪节是潞安地区近代煤矿的代表

1926 年 8 月，屯留县余吾村大地主李金榜伙同阎锡山属下军长秦绍观、师长卢丰年、处长王家居等军官成立"裕丰公司（振华煤矿）"。1926 年 12 月，正式动工开凿石圪节东井（即现南副立井、北副立井）。于 1930 年 11 月透煤生产，工人 400 余人，月平均工资 8.06 元，为当时潞安地区最大的矿井。

2. 石圪节是中国工人运动发展的见证者

在焦作煤矿大罢工、开滦五矿大罢工和郑州铁路工人"二七"大罢工的影响下，1934 年，高尽仁、张聚兴、王庚生等人自发组织矿工进行了罢工活动，迫使资本家增加了工人工资。

1937 年，牺盟会地下工作人员董德深入工人中间宣传革命道理，发动组织工人筹建工救会。5 月 15 日，中共潞城县委派武工队队长王长贵、区长张至之到矿协助矿工成立工救会，在石圪节煤场召开了"石圪节煤矿抗日救国会"成立大会。9 月，石圪节煤矿举行了有 300 多人参加的总罢工，资本家被迫同意矿工提出的 5 项条件，罢工取得胜利。石圪节总罢工的胜利表明石圪节的工人运动从工人自发性斗争进入了有组织、有领导、有目的的工人运动新阶段。

八路军总司令朱德在了解到石圪节工人的斗争后，1938 年两次派康克清到石圪节播撒革命火种，并在听取康克清汇报后，派八路军直属政治部民运处工作人员杜长俊任晋东南煤矿工作组组长，组织工人发展生产、开展运动，保障军民煤炭供应，发展地下党组织，加强党的组织建设，建立了地下党支部，这是我党在山西革命老区建立的第一个企业党支部，见证了中国煤矿工人运动的发展历程。

3. 石圪节在抗日战争中建立了卓越功勋

1939 年 7 月，在太行总工会的指示下，在石圪节工救会工人自卫队的基础上，组建了 30 余人参加的"潞城县裕丰煤矿工人游击队"。1940 年 4 月 13 日，在总工会的领导下，正式成立了"工人游击队矿工第一中队"，沉重地打击了日本侵略军。1941 年 4 月，矿工游击队转为八路军正规部队，先后编入"洛阳特务团""八路军总部警卫团六连"，并参加了黄崖洞保卫战。

1945 年 8 月 18 日，石圪节煤矿工人进行武装起义解放了矿山，粉碎了日军企图炸毁矿山的阴谋，打响了晋东南地区向敌伪全面反攻的第一炮，是长治地区收复日伪战领地的第一个漂亮仗，成为八路军解放的第一座煤矿，得到了党中央和八路军总部的高度评价，《新华日报》等媒体进行了专门报道，华北新华书店于 1945 年 10 月出版了《石圪节煤窑起义》一书，有关报纸也发表了寒生同志写的专题报道《煤矿的爆炸》，成为鼓舞根据地军民战胜日寇的精神力量。

4. 石圪节在解放战争中发挥了积极作用

解放战争中，为缓解煤炭资源紧张的局面，石圪节提出了"多产煤炭、支援前线，一吨煤炭、一发炮弹"的口号，迅速恢复生产。石圪节的积极发展，大力地支援了解放战争，作出了很大贡献，受到了党中央和上级领导机关的高度赞扬，《人民日报》（华北版）专门报道了石圪节煤矿工人的模范事迹。

5. 石圪节精神是中国煤炭行业的精神财富

石圪节在党的正确领导和亲切关怀下，一代又一代的石圪节人艰苦奋斗、勤俭办矿、奋力开拓，使石圪节实现了由无到有、由小到大、由土变洋、由黑变绿、由弱变强五次嬗变，为我国煤炭工业发展和社会经济建设作出了非凡而卓越的巨大贡献，形成了引领全煤、蜚声华夏的"艰苦奋斗、勤俭办矿"的石圪节精神。周恩来总理于 1963 年亲手树石圪节煤矿为全国工交战线勤俭办企业五面红旗之一，形成了以"艰苦奋斗、勤俭办矿"为核心的石圪节矿风。1963 年 11 月《人民日报》发表了长篇通讯《石圪节矿风》，并配发了《艰苦奋斗的石圪节矿风》的社论，自此，"艰苦奋斗、勤俭办矿"的石圪节矿风享誉全国。1990 年，江泽民、李鹏、宋平等 11 位党和国家领导人为石圪节题词赠言，石圪节精神也正式被确定为中国煤炭工业的行业精神，并号召全国各条战线学习石圪节精神。1991 年"石圪节矿风报告团"在人民大会堂受到了江泽民、李鹏、宋平等党和国家领导人的亲切接见。石圪节不仅创造了中国煤炭工业发展的奇迹，更是支撑中国煤炭工业发展的脊梁，而石圪节发展历史也高度浓缩了中国煤炭工业的发展史。1995 年，中国煤炭工业协会正式以"石圪节"的名字命名中国煤炭工业"石圪节精神奖"，此奖项成为表彰煤炭工业思想政治工作者的最高荣誉。

6. 石圪节是中国煤炭行业的排头兵

20 世纪 80 年代，石圪节克服矿老、底子薄、基础条件差等诸多困难，仅用国家投资的半套综采设备建成了全国首批现代化样板矿，是验收合格的 6 个样板矿中唯一的老矿，原煤年产量突破了 150 万吨，走出一条老矿挖潜建设现代化矿井的新路，受到党和国家的高度赞誉。

2005 年 8 月 16 日，石圪节矿打响下组煤开发第一炮，2012 年 12 月 31 日通过省级相关单位组织的竣工验收，达到生产标准。

2016 年 7 月 5 日，石圪节深入贯彻落实国务院和省委、省政府文件和煤炭供给侧改革精神，按照省委、省政府和潞安集团的统一安排部署和相关要求，积极稳妥地推进化解过剩产能的相关工作。10 月 13 日完成矿井关闭各项工作，10 月 26 日通过集团公司和省市各级相关部门验收，成为山西省第一座完成去产能而关闭的煤矿。

科技价值

在国家财力维艰、物资极度缺乏的情况下，石圪节人不等不靠不要，发扬太行山老八路光荣传统，以主人翁的昂扬姿态，因陋就简，从 1953 年至 1978 年，先后实施了 5 次较大的技术改造，产量由年产万把吨提升到年产 90 万吨，全员工效达到了 2.237/ 吨，机械化水平大幅提高，而投资仅为一般老矿挖潜的一半、新建同类矿井的三分之一。石圪节通过 5 次技术改造，走出了一条小煤矿挖掘内部潜力、依靠技术进步发展煤炭生产的道路，得到了党和国家及上级领导的肯定和赞扬，为煤炭企业的发展壮大积累了宝贵的经验。

其中：

探索、推广了很多在当时条件下较为突出的创新技术成果，为煤炭行业的发展作出了卓越的贡献。

1952 年推行"金属网假顶分层采煤法"。

1958 年至 1959 年，创造和采用了"三层吊盘平行作业法""光面爆破一次成井法""青砖地面大块预制法""井圈加固法""红胶泥堵水法"等先进技术和工艺，得到国内同行业的普遍肯定和推广。

1965 年，矿井进行第三次技术改造，在原来的井架上增设了一个平衡天轮，形成了石圪节特有的"三天轮"辅绳提升系统，使单层罐笼提升改为双层罐笼提升，提升能力提高了 56%，为老矿挖潜改造探索出了一条科技发展之路。

1973 年至 1978 年，围绕运输皮带化，革新成功了"快速钉皮带卡具""橡皮联轴节""皮带跑偏自动调偏装置""主皮带运输机头自动洒水装置"，推广"洗煤厂自动排矸技术"，改造旧式锅炉为沸腾炉开创节约新路子等，并得到广泛运用。

1981 年，下分层金属假顶综机采煤一次投产成功，自制水泡泥成功，煤场场面实行自动喷雾洒水，改革了切眼支护，推广高水位水仓正压排水技术。

进入新世纪，由于井下煤炭资源枯竭，石圪节率先在全国范围内采用轻型支架开采边角煤。

社会价值

1963 年 6 月，新华社发表题为"五个厂矿成为勤俭办企业的旗帜"的消息，赞扬石圪节矿风；

11 月 8 日，《人民日报》发表《艰苦奋斗的石圪节矿风》的社论，全面论述了石圪节矿克勤克俭的矿风，并发表了新华社记者的长篇通讯《石圪节矿风》；

11 月 21 日，《山西日报》发表社论《最大的节约》、长篇通讯《煤矿上的新比分》。

1964 年，山西省煤炭工业管理局党组向中共山西省委提出报告，要求召开现场会进行经验交流，在全省推广石圪节矿的经验。

1965 年，石圪节矿被山西省人民政府评为"全国工业学大庆先进单位"、被国家经委评为"全国工业学大庆先进单位"。

1966 年 3 月 15 日，石圪节矿在全国煤炭干部会议上作经验交流，交流材料由中共煤炭工业部委员会、中共山西省委员会联合总结，题目为"太行山上的勤俭之花"。

1972 年 7 月 5 日,《山西日报》发表了《路线觉悟不断提高、勤俭矿风继续发扬》的文章,并加了编者按。

1973 年 6 月 1 日,《山西日报》发表了《石圪节矿风新篇》的长篇通讯;

11 月,石圪节矿被山西省革命委员会树为大庆式企业,在全省工业学大庆经验交流会上第一个进行了经验交流,《山西日报》转载了交流材料,并发表了《工业学大庆的好榜样》的评论员文章。

1974 年 7 月 23 日,国务院副总理李先念、中共中央政治局委员余秋里在接见全煤会议代表时对石圪节矿提出表扬和鼓励;

10 月 8 日新华社发表长篇通讯《石圪节矿风放光彩》;

10 月 22 日,《人民日报》发表长篇通讯《朝着远大目标迅跑》,详细介绍了石圪节矿艰苦奋斗、多快好省地发展煤炭生产的事迹。

1976 年,山西省革命委员会命名石圪节矿为大庆式企业,郝晓明被授为"学大庆标兵";

7 月 21 日,煤炭工业部部长肖寒在石圪节检查工作,并接受采访时强调煤炭战线要用石圪节精神搞现代化。

1978 年,山西省在石圪节召开全省煤炭系统节约挖潜现场会,号召全省煤炭战线学习石圪节节约挖潜先进经验;

国家计委授予石圪节矿"先进更先进,节约攀高峰,向高标准大庆式企业进军"的锦旗一面。

山西省政府命名石圪节矿为大庆式企业,颁发命名书;

石圪节矿被省煤炭局评为大庆式财贸工作先进单位,授予"增收节支积累,加强管理攀高峰"的锦旗;

中共山西省委工交建政治部发出了转发石圪节矿党委《关于批"四害"肃流毒,恢复和发扬石圪节矿风,向高标准大庆式企业进军的报告》的通知;

《山西日报》发表《汗水洒在矿井下,根子扎在群众中》《矛盾不掩盖,先进更先进》《矿山铁人郝晓明》等长篇通讯,《人民日报》发表新华社记者述评《狠抓挖潜改造夺取高速度》。

1979 年,山西省副省长的郭钦安到石圪节矿调研新形势下企业管理的先进经验，对石圪节矿所取得的成绩给予了高度肯定；

9月，郝晓明同志被国务院授予"全国劳动英雄"称号；

10月，石圪节矿被评为118个先进企业之一；

《人民日报》发表由煤炭工业调查组调教的调查报告《为什么同采一层煤用人多少不一样》；

石圪节在山西省工业学大庆会议上作了《发扬革命传统，增产节约立新功》的经验介绍，被山西省革命委员会评为先进企业，授锦旗一面。

1980年，《工人日报》发表《带路人带头发扬好矿风》的长篇通讯；

石圪节被山西省政府和煤炭部评为坑木低耗矿井、采煤机械化矿井、文明生产矿井。

1981年，中共中央政治局委员余秋里来矿视察工作，指出"石圪节煤矿至少有四个方面在全国是领先的；

石圪节矿被煤炭厅评为1981年度先进企业，授锦旗一面；

石圪节矿被省煤炭厅、省总工会煤炭工委评为职工生活管理先进单位，授锦旗一面。

1983年，石圪节矿被长治市委、长治市人民政府评为模范单位；

石圪节矿被山西省煤管局和省总工会评为（1980—1982年）文明生产矿井和安全生产矿井；

石圪节矿被煤炭工业部和全国煤炭地质工会评为1982年度全国煤矿矿际竞赛优胜矿，授金杯一个；

石圪节矿被山西省煤炭工业管理局、省总工会煤矿工委评为1982年度矿际竞赛优胜矿；

石圪节矿被煤炭工业部、全国煤炭地质工会评为"安全生产先进集体"，矿长郝再文被誉为全国煤炭战线"安全模范"；

石圪节矿被中国企业管理协会评为全国企业管理优秀矿，奖景泰蓝一个；

石圪节矿出席全国总工会召开的先进集体、先进个人座谈会，受到了彭真委员长等党和国家领导人的接见。

1984年，石圪节矿被煤炭工业部和中国煤炭地质工会评为1983年度全国煤矿矿际竞赛优胜矿；

煤炭部部长高扬文来矿检查指导工作，题词"石圪节矿山美，石圪节矿工美，石圪节是中国煤矿一枝花"；

石圪节矿被国家经委评为 1983 年全国工业交通经济效益先进单位；

石圪节矿被中共长治市委评为思想政治工作先进单位，授"传统教育开新花，两个文明结硕果"锦旗一面；

山西省委书记李立功来矿视察，题词"石圪节煤矿贡献大，两个文明一起抓，继续努力开新花"。

1985 年，到本年，石圪节矿连续三年被被煤炭工业部和全国煤炭地质工会评为全国煤矿矿际竞赛优胜矿；

山西省省长王森浩为《中国的石圪节煤矿》一书题词"发扬光荣的革命传统，建设现代化文明矿井"；

潞安矿务局局长尚海涛为《中国的石圪节煤矿》一书题词"推广总结石圪节矿风，让一枝花常开不败"；

煤炭部部长高扬文为《中国的石圪节煤矿》一书撰写前言；

山西省煤炭厅召开了"石圪节煤矿经验论证会"，决定在全省广泛推广石圪节煤矿经验，加快样板矿建设的速度。矿长郝再文介绍了石圪节煤矿的经验。

1999 年，石圪节矿被评为全国首批精神文明建设先进单位。

2000 年，石圪节矿被授予全煤系统文明煤矿称号。

艺术价值

石圪节完整地保留了从土窑洞到平房到两层洋楼再到如今的单元楼、公寓楼建筑的变化，是一幅北方地区民居变迁图；以石圪节抗日历史为题材，拍摄了电影《黄沙岭风云》；音乐专题片《太阳之子》在石圪节拍摄；由内地著名演员陶红主演的电视剧《矿山人家》在石圪节取景，该剧于 2011 年在中央电视台电视剧频道播出；中国作家协会会员、矿山作家王韵涵撰写了以石圪节为题材的长篇报告文学《见证轮回》；中国煤矿作家协会会员、山西省作家协会会员王小军撰写了以石圪节为题材的报告文学《抗战记忆》，荣获第八届中国煤矿文学乌金奖。

顺口溜唱说矿山大变化

石圪节煤矿是周总理亲手树立的全国工交战线勤俭办企业的五面红旗之一，是一座有着深厚文化底蕴的老先进单位。这里的矿工，有着勤劳俭朴、英勇顽强的传统美德，几代矿山人在这里生息繁衍，形成了一种独特的文化氛围。矿工们经常自发地编写顺口溜，用顺口溜这种独特的方式讲述矿山的发展变迁。从石圪节的顺口溜中，我们可以领略革命的豪情和创业的激情，可以看到石圪节发生的巨大变化，也感受到伟大祖国 75 年来的翻天覆地的变化以及给煤矿职工带来的实惠。

解放前的石圪节，矿工过着悲惨的生活。"家有半口粮，不来下煤窑。吃饱糠疙瘩，不来石圪节。""庄稼汉呀没法说，走投无路下煤窑。煤窑好下罪难受，累死累活没吃喝。窑主打来把头骂，挖出煤炭窑主卖。给咱一个糠窝窝，老婆没吃孩哭叫，满肚苦水给谁说。""凄惨惨，无奈何，走投无路下煤窑。""大病不给治，小病要上班，轻伤没人管，重伤回家转，死了自己埋，活着不管饭。"这些顺口溜表达了石圪节矿工当时的苦难生活。

日寇占领石圪节后，整个矿山变成了一座阴森森的兵营和人间地狱，上演着"日日有冤魂，夜夜闻哭声"的人间悲剧，广大矿工的生活更加悲惨："三角高墙院，活像阎罗殿。皮鞭老虎凳，剥皮点天灯。抓进三角院，很难保性命。""三山高压苦难多，矿山黑奴受折磨。地主逼债进煤洞，窑家吸髓苛盘剥。把头皮鞭似虎狼，倭伪欺凌胜阎罗。终年不得见天日，衣食没辙难讨活。"

哪里有压迫，哪里就有反抗。压迫愈深，反抗愈烈。石圪节矿工通过消极怠工、破坏工具等斗争，有效地响应了地下党组织"不给鬼子出煤"的号召，粉碎了日寇"以战养战"的阴谋。顺口溜也记载了下来："把头滑，鬼子精，咱把水泵扔下井。炉火烤焦粗麻绳，抹上油泥装正经。把头替咱去挨打，还得给咱当证明。挖煤不成丢机器，赔了绳子又折泵。"

1945 年 8 月 18 日，英勇的矿工配合八路军地方武装一举解放了矿山，矿山回到了人民的手中。矿工用歌声和顺口溜表达自己的喜悦之情："这一仗打得真漂亮，个个像猛虎下山冈。黑夜摸进石圪节，好比那神兵从天降。矿山回到俺手中，个个脸上喜洋洋。"

矿山解放后，石圪节煤矿工人提出了"一吨煤炭、一发炮弹""多产煤炭、支援前线"的口号，担负起支援中国解放战争的光荣使命。石圪节进行了技术改造，"主井石渣填老空，人员上井要集中，组织生产要均衡，材料上下抽闲空"，石圪节人做到了生产改造两不误。"不为烈日晒， 不怕淋头雨。青山伴我行，雄关壮我志"，读着顺口溜，仿佛又回到了那个激情燃烧的年代中。

随着伟大祖国 75 年的发展，石圪节广大职工政治生活、物质生活和文化生活都发生了翻天覆地的变化，悲惨生活一去不复返。过去的石圪节："三代人同睡一盘炕，洗澡拥挤吃水难，晴天扬灰路，下雨水泥道，文化生活很单调，除了喝酒是睡觉。"现在的石圪节："一排排家属楼整齐宽敞，职工食堂的饭菜不断变换花样，天真烂漫的孩子在明亮的学校天天向上，职工业余生活生机盎然。"

在衣食方面，石圪节矿山也发生了显著的变化。比如在吃饭方面。过去是"早上糠糊糊，中午糊糊糠，黑夜照见天"，过去"买肥肉，后来吃瘦肉，现在啃骨头"，"当今矿工爱吃怪，生活胃口一再改，农家大棚种野菜，超市专把活鱼卖。咸菜佐餐受青睐，反季蔬菜火起来"，"矿山工人真有派，别着手机去买菜，鸡鸭鱼肉不爱买，打着手机找野菜"。这些顺口溜生动反映出矿山人在饮食上从营养丰富向追求新奇特的转变。在穿衣方面，以前是"新三年，旧三年，缝缝补补又三年"，而现在是"时髦的服装买得快，不时尚的马上淘汰"。

提起矿山过去的环境，职工这样说，"出门看山头，下井盘石头，工作没劲头，日子没盼头"。现在的石圪节以改善人居环境、修复生态环境为目标，实施经济效益与生态效益并重的工程，做到了"黑烟不上天、黑水不下山"，展现出了"洁绿亮美"的新姿。正是："彩砖铺上了广场，道路宽敞心也宽，黑煤窑变绿洲，春色再度染矿山。" 环境改变了，年轻人最有感受，就像顺口溜说的"矿山人有钱了，小伙子都有本事了，娶媳妇挑拣了，没有本科不行了，长相一般也没戏了"。

环境改变心境，更引发了思想的大解放和大飞跃。冲破思想的束缚，走上了现代化建设道路，特别对未来充满了信心，规划了美好的未来："石矿奉献财宝，输出煤炭不少，为国贡献不小，资源逐渐减少。为了日子更好，地层深处寻宝。职工家属高呼，风景这边独好。"

在逐梦前行的路上，石圪节人激情满怀、意气风发。"深山埋宝万千年，掘地千尺意志坚。峻岭重重深有道，乌金浩浩广无边。车拖船运如流水，垛砌场堆似垒山。吞吐晨昏炉火旺，尽将温暖献人寰。""历尽艰辛多风险，矿风勤俭神州赞，燃起矿灯千百盏，携手干，石圪节矿红花艳。""采煤急，快马再加鞭。"

2019年12月19日，中华人民共和国工业和信息化部发布第三批国家工业遗产，石圪节矿榜上有名。资源枯竭的石圪节矿用刻在记忆中的工业遗产，触摸矿山百年沧桑巨变，并让百年矿山历史文脉得以延续。众所周知，石圪节煤矿是中国煤矿发展历史的典型缩影，呈现了从手工开采、炮采、普采到综采以及关闭矿井、转型发展的历史脉络。确立的国家工业遗产核心物项："三天轮"提升装置、苏式矿工俱乐部、清末生产的道轨、朝鲜机床等历史档案等唤醒了工业遗产的灵魂，激活了工业遗产的魅力。石圪节满怀豪情，自豪地唱说：

荣耀传承
——喜获国家工业遗产

在时光的长河中徘徊，历史的车轮印刻着豪迈。

那曾经的煤炭传奇，如璀璨星辰闪耀时代。

看那全国独一的三天轮，岁月的痕迹清晰无比。

钢铁的骨架坚实挺立，诉说着往昔的拼搏与坚毅。

朝鲜造的车床沉默不语，却似在回忆辉煌往昔。

天轮转动，仿佛昨日，汗水与智慧交织成绮丽。

烟囱高耸，直入天际，似在向岁月发出敬意。

铁轨蜿蜒，伸向远方，承载着希望与梦想的轨迹。

喜获国家工业遗产，心中的火焰熊熊燃起。

岁月的厂房屹立不倒，诉说着往昔的拼搏与爱。

天轮的轰鸣犹在耳畔，汗水与智慧交织成海。

奋斗的故事从未远去，传承的力量激荡胸怀。

工业的遗产，国家的爱，承载希望走向新未来。

让历史的光芒永不磨灭，铸就辉煌，绽放光彩。

每段顺口溜，都是历史的记载。

每段历史，都是时代的精彩。

歌声飘荡在石圪节上空

在那深深的矿山之中，黑暗与希望交织，汗水与梦想共舞。而当歌声飘荡在矿山的每一个角落，仿佛一道温暖的阳光，照亮了矿工们疲惫的心灵。矿山，是大地的馈赠，也是矿工们奋斗的战场。他们每日深入地底，与煤炭为伴，为了生活，为了家庭，默默地奉献着自己的力量。那沉重的矿灯，照亮了他们前行的道路。

我们是石圪节的煤矿工

我们是石圪节的煤矿工，

日夜战斗在煤海中，

为国为民做贡献，

一片丹心火样红。

脚踏三晋沃土，

头顶太行群峰，

勤俭建设矿山，

树立一代好矿风。

哎咳，哎咳，哎咳，哎咳……

树立一代好矿风。

我们是石圪节的煤矿工，

愿做新时代的排头兵，

前进的道路党指引，

勇敢进击脚不停。

汗水汇入煤海，

涌现几代群英，

发扬革命的传统，

当好煤矿主人翁。

哎咳，哎咳，哎咳，哎咳……

当好煤矿主人翁。

在石圪节建设全国首批现代化矿井的过程中，为鼓舞士气，激发全矿干部职工投身现代化矿井建设的热浪中，石圪节创作了《我们是石圪节的煤矿工》。

当歌声响起，一切都变得不同。那悠扬的旋律，如同灵动的精灵，在狭窄的巷道中穿梭，在巨大的矿井里回荡。歌声中，有对美好生活的向往，有对家人的思念，有对未来的憧憬。它让矿工们忘却了疲惫，忘却了危险，心中充满了温暖与力量。

歌声飘荡在矿山，也飘荡在每一个矿工的心中。它是他们的精神支柱，是他们在黑暗中前行的动力。在歌声中，他们感受到了人性的美好，感受到了生命的价值。他们知道，自己的付出是值得的，因为他们用自己的双手，为世界带来了光明与温暖。

电视音乐片《太阳之子》在石圪节拍摄。该片由著名编剧赵越执笔、著名导演张成田指导、我公司许多员工参与演出，此片曾获得某电视评比最高奖项。

一

我的祖辈，曾迷失在这座地下的黑森林；我的父辈，从这里走出了漫长的噩梦；我们在这里开掘着矿藏和自身的价值。这儿，就是我的家乡——石圪节。它是矿石和泥土的摇篮，它是太阳和传奇的产地。

我们点燃了篝火，篝火点燃了欢乐。

欢乐点燃了黑夜，黑夜变成了白昼。

世界拥抱光明，光明拥抱你我。

我们拥抱欢乐，欢乐再不会失落。

欢乐就是青春，青春就是开拓。

开拓者就是我们，我们就是篝火。

二

当太阳攀着我们的矿山升起，我们的肩头便感觉到早晨的重量，于是我们又走向夜的深处，去开掘又一个黎明。

通往深深的地层，我们就是路。

没有日月的途中，我们就是星。

我们开掘古老的梦，也开掘自己。

我们的每颗心，都是太阳的一轮。

黑瀑布啊黑瀑布，我们力量的释放。

搏取光明的人生中，认识了人生。

人生之路漫长，我们绝不彷徨。

我们塑造新的光明，也塑造自己。

我们的每颗心，都是太阳一轮。

黑瀑布，黑瀑布，我们生命的释放。

三

为了证实我们的心灵和土地不再贫瘠，为了证实我们有能力组合四季，在没有春天的黄沙坡上，我们栽种浓绿，栽种花期。

白云蓝天啊请你告诉我，花儿鸟儿啊请你告诉我，

是谁把这块芳草地，搬上我的黄沙坡。

年年风沙走过，花儿从未开过。

今天的好光景，祖辈们哪里想过。

从那柳荫走过，从那花间走过。

步步都是情，步步都是歌。

不用告诉我，美好的秘密不用道破。

描春的人都在画中行，笑在脸上甜在心窝。

四

还记得当年的挣扎与呼喊，血与泪吗？还记得我们所走过的路，我们的拼搏与光荣吗？还记得我们留下的期望与嘱托吗？

莫道已经遥远，一切都在眼前。

又见风雨又见硝烟，又见亲切的容颜。

岁月可以改变世界，改变不了永远的思念。

莫道遥远，莫道已经遥远，一切都在心间。

变成回声变成思念，变成不熄的火焰。

再过百年再过千年，心中仍有个永远的当年，莫道遥远。

五

那只古老的悲歌，已经在太阳风中沉落。这里，不再是被爱情遗忘的角落。

干杯！喜酒俺是一定要喝。

酒里有咱火热的情，酒里有咱恭喜的话。

矿山的喜酒矿山的人。

都像太阳火辣辣，新娘莫要羞答答，痛痛快快喝干它。

喝了就是咱矿山的人，爱情更加火辣辣。

男人红成一团火，女人红成一朵花，矿山红成一片霞。

日子更加火辣辣，小亲亲咱俩干一杯。

六

矿山的夜，如同青年敞开的心扉，多思、多情、多彩。

你是我雄浑的高原风，你是我燃烧的五彩霞。

你是我的梦幻我的忧郁，你是我多情的年华。

我的星啊，时近时远。

我的星啊，时上时下。

烦恼也罢，欢乐也罢，人生总有酸甜苦辣。

你是我心中的爱之泉，你是我梦中的七色花。

你是我的渴望我的追求，你是我多思的年华。

我的路啊，有风有雨。

我的歌啊，如火如霞。

平坦也罢坎坷也罢，人生就该不断迸发。

七

有了她们，矿山才有了一个完整、和谐而美丽的世界。

情也真，爱也真，青春在这里扎下了根。

迎着矿山的太阳，献上女儿的心。

勤是金，俭是银，织出一幅矿山的春。

情也深，爱也深，矿山的明月矿工的星。

照耀矿山的世界，温暖矿工的心。

心连心，结伴行，共同创造幸福人生。

八

男子汉是矿山的骄傲，男子汉是女人们的骄傲，男子汉是这块土地上强悍的风与阳光。

岁月记着你们深深的足迹。

矿井记着你们燃烧的汗滴。

你们的许多许多故事，组成了一部矿山的传奇。

是否记得为了夺取胜利，黑暗中承受艰难和孤寂。

也许你们从不提起，大地将珍藏那永恒的记忆。

为了举起先人火热的希冀，也许从小就在准备着自己。

人生的巷道很长，你们最理解开拓的涵意。

矿山男子汉。

九

告别时，你在心头燃烧。去远方，你在梦中萦绕。归来时，你在眼里闪耀。

忘不了家乡的云。

忘不了矿山的雾。

忘不了我的日月在这里闪烁。

忘不了山丹丹花。

忘不了乌金的河。

忘不了我的小巷在柳荫深处。

我的家乡石圪节。

我的家乡多么美。

忘不了你深情的爱抚。

忘不了你的艰难和幸福。

忘不了家乡的土。

忘不了矿山的路。

忘不了我的青春在这里起步。

忘不了巍峨的身影。

忘不了坚实的脚步。

忘不了许多故事许多传说。

我的家乡石圪节。

我的家乡多么美。

忘不了你火焰般的鼓舞，伴随我走上人生长途。

十

走过年年月月，走过风风雨雨，我们把热血和光荣写进了这块土地。以肩头的历史和太阳作证，以脚下的大地和道路作证：中国矿工就是神奇而丰富的矿藏。

走过昨天，走到今天，一路上热汗洒遍。

光阴如梭，日月飞旋，一重关山一重天。

那样的昨天，这样的今天，不经艰苦哪有甜。

生活在变世界在变，唯有这痴心不变。

站在今天，瞻望明天，山外青山天外天。

历史在肩太阳在肩，何惧那山高路远。

矿山的历史，也是歌声的历史。从古老的矿工歌谣，到现代的流行歌曲，歌声一直伴随着矿工们的脚步，见证了矿山的兴衰与变迁。它记录了矿工们的喜怒哀乐，也记录了矿山的发展与进步。

如今，随着科技的进步，矿山的面貌发生了翻天覆地的变化。但那歌声，依然在矿山上空飘荡。它将继续陪伴着矿工们，走过每一个春夏秋冬，见证着矿山的新辉煌。

石圪节在完成了"由小变大"的第一次创业、"由土变洋"的第二次创业后，带领员工开始了"由黑变绿"的第三次创业。在新的征程中，谱写了歌曲《石圪节创业歌》。

石圪节创业歌

新世纪的风啊，新世纪的天，

谁敢在经济大潮中再扬帆。

与时俱进的石圪节人，

风卷红旗永向前。

我们有光荣的历史，

我们有辉煌的今天。

我们继承传统，

我们跨越发展。

三次创业显身手，

愿叫凤凰涅槃。

我们跨越时代的步伐，

我们建设中国的潞安。

我们开拓创新，

我们再造新篇。

推出新型绿色石圪节，

迎来一片艳阳天。

新世纪的风啊，新世纪的天，

谁敢在经济大潮中再扬帆。

与时俱进的石圪节人，

风卷红旗勇向前，

勇向前！

让我们一起聆听那歌声，感受矿山的魅力，为矿工们的奉献点赞，为矿山的未来加油！

一座露天的展览馆

石圪节是潞安化工集团下属的一家煤炭企业。具有悠久的历史和光荣的革命传统。

一个煤炭企业的精神光芒

石圪节处于山西省东南部太行山上党盆地北缘、长治市的郊区，目前是山西潞安化工集团下属企业，是一座有着近百年开采历史和光荣革命传统的老企业。

1945年8月18日，在抗日战争生死存亡的关键时候，英勇的石圪节矿工配合

八路军地方武装举行起义，一举夺回了矿山，石圪节成为晋冀鲁豫边区第一座被解放的矿山，也是石圪节解放后共产党接手的第一座红色矿山，朱德评价石圪节是一面硝烟中的战斗之旗；1963年，周恩来总理亲手树石圪节为全国工交战线勤俭办企业的五面红旗之一，形成了以"八个成风"为主要内容的"石圪节矿风"；1991年，江泽民、李鹏等党和国家领导人于人民大会堂亲切接见了石圪节矿风报告团，并为石圪节题词赠言，号召全

国学习石圪节精神；在社会主义探索和建设时期，石圪节矿源源不断地为国家奉献着煤炭，为国家前进的车轮注入了强劲的动力，也孕育了"艰苦奋斗、勤俭办矿"的石圪节精神，涌现出赫晓明、屈天富、许传珩、杜金明等硬汉劳模。

石圪节煤矿是一座有着近百年开采历史和光荣革命传统的老矿，前身是 1926 由地主资本家成立的"裕丰公司"。1938 年，八路军总司令朱德派康克清到石圪节传播革命火种，建立了潞安第一个党支部，也是我党在山西革命老区建立的第一个企业党支部。矿山解放 80 年来，石圪节荣获了省部级以上荣誉 300 多项，被外界人士誉为"中国煤矿的西柏坡"。 在八一八广场中央矗立着党和国家领导人李先念题词纪念碑，碑上"石圪节精神永放光芒"引人奋进。回顾石圪节的历程，不管是哪个时代，它都紧跟着国家的脉搏跳动。"战斗之旗、五面红旗之一、石圪节矿风、硬汉劳模、石圪节精神……"石圪节以极富代表性的发展历史和独特的文化内涵，在中国煤炭工业发展史上始终绽放着精神光芒。

工业遗产：一个资源地区的历史烙印

从长治市区驱车到石圪节大约要 50 分钟，通过影视剧对矿区的一些"认识"，本以为石圪节会是在深山之中、周围被过度开采、生态破坏严重、路况差等等。车子驶入石圪节的那一刻，立刻颠覆了脑海里的错误"认识"。牌坊上"石圪节煤矿"在阳光下特别耀眼，整个区域生态环境恢复、保护得很好；各类设施配套齐全，路况良好，生活气息浓厚。矿区绿化面积达到 14.98 万平方米、绿化率达到 100%、绿化覆盖率达到 32%、绿地率达到 30%、人均绿地量 20 平方米，其中树木 23000 余棵、草坪 31600 平方米、绿篱色带 7000 余平方米，另外面

积总计 66859 平方米的矸石山也已经全部绿化完成，做到了三季有花、四季常绿、花色常新。

八一八文化广场是为了纪念矿山解放 60 周年，于 2005 年 8 月 18 日建成，由原煤炭部部长、曾任石圪节矿矿长王森浩题名。文化广场北枕小寒山，南俯漳河水，依山顺势，曲径通幽，山色葱茏，树木繁茂。广场内有多功能舞池、健身跑道、儿童休闲乐园、健身器材室、红色展厅等休闲娱乐设施，是集文化教育、传统教育、休闲娱乐于一体的多功能基地。

"路之魂"科技广场建于 2015 年，利用废旧机械和图版生动展示了石圪节解放 80 年以来十次技术改造和科技进步，展现了石圪节依靠艰苦奋斗精神建设现代化矿井的奋斗之路、探索之路、跨越之路，是中国煤炭工业发展的缩影。

矿区周围都是员工的家属楼，本着造福员工家属、建设绿色矿山的企业发展理念大力发展，矿区绿化、亮化、美化工程经过多年的建设现已初显魅力，力求把石圪节建设成美丽花园、职工乐园和幸福家园。每一个员工家属的生活更加富裕、更

加健康、更有尊严、更有品味。

每一栋建筑都在诉说着曾经的过往。"凤凰涅槃"的标志让我们久久不能忘却，它诠释了石圪节不畏艰难、义无反顾、不断追求、提升自我的执着精神。进入 21 世纪，面对资源枯竭的现状，石圪节矿不等不靠，坚定地开始了第三次创业，在探索资源

枯竭型老矿转型跨越发展方面进行实践和创新，实现了黑色煤炭绿色发展。他们的实践不仅使老矿焕发出新的精气神，还在新时代下进一步发展和充实了石圪节精神。

走在石圪节老矿区，从老矿区、矿工文化馆，到历史纪念馆、文化广场……似乎能听到一代代石圪节人曾经的欢笑，似乎能感受到一代代石圪节人血与火的记忆，它她像一座露天的博物馆，无声地在向世人诉说着这里曾经的故事。

产业转型：一次呼唤新生的历史转折

在响应落实国家政策，石圪节再次走在了时代的前列，2016年8月29日—9月9日，石圪节矿主斜井推升回撤设备；9月14日，霍家沟斜井封闭；9月30日，主斜井封闭；10月10日，西风井封闭；10月13日，南、北副井封闭。截至2016年10月13日，石圪节5个井口全部封闭，石圪节成为潞安首批关闭的4座矿井之一，仅仅用了两个多月时间，就完成了封井的工作。"2016年10月13日"这个关井时间永远刻在了矿区的一块石碑上。2017年9月4日，李克强总理考察石圪节煤矿时说道，这座碑堪称山西淘汰落后产能决心和行动的一个缩影，并强调，党中央、国务院坚决去产能，是为给优质产能腾出更大空间，根本转变发展方式，没有落后的产能，没有落后的人力。人是最宝贵的资源，要盘活现有存量，加快矿区后勤服

务社会化，发展壮大新产业、新业态，更大释放人的潜能。

随着矿区的关闭，大部分的一线员工已经转移。潞安集团在通过引进新技术、开发新项目创新驱动石圪节煤矿的转型。作为我国煤炭行业的精神支柱、我国最具代表性的矿区，在全新的历史起点上，矿区转型能否再度成为引领行业的标杆，对于石圪节煤矿来说既是机遇也是挑战。从"工业遗产"的视角，石圪节煤矿具有很

强的历史价值和社会价值，同时具有一定的建筑价值和审美价值，用文化手段促进矿区转型不失为一种战略选择。

首先，重塑"石圪节精神"文化 IP。石圪节本身的文化内涵以及在行业内的影响力和认知度，具备了文化 IP 的基因基础。资源型矿区转型是必然趋势，这是世界煤矿发展的规律，中国也不例外。石圪节煤矿积极投入煤炭企业转型发展的探索当中，可以通过组织"全国煤炭企业转型研讨会"、成立"中国煤炭企业转型联盟"等方式共同探讨煤炭企业发展的新模式，充分发挥行业带头作用，弘扬新时代的石圪节精神。石圪节矿区转型为潞安集团新人的实习培训基地、山西省爱国教育基地，更可以成为全国煤炭企业转型的学习基地、文化中心。

其次，打造石圪节文化街区。"老厂房、厂址、老宿舍；老设备、老工艺、老员工"都是最大的资产，不光是很多人情感的寄托、精神的维系，更是一个工业文明的根脉。

以煤文化为核心，延伸文旅产业；以煤为介质，做透煤文化。比如美食是游客选择旅游的重要因素，北京局气餐厅以创意的北京菜系为主，蜂窝煤、局气豆腐、蜂窝煤炒饭、兔儿爷土豆泥等多种特色菜系均让人眼前一亮。

局气不仅在传统的北京菜上创新，也在装修上下了不少功夫，老街坊胡同的门牌和装饰，局气各处都透露着老北京风韵。在局气吃饭，吃的不仅仅是饭，更是老北京的文化、饮食的传承。翻开局气的菜谱便可感受到浓厚的文学气息，每页页底都有老北京的介绍：地名典故、过年习俗等，就连每道菜的标题都有相应的诗词歌赋，比如局气招牌京北扣肉配的便是"清辉余照，红绿相间，正是春晨妙处"，这样搭配，连扣肉都变得有意境起来。

同样的，石圪节也可以开发具有自身特色的"煤"宴，深挖煤文化，将当地特色美食与文化相结合。除此之外，也可以开发一些和石圪节精神相关的文创产品，比如将郝晓明、屈天富等全国劳模的事迹和历史故事融入文创中，做一些相关的周边产品。

其三，建设石圪节特色小镇。以石圪节精神 IP 为魂，以石圪节文化街区为主体，结合我国特色小镇国家战略以及长治周边代表性文化休闲区匮乏的现状，通过新建、改建一些文化场馆，改善周边交通环境和酒店住宿条件，完善工业旅游路线，建设一座以煤炭企业工业遗址为核心的文化特色小镇。

相关链接：

资源地区的国外转型之路

资源型地区的转型发展，是世界性难题。将这个难题放到世界上的时候，很多人会首先想到德国鲁尔及休斯敦、卡尔加里等转型的成功范例。

德国鲁尔区

山西是全国的能源基地，鲁尔是德国的能源基地。中国山西和德国鲁尔最重要的工业部门都是煤炭工业，都拥有丰富的煤炭资源。在资源型城市转型的道路上，德国鲁尔走得更早更成熟，成为世界上资源型城市转型成功的范例，它在继续发展煤炭等传统产业的同时，大力发展新能源、电子信息、生物医药、旅游、多媒体、化学、环保、服务业等新的产业。新产业化的政策实施基础是治理鲁尔区内环境污染程度较高的煤炭和钢铁企业。

鲁尔区以旅游开发为导向的工业遗产再开发项目，不仅可以有效降低成本，而且可以有效地保护城市文化脉络和独特的历史记忆。

将一些废弃厂房改造为工业博物馆、餐厅、会议中心等，这些新空间作为公共服务设施解决了城市基础设施不足的现状，将原有的工业遗迹也进行了保护，强化了市民原有的城市记忆，极大地改观了鲁尔区原来在人们心目中的负面形象，因此这个项目也得到了广泛的认可。

鲁尔区成功地从过去的传统工业区转型成为宜居城市，而鲁尔区的转型成功也受到了世界的瞩目。

休斯敦

休斯敦是美国得克萨斯油田所在地，1836年建市，1901年发现石油，1947年进行墨西哥湾海底石油开发。丰富的石油资源推动该市迅速发展。20世纪60年代以来，休斯敦石油开采业务开始下滑，但由于及早地规划了城市的未来发展方向，制定了转型发展战略，加大了产业结构调整的力度，并没有因为石油产业衰退而萧条。经过较长时间努力，休斯敦成功转型，由原来单一石油开采经济模式，发展为城市功能完善的综合性大城市，成为美国著名的航天中心和医疗中心、西南部商品零售中心、石油天然气以及化学与金属制品的最大集中地。

卡尔加里

卡尔加里位于加拿大阿尔伯塔省南部落基山脉，1941年发现了丰富的石油和天然气资源，城市得到了迅速发展。该市与休斯敦一样，及早谋划，成功实现了产业转型，形成了石化产业和高新技术产业两大主导产业群，有力地支撑了城市经济的多元化和可持续发展，已成为阿尔伯塔省的经济、金融和文化中心。

石圪节精神永放光芒

一切向前走，却不能忘记走过的路，走得再远、走到再光辉的未来，也不能忘记走过的过去，不能忘记为什么出发。

度之往事，验之来事，参之平素，可则决之。一百年来，中国共产党从创业之初的 50 多名党员发展到如今拥有 9100 余万名党员的世界第一大党，从弱到强的发展历程是一部艰苦卓绝的奋斗史。新中国成立以来，中国共产党勇担历史使命，团结带领全中国人民实现了从站起来、富起来到强起来的历史性飞跃都是靠自力更生、艰苦奋斗起家的。自力更生、艰苦奋斗是中国共产党人的品质，是我们立党立国的根基，也是党员、干部立身立业的根基。

心中有信仰，脚下有力量。1945 年，党领导石圪节工人和党领导下的抗日军队收复了石圪节煤矿，石圪节煤矿成为我党在解放区接收的第一座"红色煤矿"。伴随着共和国前进的步伐，石圪节人怀着强烈的主人翁责任感，围绕"一吨煤炭、一发炮弹，多出煤炭，支援前线"的目标，自力更生，奋力开拓，实干担当，孕育了"住荆芭棚"精神、"半个炮"精神、"十个一"精神……成就了盛名甲天下的石圪节矿风。他们，堪称全国矿工的榜样！

20 世纪 60 年代初期，以石圪节煤矿被树为全国工交战线五面红旗之一和周总理接见石圪节代表为标志，掀起了全国学习石圪节矿风的第一次高潮。经过千锤百炼，1990 年，石圪节精神正式被确定为中国煤炭工业的行业精神，概括起来就是"四个内涵"，即：自力更生、艰苦奋斗，精打细算、勤俭办矿，开拓进取、多做贡献，干群团结、同甘共苦；核心是"艰苦奋斗、勤俭办矿"。从石圪节煤矿到潞安矿务局、潞安矿业集团，从"潞安矿业集团"再到如今的"潞安化工集团"，潞安大地处处激荡着艰苦奋斗的铿锵旋律。

从"一万年以后，也要奋斗。共产党就是要奋斗"的豪情，到"在艰难困苦的时候需要艰苦奋斗，在物质条件优越的时候也需要艰苦奋斗"的叮嘱，再到"在实现中华民族伟大复兴的新征程上，必然会有艰巨繁重的任务，必然会有艰难险阻甚至惊涛骇浪，特别需要我们发扬艰苦奋斗精神"的警醒……历史和现实都表明，征途漫漫，唯有奋斗！艰苦奋斗不仅是我们一路走来、发展壮大的重要保证，也是我们继往开来、再创辉煌的重要保证。

"十四五"的第一个春天，潞安化工集团稳健开局，越来越多奋力创新的故事不断涌现。改革持续深化，创新动能增强，生产经营稳步增长，精益管理全面推进，开放合作迈向了更高水平。良好开局，源自潞安化工集团领导班子审时度势、科学把握、精准谋划，集团上下不断统一的思想认识和以"三牛"精神蹚新路、启新程。

立足新发展阶段、贯彻新发展理念、构建新发展格局、推动高质量发展，无论是面对化工转型攻坚战、精准管理提升战和作风转变持久战，还是面对战略融合、管理融合、文化融合，前方依然会有无数的"娄山关""腊子口"，只要我们铭记光辉历史，传承红色基因，筑牢信仰之基、补足精神之钙、把稳思想之舵，就一定能应对时代主题、破解时代难题，不断赢得优势、赢得主动、赢得未来；只要我们自觉把艰苦奋斗内化于心、外化于行、固化于制，在新的起点上更好地构筑潞安精神、潞安价值、潞安力量，就一定能在创造高质量发展、高品质生活上实现更大突破。

习近平总书记曾指出，"奋斗是艰辛的，艰难困苦、玉汝于成，没有艰辛就不是真正的奋斗，我们要勇于在艰苦奋斗中净化灵魂、磨砺意志、坚定信念。"

弘扬石圪节精神应永葆艰苦奋斗的政治本色

艰苦奋斗是我们党的政治本色和优良传统。弘扬石圪节精神，既是我们面对新的物质、精神困苦的需要，也是我们继续奋发努力、斗志昂扬的需要。在"转型发展蹚新路"的新征程中，我们仍需永葆艰苦奋斗本色、接茬实干，不丢勤俭办企的传统美德，不丢廉洁奉公的高尚操守，让信仰之火熊熊不息，让红色基因融入血脉，让石圪节精神激发力量，以艰苦奋斗的意志和无私无畏的勇气战胜前进道路上的一切艰难险阻，不断取得新胜利，创造新辉煌。

唯有解放思想才能释放活力，唯有站上精神高地才能冲出发展洼地。今天，我们必须进一步解放思想、实事求是、与时俱进，用创新的思维、发展的眼光、进步的做法解决新时代出现的新情况、新问题、新挑战；必须强化发展、危机、问题、艰苦四种意识，不断提高想做大事、能做大事、做成大事的能力和水平；必须聚精会神抓党建，打造潞安精神，培育潞安文化，切实把创新作为走在前列的"发动机"，作为永葆生机的"动力源"，作为企业高质量发展的"加速器"。

弘扬石圪节精神，离不开敢为人先的创新创造

在一片前人未曾开发的化工领域耕耘、探索，必定会遇到一些新情况、碰到一些新问题。如果因循守旧、畏难不前，谈何开新局？只有勇于变革、勇于创新，才能妥善应对各种风险挑战。没有先例可循就创造先例，没有经验可资借鉴就先行先试。潞安历史上一个又一个发展奇迹的背后，就是创新创造的活力奔涌，是逢山开路、遇水架桥的敢闯敢试。新形势下，必须一以贯之大力发扬创新创造的奋斗精神，只有敢于走别人没有走过的路，才能收获别样的风景。

潞安化工集团的每一天都是新的。开启新征程、转入新战位、实现新发展，我们更要大力弘扬石圪节精神所蕴含的坚定信念、敢闯新路、勇于奋斗等精神，有顶在前面、干在难处的胆识，必须横下一条心，扭成一股劲，解决执行难；必须加大力度，加快速度，加紧进度，并以形象、生动、鲜活的方式展示出来，让广大职工群众在接受精神洗礼中突破思想禁锢、实现思想解放，以全新思维、全新观念和全新思路在新征程上披荆斩棘、奋勇前进。

弘扬石圪节精神，还须持之以恒、久久为功

从荒地到良田，从亏损到止损，从止损到增盈，从低产到稳产、丰产，不可能一蹴而就，要经过长期不懈的辛勤耕耘和精心呵护。遥想当年，潞安人克服物资匮乏、技术落后的制约，迎难而上，以坚定的奋斗精神，引进第一套综采设备，逐年提高

综采单产，发动了中国煤炭工业的第一次革命；运用综采带动掘、开、安、机、运、通、管全面发展，点燃中国煤矿现代化建设之火，在全国率先建设现代化矿井；发动综采技术革命，建成全国首批特级高产高效矿井；创新应用国产开天窗放顶煤技术，实行"超长壁采煤技法"促使综采单产大幅度提高，成为中国煤炭工业第三次革命的策源地，等等。在每一次突破中都能看到"创造性转化、创新性发展"所产生的无穷魅力。

今天，在转型发展的"拓荒"路上，潞安化工集团勇挑千斤担，已经啃下了不少"硬骨头"，但是，还有许多"硬骨头"要啃，还有许多难关要攻克，越是向新向前越需要靠一往无前的拼劲和风雨无阻的干劲，只有把思想认识统一到五大发展理念上来，自觉把新发展理念作为"指挥棒"用好，挺立时代潮头、保持历史耐心，谋划长远、干在当下，稳扎稳打、久久为功，以变求新、以变求进，才能创造高速度高质量发展的新标杆。

弘扬石圪节精神，更需要同甘共苦、众志成城

以守维成则成难继，因创兴业则业自达。任何一项事业都不能靠"守"来维系，必须依靠全员不断创新创造发展。我们深深知道：每个人的力量是有限的，但只要我们万众一心、众志成城，就没有克服不了的困难；每个人的工作时间是有限的，但全心全意为人民服务是无限的。回望来路，从连续出满勤 37 年的全国劳模郝晓明，到矿山铁人、全煤劳模屈天富；从出满勤、干满点、人称"标准钟"的李小奋、鱼先虎，到"节约迷"白元孩、连俊堂……一代又一代艰苦奋斗的矿风传人，一个个感人至深的传奇故事，既是一扇窗户，让我们了解过去、触摸历史，也是一粒种子，在广大潞安人内心激发认同、产生情感共鸣。可以说，其中不仅蕴藏着我们"从哪里来"的精神密码，更立起了我们"走向何方"的精神路标；不仅是一种精神，更是一种智慧。

潞安化工转型发展任重道远。我们不仅要增强主动担当作为的本领能力，坚定舍我其谁的信心和决心，当好逢山开路、遇水搭桥的急先锋；更要以一往无前的奋斗姿态、砥砺前行的时代担当，在百舸争流中劈波斩浪，以坚强的战略定力排除各种干扰，奋发有为解难题、攻堡垒、闯新路，争当新时代的奋斗者、开拓者、奉献者，凝聚众志成城昂首迈步新征程的磅礴之力，向新进发！

　　以党史学习教育为契机，在传承精神中坚定理想信念，必能鼓舞奋进新时代的精气神。石圪节精神是一面旗帜。我们有责任和义务，坚定信念，树立百折不挠的信心，弘扬与发展石圪节精神，让其在新时代绽放光芒。

　　穿越历史的沧桑巨变，回望过往的奋斗路，眺望前方的奋进路，那段光辉岁月在逝去，石圪节精神却依旧熠熠生辉！

　　让石圪节精神绽放新时代的光芒！

附录

太行革命根据地隐蔽战线研究

——以石圪节煤矿为例

内容摘要：本文聚焦于太行革命根据地的隐蔽战线工作，以石圪节煤矿为研究对象，通过梳理石圪节煤矿从建立背景、工人运动、抗日战争到解放过程中的隐蔽战线斗争历程，揭示其在党组织领导下，凭借坚定的斗争目标、灵活的组织形式、高效的信息传递、广泛的力量整合以及伟大的精神传承，在革命进程中发挥的关键作用，并探讨其对当代社会在党建、目标规划、组织架构、信息处理、资源整合和精神传承等方面的深刻启示，展现这段历史的重要价值与现实意义。

关键词：太行抗日根据地　隐蔽战线　石圪节煤矿

中国共产党领导的革命征程波澜壮阔，隐蔽战线作为"看不见的战线"，在其中发挥了不可或缺的作用。它隶属统一战线范畴，是中国共产党在反动阶级统治区域开展的秘密斗争，涵盖情报和保卫工作、特殊军事活动、特殊政治活动（统战性质）、特殊经济活动、特殊文化活动以及秘密社会工作等关键内容，是共产党在白区斗争的核心组成部分。

太行革命根据地在抗日战争和解放战争时期具有极其重要的战略地位，是中国共产党领导下的重要革命堡垒之一。隐蔽战线作为革命斗争的特殊形式，在根据地的巩固与发展中发挥了不可替代的作用。地处太行山上党盆地北缘的石圪节煤矿作为太行革命根据地内的重要工业据点，也是重要军事要地。这里煤炭资源蕴藏丰富，开采历史悠久，是供给上党地区燃料的重要基地。其隐蔽战线工作不仅关系到煤矿的生产运营，更与根据地的情报传递等核心任务紧密相连。中国工人阶级是近代工业的产物。中国煤矿工人是中国无产阶级的重要组成部分，它是伴随着中国早期的官僚资本企业、民族资本企业和外国资本企业这三种近代煤矿工业企业而产生和发展起来的。为了推翻帝国主义、封建主义、官僚资本主义三座大山，中国煤矿工人在不同的历史时期，在隐蔽战线进行了多方面、多种形式的斗争，积累了极为丰富且宝贵的经验。深入研究石圪节煤矿的隐蔽战线工作，对于全面理解太行革命根据地的历史以及隐蔽战线在革命斗争中的独特贡献，具有不可估量的价值。

一、石圪节煤矿隐蔽战线建立背景

1921 年，潞城县故障村（现长治郊区）的地主张镇营集股 2000 元（每股 50 元共 40 股）在石圪节东沟开凿了一对小井，由张镇营自主管理。东沟小煤窑于 1922 年见煤生产，并得以逐步发展。后来，张镇营因吸毒、挥霍，石圪节东沟矿井送给了李金榜抵债。1923 年，潞安地区的地主、绅士推荐潞城县大地主、天主教徒陈桂民领头，筹备开凿较大的石圪节煤窑。8 月煤窑正式开办，定名"兴华公司"，成立了董事会，陈桂民任经理，并选址在石圪节与西边的良才寺中间，建设西大井（万人坑遗址）。后在改建修复过程中，遇到资金难题，石圪节煤矿陷入瘫痪。

1926 年夏季，晋军第十师到潞安驻防，李金榜找到第十师军需官王家驹详述了改造石圪节煤矿的前景。王家驹终被诱动，表示愿意入伙接办煤矿。此后，李金榜改石圪节机器煤矿为"裕丰公司"。后又改为"兴华煤矿公司"，公推秦绍观为董事长，李金榜为总经理，王家驹为副经理。李金榜决定废弃西大井，正式动工开凿石圪节东井。石圪节东井建井时，同时开凿了主、副两井口，井筒直径 2.6 米，南北向排列，井壁用青砖砌成。在我国矿井开凿技术还非常落后的那个年代，李金榜开凿规模这样大的矿井，在潞安地区煤窑开采史上开创先河，在众多小煤窑中首屈一指。石圪节东井的建井工程历时 4 年，于 1930 年 11 月透煤生产。到 1931 年 6 月，在 9 个月的时间里，累计产煤 22000 吨。

兴华煤矿大获盈利，使矿内外人士羡慕不已。李金榜、王家驹考虑到接办煤窑合同上写的只是暂时代管，恐前经理陈桂民夺矿，乃建议董事会把石圪节矿井以西粮台寺一带的地区绘出图来，另用振华煤矿公司的名义呈请山西省实业厅注册立案，作为公司下一步发展的基地。董事会同意这种措施，并决定再集资 25000 元，作为创办粮台寺煤矿的投资。粮台寺煤矿的基建工程，经过几个月的施工后完成，两眼纵深52丈的新井筒相继建成，成为当时上党地区最大、最深的巨型矿井，投入生产后，日产煤120至200吨以上。1931年盈利12000多元。1932年初，石圪节煤矿并入振华煤矿公司的粮台寺煤矿，兴华煤矿公司撤销。

1937年七七事变后，华北形势紧张，振华煤矿公司的董事和经理们恐日军若入侵上党，把煤矿当财产没收，于是决定将振华煤矿公司更名为"裕丰煤矿公司"。不久，日军入侵山西，太原东、西山的各个煤矿遭到洗劫，振华煤矿公司在这些煤矿上的投资化为乌有。1942年2月，日军第二次进攻晋东南地区，占领长治后，对石圪节煤矿丰富的煤炭资源垂涎欲滴，曾先后两次派人到石圪节采煤样，进行化验。为了霸占石圪节煤矿，掠夺煤炭资源，他们一方面用武力对石圪节煤矿施加压力，一方面又对资本家进行拉拢利诱。李金榜等人在日军的威逼利诱下，最终出卖了石圪节矿权。1943年1月15日，日军正式派兵占据了石圪节煤矿，并挂出"山西煤矿黄沙岭采炭所"的牌子。从此，石圪节煤矿就落入了日本侵略者手中，工人们也受到了更加残酷的压榨。

1931年以后，石圪节的采煤生产已经正常，机器的轰鸣声响彻长空，提煤的绞车彻夜不停。有资本家的经营，有军阀的控股，令人难以置信的是，"两头不见太阳的"矿工直到新中国成立前还处于赤贫水平，受到了严重而残忍的压迫。一是劳动时间长。矿工每天工作12小时，一年四季都在井下劳动没有星期天，节假日也很少，全年只有端阳节、中秋节、旧历年放几天假，严重地摧残了工人的身体健康。二是工资特别低。石圪节在满足资本家贪得无厌的欲望之后还担负着对其支持者——阎锡山部下及股东们的经济需求，工人们只能维持最起码的生活水平，绝大部分剩余价值被资本家残酷地剥削。以1932年的生产水平为准计算，工人每班工作12小时，平均出煤107.5吨，以每班90人计算则资本家仅支付工资：0.32乘90等于28.8元。但是，工人所创造的价值，却达2001元。工资总是会被克扣，"每日计算工账，任意克扣，至开支工钱之日，再七折八扣"。三是劳动条件极差。煤矿的生产工具，还是原始的镐、锤、钎、把；采煤方法也是"落垛法"，巷道几乎没有支护。因此，在生产劳动中工伤和死亡事故经常发生。四是生活环境极差。据中国煤炭史志文库《潞安煤矿史》记载：矿工们却过着牛马不如的悲惨生活。没有住的，工人们只有在井口附近的山坡上，挖一些土窑洞用以存身，这些土窑洞一般都不大，没有门窗，窑洞也没有任何的设施，铺一些干草在里边就成了一个家。工人们把这样的土窑洞叫"窑铺"，意思是和猪圈、狗窝差不多。一个"窑铺"一般在十多平方米，却要挤 30 多人居住。五是毫无政治权利。中国煤矿工人是中外资本家的劳动力出卖者，完全没有人身自由。"各处有日本人巡视，稍不顺意，则以木棍毒打"。"如欲逃走，被彼人知觉，则性命难保，况四外要路口皆有人看守；众工人视彼毒打之时，声嘶若屠猪，惨不忍闻"。

中国煤矿工人遭受这样残酷的政治压迫和经济剥削，实是世界罕见。他们所受的这种压迫和剥削，正如列宁 1905 年所说俄国的工人情况一样："工人阶级与其说是苦于资本主义，不如说是苦于资本主义发展得不够。"所以，他们具有彻底的革命性，特别能战斗。

二、石圪节工人运动中的隐蔽战线

石圪节的早期工人斗争，走过漫长而艰辛的道路，给敌人在生产上造成过一些损失，但由于缺乏明确的统一斗争目标来联合广大工人群众，没有一个坚强的组织来带领群众，因此长期处于零星的、分散的状态，最后在狡猾的敌人面前总免不了要遭到失败。

1921 年，中国共产党成立后，在党的领导下，工农运动风起云涌，席卷全国。正是在这样的历史形势影响下，石圪节的工人运动也有了新发展，工人们由分散的、零星的怠工、逃跑逐渐发展成为集体的怠工和有组织的破坏生产。从 1921 年到 1936 年这 15 年中由于党的组织没有发展到石圪节，对矿工的斗争没有组织上的直接领导，加之交通不便、消息闭塞等原因，石圪节的工人运动没有蓬勃发展起来。

1937 年 11 月太原失守，国民党军纷纷溃退，我八路军 129 师进入太行山区，配合当时地方党组织和以薄一波、戎伍胜二同志为领导的决死队和牺盟会，提出："坚持华北抗战，与华北人民共存亡"的口号，大力发动群众建立了晋东南抗日民主根据地。石圪节煤矿的工人也传开一个消息，说共产党来到矿区，家在附近的工人成为传播消息的义务宣传员，李金榜和丁毓芝一听到共产党来了，可慌了手脚，便想法限制工人出矿。但在我八路军的影响下，矿上开始酝酿建立赤色工会。潞城县委也指示董德同志首先在石圪节矿广泛开展宣传工作的同时，积极筹备建设工人抗日救国会，作为团结和教育广大矿工的群众性组织。

1938 年 5 月 6 日夜，在工人积极分子张聚兴家（西旺村）召开了一次座谈会，会议除董德同志和张聚兴同志外，还有高尽仁、李辛酉、王连喜、栗东山、史老尧、高景云、牛章锁等同志参加，实质上这是一次成立工人抗日救国会的准备会议。

之后，党的潞城县委派了武工队队长王长贵、区长张至之两同志来到矿上协助进行成立工救会的活动，经过广泛的宣传后，在石圪节矿就有 300 余名即 90% 左右的工人参加工救会。5 月 15 日在石圪节矿的煤场上召开了"石圪节工人抗日救国会"成立大会。永兴矿也派代表参加了大会。会上，潞城县抗日政府县长宋乃德、牺盟会特派员侯国英也都讲了话。最后选举了张聚兴、高尽仁为工救会正、副会长，李辛酉、栗东山、王连喜为委员，成立了坑上、坑下、青年三个小队，组织严密。

在石圪节矿的影响下，小河堡一带于同年 5 月 25 日也成立了工救分会，属石圪节工救会领导。石圪节工救会的成立，结束了石圪节煤矿工人无组织的自发斗争阶段，第一次向资本家、封建把头提出了正面的、公开的挑战，它鼓舞了工人、打击了敌人。

工救会建立后首先以俱乐部的形式开展了广泛的宣传教育活动，组织工人学习毛主席的《论持久战》并进行工人阶级的阶级教育，学唱歌、印传单、贴标语成为工人俱乐部的经典活动。工救会、俱乐部在县委的支持和领导下，经过张聚兴、高尽仁等积极分子在工人中的宣传鼓动和组织工作，工人觉悟迅速提高，倾向于革命的人增多了，为以后正面地公开地和资本家斗争，为党的地下组织的建立打下了思想和组织上的初步基础。

"石圪节煤矿工人抗日救国会"成立之后，在潞城县委领导和支持下，在广大矿工中开展广泛的深入的宣传教育活动，促进了石圪节矿工阶级觉悟的迅速提高，为后来的罢工斗争打下了坚实的思想基础。

1938 年 6 月 23 日，根据工救会的命令，锅炉房汽笛长鸣，300 多名工人一起向煤场奔去。石圪节煤矿史上第一次有组织、有领导、有纲领的大罢工拉开了序幕。这一天，工救会在石圪节煤场召开了有 300 多人的工人大会。会上，工人向资本家提出了 5 个条件：

1. 把十二小时一班制改为十小时一班制；

2. 工人工资照数发给，不打任何折扣；

3. 保证米票换米足斗；

4. 把头不准打骂工人；

5. 工救会有代表工人之权，开除工人必须经过工救会同意。

资本家们想尽一切招数来应对，多次被工人拒绝。谈判破裂后，在共产党领导的潞城县委指示下，工救会组织矿工于 6 月 26 日早上发起了全矿总罢工。矿上停产，煤场停止卖煤，石圪节煤矿自投产以来第一次陷入瘫痪。这次工救会领导矿工开展的长达 7 天的大罢工，最终取得了彻底胜利，打击了资本家的气焰，让工人们明白了只有共产党才能真正为工人做主，也在一定意义上吸引了工人群众加入斗争行列中来。事实上，在不断斗争中，石圪节煤矿已成为潞安地区煤矿工人运动的红色中心，成为红色核心和主力。石圪节煤矿工人运动见证了中国煤矿工人运动的历史发展进程，在中国煤炭工人运动史上写下了光辉的一页。

石圪节大罢工的胜利，使石圪节煤矿的工人运动和救亡工作不断深入，同时也推动了周围小河堡、五阳岭、东旺煤矿工人运动的蓬勃发展。1940 年初，农村一部分劳动力流向矿山，石圪节煤矿资本家想乘人之危，又重新宣布了"工资新办法"，便于更多地榨取工人血汗。2 月 29 日，石圪节工救会根据地下党组织的指示，召开了一次工人积极分子大会，提出了组织罢工方案，拟定了三个条件，由工人代表与资本家李金榜的全权代表姜玉亭谈判。姜玉亭一面口头答应可以考虑，一面暗中派人和日本驻长治的宪兵队联系来矿抓走了王庚子同志。王庚子同志被捕后，石圪节煤矿又全部停了产，再一次举行了全矿大罢工。罢工坚持了半个多月后，姜玉亭沉不住气了，他传话过来说："只要先复工，其他事情好商量。"矿工们毫不退让。结果姜玉亭无可奈何，终于被迫答应了三个条件，并拿出 3000 元从日军宪兵队保释出了王庚子同志。这次大罢工一直坚持了 20 多天，也是石圪节煤矿工人运动史上坚持时间最长的一次大罢工。

石圪节的这次罢工斗争，工人不仅要求改善经济待遇，而且提出了工救会有保护工人的权力，这些明确的斗争目标代表全矿工人的要求，因此，就很大限度地吸引了工人群众到斗争的行列中来。其次，斗争有了党组织的领导就避免了走弯路。这些都是斗争胜利的基本要素。

石圪节大罢工的消息震动了潞安矿区，也传遍了晋东南地区，这对其他厂矿的工人运动起到了极大的推动作用。大罢工胜利的消息也传到了八路军总部。1938 年 4 月，朱德总司令派以康克清同志和政治部李主任为领导的工作组来到了石圪节矿慰问罢工的矿工。临行前，朱德总司令嘱咐康克清说，工人阶级是我们党和八路军依靠的主要力量，由于中国的特殊情况，这十几年里我们总是在农村里，同工人阶级接触的不多。煤矿工人在工人阶级中生活最苦，也最富有革命斗争精神。他们这次罢工胜利给晋东南煤矿的工人运动树立了榜样，给工人运动史上增添了光荣的一页。要鼓舞帮助他们，告诉他们要适可而止，还要团结争取资本家一道抗日。

工作组来矿之后首先通过工救会在俱乐部召开了座谈会，会上，康克清同志赞扬了石圪节工救会的工作，讲解抗日救国的革命道理，启发工人阶级的政治觉悟，强调工人阶级是无产阶级革命的火车头，并问还有什么困难和问题需要帮助解决的，当时张聚兴同志提出主要是缺乏组织群众的经验，如果能派一个有经验的人来才好。回到总部，康克清同志立即把慰问实情和矿上工运工作，向朱德总司令和野战政治部首长作了详尽的汇报。首长们经过一番物色，在总部供给部找到一位原籍四川南部县的红军老八路，既是共产党员，又当过煤矿工人，名叫杜长俊。经过中共北方局介绍，杜长俊和群众运动处干事章南、张金昌等深入石圪节煤矿做党的地下工作：一是把晋东南煤矿的工人组织起来，发展生产；二是协助搞好各个矿的工会工作，巩固发展壮大党组织；三是宣传和贯彻党的统一战线方针政策，团结一切可以团结的力量，结成联盟，发展进步势力，争取中间势力，孤立顽固势力，建立广泛的抗日统一战线；四是保证军需民用煤炭的供应，为黄崖洞兵工厂奠定物质基础。他们发展了在工人抗日救亡运动中涌现出来的积极分子，张聚兴、高尽仁、栗东山、史春田等4人光荣地加入了中国共产党，八路军群众运动工作组同志和新发展的矿山首批党员成立了第一个党小组，由杜长俊同志担任了党小组组长。党小组的建立为更进一步开展工人运动树立了领导的旗帜和核心，为后期更加残酷的对敌斗争奠定了良好的思想基础，指引工人抗日运动的星星之火蓄势燎原。

三、抗日战争时期的隐蔽战线

1937年8月11日，康克清同志第二次来到石圪节，还带来了一些猪肉、毛巾、肥皂等日用品慰问矿工。她来到矿上计划跟常驻矿上的八路军民运工作组负责人杜长俊同志，通过工救会的武装自卫队，在站岗放哨、盘查汉奸时，宣传共产党团结一切可以团结的阶层进行抗日的主张，来发现培养更多的积极分子，进一步发展党的基层组织，壮大工人抗日救国会和自卫队的力量，为广大军民在华北敌后坚持持久抗战，做好思想上和组织上的准备。

1942年，侵华日军第二次入侵长治地区后，对石圪节煤矿丰富的煤炭资源垂涎欲滴，曾两次派人到矿上采样化验，并与资本家李金榜等人达成肮脏交易，得到了煤矿。1943年1月15日，侵华日军正式派兵占据石圪节煤矿，并挂出"山西煤矿黄沙岭采炭所"的牌子，企图把石圪节当作煤炭基地，以达到其"以战养战"的目的。日军侵占石圪节后，疯狂掠夺煤炭资源，实行"以人肉换煤炭"的野蛮残忍的开采政策，并在矿区四周架设了三层电网，建筑了一个接一个的炮楼，层层设立哨卡，严密监视矿工和来往行人。日军常驻石圪节一个30多人的特务连，还有200多人的伪矿警队，此外，还设立了三角院、万人坑、杀人场等骇人听闻的屠杀和审讯矿工的场所。在没有安全设施的极端危险条件下，鬼子汉奸用皮鞭、棒、刺刀逼着工人冒险作业，导致井下恶性事故经常发生。对待惨死或重伤的矿工，鬼子根本不管不顾，拖出去往"万人坑"一扔了事。矿山变成了一座阴森森的人间地狱，矿工的生活更加悲惨。

然而，在这一段黑暗时段，石圪节矿工们没有屈服于日军的奴化统治和血腥镇压，同仇敌忾的矿山工人们在党组织的领导下同日军汉奸展开了英勇顽强的斗争。根据上级党组织的指示，石圪节煤矿党支部作出了对日军统治的斗争决议：

一、尽一切可能在内线配合武工队进行反"扫荡"。

二、开展宣传工作，随时粉碎敌人的谣言。

三、结合工人的生活情况和生产条件，组织大量工人罢工、破坏生产设备、"偷运"机器零件和材料，支援八路军和游击队。

四、不给鬼子出煤，打破日军"以战养战"的图谋。

石圪节煤矿地下党支部组织矿工对日军开展的形式多样的斗争，主要有破坏生产设施、偷运物资、通风报信、割电线、散发传单、分化瓦解伪矿警等等。

破坏生产设施。有意制造机器事故，井下积水无法排除，不能正常生产。比如：水泵是白天开，晚上停，排一天水晚上又涨起来。鬼子增派岗哨监视排水，工人们又机智地采用应对方法。一次，鬼子要往井下移水泵准备排水作业，工人们暗地里把吊水泵的麻绳在火上一节一节烤焦，再涂上机油，表面看不出破绽，等到用麻绳吊水泵时，烤焦的麻绳就断了，水泵掉到井底摔坏报废。

偷运物资。就是将机器零件、生产工具、钢铁材料等偷偷搬运出矿区，通过游击队和地下交通渠道，运往黄崖洞兵工厂。当时，我抗日根据地遭到敌人的严重经济封锁，工业生产物资十分缺乏，石圪节煤矿工人开展的"偷运"壮举，打乱了敌人的生产计划，又支援了八路军兵工厂的军工生产。

通风报信。盘踞在石圪节煤矿的鬼子特务连和伪矿警队，不仅控制矿山，镇压矿工，还经常出动或配合别的据点日伪对周边地区进行"扫荡""围剿"我抗日军民。

因此，八路军地方党组织在石圪节煤矿设立了情报联络站，通过所得的情报随时了解敌人的动向，掌握对敌斗争的主动权。

割电线。利用夜色掩护切断敌人电话联络，破坏敌人生产，将割下来的电线转移给游击队，武装了自己的队伍。

散发传单。对敌人展开攻心战，把抗日宣传遍布于整个矿山。抗日传单曾屡屡贴到鬼子的碉堡上，让鬼子草木皆兵，惶惶不可终日。

分化瓦解伪矿警。通过亲属和朋友等社会渠道，针对性地找矿警队的队员，直接或间接地做思想工作，讲抗日救国的道理，启发他们做人的良知，一批矿警队队员被争取过来，表示愿意弃暗投明重新做人。在后来的石圪节煤矿武装起义中，这批矿警发挥了重要作用。

1940年4月13日，太南总工会派续邦彦、徐振亚等同志来石圪节煤矿组织"石圪节矿工抗日游击队"，张聚兴、高尽仁担任游击队正、副队长，史春田为秘书。番号："工人游击队矿工第一中队"。当时游击队的武器有红缨枪100余杆、手榴弹300余颗、大刀100余把。"矿工游击队"成立后，队员们利用工余时间积极练习武功，提升身体素质和战斗技能。经过一段时间的训练，队员们渴望通过实战来检验训练成果、锻炼队伍。游击队队长向武工队提出了作战请求，武工队的李指导员表示支持，并强调要掌握好情况，打有准备、有把握的仗。

得知县委同意作战后，游击队领导开始思考作战方案。考虑到自身赤手空拳的情况，他们决定采用智取的方式。经过侦察，选定了附近的鬼子据点作为目标。

诱敌上钩：第二天上午9点，十几个游击队队员手持大砍刀、腰别手榴弹，埋伏在凉才寺下边的小山洞里。"小老虎"和老魏牵着羊、拎着鸡前往鬼子据点。当距离据点还有半里时，"小老虎"空着手跑到前面，老魏在后面不紧不慢地跟着。"小老虎"成功登上岗楼，以鸡为诱饵吸引鬼子，鬼子看到老魏手中的肥羊和鸡，垂涎欲滴，让老魏过来。

解决岗哨：老魏来到跟前，鬼子蹲下摸羊腿时，"小老虎"从鬼子后背猛扑过去将其按倒，老魏迅速用破毛巾堵住鬼子嘴巴，两人用绳子解决了岗哨。随后，埋伏在山沟里的队员们看到手势，迅速跑到门口。

突袭屋内鬼子："小老虎"推门进入东房，屋内有三个鬼子，两个在被窝睡觉，两杆三八大盖靠在枪架上，另一个没脱衣服躺在一头，枪竖在脚头炕边。"小老虎"

直奔枪架, 没睡的鬼子还未反应过来就被大砍刀砍倒, 另外两个鬼子在睡梦中被黑乌乌的枪口指着, 乖乖当了俘虏。

夺取仓库物资: 根据战前侦察, 西房是鬼子仓库, 也是主要进攻目标。在东边战斗进行时, 老魏打开仓库门, 里面有八枝三八大盖枪、五箱手榴弹、一箱步枪子弹以及香烟、罐头、面粉等物资。几个队员高兴得合不拢嘴, 边笑边往院里搬。整个战斗一枪没放, 一人未伤, 且缴获了十二支三八大盖枪、五箱手榴弹。可以说打得漂亮、打得利索、打得痛快。从此"矿工游击队"威名大震。

1941 年 5 月, 经过多次战斗之后, "矿工游击队"就离开了石圪节到黄碾以北一带活动, 归潞城、黎城、襄垣、屯留四县工作委员会直接领导, 后来就转入正规部队, 编入洛阳特务团, 其中一部分工友转入兵工厂。"矿工游击队"从成立到改编, 前后不到两年的时间。但是它在党的领导下配合武工队转战到矿区一带给鬼子以很大威胁。在战斗中表现了煤矿工人英勇、顽强和忠于党的高贵品质, 在矿区人民尤其工人中留下了极其深远的影响。

四、解放石圪节煤矿中的隐蔽战线

1945 年 8 月 15 日, 日本天皇裕仁以广播"停战诏书"的形式, 宣布无条件投降。但是, 由于蒋介石国民党蓄谋抢夺人民的胜利果实, 命令侵华日军和伪军拒绝向就近的八路军、新四军及其他人民军队缴械投降, 日伪军对我前去受降的部队继续进行抵抗。为此, 我人民军队向日伪军展开了全面进攻, 从日伪手中夺回了大批中小城市和重要城区。在抗日战争的最后一战中, 沦陷区的煤矿工人响应毛泽东主席和朱德总司令的伟大号召, 积极地援助和配合八路军及其他人民军队, 英勇地对日伪军作战。中国煤矿工人最早参加战斗的, 是石圪节煤矿工人举行的武装起义。

1943 年, 八路军前总情报处将石圪节地下党的关系移交潜伏在平顺的八路军太南办事处(简称"太南八办")。此时, 经地下党负责人刘奎尧、王根喜发展的石圪节煤矿内线杨春荣(煤矿工程师)转交太南办事处一股秘书王岩联系, 交通员确定为王狗孩。后来, 又经杨春荣介绍, 发展丁戌丙为内线。丁戌丙是个孤儿, 曾在阳泉给日军当过勤务员, 与杨要好。当时负责管理石圪节煤矿的电力要害——变电器。通过杨春荣, 太南办事处得到驻矿矿警队的情报。矿警队 50 多人中, 有 20 人从阳泉调来, 约有一半人表现恶劣, 最坏的一个班长叫郭朝晖, 明里敲诈勒索, 暗地给日军充当密探。还有 30 人从长治铁板厂调来, 长治人居多, 并且多数人表现较好。

阳泉派、长治派表面一团和气，实际上勾心斗角。长治来的三个班长，祖籍都是河南，分别是任安卿、李生祥、付文才。王岩想方设法将三人争取过来。付文才提供重要情报，矿警队有3挺机枪，但没有人会使用，日军正急于寻找机枪手。和文才一起在铁板厂共过事的老乡刘春言是个好枪手，他住在长治县山门村。刘春言曾透露过与八路军有过关系。

正月十一，八路军太南办事处主任江涛通知各县情报站特工到平顺县东坡村开会。会上，大家交流了情报工作的经验和教训。休息时，江涛单独听取王岩、崔玉山汇报石圪节情况。提到刘春言时，崔玉山介绍说："刘春言在铁板厂曾与我们有过关系，他现在是否愿意离开山门村去石圪节潜伏，还需要做一定的工作。"江涛决定由王岩、崔玉山、弟敏学、李庚鑫共同去做刘春言的工作。刘春言是旧军队出身，特讲义气。他爽朗地说："兄弟我是无家可归之人，在哪里也为混碗饭吃。只要哥们儿看得起我，兄弟万死不辞。"刘春言的态度明朗后，王岩即安排交通员郭保宝通过王存羊往石圪节煤矿里面送信，告诉付文才马上通知任安卿向日军推荐刘春言。不久，刘春言由任安卿领进石圪节煤矿面见宫松。宫松亲自对他进行考试。限时拆装机关枪，排除枪械故障，点射各种目标，连发打靶实战等科目，刘春言样样在行。宫松十分满意，很快将矿警队的机枪班成立起来，任命刘春言为班长。经过艰苦的工作，矿上发展工会会员27人，建立各种关系13人，组织了地下工会和地下军，发展工人自卫队60余人，等待时机，准备收复煤矿。

1945年8月12日，太行军区司令员石志本命令：由太行四地委副书记王谦、黎城独立营营长钱光达、太南办事处主任江涛组成解放石圪节潞城前线指挥部，里应外合收复石圪节煤矿，黎城独立营为攻打石圪节的主力，长治敌工站、情报站和工会联合行动，配合主力。8月15日，日本宣布投降，但太原日军司令部与国民党阎锡山相勾结，密令驻石圪节煤矿的侵华日军小队长宫松和经理芹田，不得向当地的八路军缴枪投降，还命令于8月18日夜彻底炸毁矿井，并把矿上的矿警、职员、工人和武器，全部撤回太原。当得知日军准备炸毁矿山并撤回太原的消息后，中共潞城县委收复矿山指挥部立即召开紧急会议，决定在8月17日晚打响解放石圪节煤矿的战斗。

具体部署为：南门为主力的突破口，到时由刘春言负责带人开门，以击掌三声为信号。南二门由李生祥带班，协助主力进攻三角院以探照灯闪三下为停电信号。

任安卿负责警戒其他矿警，谁敢反抗打死谁。杨春荣负责守住电机房，看见探照灯闪三下即刻停电。丁戎丙负责剪断地雷线。另外，由工会派两个人配合矿工管理好井下炸药、雷管和其他物资。停电后通过人工绞架把矿工提上坑来。同时还规定每天互通情报，急事急报，严守机密。随后，王岩等人及时向王谦作了详细汇报。

1945 年 8 月 17 日入夜，除岗楼哨兵灯光外，整个石圪节矿山黑沉沉的，静得可怕。18 日凌晨 3 点许，石圪节矿南山下一颗红色信号弹划破夜幕，八路军黎城独立营到了。在煤矿工救会和矿工地下军负责人的指挥下，矿工们每人左臂上围块白手巾，迅速占领矿井、电气、锅炉等要害部门，切断电网上的电流。与此同时，八路军黎城独立营担任进攻的主力连在矿工地下军负责人的带领下，赶到电网前，击掌三声，对上口令，矿警队迅速打开大门，配合八路军一同前往侵华日军驻地三角院。八路军向侵华日军驻地三角院发动猛烈进攻。经过两个小时的激烈战斗，矿警全部缴械投降，缴获轻机枪 3 挺、步枪 70 余支、炸药 8000 余斤、电台 1 部、战马 7 匹以及矿山的全部机器设备和资产。战斗持续到东方朝霞满天，一轮红日照红石圪节矿山。石圪节矿山解放了，矿山重新回到人民手中。石圪节煤矿武装起义胜利后，由中共晋冀鲁豫边区政府中央财办工矿处（对外称工业厅）接管领导，成为中国共产党接管的第一座煤矿。

后由抗日政府太行四分区工商局接管，更名为"解放煤矿"。至 1949 年 7 月，由晋山晋豫煤业公司定为"潞安煤矿"，直属华北公营企业部。1949 年 10 月 1 日，中华人民共和国成立后，石圪节煤矿改属中央燃料工业部华北煤矿管理局。矿山解放后，曾先后对矿井进行了 5 次大的技术改造，将一个年产万吨的小煤窑建设成为年产 100 多万吨的新矿山。1963 年，石圪节矿以连续多年在全国煤炭战线效率最高、成本最低、质量最好、机构最精干而被树为全国工交战线勤俭办企业的典范。1983 年，国家决定在全国推行首批现代化样板矿建设试点，石圪节破例入选，且只用了国家半套综采支架，建成了全国首批 6 座现代化矿井之一，被誉为"中国煤矿一枝花"。2016 年 10 月 20 日，拥有 90 年建矿史的石圪节煤矿初步通过山西省长治市政府组织的煤矿关闭验收，完成了其作为能源基地的使命。

五、石圪节煤矿在隐蔽战线工作中的经验启示

（一）党组织领导与组织建设是核心保障

从 1938 年成立工人抗日救国会起，石圪节煤矿的斗争便在党组织的引领下有条不紊地开展。党组织通过积极发展党员，逐步建立起党小组和党支部，将原本分散的工人力量紧密凝聚在一起，构筑起坚不可摧的战斗堡垒。在罢工斗争中，党组织精准把握工人诉求，制定科学合理的斗争策略，成功组织工人向资本家争取权益；在反日寇统治的艰难岁月里，党组织领导工人开展形式多样的抵抗活动，有力打击了日寇的嚣张气焰；在煤矿解放的关键战役中，党组织提前布局，发展内线，获取重要情报，精心策划战斗部署，最终实现里应外合的胜利。这一系列关键事件充分彰显了党组织的核心领导作用，只有在党组织的坚强领导下，各项斗争才能明确方向，协调各方力量，确保目标的顺利实现。

（二）明确且坚定的斗争目标是行动指引

石圪节煤矿工人在隐蔽战线的奋斗历程中，每个阶段都有着清晰明确且坚定的斗争目标。早期，他们为反抗资本家的剥削，争取合理的工作待遇而不懈努力；抗日战争时期，抵御日寇侵略、保护煤矿资源成为他们的核心使命；解放时期，配合革命力量夺回矿山，让煤矿回到人民手中成为他们的坚定追求。正是这种明确且坚定的斗争目标，赋予了工人们强大的行动动力，使其在面对重重困难和残酷压迫时，始终保持不屈不挠的斗志。在当代社会，无论是个人的成长发展，还是集体事业的推进，明确且坚定的目标同样至关重要。企业制定战略规划时，清晰的目标能引领企业在市场竞争中找准方向；政府推进民生项目时，明确的目标能确保资源合理配置，切实解决民众需求，凝聚各方力量，推动事业稳步前行。

（三）多元且灵活的组织形式是行动保障

在长期的隐蔽斗争中，石圪节煤矿工人依据不同的斗争形势和任务需求，采用了多种灵活的组织形式。工人抗日救国会广泛发动和团结工人群众，成为凝聚工人力量的重要平台；党小组作为党组织的基层单元，发挥着战斗堡垒和领导核心的作用，确保党的决策和指示得以有效贯彻执行；矿工游击队则直接参与战斗，凭借其机动性和战斗能力，给予敌人沉重打击。这些多元的组织形式相互配合、协同作战，充分适应了当时复杂多变的斗争环境，为斗争的胜利提供了坚实保障。在现代社会，无论是创业团队应对市场变化，还是社会组织开展公益活动，都要根据实际情况灵活构建组织架构，以提高行动效率和应对能力。

（四）高效且安全的信息传递是行动关键

隐蔽战线工作中，信息传递至关重要。石圪节煤矿通过发展内线、建立情报联络站等方式，实现了高效且安全的信息传递。情报人员冒着生命危险，将敌人的动向、计划等重要信息及时送出，为斗争决策提供了依据。在当今信息时代，信息传递同样是各个领域决策的关键。对于企业而言，及时掌握市场信息，包括竞争对手动态、市场需求变化、行业发展趋势等，能够帮助企业调整经营策略，推出符合市场需求的产品和服务，提高市场占有率。政府需要全面了解社情民意，掌握社会热点问题、民众诉求和社会稳定情况，以便制定科学合理的政策，解决社会矛盾，维护社会和谐稳定。无论是企业还是政府，都要建立高效安全的信息渠道，利用现代信息技术，如大数据分析、人工智能、加密通信等手段，确保信息的准确性、时效性和安全性，为正确决策提供有力支持。

（五）广泛且深入的力量整合是行动支撑

石圪节煤矿在斗争中注重整合各方力量。他们紧紧团结广大工人群众，通过宣传教育、组织活动等方式，提高工人的阶级觉悟和革命意识，使工人认识到自身的利益与革命事业的紧密联系，从而积极投身斗争中来。工人群众成为斗争的主力军，在罢工、破坏生产、武装起义等活动中发挥了重要作用。此外，他们还积极争取伪矿警等力量，针对性地做伪矿警队员的思想工作，讲抗日救国的道理，激发他们的良知。一批伪矿警队员被争取过来，为解放煤矿作出了贡献。在当代社会，解决复杂问题需要整合各方资源，政府、医疗机构、科研团队、企业等需紧密合作，整合人力、物力、财力等资源，共同应对挑战。

（六）深刻且持久的精神传承是行动动力

石圪节煤矿工人在隐蔽战线工作中展现出的革命精神、爱国情怀和团结协作精神，成为激励后人的宝贵财富。在面对资本家的残酷剥削和日寇的血腥镇压时，工人们毫不畏惧，坚定地为了民族解放和人民幸福而斗争，这种革命精神体现了他们对正义的执着追求和为理想献身的高尚品质。这种精神传承不仅是对历史的尊重，更是推动社会进步的动力源泉。当代社会应加强对这些精神的传承和弘扬，通过教育、文化活动等方式，让这些精神深入人心，激励人们在各自岗位上积极进取，为实现国家发展和民族复兴贡献力量。

参考文献

[1] 游国立 . 中国共产党隐蔽战线研究 [M]. 北京：中共党史出版社 ,2006.

[2] 薛世孝 . 中国煤矿工人运动史 [M]. 石家庄：河北人民出版社 ,1985.

[3] 戴玉刚 . 太行山上的秘密战 [M]. 合肥：黄山书社 ,2012.

[4] 王小军 . 抗战记忆 [M]. 北京：新华出版社 ,2018.

[5] 王荣花 . 中共革命与太行山区社会文化的变迁 [D]. 石家庄：河北大学 ,2011.

[6] 张瑞 . 新民主主义革命时期中共陕西省临潼地下交通线研究 [D]. 西安：陕西师范大学 ,2012.

（该研究为第二批太行精神专项研究重点课题项目，课题编号 THJS2024Z30）

寻访渐行渐远的背影（代后记）

有人说："岁月就像一条河，右岸是值得把握的如水年华，左岸是无法忘却的回忆。"幸好历史是在每一个时段都需要进行总结的。而这每一次的总结，都是在向这一个时代、向未来作出真实的交代，作出诚挚的致敬！并以此来记录消逝的岁月和逝去的年华。

但是，当历史只剩下只言片语，想要重新让它变得丰盈，真的是一件太过艰难的事情。在本书的编撰过程中，我深深地体会到一个人对抗时光流逝这种巨大力量时的无力感。

实话实说，这本书说是写的，这种提法有点牵强附会，充其量来说，只能算是资料汇编，有的资料还是借来的、"偷"来的。只是把零散的、散落在民间的快要被遗忘的"珠子"收拾了一下，给快要被遗忘的记忆一个明确的交代。

世间有许多美好的东西，但真正属于自己的却并不多。看庭前花开花落，宠辱不惊，望天上云卷云舒，去留无意。在这个"乱花渐欲迷人眼"的纷扰世界里，能够寻找到一个从内心深处真正热爱的组织，找到一个心灵归宿，实在是一件很艰难的事情，那是需要锲而不舍的精神，需要有一种大的格局、大的境界才能追求完成的！

一个人或一个地方，从萌芽到发展壮大，肯定会经历太多的人和事情，如果不能及时地、真实地记录下来并进行认真的反思和得失总结，那么，实在是一件憾事。为了遗忘不成为遗憾，就有了这本《石圪节》。

翻阅石圪节的历史，实在有太多的需要记录下来的东西，仅躲藏在角落的不为人所知的东西就有很多，其他的就更多了。但是历史的波澜让太多的细节丢失了，让太多身处于当下的人无法想象当年的境况，也让我们这本书的编写太过艰难。

几十年，是一个过于尴尬的时间，若放置在历史长河中，仅仅是一瞬间，对于一个街道来说，又是个漫长的记忆。当年亲历这一段波澜壮阔历史的老人大多已经过世，历来奉行"三亲"（亲历、亲见、亲闻）原则的我们，为体现史料性、"三亲"性、统战性、文学性、收藏性和影响力、推动力、史料价值潜力，坚持"真实、翔实、平实"，力求"把篇幅留给史料、把评论让给读者、把精神传给后人"。只有亲历、亲听，才有机会去获得更加充沛的历史细节。

但是，在通信如此发达的今天，随着岁月的流逝、一些人的离去，让我们深感手中材料的缺少。即使如此，我们仍然带着一种神圣的使命感和责任感，去编选、撰写这具有跨时代意义的《石圪节》，通过挖掘保存的档案，在电话或网络上寻找，委托朋友帮忙，甚至深夜登门拜访，找到当事人身边的亲人或老职工的后辈，碎片化地聆听他们讲述当年事情的细枝末叶。

大量的文献收集，海量资料的反复遴选，不同阶段材料的不断增补，我们想尽了所能想到的各种办法，编写的难度可想而知。但为了当初的那份承诺，本着对石圪节负责的态度，我们还是把这件事情扎扎实实地做下来了，并且取得小的惊喜。如今的时间节点，正好是在信息时代入口，曾经的纸质信息会在信息化的洪流之下迅速边缘化，而我们在这时做好当下的历史记录，将我们视野范围所及竭尽全力记录下来，会为多年之后历史的再度记录提供宝贵的资料。

当初，说实话，我原本对这本书的设想是极为宏大的，我希望不仅记录下历史的骨骼，也能够尽量丰富而生动地还原它的"血脉"，填塞上"肌肉"和"经络"，让这段历史丰沛而充盈，里面盛满让我们这一代人感动和崇敬的力量。这是一项艰辛的工作，在过去几个月的时间里，对于自己来说，在体力、精力和心力上都是一次重大考验，其中的快乐与苦闷旁人难以体会。我想尽可能地挖掘石圪节历史的起点，寻找到当年那些遗漏在历史中的人物，梳理出历史的逻辑并且对它进行体系化的宏大的叙述。然而理想是丰满的，现实却往往让人不得不进行一定程度的退让。我们的时间非常紧张，能力有限。我时常有陷入浩瀚历史之中的恐惧感，就像是一个溺水的人，随便落入历史的哪一个支流，都有太多的信息、太多的人把我淹没。

我们最终只能尽量把历史的主干进行还原，并且力所能及地给它添上血肉，因此这本书也就有了太多的不尽如人意，然而我们力图在这诸多的不尽如人意中，竭尽全力做到丰富、准确，并且还原历史逻辑中的精神力量。我希望各位朋友在翻阅本书时，能够体谅我们这种努力的心情，原谅我们在还原历史过程中的疏漏和一些小小的历史真空。

这本书是历史的记录，也是精神的传承，如今我们国家像一艘巨大的航船，正迎风远航，而我希望同样在前行的诸位，在阅读本书时，能够隐约了解到我们来时的方向。

真诚地希望你们停留在这里，真诚地希望各位专家的不吝指正、给我们斧正、帮我们完善，以期完美！